PSIQUÊ
E
EROS

LUNA McNAMARA

PSIQUÊ E EROS

Tradução de Jana Bianchi

Rocco

Título original
PSYCHE AND EROS

Primeira publicação na Grã-Bretanha, em 2023, por Orion Fiction, um selo The Orion Publishing Group Ltd.
Uma empresa Hachette Reino Unido.

Imagens de abertura de capítulo: Freepik/Kotkoa

Copyright © Luna McNamara, 2023

O direito moral de Luna McNamara de ser identificada como autora desta obra foi assegurado por ela em concordância com o Copyright, Designs and Patents Act of 1988.

Todos os direitos reservados.
Nenhuma parte desta obra pode ser reproduzida ou transmitida por meio eletrônico, mecânico, fotocópia ou sob qualquer outra forma sem a prévia autorização do editor.

Todos os personagens neste livro são fictícios, e qualquer semelhança com pessoas reais, vivas ou não, é pura coincidência.

Direitos para a língua portuguesa reservados com exclusividade para o Brasil à
EDITORA ROCCO LTDA.
Rua Evaristo da Veiga, 65 – 11º andar
Passeio Corporate – Torre 1
20031-040 - Rio de Janeiro - RJ
Tel.: (21) 3525-2000 - Fax: (21) 3525-2001
rocco@rocco.com.br | www.rocco.com.br

Printed in Brazil/Impresso no Brasil

Preparação de originais: ALINE ROCHA

CIP-BRASIL. CATALOGAÇÃO NA PUBLICAÇÃO
SINDICATO NACIONAL DOS EDITORES DE LIVROS, RJ

M146p

    McNamara, Luna
        Psiquê e Eros / Luna McNamara ; tradução Jana Bianchi. - 1. ed. - Rio de Janeiro : Rocco, 2023.

    Tradução de: Psyche and Eros
    ISBN 978-65-5532-363-4
    ISBN 978-65-5595-206-3 (recurso eletrônico)

    1. Ficção americana. I. Bianchi, Jana. II. Título.

23-84403   CDD: 813
                         CDU: 82-3(73)

Gabriela Faray Ferreira Lopes - Bibliotecária - CRB-7/6643

O texto deste livro obedece às normas do novo
Acordo Ortográfico da Língua Portuguesa

Para meu pai e minha mãe

Prólogo

EROS

Os gregos têm três palavras para o amor. A primeira é *philia*, o tipo de amor que envolve o gostar e que cresce entre duas pessoas que apreciam muito a companhia uma da outra. A segunda é *agape*, o amor altruísta que pais sentem pelos filhos ou que existe entre indivíduos que se consideram da mesma família. O terceiro é *eros*, que é autoexplicativo — é a conexão, a centelha, o desejo do corpo de buscar satisfação em outro.

Quase todo mundo experimenta pelo menos um desses tipos de amor ao longo da vida. Mas é raro ter os três ao mesmo tempo, entrelaçados como mechas de uma trança loura. É disso que o dramaturgo Aristófanes fala na história que criou, muitos anos depois da ocorrência dos eventos aqui narrados, com a intenção de esclarecer a origem do amor em sua complexidade tríplice. Ele alega que os primeiros seres humanos nasceram grudados de dois em dois, com um par de rostos, quatro braços e quatro pernas, cada boca tagarelando sem parar com sua companhia enquanto as pessoas perambulavam girando como rodas pela Terra. Zeus ficou receoso ao ver o poder de tais criaturas e as dividiu com seus raios; elas se transformaram nos humanos que conhecemos hoje, que caminham por aí sobre duas pernas e falam com apenas uma boca. E foi assim que o amor nasceu, afirmava o dramaturgo, com cada humano procurando sua outra metade.

Caí no riso quando ouvi isso. Existo desde o início do mundo, e não foi assim que aconteceu. Essa é uma narrativa bonita, mas não poderia ser mais distante da realidade para Psiquê e eu. Não há por que fingir que éramos duas partes de um todo cósmico — quando nos conhecemos, ela era uma mulher humana e eu, um deus, cada um ferrenho em sua independência. Não éramos duas metades divididas; éramos completos em nós mesmos. É possível que nossos caminhos jamais tivessem se cruzado se não fosse pelo acaso.

Há algo poderoso nisso, acho. Não estávamos à mercê do destino ou da sina, mas sim de nossas próprias escolhas. Quando nos voltamos um para o outro como flores se virando para o sol, não estávamos cumprindo uma profecia ou seguindo uma antiga narrativa. Estávamos escrevendo nossa própria história.

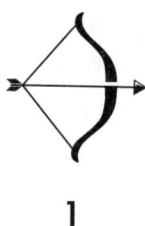

1

PSIQUÊ

Apesar de meu destino pouco usual, comecei a vida como um bebê comum, nascido como qualquer outro em meio a uma torrente de sangue e exclamações de alegria. No meu caso, porém, também houve um pouco de confusão.

Meus pais eram rei e rainha de um reino na rochosa Grécia chamado Micenas. Quando minha mãe, Astidâmia, descobriu que estava grávida, meu pai, Alceu, partiu de Tirinto, capital de Micenas, e atravessou as montanhas. Passou por vales abandonados e cavalgou por entre penhascos íngremes repletos de ninhos de grifos até, enfim, chegar aos portões que continham as palavras CONHECE-TE A TI MESMO. Não era o destino dele próprio que queria consultar com o Oráculo de Delfos, mas sim o de seu bebê não nascido. Eu. Será que eu nasceria saudável e forte? O que me tornaria quando crescesse?

Quando meu pai entrou na câmara rústica e sombreada do Oráculo, duas coisas lhe chamaram a atenção. A primeira foi o cheiro do lugar, que recendia a enxofre e outras coisas menos reconhecíveis. A segunda foi a visão da mulher sentada em um tripé de bronze suspenso sobre um abismo. Ela estava usando uma túnica peplo que envolvia seu corpo em dobras de tecido amarelo e tinha o cabelo preso em uma trança apertada ao redor da cabeça. Era o Oráculo, que encarou Alceu com olhos que pareciam ver além do tempo.

Meu pai estremeceu. Era um rei e estava acostumado a lidar com pessoas que desejavam cair em suas graças, mas aquela mulher não queria nada de ninguém.

Um sacerdote da ordem que surgira atrás do Oráculo sussurrou a pergunta do rei no ouvido da mulher. Ela se acomodou e sorveu os vapores que subiam das rachaduras na terra; diziam que eram enviados pelo próprio Apolo, deus das profecias, e forneciam visões verdadeiras do futuro.

O Oráculo teve o corpo perpassado por um calafrio. Começou a falar com uma voz sobrenatural, que não condizia com o corpo de uma mulher tão delicada. Meu pai não conhecia a língua falada por ela, mas os sacerdotes já tomavam anotações em suas tábuas de argila, realizando cálculos complexos necessários à interpretação das mensagens do Oráculo. Deuses nem sempre falam de forma facilmente compreensível aos mortais, mas felizmente os sacerdotes de barba branca sabiam como traduzir aquelas palavras.

Enfim, entregaram a meu pai a profecia proferida pelo Oráculo. *"Seu filho vai dominar um monstro temido pelos próprios deuses."*

Meu pai ficou extasiado. O filho dele seria um herói! Alceu passara muito tempo remoendo a dor de não ter realizado feitos heroicos como o pai, Perseu, mas às vezes esse tipo de coisa pulava uma geração. O filho dele seria um matador de monstros, um herói, e as pessoas viriam de todos os cantos da Grécia para prestar homenagens a ele.

Que pena que não fui um filho.

Quando a parteira me entregou a meu pai no dia de meu nascimento, ele ficou mais chocado do que se tivessem lhe entregado um filhotinho de urso. Uma menina! Uma menina não cresceria para matar monstros ou ficar conhecida como herói. Fiaria lã nos aposentos das mulheres com as mães e tias até se mudar para a casa do marido, onde fiaria ainda mais. Daria à luz crianças, cuidaria da casa e, se fosse uma boa mulher, morreria no anonimato.

Meu pai considerou as opções. Sempre havia a possibilidade de abandonar o bebê em algum lugar remoto e tentar de novo. Esse tipo de coisa era mais comum em famílias plebeias que lutavam para alimentar todas as bocas, mas não era algo totalmente desconhecido pelas linhagens reais. Talvez da próxima vez os deuses achassem adequado lhe entregar um filho homem.

Mas uma coisa peculiar aconteceu. Ele olhou nos meus olhos e caiu de amores por mim.

Não há outra forma de definir o que ocorreu. Naquele momento, meu pai soube que me amava a ponto de rasgar os céus por mim, se fosse necessário. Me amava não só por quem eu era, mas simplesmente pelo *que* eu era — seu bebê, com dedinhos perfeitos nas mãos e nos pés. Queria eu poder dizer que foi a reação natural de um pai conhecendo a filha, mas a experiência me provou o contrário.

Alceu decidiu que eu receberia uma educação digna de um príncipe. Sabia que alguns questionariam sua decisão, até mesmo seus irmãos e homens leais a ele, mas bateu o pé e chamou a atitude de ato de piedade. A filha de Zeus, Ártemis, deusa da lua e das criaturas selvagens, recebera um arco robusto como herança e passara a ser cultuada por todas as cidades da Grécia. O Oráculo tinha dito que o rebento de Alceu dominaria um monstro temido pelos próprios deuses, e assim seria.

Quando meu pai olhou para meu rostinho minúsculo e enrugado, descobriu que me amava mais do que os deuses ou a esposa ou os homens leais a si, ou mesmo a própria alma. Foi por isso que me deu o nome de Psiquê, que, em nossa língua, quer dizer *alma*.

Minha mãe, até onde sei, nunca questionou o amor que sentia por mim desde o instante em que me sentiu chutar em seu ventre. Fui sua primeira e única filha, um bebê gerado tarde na vida. A concepção demorara tanto que os conselheiros de meu pai o tinham incitado a tomar uma segunda esposa ou mesmo uma concubina, mas ele respeitava demais minha mãe para fazer algo assim.

Minha mãe, Astidâmia, era uma mulher incomum. Cresceu nos confins da Arcádia quando os reis lobos ainda governavam os domínios das florestas, e teria recebido uma educação muito similar à minha se não tivesse caído terrivelmente doente quando jovem. Meu nascimento a afetou ainda mais; ela passou boa parte da vida nos aposentos penumbrosos das mulheres, acomodada em almofadas enquanto fiava lã cercada de damas de companhia. Minha mãe era delicada como um lírio, apesar da alma de ferro, e, assim que atingi a idade na qual já conseguia pensar por mim mesma, me lembro de entender que eu precisaria ser forte por nós duas.

A maior parte dos meus cuidados foi relegada a uma ama, uma escrava tessaliana chamada Maia. Ela era grande e macia como uma cama, com uma risada retumbante que brotava à menor provocação. Maia me ensinou canções e ditados simples e me viu dar meus primeiros passos. À noite, me levava até minha mãe, que pousava a mão gélida em minha testa e me beijava. Então passei os primeiros anos da vida nos aposentos das mulheres, um lugar que cheirava a leite e velas de sebo.

Quando fiz cinco anos, tudo mudou.

— Seu pai está esperando por você, pequena Psiquê — me disse Maia certo dia, com a expressão solene no rosto largo.

Meu pai estava esperando no corredor que dava nos aposentos das mulheres. Alceu era alto como as estátuas dos deuses, e naquele dia usava a armadura de um rei guerreiro e no rosto uma expressão de seriedade. Legou a mim a tez acobreada que herdara de sua mãe meio etíope, Andrômeda. Qualquer um saberia que éramos pai e filha, imagem e semelhança um do outro, e tive vontade de erguer a mão e esfregar seu bigode como geralmente fazia. Em vez disso, entendi por sua solenidade que aquilo era sério e o segui em silêncio, com as perninhas curtas se esforçando para acompanhar suas passadas longas.

Meu pai me levou para o salão do herói, que era como os servos chamavam a pequena câmara no interior do palácio. Não havia quase nada ali, exceto uma espada e um escudo pendurados na parede, e um altar que emanava fumaça de incenso para o espírito do herói. O escudo era de bronze decorado com diferentes tons de esmeralda e vermelho, embora a pintura tivesse sido arrancada em vários pontos pelo que imaginei serem garras de monstros ou espadas de bárbaros. No centro, havia a imagem mais aterrorizante que eu já vira — o rosto franzido de uma mulher cercado de cobras com presas arreganhadas. Ela parecia prestes a saltar da parede e envolver meu pescoço com as garras. Quis fugir, mas plantei os pés no chão e permaneci firme.

— Esses itens pertenceram a seu avô Perseu — contou meu pai.

Ele ergueu o escudo de bronze com reverência e o entregou a mim; no mesmo instante, o item tombou no chão e puxou meu braço junto, me fazendo abrir uma careta de dor. O escudo era tão pesado que precisei de toda a força do meu corpinho para erguê-lo de novo.

Meu pai me contou que o herói Perseu era filho do próprio Zeus, o Trovejante, rei dos deuses, e que tinha matado a terrível Medusa. Era o rosto dela pintado no escudo.

— Perseu acabou se casando com Andrômeda, da família real de Micenas, e depois foi pai de Alceu. — Ele fez uma pausa, sorrindo como se escondesse um tesouro dentro de si. — Alceu, que foi pai de Psiquê.

Quando disse meu nome, uma torrente de orgulho me preencheu, e de repente o escudo pareceu mais leve. Eu era descendente de heróis e deuses. Ajeitei a relíquia numa posição mais confortável e me deleitei com o brilho do sorriso indulgente de meu pai.

— Mas você será uma heroína ainda mais grandiosa do que seu avô Perseu — disse meu pai. — O Oráculo de Delfos não fez profecias sobre ele, mas tinha uma para você, que será a maior entre todos os heróis.

Meu treinamento começou no dia seguinte. Meu pai encomendou um arco infantil e me ensinou a puxar a corda, meticuloso e paciente. Ele me levou para caçadas, me sentando na sela diante dele para que eu pudesse ver tudo enquanto perseguíamos a presa. Os homens leais a ele observavam aquilo com confusão, incertos sobre o que achar de uma garota treinada como um garoto; depois de um tempo, porém, passaram a me tratar como se eu fosse apenas uma peculiaridade familiar. Meu pai me mostrou como atirar uma lança e brandir uma espada, e minhas habilidades floresceram.

Eu só ia para os aposentos das mulheres à noite, quando Maia estalava a língua em desaprovação ao ver a sujeira impregnada em minhas roupas, e minha mãe me perguntava o que eu tinha aprendido naquele dia. Contava tudo a ela com avidez, as palavras se atropelando como era próprio a uma criancinha da minha idade, até Maia me arrastar para tomar banho e me trocar.

As estações mais quentes eu passava ao lado do meu pai no campo de treinamento ou caçando; no inverno, porém, ia com o resto das crianças do palácio me sentar aos pés do velho poeta cego que nos contava histórias de deuses e heróis. O sujeito perdera a visão no começo da vida e, como resultado, adotara a lira em vez da espada e do escudo. Era um homem que não pertencia a cidade alguma, vagava por onde queria e trocava canções por abrigo e comida. Enquanto as chuvas de inverno caíam lá fora, ele dava vida às histórias de heróis e deuses no salão de banquete de Tirinto iluminado pelo fogo.

Como posso explicar o relacionamento entre meu povo e os deuses? Os deuses eram reais aos nossos olhos, tão concretos quanto uma xícara ou uma mesa, mas não havia amor entre nós exceto pelo tipo mais vil de todos. Deuses podiam engravidar mulheres humanas ou oferecer bênçãos a seus favoritos, mas também nos sabotavam com charadas ou nos matavam para satisfazer ressentimentos imortais quaisquer. Não era possível confiar em deuses, embora fosse necessário respeitá-los.

Certa noite, o poeta começou a recitar o conto sobre a criação do mundo, o ovo do Caos e os deuses imortais que dele irromperam — começando por Gaia, a deusa da terra, e Urano, o deus do céu. Eu cutucava uma casca de ferida no nó de um dos dedos, suspirando de tédio. Não ligava muito para os deuses, com exceção de Ártemis, filha de Zeus e deusa da caça e da lua. A irmã do sol, que corria depressa pelas montanhas como eu.

Eu gostava muito mais das histórias de heróis. Os deuses eram imortais e não tinham nada a perder em suas aventuras, mas os heróis arriscavam tudo em troca da oportunidade de obter uma fama imortal. Heróis perseveravam contra limitações impostas pela própria mortalidade e se tornavam faróis para outros humanos que vinham depois. Humanos podiam até virar deuses ao se provarem dignos por meio de seus feitos.

Ergui a cabeça quando o poeta cego começou a contar a história de Belerofonte, que no passado habitara aquela mesmíssima cidade de Tirinto. Belerofonte recebeu a missão de derrotar a temível Quimera, um monstro formado por partes iguais de leão, bode e serpente, e que, ainda por cima, cuspia fogo. O herói era esperto: atirou na Quimera usando uma flecha com ponteira de chumbo, que derreteu sob o bafo fervente da criatura e a sufocou. Anotei mentalmente a estratégia caso fosse útil quando eu mesma virasse uma heroína. Ansiava pela glória daquele tipo de coisa, por ter minha história contada ao pé da fogueira durante gerações.

Quão mesquinhas eram minhas concepções de heroísmo na época… Eu ainda não conhecia muito do mundo, e tinha certeza de que matar alguns monstros era a única coisa necessária para fazer de alguém um herói. Não sabia nada sobre a guerra, a morte ou o amor.

— Algum dia os poetas vão contar histórias sobre mim também — cheguei a falar para outras crianças mais tarde, e elas me encararam de olhos arregalados. — Vou ser a maior entre todos os heróis — acrescentei. — Existe até uma profecia sobre isso.

O sardento Décio, filho do estribeiro-mor, soltou uma risadinha irônica pelo nariz. Ele não me levava a sério desde que me vira cair do cavalo quando eu tinha seis anos.

— Não tem como você ser um herói — ele me disse. — Você é uma garota. Chutei suas partes baixas e o mandei chorando para a saia da mãe.

Depois de um tempo, chegamos ao limite do que meu pai poderia me ensinar. Alceu era um rei, não um herói, por mais que desejasse o contrário. Era hora de encontrar um professor para mim, mas quem? Quíron seria a escolha óbvia, mas meu pai não queria entregar a filha como aprendiz a um centauro. Uma amazona rebelde das estepes talvez fizesse um bom trabalho, mas elas não raro morriam em cativeiro; além disso, contratar uma estava fora de questão, já que aquelas mulheres selvagens não conheciam as moedas de troca do mundo civilizado.

Por fim, foi minha mãe que sugeriu a candidata mais promissora. No dia seguinte, meus pais lhe enviaram uma carta.

Alguns meses depois, Atalanta chegou aos portões da cidade.

Veio sozinha, sem comitiva ou fanfarras, embora a notícia de sua chegada tivesse se espalhado como fogo na palha. Ela cavalgou pelo famoso Portal do Leão de Micenas, mas não dispensou sequer um olhar para as feras de pedra — já havia matado leões de verdade, e aqueles não a impressionavam nem um pouco. Usava túnica e calças empoeiradas de caçadora e vinha montada em uma temperamental égua baia que tentava morder quem quer que chegasse perto demais. A mulher parecia uma criatura feita de tendões e madeira, ou talvez uma ninfa das profundezas da floresta, embora as rugas no rosto curtido pelo tempo e os fios de cabelos grisalhos a caracterizassem claramente como uma mortal. Atalanta, a heroína.

De todas as histórias contadas pelo poeta cego, minhas preferidas eram aquelas sobre Atalanta.

Atalanta lutara ao lado de Jasão durante a missão para recuperar o Velo de Ouro e fora a primeira a derramar sangue do monstruoso javali calidônio. Quando chegou sua hora de se casar, se recusou a ser vendida como uma vaca ou ovelha e, em vez disso, jurou que só se juntaria ao homem que conseguisse vencê-la em uma corrida. Muito tempo se passou até surgir alguém capaz de tal feito.

Meu pai não me levou para os campos ou florestas no dia em que Atalanta chegou a Micenas. Em vez disso, passei a manhã sendo esfregada e escovada por

Maia e outras criadas como se fosse um cordeiro sacrificial. Tolerei o tratamento porque assim podia ouvir as mulheres fofocando.

— Acham que é mesmo ela? — perguntou a garota que trouxe a água quente, se inclinando no batente.

— *Só pode* ser ela. Não tenho dúvidas — disse Maia, esfregando minhas costas e axilas. — Só tem uma mulher em todas as cidades gregas que cavalga daquele jeito.

Mais tarde, Décio me disse que foi ele que pegou as rédeas do cavalo de Atalanta após derrotar os dois irmãos mais velhos na disputa de quem faria as honras. Impressionado com a presença dela, gritou:

— É verdade que a senhora foi criada por um urso?

Atalanta abriu um sorriso terrível, os olhos brilhando.

— Por que não vai perguntar para o urso?

O garoto disse que apertara o passo ainda segurando as rédeas do cavalo da heroína, e o bicho tentara arrancar um tufo do cabelo dele com os dentes amarelados.

Fui me encontrar com Atalanta no maior dos pátios do palácio, acompanhada de minha mãe e meu pai. Maia me obrigou a vestir um quíton de um branco imaculado para que eu parecesse a virgem de um templo, mas não entendi muito bem o porquê: uma heroína não se impressionaria com roupas chiques.

Quando chegamos, Atalanta descansava no pátio com a graça natural de um felino das montanhas.

— Saudações, e bem-vinda a Micenas — disse meu pai, fazendo uma mesura profunda.

A mulher não retribuiu. Senti uma pontada de irritação diante de sua impertinência; mesmo sendo uma lenda, ela não precisava ser rude com meu pai.

— Não há muitas coisas que me façam sair de minhas florestas para morar em uma cidade — disse Atalanta, empertigada. — Mas li sua carta e respeito a palavra do Oráculo. Nunca tive pupilos antes, mas talvez seja a hora. É esta a garota?

— Meu nome é *Psiquê* — me intrometi, incomodada por estarem falando de mim como se eu fosse um cão ou um cavalo.

— É claro. Você é bem novinha, ao que parece — disse Atalanta, se agachando para ficarmos com os olhos no mesmo nível. — É bom começar cedo.

Quando comecei a treinar meu filho, ele não era muito mais velho que você. Sabe cavalgar?

— Sim — respondi.

— Sabe usar um arco?

— Sim.

— Me aceita como sua professora?

Um longo silêncio se estendeu entre nós. Por mais nova que eu fosse, sabia o que aquilo significava. Sabia que a mulher diante de mim moldaria meu destino tanto quanto minha mãe ou meu pai. Talvez até mais, pois, embora eles tivessem me dado a vida, seria ela que me ajudaria a encontrar algum sentido em minha existência.

Eu poderia ter rechaçado Atalanta, voltado para os aposentos das mulheres e vivido uma vida tranquila. Mas queria ser como ela: uma heroína que inspirava respeito. Aquela era a mulher que poderia me guiar à estrela brilhante que me aguardava em meu destino.

Então olhei no fundo de seus olhos de um cinza tempestuoso e respondi:

— Sim.

— Sendo assim, começamos amanhã — definiu Atalanta.

Pela primeira vez desde que colocara os pés na cidade, a heroína sorriu.

Na manhã seguinte, Atalanta decidiu me levar às profundezas da floresta, o que despertava em mim uma grande dose de empolgação com um toque de ansiedade. Eu só adentrara as matas com meu pai e seus homens em comitivas escandalosas. Agora, estava sozinha com aquela mulher que era praticamente uma estranha. A floresta era um lugar peculiar, onde tudo podia acontecer; era possível encontrar um bando de centauros, um grupo de ninfas se banhando ou até mesmo um dos deuses fazendo uma caminhada só. Mas não houve sinal de centauros ou ninfas naquele dia, para minha decepção, e logo fiquei entediada.

Comecei a fazer perguntas a Atalanta.

— Você realmente viajou com Jasão?

— Sim — respondeu minha professora, sem nem mover o corpo para me olhar. Seu passo não vacilou.

— Você viu o Velo de Ouro? Como ele era?

— Era um velo. De ouro.

Depois fiz a pergunta que deixara para o fim:

— É verdade que você matou o javali calidônio?

Atalanta diminuiu o ritmo por um instante, mas logo se recuperou.

— Sim. Meleagro e eu fizemos isso juntos. Agora pare de fazer perguntas bobas.

Sem aviso, Atalanta se sentou em um tronco caído e deu tapinhas a seu lado.

— Venha. É hora de receber sua primeira lição. Me diga o que está escutando.

Fui pega de surpresa. Estava certa de que havíamos ido até ali para seguir os rastros de feras selvagens ou decifrar os segredos na selva, não para nos sentar em um tronco cheio de musgos e *ouvir*. Ouvir era algo que podia ser feito em qualquer lugar. Mas eu queria aprender, então fechei os olhos. Não ouvi nada, e foi o que disse a Atalanta.

— Errado! — disparou minha professora, tão alto que alguns pássaros próximos alçaram voo. — Se quiser abater monstros, vai precisar estar atenta aos arredores o tempo todo. Ouça com atenção e vai perceber que o vento está vindo do nordeste, o que significa que qualquer coisa a sul e oeste pode farejar sua presença. Vai notar os pássaros cantando, o que significa que se sentem seguros, e tudo está bem. Fique alerta quando as aves se calarem: significa que algo as assustou, e esse "algo" pode estar vindo atrás de você.

Levei aquilo em consideração.

— Não estou ouvindo ninfas, centauros ou leões — informei.

Atalanta soltou uma risadinha irônica.

— Já é um bom começo. Talvez você se torne uma boa heroína, afinal de contas.

O treinamento que tive com meu pai, logo percebi, não passava de brincadeira; o que eu fazia com Atalanta era trabalho de verdade. Não gostei no início. Apesar de todo meu talento natural, eu ainda era uma herdeira real, mimada e desacostumada às dificuldades. Ainda que sentisse prazer ao ver a flecha atingindo o alvo, não gostava que me dissessem onde mirar.

De manhã até a noite, me esforçava com o arco, a lança e a espada. Atalanta era uma professora inclemente, e me defender de seus golpes me rendia bons hematomas. Odiei a mulher naqueles primeiros dias e achei que ela também começaria a me odiar por conta de minha teimosia. As coisas poderiam ter se complicado entre nós não fosse o embate fatídico que tivemos certo dia, quando as chuvas gélidas de inverno encharcavam as planícies de Micenas. Não havia sentido algum em arruinar boas armas de bronze em um clima daqueles, então, em vez disso, Atalanta me fez correr ao redor da muralha de Tirinto para melhorar minha resistência.

Foi horrível. Meus pés descalços afundavam na lama a cada passo, e a chuva fria encharcava até minhas roupas de baixo. Eu tremia descontroladamente apesar da exaustão, aquecida apenas pela raiva incandescente que sentia pelo vulto que me observava: Atalanta, de braços cruzados e postura crítica como a das estátuas dos deuses imortais.

Completei uma volta ao redor da muralha. Quando retornei ao lugar onde a silhueta solitária aguardava, parei e a encarei.

— Não vou dar outra volta — falei, batendo o pé. Ele afundou na lama, e fui obrigada a puxá-lo de volta com força. O som úmido que escapou do barro de alguma forma amenizou o ar desafiador que eu planejava expressar. — Quero entrar.

Atalanta fechou a expressão. Por um momento, não se ouvia nada além de minha respiração entrecortada e o cair da chuva. A mulher que matara monstros e combatentes começou a caminhar na minha direção, esbelta como uma lâmina cortando os véus de chuva.

Me aprumei. Atalanta me olhava como um lobo olharia para um coelho, mas eu me negava a ser a presa. O que ela faria, me bateria? Eu não tinha medo. Ela já me acertara várias vezes nos braços e no torso com espadas de madeira enquanto treinávamos. Mantive as costas eretas e aguardei.

Atalanta parou diante de mim, altiva.

— Os monstros não vão pegar leve com você. Eu também não — disse ela devagar, enquanto a água escorria de seu cabelo escuro. — Acha que as criaturas selvagens descansam quando está chovendo? Bobagem. Esse é o melhor clima para caçar certos tipos de animais, especialmente felinos grandes ou ursos, já que assim não conseguem farejar seu cheiro. Matei meu primeiro leão num dia como este.

Minha determinação vacilou, substituída pela curiosidade.

— Sério?

Um leve sorriso atravessou seu rosto.

— Sim. E se você der mais uma volta ao redor da muralha da cidade, vou lhe contar a história de como isso aconteceu lá no salão de banquetes, com um copo de leite quente. Não estou parada aqui neste clima horrível porque gosto, oras.

Fiquei animada na hora. Atalanta guardava as histórias de seus feitos a sete chaves, mas eu tinha conseguido arrancar algumas dela e estava sempre ávida por outras. A heroína as contava com menos estilo que o poeta cego, mas eu gostava mais dos contos de Atalanta porque eram *de verdade*.

Corri o restante do percurso sem uma reclamação sequer.

2
EROS

Minha história começa antes que existissem histórias a serem contadas, quando não havia nada além de terra e céu se estendendo em direção ao infinito. O mar ainda não tinha sido inventado.

Éramos menos de uma dúzia naquela época, os primeiros deuses elementais emergidos do insondável abismo do Caos — outra forma, suponho, de dizer *do nada*. A grama do mundo recém-nascido fez cócegas nos meus pés quando dei meus primeiros passos. Olhei para baixo. Em minha mão direita havia um elegante arco, e, atada à minha cintura, encontrei uma aljava de flechas com penas douradas. A existência daqueles itens era inextrincavelmente ligada à minha, partes de mim tanto quanto meus pés e minhas mãos. Tamborilei os dedos pelo cordão do arco e senti o zumbido do poder ali contido.

Estiquei os braços, sentindo os músculos se tensionarem sob a pele, e insuflei os pulmões pela primeira vez. Asas amplas e dotadas de penas se estenderam dos meus ombros e roçaram na barriga de Urano, deus do céu. Enterrei os dedões dos pés na argila, me maravilhando com a sensação.

O mundo tinha uma estrutura simples, sem adornos, vazia e sempre à espera. Ainda não havia dríades para fazer florestas nascerem da terra, e o vento delicado não carregava o cheiro das flores. Tinha pouca coisa para se ver — algumas pedras, um pouco de relva.

— Que lugar é este? — perguntei em voz alta.

— *Creio que o chamam de Terra* — disse uma voz ao meu redor. — *Bem-vindo. Meu nome é Gaia.*

O amplo solo sob meus pés estremeceu. Senti a atenção de uma entidade vasta pousada em mim, algo maior que as planícies que se estendiam até uma cordilheira distante, mas não senti medo. Risadas chegaram a meus ouvidos, doces e brincalhonas.

— Gaia — repeti, fazendo a forma do nome se revirar em minha língua.

Notei olhos que me observavam, semicerrados com diversão. Vi as vaguíssimas formas de um semblante — um nariz altivo, uma boca generosa, cabelo que lembrava os rios que começavam a brotar das fendas no chão.

— *É um lugar agradável, embora bastante solitário* — disse Gaia. Ela desviou a atenção para outro ponto. — *Embora não para você, ao que parece. Tem alguém vindo.*

A vasta consciência evanesceu, e quase cambaleei com sua ausência. De fato, quando ergui a cabeça, vi um vulto se aproximando. Ao contrário de Gaia, formada pela terra, aquela entidade parecia comigo. Tinha mãos com cinco dedos e duas pernas que a carregavam com rapidez pelo solo. Era meu reflexo perfeito na versão feminina — cabelo dourado, pele acobreada e olhos verdes, mas os dela cintilavam com a astúcia de uma serpente.

Era Éris, a deusa da discórdia, da desarmonia e das coisas quebradas. Minha gêmea cósmica, embora eu gostasse tanto dela quanto a mão direita gosta da esquerda.

— Aí está você — disse Éris enquanto se aproximava. — Procurei por você em todos os lugares. Temos muito trabalho pela frente, caro irmão. Vamos.

Olhei para a paisagem que começava a tomar forma. Montanhas irregulares no horizonte, e as primeiras faixas finas de nuvens nos céus. O mundo estava vazio, mas não ficaria assim por muito mais tempo. Pensei no que Gaia tinha dito. *Um lugar agradável, embora bastante solitário.*

Já conseguia sentir o tenso peso de um novo futuro ansiando por nascer.

— Acho que não vou — falei a Éris, que ficou olhando para mim como se eu tivesse anunciado que abocanharia o céu azul de Urano.

A divergência ainda era novidade, e ela pareceu bem chateada por não ter pensado no conceito primeiro.

— Somos deuses. Criamos e destruímos — declarou ela. — É isso que devemos fazer.

— Se somos deuses, podemos fazer o que bem entendermos — rebati.

E, como se para ilustrar minhas palavras, me deitei na rocha cálida e fechei os olhos. Depois de certo tempo, ouvi Éris partir com um bufar de frustração.

Não sei por quanto tempo dormi. Sono não é algo necessário aos deuses, mas é um grande prazer, e não o dispensamos. Fui despertado por dedos de vento correndo por minhas bochechas, fazendo farfalhar meu cabelo. Abri os olhos e me vi diante de um rosto angular com olhos tão azuis quanto o céu sem nuvens.

— Quanto tempo vai ficar deitado aí? — perguntou o recém-chegado.

Eu sabia que era Zéfiro, um dos irmãos que governavam os quatro ventos.

— Pelo tempo que eu quiser — respondi.

Em seus olhos claros, pude ver meu reflexo: cachos dourados, pele acobreada e olhos verdes como a grama sob meus pés. Me achei bastante atraente.

Ele assentiu, já perdendo interesse; depois eu descobriria que Zéfiro era volúvel como os ventos que comandava. Seu olhar recaiu sobre o arco e as flechas a meu lado.

— Para que servem essas coisas? — perguntou.

Enfim me sentei, estendendo a mão para sopesar os itens.

— Vamos descobrir juntos? — propus, com um sorriso já surgindo no rosto.

Peguei uma das flechas da aljava. A madeira da haste fora polida até uma suavidade quase perfeita; a ponta era feita de bronze. Eu tinha a sensação de que aquela coisa fora feita para voar, mas se mantinha teimosamente imóvel. Em seguida, analisei o arco. Um dos objetos clamava pelo outro, duas partes de um todo ansiosas por serem reunidas; então apoiei a haste na corda retesada.

O propósito do arco me inundou com uma certeza inabalável. Uma chaga que une duas partes, uma arma com o poder de curar. Pensei na solidão de Gaia e soube no mesmo instante o que eu devia fazer.

Mirei a ponta de bronze da flecha no imenso ventre azul de Urano, deus do céu. Manejar o arco daquela forma criava uma tensão agradável, que só poderia ser satisfeita no instante do lançamento. Abri os dedos, e a flecha voou. Zéfiro murmurou em aprovação e invocou uma brisa leve para carregar a flecha até seu destino.

O vento soprou forte, e minha mira foi certeira. O olhar de Urano pousou em Gaia, e, pela primeira vez, o amor adentrou o mundo.

Amor de um certo tipo, nesse caso. Os gregos podem até ter três versões de amor, mas os deuses só têm uma.

* * *

Eu era o deus do desejo, e não demorei muito tempo para entender o que aquilo significava. Se eu as infundisse com minha vontade, minhas flechas despertavam o desejo no que quer que atingissem. No início, achei que era algo feliz.

Gaia ficou encantada com as investidas de Urano, e logo o tomou como esposo. Da união dos dois nasceram as divindades que passaram a governar o mar, a memória e o tempo, e a alegria deles impregnou o mundo.

Eu distribuía minhas flechas livremente; às vezes, eu mesmo bebia do poço do desejo, me deitando com ninfas ou sátiros — embora tomasse o cuidado de nunca sentir a punção de minhas próprias flechas, relutante em cair fundo demais naquele fosso. Havia certa doçura no sexo, como a de subir numa árvore no verão sem nunca atingir o topo. Achei que aquele seria meu presente para o mundo, um deleite que poderia conceder aos outros com sua grata aceitação.

Eu ainda não sabia como o amor podia ser cruel.

Vi o sentimento entre Urano e Gaia se degradar. Ele a proibiu de ter mais filhos, temendo que parisse alguém mais grandioso que ele. Ela não obedeceu, o que o tornou violento. O filho dos dois, Cronos, saiu em defesa da mãe e conseguiu derrubar o pai, Urano, do trono. Depois, Cronos levou a vitória um passo adiante: emasculou Urano diante de todos, atirando seu falo no oceano.

Cronos alegou que aquele era um ato de vingança pela mãe, Gaia, mas a deusa da terra ficou aturdida pela atrocidade. Com o espírito destruído pela crueldade do esposo e pela selvageria do filho, ela se retirou do mundo e mergulhou em um sono sem fim. Virou a terra, e nada mais. A terra, e não ela mesma.

Minhas ações incontidas haviam trazido algo novo e feio para o mundo. Entendi, então, que o desejo era capaz de causar dor em vez de prazer. Minhas flechas poderiam fazer supurar um coração ferido, espalhando amor como uma infecção. Ou talvez o próprio sentimento fosse podre por natureza.

Depois disso, me retirei do mundo dos deuses. Fugi de divindades apaixonadas que vinham atrás de mim, sussurrando meu nome com uma intensidade que eu não entendia. Farejavam o desejo em mim, o poder que eu governava, e aquilo as atraía como o sangue atrai os tubarões. Mas eu sabia o quão rápido o afeto em seus olhos poderia se transformar em ódio, e também estava ciente de que eu não era nada para elas além de uma conquista. Não queria relação alguma com aquilo. Rechacei as investidas.

Apenas Zéfiro continuou sendo meu amigo, rindo de minha reclusão.

— Vai ser bom visitar você e me afastar um pouco da ralé — disse ele quando o informei de meus planos.

Bem longe do Monte Ótris, casa dos primeiros deuses, descobri um penhasco altaneiro que dava para o mar. Parecia remoto e deserto; o único som que se ouvia era o do retumbar das ondas contra as rochas afiadas. Como vizinhos, o penhasco tinha apenas os pássaros marinhos que construíam seus ninhos no alto dos rochedos, sem dar a mínima atenção para mim enquanto seguiam suas vidas. A vida era escassa e imutável naqueles confins da terra, onde nada verde crescia. Podia muito bem ser o início do mundo, ou o fim.

Era perfeito. Atravessei a praia de xisto e pousei a mão nas pedras desbotadas, que pareciam quentes como algo vivo contra minha palma. Fechei os olhos e chamei Gaia, minha irmã e mais antiga amiga.

Mesmo em seu delírio, ela respondeu. Houve um ranger nos penhascos, e quando olhei para cima, vi as estruturas da terra se acomodarem e mudarem de forma. Sem mais esforço do que uma mulher mortal despende para cortar o cabelo, Gaia esculpiu para mim um lar elevado no meio da encosta. Uma escada elegante de pedra me convidava a subir, ligando a praia àquele ninho de águia, abrindo caminho para terraços repletos de flores vibrantes e dotadas de um perfume doce.

Gaia fora generosa. Eu sabia que tudo que encontraria lá dentro seria de meu gosto. Refeições surgiriam na mesa quando eu assim desejasse, e taças de ambrosia divina se encheriam sozinhas em minha mão. Minhas roupas apareceriam lavadas e costuradas de tempos em tempos; manchas seriam removidas sem que eu nada precisasse fazer. Naquele lugar que Gaia construíra para mim, toda a realidade se dobraria aos meus desejos — tais eram as bênçãos da deusa da terra sobre aqueles que caíam em suas graças.

Eu encheria aquele lar de todo tipo de coisas belas — vitrais e joias vibrantes, talvez um ou outro animal de estimação. Sempre gostara de pavões, assim como de gatos. Aquele seria um lugar de alegria.

— Obrigado — sussurrei para Gaia antes de estender as asas douradas e voar até minha nova habitação.

* * *

Mesmo naquele lugar remoto, porém, minha solidão não era imperturbável. Eu recebia um fluxo constante de mensagens de outros deuses — alguns querendo minhas flechas, outros pedindo favores de natureza muito mais íntima. As primeiras eu fornecia com certa abundância, mas nada oferecia da segunda. Não me esquecia do que havia acontecido com Urano e Gaia, e não correria o risco de ser aprisionado em um amor enfastiante.

Certo dia, minha irmã gêmea Éris foi até minha casa da costa. Encontrei-a parada em meu jardim suspenso, me olhando por baixo dos cílios. Notei que usava um tecido diáfano ao redor do corpo, e seu cabelo dourado estava trançado em um penteado complexo que pareceria elegante em outra pessoa.

O que estava fazendo ali? Geralmente, minha irmã preferia a companhia de outros deuses, os que melhor usufruíam de seus talentos. Éris destilava seu veneno como um dente-de-leão espalhando as sementes pela terra, sussurrando fofocas maliciosas em ouvidos ávidos.

— Então, meu caríssimo irmão — começou Éris com o que pensava ser um tom sedutor, mas que, para mim, soava como unhas arranhando pedra. — Os outros deuses copularam para produzir filhos e povoar a Terra, mas você não. Posso ajudá-lo com isso.

Ela era minha irmã, mas tal tipo de união não era incomum entre deuses. De fato, éramos os parceiros mais adequados um para o outro. Como Gaia e Urano, éramos opostos: desejo e discórdia, tão paralelos quanto céu e terra. Ainda assim, me vi tomado pelo desconfortável pensamento de que, se Éris e eu nos juntássemos, acabaríamos diminuindo nossos poderes — ou talvez déssemos origem a algo muito pior.

Mas, ao que parecia, a possibilidade não parecia incomodar Éris.

— Éris, cara irmã — comecei, doce —, eu preferiria fincar uma de minhas flechas em meu próprio olho a me deitar com você.

Seu rosto ficou lívido de raiva. Não a veria por vários milhares de anos.

* * *

Depois de certo tempo, houve uma segunda guerra nos céus. Cronos começara a devorar os próprios filhos para evitar outra rebelião, mas um deles acabou escapando.

Um dia, esse filho esquecido de Cronos bateu à minha porta. Era Zeus, o Trovejante, que na época não passava de uma divindade inferior. Ele entrou às pressas em meu lar e se sentou diante de minha grande mesa de carvalho, onde se serviu de minha ambrosia e a sorveu com estardalhaço.

— Preciso de sua ajuda — disse Zeus, com o líquido violeta escorrendo pela longa barba branca. Apesar de ser vários séculos mais novo do que eu, ele tinha a aparência de um sóbrio idoso grisalho; deuses assumem a forma que melhor os atenda. — Meu pai, Cronos, é vil e deve ser destruído.

Caí na gargalhada.

— No passado, Cronos me procurou dizendo a mesma coisa sobre o próprio pai. Me pergunto: quando será que um dos *seus* filhos virá bater à minha porta?

O sorriso jovial desapareceu do rosto de Zeus, que cerrou a mandíbula. Lá fora, nuvens de tempestade cobriram o então brilhante céu como hematomas crescentes, disparando raios. Um ribombar baixo preencheu o ar. Meus pavões começaram a piar de medo, meus gatos se esconderam atrás dos móveis, mas eu continuei inabalado.

Zeus se levantou da cadeira, mas não saiu. Agigantou-se diante de mim com a expressão tão fechada quanto o firmamento.

— Muito bem. Já que não vai me ajudar, não me atrapalhe. Mas não vou esquecer sua insolência quando assumir meu lugar como rei dos deuses.

— Mande minhas saudações a sua esposa Hera — falei, simpático.

Zeus disparou — em todos os sentidos da palavra — pela porta de minha casa. Chuva e relâmpagos açoitavam o céu.

Certo dia, meu amigo Zéfiro entrou voando em meu lar; com o olhar ensandecido, me deu a notícia de que Zeus emergira vitorioso de sua batalha contra Cronos. Ele exilara o pai e construíra uma nova sede do poder no Monte Olimpo.

Aqueles que tinham servido fielmente a Zeus foram recompensados e se tornaram membros do Dodecateão, o panteão dos doze deuses. Eram apenas cinco na época, mas Zeus tinha certeza de que preencheria os lugares remanescentes em breve. As divindades mais velhas que se opuseram a ele passaram a ser conhecidas como Titãs. Era um nome astuto: grandioso o bastante para que aqueles assim nomeados não pudessem reclamar, mas ao mesmo tempo uma pecha que os separaria dos novos deuses. Zeus lidava com cada Titã de forma diferente: aqueles que o desafiavam eram exilados ou destruídos, enquanto outros recebiam a permissão de permanecer com poderes um tanto diminuídos.

Depois de sua vitória, Zeus desceu até as profundezas do mar, onde o sangue de seu avô Urano fermentara por séculos. Usufruindo da alquimia do oceano e de sua própria magia divina, as partes decepadas do deus primordial haviam se transformado em algo belo e novo. Zeus sussurrou instruções à deidade que se formou a partir daquele crime ancestral, dizendo a ela quem era e que tipo de poder deteria. Na hora certa, ela iria se juntar ao Dodecateão no topo do Olimpo, mas antes precisava encontrar alguém.

A deidade navegou com as marés por um tempo, sobressaltando cardumes de peixes de cores vibrantes que eram as únicas testemunhas de sua breve infância divina. Ficou olhando os campos oscilantes de alga e deixou os cabelos crescerem até que ficassem longos o bastante para se parecerem com a vegetação marinha; nadou até a superfície cintilante da água, com membros que tricotara para si mesma na forma de pernas longas e bem formadas, e, ao sorver a primeira lufada de ar, sussurrou o próprio nome: Afrodite, deusa do amor e da beleza.

Afrodite chegou à ilha de Chipre e, uma vez lá, saiu do mar. Era noite, e a praia brilhava branca sob a luz da lua cheia. Colinas ondulantes imitavam as curvas do quadril de uma mulher, e o aroma de jasmim flutuava na brisa noturna. Tenho certeza de que Afrodite pensava que haveria criadas ninfas esperando por ela com trajes de linho e tapetes de pétalas de rosa, talvez músicos dedilhando de leve seus instrumentos sob o luar. Mas tudo que viu ao emergir fui eu, envolto em trapos e com uma expressão especialmente sofrida no rosto.

Sem se dar ao mínimo trabalho de esconder a decepção, Afrodite tomou o trapo que eu estava vestindo e o usou para enxugar o cabelo encharcado, sem ligar para a própria nudez. Quando terminou, me analisou de cima a baixo.

— Você deve ser meu novo servo.

Não respondi. Assim como outros deuses mais velhos, eu precisava aceitar meu lugar na nova ordem imposta por Zeus, por mais que isso me irritasse.

Afrodite continuou:

— É do desejo de Zeus que compartilhemos a influência sobre os campos do desejo e da beleza, embora eu, obviamente, deva ficar com a parte mais importante. Parece que você o desafiou certa vez, então ele decidiu fazer sua própria divindade do amor. Você *precisa* entender. — Ela sorriu de uma forma que enlouquecia outros deuses de paixão; eu, porém, fiquei apenas nauseado.

Permaneci em silêncio.

Enquanto o luar banhava seu corpo nu, Afrodite enrolou o tecido na cabeça e colocou as mãos na cintura, me analisando. Deu um passo em minha direção, depois outro, chegando tão perto que pude sentir seu hálito quente como a brisa da noite. Conseguia sentir o cheiro de sua pele, tocada apenas pela água e pela lua, implorando por outras carícias. Não sabia muito bem se ela me beijaria ou me devoraria vivo.

Acabou que não fez nenhuma das duas coisas. Em vez disso, Afrodite aproximou os lábios do meu ouvido e sussurrou:

— Zeus acredita que laços familiares garantem harmonia. Acho que deseja que eu faça uma aliança com você pelo matrimônio.

Senti o horror fincar as garras em meu coração. Afrodite recuou de repente, e cambaleei no espaço que se abrira entre nós. Ela prosseguiu:

— Mas, se me perdoa dizer, eu preferiria um cônjuge menos miserável. — A risada dela era leve e musical. — Acho que vou adotá-lo como filho.

Senti meus lábios se retorcerem.

— Não sou seu filho.

— Ah, agora é — retrucou ela. — A menos, é claro, que queira encarar a ira do Trovejante.

Todo o ar deixou meus pulmões, e me vi sem aliados à sombra de um tirano. Apesar de ser mais velho, minha força não se equiparava à de Zeus. Eu já ouvira os rumores sobre o destino de Nereu, o antigo Titã deus do mar que protestara contra a ideia de Poseidon, irmão de Zeus, tomar para si o reino do oceano. Os relâmpagos de Zeus fulminaram Nereu de tal forma que o deus do mar se desfizera em cinzas. Sem força para manter a forma física, se dissolveu nas ondas que haviam sido seu lar. Agora ele existia apenas na espuma do oceano e no fluxo das marés, e ninguém mais sabia seu nome.

Apesar de ser nova no mundo, Afrodite era astuta e sabia que a ameaça da ira de Zeus podia ter me levado até aquela praia, mas não garantiria minha observância pelo resto da eternidade. Então, ela tentou outra estratégia.

— Há algo novo vindo, sabia? — disse, conspiratória. — Zeus me contou. Se chama humanidade, uma raça de mortais para nos entreter e adorar. Não vai ser divertido?

Senti uma centelha de curiosidade. Não há nada que deuses amem mais do que novidades, e ser objeto de adoração parecia intrigante. Vendo a brecha, Afrodite ainda acrescentou:

— Já que não está interessado em mim, creio que poderia pedir a Zeus para lhe designar a outra deidade. Aposto que Héstia *amaria* ter alguém para botar ordem na casa.

Aquilo era algo que eu não suportaria. Me ajoelhei e ofereci minha lealdade a Afrodite sem pestanejar. Enquanto o fazia, eu sonhava com pequenas formas de me vingar dos Olimpianos.

Fui cuidadoso ao longo dos séculos seguintes. Nunca quebrava minhas promessas nem deixava rastros que pudessem levar a mim com grau considerável de certeza, mas descobri certas formas de resistir à subjugação.

Para uma deusa do amor, Afrodite era consideravelmente azarada nas questões do coração. Minha autoproclamada mãe era casada com o feioso deus da metalurgia Hefesto — uma decisão precipitada por parte de Zeus depois que a competição pela mão da deusa dera sinais de que se tornaria um banho de sangue. Mas Afrodite se apaixonou pelo belo deus da guerra, Ares, e ainda teve vários outros casos. Todos terminaram mal.

Zeus, rei dos deuses, passava por maus bocados similares. Suas inúmeras aventuras extraconjugais enfureciam a esposa, Hera, que perdia a conta das ninfas e deusas com as quais o marido se deitava. Ainda assim, ele não parecia capaz de parar. Creio que garantia a si mesmo que indulgências sensuais eram prerrogativa de ser um rei. Zeus gostava de acreditar que controlava seus desejos, mesmo quando todas as evidências sugeriam o oposto.

Não deixei vestígios de minha participação em tudo aquilo e mantive minhas flechas por perto. Havia aprendido com Cronos e Gaia que o amor pode ser uma faca de dois gumes, e não hesitava em usar isso a meu próprio favor quando a situação exigia.

Se o amor era uma arma, eu o manejaria de forma apropriada.

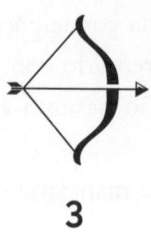

3

PSIQUÊ

Quando tinha treze anos, viajei com minha família pelas colinas e vales da Grécia para comparecer ao casamento de Helena e Menelau, em Esparta.

Abri as cortininhas da liteira que dividia com minha mãe para espiar os outros viajantes na estrada. Vi fazendeiros levando suas safras para o mercado, peregrinos a caminho de algum templo e até famílias inteiras viajando como a nossa. Depois de um tempo, minha mãe se cansou daquilo e me mandou seguir a cavalo com meu pai na dianteira do comboio. Ele me cumprimentou calorosamente e me colocou diante dele na montaria como fazia quando eu era novinha, enchendo meus ouvidos de histórias sobre a cidade-estado de Esparta. O povo espartano era guerreiro, conhecido pela força de seus exércitos. Até as garotas eram treinadas para caçar e lutar, como eu. Registrei a informação com interesse.

A cidade, enfim, surgiu no horizonte. Não havia muralhas ao seu redor, já que Esparta confiava sua defesa a seus guerreiros em vez de à pedra ou ao cimento, mas uma guarda de honra estava esperando do lado de fora para nos levar ao palácio. O destacamento guiou nosso comboio até um pátio onde um grupo de homens aguardava. Um deles bradou uma saudação e se aproximou de nós.

Ele se parecia muito com meu pai, mas tinha um aspecto inchado. Enquanto Alceu era magro e esbelto como um lobo, Agamenon estava mais para um urso, o corpo coberto de músculos. A barriga avantajada esticava a túnica, que mostrava manchas de suor nas axilas. Seu nariz parecia ter sido quebrado duas ou três vezes, dada a aparência encaroçada e meio disforme. Mesmo naquela tarde agradável, meu tio fedia a suor e armadura de bronze.

— Alceu! — retumbou o homem. — Não sabia que você tinha um filho.

Meu pai se ajeitou desconfortavelmente no cavalo.

— Esta é...

— Meu nome é Psiquê — falei, sem pestanejar. Desmontei rápido e avancei até meu tio Agamenon. — Ouvi muito sobre o senhor, e...

— Ah, uma filha — disse Agamenon, a luz do interesse sumindo dos olhos. Ele se virou para meu pai. — Alceu, você está atrasado. Menelau e eu queremos sua opinião na questão dos argivos...

E assim foram embora, me largando no pátio empoeirado, com os criados e a liteira coberta de minha mãe como única companhia. Enquanto via os irmãos se afastarem, meu coração afundou ainda mais no peito.

Minha mãe alegou indisposição e foi levada direto para o quarto de dormir; a jornada a abalara, e ela precisava descansar. Eu, por outro lado, me vi sendo arrastada por outro corredor. Um grupo de criadas me despiu às pressas das roupas empoeiradas de viagem e me enfiou em um velho e endurecido quíton que cheirava a mofo e cedro envelhecido. Ajeitei os saiotes, que eram muito mais longos do que as roupas práticas de montaria e os vestidos curtos que eu costumava usar. Depois as mulheres me empurraram na direção de um cômodo escuro, quase me fazendo tropeçar algumas vezes. Quando entrei, as portas bateram atrás de mim.

— Quem temos aqui? — perguntou uma voz melodiosa.

Meus olhos levaram um instante para se ajustar à penumbra. A sala ficava no interior do palácio, não tinha janelas e havia apenas alguns candeeiros provendo iluminação. *Os aposentos das mulheres*, notei com frustração. Me perguntei quão longe meu pai e meus tios estavam e se ainda havia alguma possibilidade de encontrá-los.

— Meu nome é Psiquê — respondi meio sem jeito, olhando na direção da mulher que havia falado comigo. Queria demonstrar minhas habilidades no lançamento de machados, não ficar sentada na escuridão com estranhas. — Sou filha de Alceu.

— Princesa de Micenas — disse a mulher de forma graciosa, tombando a cabeça para o lado. — É um prazer conhecer você. Meu nome é Penélope, e sou a rainha de Ítaca.

Na luz baça, vi os grandes olhos escuros de Penélope e a cabeleira castanha de madeixas encaracoladas puxadas com firmeza para longe do rosto. Não era exatamente bela, mas a consideração no olhar e o raro tom de confiança na voz me intrigaram. Muitos anos depois, quando conheci seu esposo, Odisseu, não me surpreendeu em nada a conexão dele com a deusa Atena. Penélope, de mãos ágeis e mente afiada, era um reflexo mortal da deusa.

— Essa é Clitemnestra, esposa de Agamenon — continuou Penélope, apontando para uma mulher de cara fechada. — E ali estão suas filhas, Ifigênia e Electra. Ifigênia é uma tecelã muito talentosa, não muito mais nova que você.

Ifigênia, de fato, tinha poucos anos a menos do que eu, e me encarou com olhos arregalados de fascinação. Tinha um rosto doce e aberto, com bochechas que lembravam as metades de um pêssego, e o tom de pele acobreado que nos marcava como parentes. A mãe dela, Clitemnestra, por outro lado, tinha a aparência de quem estava sempre chupando limão. Ali perto, a bebê Electra dormitava em um cestinho.

— Cadê a mãe dela? — quis saber Clitemnestra. — Não podemos tolerar uma jovem respeitável dessas perambulando sozinha pelo palácio.

— Eu não estava perambulando — respondi, irritada. — Minha mãe está descansando.

Clitemnestra bufou em desaprovação, mas Penélope apenas riu.

— Dou-lhe as boas-vindas, Psiquê, e desejo bom descanso à sua mãe. Mas para terminar nossa rodada de apresentações — ela gesticulou na direção da quarta pessoa presente no cômodo —, essa é minha irmã, Helena. Nossa bela noiva.

O lugar estava tão escuro que não notei de imediato a formosura radiante da mulher à esquerda de Penélope. Chamar Helena de bela era como chamar o sol de brilhante; embora fosse tecnicamente verdade, a palavra não era suficiente para expressar seu esplendor cintilante. Longas madeixas cor de mel cascateavam ao redor do pescoço elegante. Notei o fino vestido que usava e as marcas cerimoniais de hena adornando suas mãos, sinais das celebrações de seu matrimônio próximo. Me lembrei das histórias que os guardas palacianos de Tirinto sussurravam sobre a concepção de Helena, sobre como Zeus em pessoa se aproximara da mãe dela depois de assumir a forma de um cisne. Na época, eu achava as histórias disparatadas, mas, diante daquela mulher, me peguei cogitando que talvez houvesse um fundo de verdade nelas.

Passado o choque inicial causado pela beleza de Helena, notei que a infelicidade maculava suas feições perfeitas. A mulher estava tão distraída em sua tristeza particular que não pareceu sequer notar minha presença. Os dedos magros continuavam passando a naveta do tear para a frente e para trás, num padrão meio desconexo. Pensei que talvez estivesse com dor de estômago ou alguma enfermidade não visível. Como alguém poderia estar tão triste numa ocasião tão feliz?

Penélope voltou para o trabalho. *Irmã*, tinha dito ela. Olhando com atenção, eu até conseguia ver alguma similaridade entre Penélope e Helena, mas era como comparar um pato a um cisne.

Eu me sentei e, pela primeira vez na vida, fui confrontada com a intimidadora e desconhecida presença de um tear. Sabia fazer muitas coisas: estimar o tamanho de um animal com base em suas pegadas, me mover silenciosamente até uma presa oculta em meio às moitas, atirar com precisão a pé ou montada. Mas não sabia tecer. Olhando em retrospecto, aquela parecia uma infeliz lacuna na educação de uma garota da nobreza.

Olhei para as outras mulheres para ver o que estavam fazendo, mas isso não ajudou muito. As mãos de Penélope se moviam como se tivessem sido feitas para a função, empurrando e puxando a naveta com estalidos satisfatórios; mesmo o trabalho emburrado de Helena parecia suave o bastante. Mas toda vez que eu tentava imitar os gestos tudo o que conseguia era uma montoeira de fios embolados. Por que raios mulheres precisavam tecer o tempo todo? De quanto tecido um lar precisava, afinal?

— Você está passando a urdidura por baixo da trama. — Uma mãozinha se colocou ao lado da minha para desembaraçar os fios. — O certo é passar este por baixo, está vendo?

Quando olhei para o lado, o rosto doce e confiável de Ifigênia sorria para mim.

Retribuí o sorriso.

— Obrigada. Eu nunca tinha feito isso antes.

— Não? — Uma ruga surgiu na testa de Ifigênia. — Uma garota que não sabe tecer? É como um pássaro que não sabe voar.

Franzi as sobrancelhas.

— E daí que não sei tecer? Consigo abater um pássaro em pleno voo! Atalanta em pessoa me ensinou.

Fiquei satisfeita ao ver os olhos da garota se arregalarem.

— Você conheceu Atalanta? E sabe atirar com um arco? Que incrível! Me ensina?

Senti um rubor se espalhar pelas bochechas. Fazia muito tempo que passava a maior parte das minhas horas acordada com Atalanta, separada das demais crianças do palácio. Era muito bruta para andar com as garotas e muito menininha para andar com os garotos, que não gostavam de ser desafiados em suas atividades por uma princesa rebelde. Nunca havia tido uma amiga da minha idade.

— Seria um prazer lhe ensinar — falei. — Mas as garotas de Esparta já não aprendem a fazer essas coisas?

Ifigênia baixou a voz.

— Eu não sou espartana. Sempre quis aprender a usar o arco, mas meu pai diz que não é apropriado a uma garota. Mas meu...

— Ifigênia — censurou-a Clitemnestra. — Basta de falatório. Não é apropriado. "O silêncio é o maior enfeite de uma mulher", nunca se esqueça disso.

Eu já tinha ouvido o provérbio algumas vezes, vindo da boca de minha ama Maia, que geralmente dizia aquilo de forma zombeteira. Achei que fosse uma sátira, uma piada, mas Clitemnestra parecia absolutamente séria. Ifigênia se calou no mesmo instante. Encarei o olhar fulminante da minha tia, nada disposta a me intimidar, até ela, enfim, voltar ao tear com um suspiro de desaprovação.

Um soluço baixo me surpreendeu, e ergui a cabeça. Helena estava chorando; as lágrimas grossas rolavam pelo rosto imaculado antes de pousarem no tecido preso ao tear. Ela soluçava teatralmente, cheia de ranho escorrendo do nariz.

Os lábios de Clitemnestra se apertaram numa expressão de repreensão, mas foi Penélope quem falou primeiro.

— Helena, temos visitas — disse, os dedos sem deixar a trama nem por um instante. — Tente se recompor.

— Não consigo evitar — lamentou Helena. — Estou sendo vendida como gado para um homem que nunca vi!

— Ele é seu esposo, Helena, e você *precisa* se juntar a ele. Na verdade, caso não se lembre, você mesma o escolheu. — A voz de Penélope continha um leve tom de zombaria, e era nítido que ela estava perdendo a paciência.

— Escolhi entre os nomes de uma lista. Não sabia nada a respeito dele. E se ele me bater? Ou beber até cair? Ou der em cima das criadas?

— Você deveria estar grata por ter tido algum direito de opinar na seleção de seu esposo — rebateu Clitemnestra. — A maioria das mulheres nem isso tem.

Helena endireitou a postura e fulminou Clitemnestra com o olhar.

— Ninguém me deu alternativa! Todos me pressionaram para escolher um esposo, e os pretendentes estavam se matando. Esparta precisa de um sucessor — escarneceu Helena, que conseguia a proeza de, mesmo arreganhando os dentes como um animal, continuar mais adorável do que qualquer outra mulher com sua melhor expressão. — Fui feita para coisas melhores. Queria conhecer o mundo e me apaixonar, não passar a vida acorrentada a um tolo peludo.

Olhei de soslaio para ela. Eu estava tão abalada pela beleza de Helena que o cintilar de inteligência em seus olhos quase tinha me passado despercebido. Tive a impressão de que aquilo acontecia com frequência.

— Helena. — A voz de Penélope saiu baixa, agora sem complacência alguma. Ela interrompeu o trabalho no tear, olhando fixo para a irmã. — Nenhuma de nós teve opção. Acha que eu queria me casar com Odisseu e ir para Ítaca, onde há mais ovelhas do que pessoas e mais rochas do que ovelhas? Somos mulheres e devemos cumprir nossos deveres. Você ao menos vai ficar em Esparta.

— Já disse isto antes e vou repetir: "O silêncio é o maior enfeite de uma mulher" — declamou Clitemnestra, empertigada.

Minha vontade era jogar o tear dela em um rio.

Os ombros de Helena murcharam. Enfim, aceitando que haveria pouca simpatia por ali, ela voltou para o próprio tear, mas nem sequer se deu ao trabalho de estancar o fluxo de lágrimas que continuava a descer por suas bochechas.

Minha mente se agitava enquanto eu acrescentava mais fios emaranhados à minha trama. O dilema de Helena me perturbava, e o pensamento só ficava mais intenso conforme eu tentava ignorar a questão. A ideia de meu próprio casamento sempre parecera distante e nebulosa, mas eu era apenas alguns anos mais nova que Helena. Logo esperariam que eu me submetesse à união com um homem que mal conhecia. Sempre pensara em casamentos como festas imensas cheias de música e comida; nunca havia parado muito para pensar no que acontecia com as noivas depois das festividades.

Muito tempo antes, eu já havia notado que as histórias sobre heróis eram quase todas sobre homens; Atalanta era uma das raras exceções. Mulheres, quando tinham papéis nas narrativas, apareciam apenas como esposas ou amantes — ou, algumas vezes, como monstros.

Eu tinha a profecia do Oráculo, mas o que era uma profecia diante da ausência de mulheres nas lendas?

Entendi, com uma inquietação crescente, que o abismo que me separava de Perseu e Belerofonte não era, afinal, a falta de uma ascendência divina, e sim meu sexo. Os filhos dos deuses recebiam treinamento de herói, presentes divinos e fama infinita. Suas filhas, como Helena, eram recompensas a serem conquistadas.

Diziam que Zeus procurara a mãe de Helena, Leda, transmutado em cisne, mas ele não estava agindo como um agora. Eu já vira cisnes fazendo ninhos em lagos altos em meio às montanhas arborizadas; eram pais dedicados, que guiavam as filas de filhotinhos cobertos de penugem de um canto para o outro. Os deuses, por outro lado, largavam os filhos mortais à própria sorte até que fossem úteis. A julgar pelo olhar de Helena, o casamento era um poço de possibilidades perdidas, uma corrente atando a jovem a um homem que ela não conhecia, que governaria seu corpo e seu futuro.

Se aquilo era o melhor que a filha de um deus podia esperar, então o que restava a mim, alguém com ascendência mortal de ambos os lados?

O casamento foi um grande caos. Os homens estavam de bom humor, com o rosto corado de bebida enquanto berravam canções fora do tom. Ifigênia me alertara sobre a tradição em Esparta, que consistia no noivo carregando a noiva para longe da festa. Era um costume antigo, concebido para preservar a castidade da mulher antes que ela fosse sequestrada por algum espírito mau ou criatura trapaceira que porventura fossem atraídos pelas festividades; era algo que suplantava até a adoração de deuses olimpianos naquelas terras. Ao menos foi o que Ifigênia me contou entre instruções sussurradas para corrigir minha tecelagem.

Clitemnestra bufou quando ouviu aquilo.

— Não, isso é em benefício dos homens. Eles não estão acostumados a mulheres que não estejam gritando.

De uma forma ou de outra, quando meu tio Menelau jogou a noiva Helena sobre o ombro como se ela fosse um saco de grãos e a carregou pelo salão, me peguei levando a mão ao quadril, desejando estar armada. Helena nem se deu ao trabalho de segurar as lágrimas, e entendi que aqueles olhos marejados representavam um tipo de coragem, uma recusa a esconder sua opinião a respeito dos acontecimentos. Ela não daria sorrisinhos belos a seus captores.

Os demais homens foram atrás de Menelau. Logo que a gritaria desapareceu, Penélope gesticulou para que nos levantássemos e fôssemos atrás dela.

Minha mãe nos aguardava no salão de banquetes, alegre apesar das olheiras escuras. Meu pai estava sentado do outro lado do cômodo com os outros homens, perto do brutamontes que reconheci como meu tio Agamenon. Eu não vira Alceu entre os homens que haviam carregado Helena, e tentei, sem sucesso, garantir a mim mesma que meu pai jamais participaria de algo tão bárbaro.

Não contei para minha mãe o que acontecera nos aposentos das mulheres, mas fiquei olhando para ela de canto de olho, refletindo. Será que a frágil Astidâmia havia chorado como Helena antes do próprio matrimônio? Será que fora carregada por meu pai sob gritos e exclamações? Meus pais pareciam um par perfeito, mas agora eu sabia quais segredos ainda podiam habitar as sombras esfumaçadas dos aposentos das mulheres.

Menelau, sentado na plataforma dos recém-casados, estava com os olhos embotados pelo vinho, mas tinha no rosto uma expressão de alegria beatífica. Afinal de contas, ficara com a noiva e o reino que vinha junto com ela. Helena, sentada a seu lado, parecia estar no próprio funeral.

Houve brindes e juramentos, dos quais entendi muito pouco. Minha mente estava em outro lugar. Perguntei para minha mãe:

— Vou ter que me casar algum dia?

Astidâmia sorriu com complacência.

— Vai, meu bem. E o seu será o casamento mais lindo de todos.

A atenção de minha mãe foi desviada de repente por Penélope, de modo que ela não notou a expressão de medo em meu rosto.

Colocaram um prato de comida diante de mim, mas eu tinha perdido o apetite. Havia músicos e acrobatas, mas não conseguia dar atenção às apresentações. Eu era capaz de me concentrar apenas na tristeza dos olhos de Helena, um destino que me aguardava. Tudo o que eu queria fazer era fugir do mundo dos homens e das mulheres e voltar à floresta, onde eu poderia ser uma criatura selvagem.

Na manhã seguinte, ouvi uma batidinha à porta.

Ergui a cabeça do travesseiro, sobressaltada. A aurora, com seus tons róseos, apenas começava a se esgueirar pela janela. Meus pais ressonavam baixo na grande cama próxima, e criados jaziam esparramados ao nosso redor sobre estrados, ainda roncando. Atravessei o espaço com passos silenciosos e abri a porta.

Com uma expressão travessa no rosto, Ifigênia estava parada diante da passagem com um arco e uma aljava cheia de flechas nas mãos.

— Peguei isso com meu irmão Orestes — explicou ela. — Só precisei ameaçar contar à mamãe sobre a criada com a qual ele anda saindo. — O choque deve ter ficado nítido no meu rosto, porque ela acrescentou: — Você disse que ia me ensinar a atirar com um arco.

— Disse mesmo! — sussurrei. — O arco é meio grande para você, mas vamos dar um jeito. Venha.

Olhei de novo para o quarto, onde todos dormiam profundamente. Parecia injusto acordar meus pais para pedir permissão, então peguei Ifigênia pela mão e, juntas, corremos silenciosamente pelo palácio, passando por montes de convidados adormecidos ainda esparramados pelos corredores. O ar da manhã estava fresco; não tive tempo de pegar as sandálias ou a capa, mas não importava.

Encontramos um pátio vazio e sem janelas que era grande o bastante para servir de campo de tiro. Lá havia um saco cheio de areia, o qual acomodei sobre um grande vaso de flores e, assim, o transformei em alvo. Mostrei a Ifigênia como posicionar a flecha e puxar a corda. Seus braços tremiam com o esforço, mas ela apertava os lábios de forma determinada.

— Ótimo, ótimo — falei. — Mas baixe mais o ombro, caso contrário seu tiro não vai ter força.

E assim ela fez no mesmo instante. Ifigênia mirou e atirou; a flecha bateu contra as lajotas, inútil. Abri a boca para encorajar minha prima, mas ela não precisou disso: com a testa franzida, já estava puxando outra flecha da aljava.

Dessa vez, a flecha perfurou o tecido grosseiro do saco, e Ifigênia gritou de alegria, batendo palminhas como um bebê, mas tomando cuidado para não derrubar o arco.

— Você leva jeito — comentei.

Atalanta talvez tivesse usado aquele momento para analisar a técnica da garota, mas tudo o que eu conseguia fazer era sorrir com um orgulho sincero.

Ifigênia olhou para mim, tímida.

— Vi os homens de meu pai praticando várias vezes. Não é tão difícil quanto parece.

Minha curiosidade foi despertada.

— Você disse que não é espartana. Onde fica sua cidade?

Ifigênia encolheu os ombrinhos.

— Aqui e acolá. Meu pai luta por quem quer que lhe pague, então vamos para onde precisam dele. Algumas pessoas acham que é assustador viver com um bando de guerra e viajar o tempo todo, mas não é. Os homens de papai são gentis comigo, mas raramente tenho outras meninas com quem brincar. Bom, tem minha irmã, Electra, mas ela ainda mal sabe falar.

— Eu não tenho irmãos — comentei, me perguntando como seria viver com um bando de guerra. Parecia empolgante. — Às vezes, eu bem que queria ter.

— Então vou ser sua irmã — disse Ifigênia sem pestanejar. Pendurou o arco no ombro, deixando as mãos livres. Entrelaçou os dedos aos meus, macios embora não menos fortes. — Irmãs juramentadas. Vamos fazer um juramento, como os homens de papai, e praticar arquearia em segredo para sempre.

Ela sorriu para mim, e fui incapaz de não retribuir. Sempre que Ifigênia sorria, sentia a calidez de uma tarde de verão envolvendo minha alma.

— Assim será — falei, apertando as mãos dela com mais força.

Ifigênia tombou a cabeça para o lado como um passarinho, pensativa.

—Você disse que sua professora foi a grande Atalanta, não disse? Ela é uma favorita da deusa Ártemis, e acho que foi Ártemis que nos juntou. — Minha prima baixou a voz até um sussurro. — Meu sonho é poder um dia me dedicar à deusa. Meu pai diz que vou me casar com um rei e dar à luz seus filhos, mas não quero isso. Quero me tornar sacerdotisa de Ártemis.

Meu coração se alegrou. Éramos mesmo irmãs, unidas não apenas pelo sangue que compartilhávamos, mas também pelas coisas que amávamos.

— Eu também — falei, com uma convicção feroz. —Vou me tornar sacerdotisa e depois vou ser uma heroína errante como Atalanta.

Ifigênia franziu o nariz, achando graça.

— Não dá para ser as duas coisas ao mesmo tempo, Psiquê. Você vai precisar escolher uma das duas. Mas, independentemente de qual for a escolha, prometo que estarei ao seu lado.

Não pude responder, pois uma voz retumbante cortou o ar do início da manhã. À porta estava meu tio Agamenon. Com os olhos vermelhos por conta das festividades da noite anterior, ele emanava um fedor terrível, um cheiro de suor não lavado misturado com bebida.

Ifigênia recuou conforme ele avançava em nossa direção.

— Pai, sinto muito. Eu...

Plaft. Ifigênia cambaleou, quase caindo com a força do tapa do pai. Fiquei mortificada; Alceu jamais me bateria daquela forma, nem que eu cometesse a pior das infrações. Instintivamente, me vi avançando para me colocar entre Agamenon e a filha, com a mão ao redor da haste de uma flecha cuja ponta era tão afiada quanto qualquer faca.

Os olhos avermelhados de Agamenon se voltaram em minha direção, recaindo sobre a flecha. Um retumbar ecoou das profundezas de seu peito, e demorei para reconhecer o som como uma risada baixa.

— E o que exatamente você planeja fazer com *isso*? — Em seguida, fez uma pausa, apertando os olhos e analisando meu rosto pela primeira vez. — Ah, já entendi... Você é a garota de Alceu.

— Sou — respondi, tremendo como a corda de um arco tensionada, enquanto erguia o rosto para olhar o homem nos olhos.

Ele se agigantava diante de mim, uma montanha de carne e músculos. Suas mãos eram maiores que minha cabeça, e um só golpe me jogaria para longe.

Pensei nos enormes ursos que vagavam pela mata ao redor de Micenas. Eu ainda não abatera um deles, mas Atalanta prometera que me ensinaria a fazer isso algum dia. Se eu podia encarar uma fera como um urso, com certeza seria capaz de bater de frente com meu tio, que não tinha presas ou garras.

Agamenon me analisou por muito tempo, seu olhar era inescrutável. Enfim, voltou a atenção de novo para Ifigênia, que mantinha a mão sobre a bochecha avermelhada.

— O que falei sobre brincar com armas, garotinha tola? Você vai acabar quebrando algo valioso. E quanto a você... — resmungou ele, voltando os olhos para mim. — Meu irmão pode criá-la como bem entende, mas não envolva minha filha nisso.

Depois agarrou o braço de Ifigênia e a arrastou para longe de mim como se ela fosse um cachorrinho fujão. Ouvi um pedido de desculpas vago saindo da boca da menina, que Agamenon ignorou. Enquanto desapareciam pela porta, o olhar dela se encontrou com o meu, e Ifigênia ergueu a mão livre em uma breve despedida cabisbaixa.

Quando analiso esse incidente em retrospecto, não é de surpreender que um homem como Agamenon fosse tão protetor da pouca autoridade que possuía. O irmão mais velho Alceu herdara o estado de Micenas do pai, e o caçula Menelau possuía não só Esparta como também Helena, a maior beldade do mundo. E o que cabia a Agamenon? Uma esposa que parecia um limão azedo, uma filha que não confiava nele e alguns poucos mercenários como homens juramentados. Ele não tinha sequer um palácio próprio no qual aquartelar aqueles que o serviam. Era um homem triste, no fim das contas, triste e bravo, embora não houvesse desculpa para o que fez ou o que ainda faria.

4

EROS

A lua se punha e o sol nascia, e o dia seguia a noite com tanta determinação quanto Zeus perseguia ninfas e deusas menores. Meu tédio foi ficando insuportável. Eu tinha certeza de que vira tudo o que valia a pena ser visto, todas as maravilhas que este mundo tinha a oferecer.

Até que surgiu a humanidade.

Prometeu moldou os primeiros humanos a partir da argila e usou o próprio sopro divino para lhes atribuir vida. Eram coisinhas frágeis; tinham corpos que imitavam em aparência os dos deuses, mas eram muito menos duradouros. A menor doença ou ferimento ou a simples falta de manutenção era suficiente para fazê-los sucumbir, mandando suas almas voando de volta para o reino de Hades como fumaça fria. Suas histórias eram escritas em uma escala temporal efêmera, breve demais para que eu conseguisse acompanhar.

Mesmo não querendo, senti um lampejo de curiosidade. Por muito tempo, eu tinha me escondido de outros deuses, temendo que exigissem usar meu dom. Mas talvez o amor não fosse feito para ser concedido aos deuses; afinal de contas, a imortalidade significava viver para sempre com as consequências de suas ações. Talvez o que era uma maldição para os deuses pudesse ser uma bênção para os mortais. Uma vida mais curta significava deleites mais intensos. Afinal, Cronos e Gaia não tinham sido felizes por certo tempo?

Então tentei usar minhas flechas nos mortais e esperei para ver os resultados. Presenciei o amor elevando plebeus e anulando beldades incomparáveis, tornando vidas frágeis em existências sublimes. Mas minha esperança logo morreu. Assim como acontecera com os deuses, o amor tinha o poder de destruir os humanos na mesma velocidade. Eles eram, afinal, invejosos, lúgubres e violentos. Por fim, tudo o que eu lhes dera era um novo tipo de loucura.

Mas logo entendi que, nas mãos da humanidade, o desejo se espalhava como fogo. O amor surgia, persistente como ervas daninhas, em lugares onde eu jamais atirara minhas flechas, no coração de mortais que eu nem sequer vira.

Fiquei abalado. Eu havia desencadeado no mundo algo que já não estava mais sob meu controle. Meu poder era tão grandioso quanto eu pensava? Eu era o portador do amor ou meramente uma entidade submetida a seus desígnios? Se não tivesse cuidado, também poderia ser acossado por ele, como um escorpião inoculado com o próprio veneno.

Em minha busca pelo entendimento, questionei Zéfiro sobre a natureza de seu próprio poder.

Ele me olhou como se eu tivesse lhe perguntado como respirar.

— Os ventos são simples — respondeu ele. — Eu desejo que soprem, e eles sopram.

— Mas não é possível que você comande cada lufada que percorre o mundo — retruquei.

— Eu só governo os ventos do oeste.

Revirei os olhos.

— Não foi isso que eu quis dizer.

— Então o que está perguntando?

Balancei a cabeça, incapaz de explicar o pensamento que me aborrecia: será que era eu quem comandava aquela força que chamávamos de desejo ou ela simplesmente corria por mim como o vento que fazia farfalhar as copas de uma floresta?

Às vezes, algo peculiar acontecia: o frenesi inicial de desejo desencadeado por minhas flechas se aprofundava e tomava a forma de outra coisa infinitamente mais densa e demorada.

Certa vez vi um casal de idosos deitados na cama que haviam dividido por décadas, as costas dela contra o peito dele, os braços dele envolvendo-a com força. Eles caíram no sono com um contentamento simples e calmo marcado em suas feições. Aquele não era o calor pulsante ou o desejo urgente que minhas flechas instilavam, e, ainda assim, eu sentia que de alguma forma aquilo nascera delas. A emoção que aquelas duas pessoas compartilhavam era tão similar ao desejo quanto uma folha de papiro é similar ao junco, mas eu entendia que, ainda assim, o desejo era sua fundação.

Me perturbava pensar que meu poder podia não ser preponderante, que a humanidade descobrira um amor muito mais forte do que aquele que eu lhes dera. O que eu detestava ainda mais era que aquelas criaturas dispusessem de algo que eu não era capaz de usufruir, um fruto do qual eu jamais poderia provar.

Em uma tarde, Prometeu bateu à minha porta. Não tentou me persuadir a fazer suas vontades, nem me ameaçou ou exigiu favores como não raro faziam os deuses que me procuravam, então o convidei para entrar e lhe servi uma taça de ambrosia. O nome dele significava *presciência* e, embora fosse um Titã, era muito bem-visto entre os Olimpianos, dava bons conselhos e oferecia uma amizade fácil e cativante. Fora ele quem soprara vida nos primeiros humanos quando estes não passavam de argila.

Prometeu agitou o conteúdo da taça distraidamente enquanto eu esperava que explicasse por que havia me procurado.

— Presenteei a humanidade com o fogo divino — disse ele, enfim.

Quase derrubei minha própria taça. Ceder o que pertencia apenas aos deuses era um ato inefável.

— Zeus não perdoará isso — falei, sério. — Ele pode o amar por tê-lo servido no passado, mas não vai demonstrar misericórdia a alguém que quebrou suas leis de forma tão descarada.

— Eu sei — respondeu Prometeu. Embora estivéssemos discutindo sua ruína, permaneceu etereamente sereno. — Minha liberdade foi comprometida no instante em que entreguei aquela pequena chama aos humanos. Tenho certeza de que Zeus vai descobrir um jeito de me fazer desejar a morte, por mais inacessível que ela me seja.

Era inconcebível para mim que Prometeu falasse tão calmamente, como se não fosse sua eternidade que estivesse em jogo.

— Por que faria isso por eles, os humanos?

Prometeu abriu um sorriso cansado.

— Eu os fiz. Somos responsáveis pelo que criamos. — Depois, olhou para as próprias mãos, virando a palma para cima e flexionando os dedos como se não conseguisse acreditar no próprio feito. — Sabe qual é a média de longevidade humana, Eros? — continuou, com o levíssimo traço de um sorriso no rosto. — Apenas trinta e cinco anos. Eles foram feitos... *Eu os fiz à imagem e semelhança dos deuses*, e, ainda assim, não passam de formiguinhas se comparados a nós. Que diferença faz para deuses como você e eu que agora possam ir dormir com a barriga cheia de carne assada em vez de crua, ou que sejam capazes de aquecer os ossos doloridos no frio do inverno?

— Você enlouqueceu — falei. — Dar presentes aos mortais pode desencadear consequências inimagináveis.

— Talvez — ponderou Prometeu, servindo mais ambrosia na própria taça. Provavelmente seria a última que ele tomaria por um bom tempo. — Mas sugiro que repense sua opinião sobre a humanidade. Os humanos são muito parecidos conosco e podem até mesmo alcançar a divindade, se tiverem a chance. Fico feliz de tê-los ajudado no processo.

A ideia de me associar a seres tão efêmeros, tão movidos pelas próprias paixões, me provocou uma careta. *Com certeza somos melhores que eles*, tive vontade de dizer. *Somos eternos, somos deuses.*

O silêncio perdurou entre nós, quebrado apenas pelo pio das gaivotas e pelo baixo retumbar das ondas do oceano quebrando contra o xisto.

— Por que me procurou, então? — perguntei, enfim.

Os olhos de Prometeu eram de um verde-escuro que tendia para o azul. Tinham a mesma cor do mar que se revirava lá embaixo, e eram tão profundos quanto.

— Queria que você ouvisse a história dos meus próprios lábios para que talvez entendesse o valor da humanidade. Você detém um poder grande e terrível, meu amigo, um poder capaz de mudar a direção da vida de qualquer mortal. Você pode ser a ruína ou a salvação deles.

Eu quase ri.

— É por isso que me procurou em suas últimas horas de liberdade? Para ser ainda mais gentil com os humanos?

Prometeu deu de ombros.

— É uma forma de ver as coisas. Outra forma seria pensar que esse é meu jeito de ajudar você a se preparar para seu destino.

Presciência era o significado de seu nome, e estremeci ao pensar no que ele poderia ter visto a meu respeito. Logo mudei de assunto.

— Bem, Zeus parece ter muito interesse pela humanidade... Ficou sabendo sobre seu filho meio mortal, Dionísio? Talvez o Trovejante absolva você.

— Talvez — respondeu Prometeu, abrindo um sorriso triste.

O gesto continha o conhecimento antecipado do que viria: um penhasco rochoso, uma águia faminta e um fígado dilacerado, dia após dia até o fim dos tempos.

Depois que a sentença de Prometeu foi aplicada, pensei muito sobre suas palavras e voltei a atenção à humanidade. Queria saber o que Prometeu vira naquelas estranhas criaturas a ponto de ser persuadido a aceitar tal tortura horripilante em nome delas. Além disso, eu tinha pouca coisa com que ocupar meu tempo.

Pairei preguiçosamente até uma das cidades mortais — Tirinto era como a chamavam. Na época, estava mais para um vilarejo grande, já que era composta apenas por um conjunto de casas que circundavam um palácio central cercado por uma muralha baixa. Os humanos se agrupavam ali para fazer negócios com o que haviam aprendido a produzir depois que receberam de Prometeu o presente do fogo sagrado: belos tecidos trançados, vinhos riquíssimos, joias ornamentadas de prata e ouro.

Uma procissão com uma liteira dourada no centro chamou a minha atenção. Dentro da liteira havia uma jovem que estava no breve intervalo de idade em que mortais parecem quase tão belos quanto divindades. Suas vestimentas eram de rara fineza, mas a jovem retorcia a barra do vestido com os dedos, esgarçando os fios dos bordados. Senti uma onda de simpatia por ela e me perguntei por que uma criatura tão adorável pareceria tão triste.

Vi a liteira ser carregada até o palácio, onde a garota foi entregue em casamento a um homem de barba grisalha. Ele usava um diadema de ouro na cabeça e grunhia ordens para todos ao redor. Vários atos e pronunciamentos foram realizados — ah, como os mortais amam seus rituais... Me empoleirei nas vigas do teto, permitindo que minha divindade me escondesse. Descobri que o nome da garota era Antheia e o do homem, Proteu, o rei daquela cidade. Quando os rituais terminaram e o banquete chegou ao fim, Proteu levou Antheia até seus aposentos, deitou o corpo velho e pesado sobre o dela e se moveu de forma inexperiente até se aliviar com um tremor. Em seguida, rolou para o lado e caiu no sono. Antheia não se mexeu, manteve-se encarando o teto com olhos arregalados.

Franzi os lábios de nojo. O reino do desejo pertencia a mim, e aquilo o pervertia. Ao que parecia, tanto humanos quanto imortais haviam descoberto formas infinitas de transformar meu dom em algo desprezível. Mas talvez ainda houvesse o que ser feito.

Você pode ser a ruína ou a salvação deles, dissera Prometeu. Ele queria que eu ajudasse aquelas criaturas, e eu tinha certeza de que uma garota tão adorável deveria conhecer mais do amor.

Assim, procurei um candidato mais apto à afeição de Antheia. Encontrei tal disposição em Belerofonte, filho do deus do mar Poseidon e nascido de uma mulher humana. Naquela época, havia inúmeras crianças desse tipo: mortais como a mãe, mas providas de dons divinos. Ele era forte, belo e apenas alguns anos mais velho que Antheia. Um parceiro muito melhor.

Quando Belerofonte foi até o salão do trono para se ajoelhar aos pés de Proteu e jurar sua lealdade ao rei, acomodei uma flecha em meu arco dourado e mirei em Antheia, que estava sentada ao lado do esposo.

Minhas flechas nunca erram. Vi Antheia estremecer quando o projétil invisível a acertou; ao suspirar, o véu voejou diante de seu rosto. Ela se inclinou no instante em que Belerofonte se levantou. O tecido obscurecia seu rosto, mas senti o olhar dela se demorar em Belerofonte enquanto ele se afastava. Achei que ela correria atrás dele, mas, em vez disso, permaneceu sentada, imóvel como uma estátua. Quando foi dispensada de seus deveres, vi a jovem voar de volta para seus aposentos e se deitar na cama como se afligida por uma febre.

Esperei que meu dom fizesse efeito, mas Antheia passou a evitar por completo o salão do trono, fazendo questão de não estar ao lado do marido sempre que Belerofonte tinha notícias a reportar. Antheia começou a recusar comida e bebida, ficando cada vez mais pálida. Eu não entendia o que estava acontecendo. Será que minhas flechas haviam causado algum tipo de doença? Nunca vira aquilo acontecer antes — mas mortais eram esquisitos, e o amor era mais esquisito ainda.

Certa noite, para meu deleite, Antheia escapuliu de seus aposentos e vagou pelos corredores do palácio até encontrar Belerofonte em um corredor vazio. Ficou imóvel, olhando para ele, com a respiração acelerada. Depois caminhou na direção do homem e o envolveu com os braços esbeltos, erguendo o rosto para pedir um beijo.

Belerofonte a empurrou tão violentamente que ela quase caiu. Com uma expressão de nojo absoluto, grunhiu em repressão àquela deslealdade e se afastou a passos largos.

Senti um aperto no coração quando entendi a extensão de meu equívoco. Eu havia presumido que um jovem e viril rapaz como Belerofonte não precisaria de ajuda para desejar uma mulher tão bela. Mas eu sabia pouco sobre os costumes dos mortais, e menos ainda sobre as limitações do casamento.

Vi Antheia fugir para os aposentos do marido Proteu. Ela se ajoelhou aos seus pés e relatou uma versão adulterada do infeliz encontro, afirmando que Belerofonte *a* acossara num corredor escuro. Fiquei aturdido; por que Antheia sentiria vergonha de sua ação decisiva?

Proteu franziu o rosto, vermelho de raiva, e jurou que Belerofonte seria enviado para encarar a temida Quimera, um monstro que cuspia fogo ardente. Certamente herói algum poderia sobreviver a um embate como aquele.

De uma torre alta do palácio, Antheia viu Belerofonte partir em sua missão. Depois que ele sumiu de vista, a jovem prendeu uma corda comprida em uma viga no teto. Curioso, observei-a fazer um laço na ponta da corda, depois puxar uma cadeira até o lugar e subir nela. Em seguida, Antheia passou a forca ao redor do pescoço como se fosse um colar e chutou a cadeira.

Fui tomado pelo horror. Deixei de lado meu disfarce e voei adiante; meus dedos estavam ávidos por desfazer o nó. Quando consegui, porém, já era tarde. Segurei o corpo enrijecido de Antheia em meus braços enquanto sua alma partia do corpo e voava como um pombo perdido na direção do Submundo. Minha intenção tinha sido oferecer a ela o presente do amor, mas, em vez disso, a condenara à morte.

O falecimento de Antheia foi como uma pedra atirada em um lago estagnado que nem sequer fez a superfície ondular. Em menos de duas semanas, Proteu se uniu a uma nova esposa, uma princesa da Etiópia. Pouco depois, vi Belerofonte voltar a cavalo até a cidade, onde foi aplaudido e celebrado por ter derrotado a Quimera. Odiei o homem com uma intensidade que me fez tremer.

Tive certeza de uma coisa: Prometeu fez os homens à imagem e semelhança dos deuses, mas conseguiu incutir em suas frágeis carcaças mortais apenas as piores características das divindades. Os humanos eram calculistas, avarentos e cruéis. Era um desperdício usar meu dom com eles; além do mais, não mereciam a salvação.

Contei a história de Antheia a Gaia, a quem visitava de tempos em tempos. Eu era o único a fazê-lo; os outros deuses a haviam esquecido, entretidos com suas próprias desventuras mesquinhas. Mas eu me lembrava daquela que fora minha única amiga quando o mundo era jovem. Sabia que ela iria me ouvir, mesmo que jazesse catatônica sob o céu vazio onde Urano antes pairava.

— E depois que Belerofonte foi embora, ela se enforcou nas vigas — terminei o relato. — Que desperdício! Não entendi nada.

O silêncio se estendeu. Eu sabia que não deveria esperar resposta, mas a ausência de som se impôs mesmo assim. Eu normalmente ficava feliz com a oportunidade de falar livremente sem interrupções, mas a quietude de Gaia naquele dia me perturbou. Queria desesperadamente que ela dissesse algo, qualquer coisa que me apontasse onde eu havia errado. Se Gaia sentia saudade de Urano ou o odiava, eu nunca saberia. Ela apenas encarava o céu, sem se mover, sem sentir, tão perto da morte quanto possível para uma deusa.

Foi quando entendi: a morte era uma dádiva.

A morte era a única coisa que de fato separava os homens dos deuses. Ela moldava suas vidas e lhes dava propósito. A consciência de que todos morreriam um dia permitira que Belerofonte alçasse uma fama inimaginável, pois qual imortal teria a ambição de se tornar um herói? E foi só então que entendi que a morte livrara Antheia de seu sofrimento. Não havia prazer ou dor no Submundo, e as águas do rio Lete tinham lavado sua mente de qualquer lembrança.

A morte trazia mudança, fazendo nascer possibilidades não consideradas. No período de uma vida, um humano poderia ser uma criança, um guerreiro, um pai, um curandeiro, um mago e, enfim, um cadáver. Um deus podia ser apenas um deus, imutável, realizando suas funções com tanta certeza quanto um planeta circula o sol. A morte, eu sabia, fora responsável de certa forma pela ligação inquebrável entre o homem e a mulher idosos que eu havia visto tanto tempo antes. Os dois não passavam de pó àquela altura, mas a paz deles ainda me assombrava.

Talvez fosse minha ganância natural a responsável por me fazer cobiçar a única coisa que me era proibida. Ou talvez fosse minha confusão remanescente em torno da morte de Antheia, ou a compulsão por provar do que ela experimentara. De uma forma ou de outra, coloquei um único objetivo na cabeça: queria conhecer a morte.

Abri minhas veias com lascas de obsidiana, mas minha pele se fechava de imediato. Me joguei de grandes alturas, mas meus ossos apenas estalavam até voltar ao lugar, e a carne ferida se curava. Bebi poções mortais, mas apenas acordava de um sono sem sonhos com a cabeça latejando.

A dor fazia contraponto ao prazer, que comandara minha vida até aquele ponto, quando perdeu todo o sentido. Meus dias se mesclavam uns aos outros, e eu não aprendia nada com eles. Eram pontuados por diversões bobas: uma ordem de Afrodite, uma visita de Zéfiro, algumas apunhaladas mesquinhas pelas costas entre deuses menores que eu testemunhava. Reduzi minha vida ao mínimo, ao céu e ao mar e à rocha. Um ano se esticava até virar outro, e ainda assim nada despertava algo em minha alma.

Na época, minha existência era pura repetição. A maçante procissão dos anos não me afetava mais, era como pegadas na areia apagadas pela subida da maré.

5

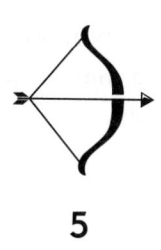

PSIQUÊ

Depois que voltei do casamento em Esparta, duas coisas aconteceram.

A primeira foi a morte de minha ama Maia. Um dia ela estava bem, saçaricando pelo palácio; no outro, decaiu de repente e morreu antes do pôr do sol. Alguns dos criados sussurravam que um deus a abatera, mas minha mãe, que era sábia como um curandeiro, consequência das frequentes visitas que fazia aos profissionais por conta dos próprios problemas de saúde, insistiu que o coração de Maia sempre fora fraco. Naquele dia, ele simplesmente desistiu de bater.

Qualquer que fosse a causa, fui do casamento de Helena diretamente para o funeral de Maia, onde vi a pira devorar o corpanzil macio que eu tanto amara. Talvez seja por isso que, para mim, o amor e a morte se tornaram tão conectados.

Essa foi a primeira coisa que aconteceu. A segunda foi o despontar de minha beleza.

Foi quase do dia para a noite. Quando acordei e olhei para o espelho em meu quarto, fiquei chocada com o rosto de mulher que vi no reflexo. Um queixo fino que se erguia em bochechas cheias, olhos escuros e um caos de cachos. Antes eu era uma coisinha feral e magrela, mas agora meus seios forçavam o tecido da túnica e meus quadris começavam a se alargar, prejudicando meu senso de equilíbrio e tornando a prática de arquearia um desafio. Comecei a sangrar de acordo com as fases da lua, o que achei um terrível incômodo.

Não fui a única a notar tais mudanças: Décio agora se atrapalhava todo ao pegar as rédeas de minha potranca, me olhando de soslaio quando achava que eu não estava vendo. Os próprios homens juramentados de meu pai, nunca muito solícitos, agora passavam ainda mais longe de mim.

E o pior: recebi minha primeira proposta de casamento.

Ela não foi feita diretamente a mim, o que seria impróprio. Em vez disso, entreouvi meus pais sussurrando sobre aquilo certa tarde no jardim. Eu tinha ido pedir novas flechas a meu pai, mas acabei paralisada atrás de um pilar, prendendo a respiração enquanto ouvia a conversa.

— Admita que essa não é uma proposta ruim — disse meu pai.

— Não é, mas Psiquê é nova demais! — protestou minha mãe. — Não podemos ter pelo menos mais alguns anos com ela?

Eu tinha apenas treze anos, mas muitas garotas eram prometidas em casamento nessa idade. Comecei a ouvir o coração pulsar nos ouvidos, e minhas mãos agarraram o pilar como garras. Me esgueirei por onde tinha vindo, com o pedido por novas flechas morto nos lábios.

Depois disso, mergulhei em meu treinamento com um fervor renovado. Ficaram para trás os dias em que eu reclamava das corridas colina acima ou dos treinamentos com espada; deixei de fingir mal-estar quando o calor do dia ficava insuportável. Passei a completar todos os exercícios que minha tutora me passava e ainda pedia mais.

Atalanta notou. Atalanta notava tudo. Ela sabia determinar o temperamento de um animal pelos mais leves traços de suas pegadas, e era capaz de ler migalhas de descontentamento no coração humano. Certa noite, quando acampávamos nas matas ao redor de Tirinto, ela me confrontou com seu familiar jeito lacônico.

— Vou lhe contar uma história — disse, e tais palavras nunca falhavam em atrair minha atenção — sobre a caçada ao javali calidônio.

Ergui rápido o olhar até então pousado nas brasas da fogueira que eu cutucava com um graveto curto. Ao nosso redor, a noite cobria a terra como veludo, as silhuetas escuras das árvores se erguiam contra um céu sem nuvens pintalgado de estrelas. O ar estava gelado, mas as chamas nos aqueciam.

Olhei ansiosa para minha professora. Atalanta guardara aquela história em particular por anos, e eu estava ávida por ela.

— Como você sabe, o javali calidônio foi enviado por Ártemis para punir o povo de Etólia. — começou Atalanta. — O rei do país era Meleagro, que convocou os melhores caçadores que existiam para abater a fera, e eu estava entre eles. — Um sorriso de orgulho rememorado cruzou o rosto de Atalanta, mas logo sumiu. — Houve quem discordasse de sua escolha, alegando que a presença de uma mulher resultaria em má sorte. Mas Meleagro insistiu que eu fosse membro ilustre do grupo de caça, e a decisão se provou acertada. Quando o javali atacou, fui a única que não cedeu e saiu correndo.

Encarei minha professora, quase me esquecendo de respirar. Era como se eu pudesse sentir o almíscar pungente da fera, ver seu corpanzil se avultar tal qual uma montanha ganhando vida.

Atalanta continuou:

— Escalei uma árvore para poder mirar melhor. Acertei o javali no olho, e, enquanto ele se debatia e rolava, Meleagro cortou sua garganta. Quando desci da árvore, também o apunhalei no coração. Com javalis, cuidado nunca é demais.

"Era impossível decidir de quem tinha sido o golpe de misericórdia, então Meleagro declarou que eu havia derramado seu sangue primeiro, e por isso receberia o couro do animal. Os outros homens não gostaram nada disso. Eu tinha passado de mau agouro à pessoa com mais sorte ali, e todos me odiaram por isso. Quando declarei que ofereceria o couro como sacrifício a Ártemis, a de Mira Aguçada, pensei que acalmaria os ânimos. Quem se contraporia à devoção aos deuses?

"Mas um dos homens tentou roubar o couro de mim." Mesmo depois de anos, aquele sacrilégio ainda era capaz de fazer minha professora franzir o rosto em uma careta. "Fui para cima dele de imediato. Ele sacou a espada, mas antes que tivesse a chance de usá-la, Meleagro o golpeou. Soube depois que tal homem era o próprio primo do rei."

Atalanta me olhou por cima do fogo, com a cabeça tombada para o lado. Seu olhar lampejava sobre mim como se eu fosse uma rede de pesca que ela estava tentando desembaraçar. Depois de um longo momento, disse:

— Quando for selecionar um esposo, e acho que já está chegando a época de fazer isso, não escolha um homem que seja meramente belo, rico ou poderoso. Escolha um homem como Meleagro.

Desviei os olhos, mirando de novo a escuridão enquanto meu coração se apertava. Não era assim que eu esperava que a história terminasse, e tampouco era aquela a moral que desejava ouvir.

— Não quero me casar. Quero ser uma heroína e uma sacerdotisa de Ártemis, como minha prima Ifigênia.

Atalanta piscou, imersa em confusão. Acho que tinha se preparado para a confissão de uma paixão infantil ou do medo de sair de casa; não esperava uma recusa direta.

— Psiquê, você é a princesa de Micenas — disse ela. — O homem com o qual se casar será o novo rei de sua nação, e seu filho herdará o trono. Você tem um dever para com seu povo.

Pensei em Helena, cujo casamento marcava o sepultamento de todas as suas ambições.

— Meu dever é ser uma heroína como você — falei.

— Eu também já fui casada, Psiquê — disse Atalanta, direta como uma lança. — Quando as coisas são feitas do jeito certo, o amor não é um obstáculo à intenção de ser uma heroína. É a razão fundamental pela qual o heroísmo surge, aliás.

Eu sabia que Atalanta tinha um filho, mas nunca pensara nela como uma esposa. Brinquei com um graveto enquanto considerava aquilo, virando o objeto nos dedos até ele se quebrar.

— Meleagro foi seu marido?

Minha professora virou o rosto para as profundezas da floresta; a luz do fogo projetava linhas afiadas em seu maxilar.

— Não — disse baixinho. — Meleagro morreu logo após a caçada ao javali calidônio. A história de como conheci meu esposo é um conto para outro dia, e minha boca já está seca de tanto falar. Mas fique tranquila: ele não era menos corajoso ou virtuoso que Meleagro.

— Quem dera isso importasse — respondi. — Mulheres não escolhem com quem vão se casar.

Atalanta deu uma risadinha.

— E quem lhe disse isso? Algumas garotas são vendidas como uma mercadoria, isso é verdade, mas você é filha do rei de Micenas. Tem todo o direito de opinar.

Suspirei e abracei os joelhos. Pensei em minha mãe e meu pai, inclinados um na direção do outro no jardim, como árvores irmãs. Talvez me casar não fosse tão ruim quando eu estivesse pronta para isso, mas ainda demoraria.

— Certo. Mas quero terminar meu treinamento primeiro — declarei.

— Seria um desperdício para nós duas se não terminasse — respondeu Atalanta de forma direta, conseguindo colocar um sorrisinho em meu rosto.

* * *

Minha tutora decidiu que o próximo passo de meu treinamento seria me provar uma boa atleta em uma das competições locais. Dela participavam jovens mulheres que queriam exibir suas habilidades tanto para os deuses quanto para potenciais maridos; o maior campeonato eram os Jogos Heranos, celebrados em homenagem à deusa Hera, rainha do paraíso e deusa da união. Ali, eu competiria pelos louros da vitória.

Não consegui esconder a admiração quando desembarquei do navio. Nunca vira tantas pessoas no mesmo lugar, nem mesmo durante o casamento de Helena. Ali havia gente de Esparta, Argos, Tebas, da distante Creta e até mesmo da pequena Atenas — todos ardendo sob o sol implacável. Atalanta, que odiava multidões, se abrigou como um gato ranzinza em sua tenda assim que os criados a montaram. Eu, por outro lado, vasculhei a turba com os olhos atrás de um rosto familiar. Logo o encontrei.

Ifigênia acenou para mim de um grupo de sacerdotisas que haviam ido celebrar os ritos sagrados do evento. Corri até ela, quase derrubando-a quando a envolvi em um abraço. Tínhamos planejado aquele encontro através das cartas que trocávamos com frequência, mas ver minha prima de novo foi uma alegria sem igual.

— Olhe só para você, uma sacerdotisa de Ártemis! — falei quando nos separamos, puxando de forma brincalhona suas vestes cerimoniais e os adornos em seu cabelo.

— Ainda não, sou apenas uma noviça — corrigiu ela entre risadinhas. — Sério, não consigo acreditar que fiz meu pai concordar com isso. E olhe só para você, uma atleta e uma heroína!

Estava prestes a dizer para Ifigênia guardar os elogios para depois da vitória quando fui distraída pela presença avultosa de uma sacerdotisa mais velha logo atrás de minha prima. Era ampla como uma colina, mais alta que Atalanta, provavelmente mais alta até que meu pai. O rosto sisudo parecia ter sido entalhado em granito, e ela cruzou os braços sobre o peito enquanto olhava para nós.

— Ifigênia, está deixando suas tarefas para trás — bronqueou a sacerdotisa. Atrás dela, vi outras mulheres montando suas tendas e alimentando fogueiras.
— Quem é essa? — acrescentou, apontando para mim.

— Psiquê de Micenas, minha prima — respondeu Ifigênia, mansa. — E sinto muito pelas tarefas, Calisto. Depois que Psiquê for embora, voltarei a elas de imediato.

O olhar fulminante se virou em minha direção.

— Psiquê... — repetiu a sacerdotisa chamada Calisto, pronunciando devagar as sílabas do meu nome. — Você é aluna de Atalanta, não é?

Confirmei com a cabeça, incapaz de falar. Achava que minha professora era a mulher mais assustadora que conhecia, mas Calisto conseguia vencê-la nesse quesito.

A sacerdotisa assentiu.

— Conheço Atalanta pela reputação. Se é aluna de Atalanta, vai competir nos jogos hoje. Que a vitória seja sua. Ifigênia, junte-se a nós depois que terminar de conversar. — E dando meia-volta, ficou de costas para nós e voltou ao grupo.

Ifigênia agarrou minhas mãos, toda boba de tão alegre.

— Se tratando de Calisto, este foi um ótimo começo! Venha, vamos nos divertir um pouco.

Ainda faltavam algumas horas até minha corrida; as provas aconteciam de manhã e no fim da tarde, com uma pausa enquanto o sol estava em seu zênite e o mundo inteiro parecia um banho quente. Naquele momento, nada me soava mais interessante do que uma aventura com minha prima.

Mas logo descobri, para meu choque, que a ideia de diversão de Ifigênia era papear com dois garotos de uma cidade costeira da Tessália. Se chamavam Aquiles e Pátroclo, e eram um ou dois anos mais velhos que nós. Ifigênia parecia estar prestes a deixar sua posição como sacerdotisa de Ártemis para adorar Aquiles em um altar; seus olhos não se desviavam dele. Nunca achei que minha esperta prima seria uma dessas garotas que orava para que Afrodite e seu filho Eros lhe concedessem um amor, mas ali, com um embrulho no estômago, percebi que eu estava equivocada. Torci para que Ifigênia não acabasse de fato deixando a ordem de sacerdotisas para perseguir aquele pateta.

Não gostei nada de Aquiles à primeira vista. Ele tinha a beleza de um deus e a arrogância de um príncipe, uma combinação detestável. Além disso, era horrível ver minha prima agindo como um cachorrinho implorando a seus pés por restos de comida.

— As pessoas sempre me acham intimidador — começou Aquiles, com um sotaque preguiçoso. — Mas quem aqui já matou uma pessoa foi Pátroclo. Foi só outro garoto, mas mesmo assim. — Aquiles cutucou o amigo com o cotovelo.

Ambos estavam empoleirados na mesma banqueta, seus corpos se tocavam com uma familiaridade tranquila.

Pátroclo sorriu, simpático, mas havia uma sombra em sua expressão. O jovem parecia simples; apesar de ser mais alto que Aquiles, tinha uma presença secundária, o último no recinto a chamar a atenção.

— É verdade. Foi um acidente durante uma partida de dados, mas aconteceu. Psiquê, Ifigênia me disse que você vai competir daqui a algumas horas.

Estar na companhia de um assassino me perturbava, mas fiquei feliz com a mudança de assunto.

— Sim, na corrida. Mas não estou preocupada se vou ou não vencer, já que tive a melhor das professoras.

Aquiles me notou pela primeira vez, e seus olhos percorreram meu corpo.

— E quem é ela? Você certamente parece muito bem treinada.

— A heroína Atalanta — respondi com orgulho, ignorando como minha pele formigava sob seu olhar.

Aquiles reprimiu uma risada.

— Ela é, na melhor das hipóteses, uma heroína de segunda categoria. Já *eu* fui treinado pelo próprio Quíron, filho de Cronos e mentor de heróis há gerações. O que Atalanta fez? Zarpou em uma viagem de barco e matou um porco. Nunca lutou em uma guerra ou triunfou sobre o campeão de um exército inimigo. E você sabe por quê? — continuou sem pestanejar, não me dando brecha alguma para responder. — Porque ela é apenas uma mortal, e todos os grandes heróis têm uma divindade como pai ou mãe. Isso lhes dá uma vantagem.

Saltei de pé na mesma hora.

— Isso não é verdade!

Aquiles nem se abalou.

— Pegue eu mesmo como exemplo — continuou ele. — Minha mãe é Tétis, a ninfa do mar, e sou muito veloz, me movo como a luz do sol na água. Já você... você parece ter *algum* sangue imortal nas veias, mas não é algo recente. — Ele me avaliou com um olhar cético.

— Meu pai é neto de Zeus — soltei. — Fale isso para sua mamãezinha ninfa do mar. Hoje vou vencer, não importa o que você diga. — Dito isso, marchei para fora da tenda, com Ifigênia um tanto chocada gritando meu nome.

Mais tarde, depois que o ar ficou mais fresco e as sombras passaram a se alongar, me vi atrás da linha de partida, ao lado de outras corredoras. Não olhávamos umas para as outras, muito menos para as arquibancadas do estádio cheias de espectadores. Em vez disso, mantínhamos os olhos fixos na marca branca na terra — a linha de chegada. Meus tendões tremiam como cordas de arcos, e as palavras de Aquiles ainda abalavam meu coração.

De algum lugar no meio da multidão, conseguia sentir os olhos de Atalanta sobre mim. Ela me dera um único conselho final antes da corrida: *"Não perca."*

A corrida começou, e disparamos. O chão estava quente como o fundo de uma panela sob meus pés descalços, mas eu me movia tão rápido que a alta temperatura não importava. Sempre que as solas encontravam o chão batido, eu imaginava que estavam acertando a cabeça daquele Aquiles idiota. Outra corredora vinha logo atrás de mim, uma garota alta com cabelos pretos como as asas de um corvo, mas minha teimosia natural prevaleceu. Apliquei um último ímpeto de energia em meu passo, e o mundo se resumia apenas ao chão e à minha respiração.

Um grito se ergueu da multidão. Olhei para trás e vi a marca branca da linha de chegada.

Ofeguei sob a luz ardente do sol e sondei a multidão até encontrar Aquiles. A visão de sua testa franzida em decepção foi mais doce para mim do que a coroa de louros de vencedora.

Quando completei dezessete anos, Atalanta decretou que havia chegado a hora do meu teste final. Eu fora destinada pelo Oráculo a dominar um monstro temido pelos deuses, mas tal fera ainda não havia se apresentado. Os grandes monstros da antiguidade, presas dos primeiros heróis, haviam todos desaparecido do mundo. Até bandos de grifos ficavam cada vez mais raros. Então, quando Atalanta ouviu falar de um draco a poucas milhas ao sul, declarou que eu o enfrentaria.

Um draco era uma serpente imensa, uma espiral ameaçadora dotada de presas. Atalanta e eu discutimos estratégias para enfrentá-la, embora algumas coisas só pudessem ser decididas na hora. Saímos no início da manhã pelo Portal do Leão. Quando olhei para trás, vi que, para minha surpresa, um grupo aleatório de pessoas de Micenas nos seguia. Elas mantinham uma distância respeitável, mas sem dúvida percorriam o mesmo caminho que nós.

Atalanta não as desencorajou.

— Elas querem ver qual será o destino de sua incomum princesa. Isso é bom; vamos precisar de gente para contar sua história. Encorajar a fofoca é mais barato do que encomendar poesias.

Senti um frio na barriga de medo. Se não vencesse, eles também espalhariam por aí os relatos de minha vergonhosa derrota.

Minha professora e eu montamos acampamento não muito longe da clareira onde a criatura fora avistada. Já era fim de tarde quando terminamos, e não fazia sentido ir atrás do monstro naquela hora. Os seguidores se acomodaram a certa distância de Atalanta e eu, mas perto o suficiente para que sentíssemos o cheiro de suas refeições e ouvíssemos seus gracejos.

Nós duas não conversamos muito. Não havia o que discutir; já tínhamos feito os preparativos, e agora era ganhar ou perder. Deitei-me em meu saco de dormir assim que o sol começou a mergulhar no horizonte. Dormi mal, tive sonhos assombrados por imagens de presas afiadas e ossos quebrados, e acordei com a aurora. Um olhar encontrou o meu do outro lado da barraca: Atalanta também já estava desperta.

Havia aprendido com minha tutora que o draco tinha sangue frio, e portanto estaria lento pela manhã. Seria minha melhor chance de atacar, enquanto o dia ainda era novo e fresco.

Ela me ajudou com a armadura, um conjunto de lamelas de couro.

— Não é muito frágil? — perguntei.

Atalanta estava concentrada em amarrar os cordões.

— Se o draco conseguir te atacar, a armadura que está usando não vai importar — respondeu ela.

Quando terminou, me pegou pelos ombros.

— Não vou dizer que não há o que temer — falou, intensa —, mas você não terá tempo de se amedrontar. A criatura estará em cima de você antes que possa piscar, e é melhor não desgraçar a reputação de nós duas esquecendo de tudo que lhe ensinei. Que Ártemis, a de Mira Aguçada, a abençoe. — Depois de tais palavras, me mandou para fora da barraca.

Segui sozinha até a clareira do monstro. A suavidade da luz da manhã era uma mentira gentil diante da ameaça daquele lugar e da feiura da tarefa que me aguardava. Minhas botas roçavam na grama ainda úmida pelo orvalho, e soube que tinha chegado ao lugar certo quando ouvi o canto dos pássaros se transformar em silêncio. Como Atalanta me ensinara, aquele era o primeiro sinal de perigo.

Subi na colina baixa e vi o draco tomando um banho de sol nos primeiros raios da manhã. E pelos deuses, era imenso! Como ninguém havia me contado que aquele bicho seria tão grande? De fato parecia uma cobra normal, mas cada um dos anéis de seu corpo era grosso como as muralhas de Micenas, e sua boca ampla poderia me engolir inteira como uma pessoa comendo uma azeitona. Dava para ver os músculos se retorcendo sob as escamas, e soube com uma certeza avassaladora que aquele draco podia se mover com a mesma velocidade impressionante de suas primas ofídias menores. A criatura virou a cabeça para beber água sob a luz do sol e revelou um conjunto de presas do tamanho do meu braço. Tais dentes, eu sabia, secretavam um veneno que poderia derreter pedras e causar uma morte dolorosa e lenta.

O medo fez meus ossos gelarem. Cogitei a possibilidade de minha lenda terminar antes mesmo que pudesse começar, mas logo expulsei a ideia da mente.

Subi em uma árvore próxima. Agarrando o tronco com as pernas, puxei uma flecha da aljava e mirei em um dos olhos do draco, que piscou com uma estupefação preguiçosa. Soltei o projétil, e um berro terrível fez tremer a terra, rompendo a serenidade da clareira. Com uma flecha alojada em seu olho, o draco se revirou em agonia e quebrou frágeis árvores jovens com a cauda.

Mirei e atirei de novo, e um novo bramido ecoou quando meu tiro acertou o outro olho da criatura. Desci às pressas da árvore e saquei a espada da bainha, pronta para terminar o que tinha começado. Mas não levei uma coisa importante em consideração: assim como as cobras, os dracos não utilizam apenas a visão para caçar.

A língua da fera cintilou pelo ar, e ela virou a cabeça na minha direção, bloqueando a fraca luz solar da pequena clareira. Vi seus músculos fluidos se tensionarem, e esse foi meu único aviso. Pulei para fora do caminho no instante em que as presas do draco se fincaram no lugar onde eu estava parada momentos antes.

Lembrando-me do meu treinamento, me levantei rapidamente. Aprendi com Atalanta que, quando uma cobra ataca, dá tudo no golpe. Sem braços ou pernas, às vezes precisa de tempo para se recompor. Eu tinha um piscar de olhos, talvez menos, para agir.

Brandi a espada, abrindo um corte na pele macia logo atrás da cabeça do draco. Senti a lâmina encontrar o osso antes de puxá-la de volta, e a resistência me fez cambalear.

Um jorro de sangue me empapou, quente como água termal. Quando consegui me soltar, limpei a substância dos olhos com as costas das mãos, ignorando o gosto ferroso na língua. Recuando aos tropeços, vi a criatura se debater na terra por alguns minutos; lentamente seus movimentos cessaram, e seus olhos ficaram opacos como bronze antigo. Eu talvez devesse me sentir eufórica, mas em vez disso apenas me maravilhei. Tinha sido tão rápido!

Voltei para o acampamento segurando a cabeça gotejante do draco, arrastando-a pela terra com as mãos. Quando cheguei, mais pessoas no acampamento de curiosos estavam acordadas, cuidando sonolentas de suas fogueiras. Aplausos e gritos surgiram quando me avistaram. Pessoas que eu nunca tinha visto na vida me deram tapinhas nas costas e me entregaram tecidos para limpar meu rosto e meus braços. Alguém apareceu com um alforje de vinho puro, sem nem se atentar à hora do dia; sorvi um gole tão grande da bebida que passei as horas seguintes com dor de cabeça. Dançamos e bebemos e nos banqueteamos com a carne do draco, cujo gosto lembrava o de peixe.

Atalanta veio me encontrar durante a celebração. O rosto dela, normalmente duro e inexpressivo, se abriu na expressão mais radiante de júbilo que eu já tinha visto. Ela me puxou em um abraço forte.

— Você foi minha primeira aprendiz, e será a última — disse ela. — Voltarei para minhas florestas, pois não tenho mais o que lhe ensinar. E não chore!

Sua imagem se desdobrou em milhares de fragmentos quando lágrimas tomaram meus olhos.

As pessoas no acampamento me escoltaram triunfantes até Tirinto, carregando a cabeça e o couro do draco. Outra celebração me aguardava sob o gentil brilho do orgulho radiante de meus pais. Quando entrei pelo Portal do Leão com minha armadura, uma vitoriosa no alto de seu triunfo, pude ouvir pessoas me igualando a diversas deusas: Ártemis, por minhas habilidades; Atena, por minha astúcia; Afrodite, por minha beleza.

De todas, só Afrodite se ofendeu com a comparação. Ela nunca tolerou competições.

6

EROS

Em um dia qualquer de uma sequência infinita deles, uma carta chegou à minha casa da costa, emanando o fedor de lugares escusos. O frio de um reino sem luz subiu por meus braços enquanto eu a abria. Sabia quem a enviara, e soube de imediato que concordaria com os termos independentemente de quais fossem.

Era um pedido de Perséfone, deusa dos mortos. Ela queria que eu entregasse a ela o amor de um mortal, um desafortunado caçador chamado Adônis, que recentemente se tornara favorito de Afrodite. As duas tinham uma rixa longeva por conta de algum insulto havia muito esquecido, e Perséfone nunca perdia a chance de desdenhar da deusa do amor.

Li os termos com interesse. Eu raramente concedia favores às divindades, mas Perséfone tinha a habilidade de atender meu desejo fervente de experimentar a morte.

Eu conhecia os boatos sobre ela. O Submundo era terreno proibido para todos os deuses, exceto Hades e sua noiva — e também Hermes, quando se dignava a cumprir suas tarefas como psicopompo, guiando as almas dos mortos. Mesmo assim, rumores corriam por aí. Perséfone chegara ao Submundo sozinha e trêmula no banco da carruagem do tio Hades, sequestrada enquanto colhia flores em uma pradaria. Mesmo perdida e aterrorizada, porém, ela fora astuta. Em menos de uma semana, Perséfone tinha feito com que todos os servos do palácio de Hades respondessem a ela; em menos de um mês, a fidelidade dos magistrados já era sua. Em um golpe impecável, Perséfone assumiu o controle da burocracia do inferno, enquanto o inútil esposo ficava apenas olhando. Dizem que até o cão de três cabeças, Cérbero, guardião do Submundo, mostrava a barriguinha ao ouvir o farfalhar de suas saias. Hades foi relegado às sombras do próprio castelo.

Perséfone estava sentada à mesa com seu abatido esposo quando recebeu do mensageiro a notícia de que sua mãe, Deméter, exigia seu retorno. Inabalada, a deusa pegou uma romã da fruteira e a abriu com as próprias mãos, fazendo o sumo escorrer como sangue por entre os dedos. Em desafio ao mensageiro, comeu seis das sementes que mais pareciam joias e que jamais haviam visto a luz do sol, enlaçando-se para sempre ao Submundo. Depois de certo tempo, Perséfone acabou retornando à mãe, levando com ela uma relutante primavera, mas a cada outono a deusa voltava ao reino dos mortos com um sorriso no rosto.

Conceder um favor a Perséfone seria inestimável.

Em uma floresta de Anatólia banhada pela luz do início da primavera, eu perseguia um homem chamado Adônis enquanto ele percorria a vegetação rasteira. Adônis era belo o bastante para um mortal, e eu conseguia entender por que chamara a atenção não apenas de uma, mas de duas deusas. Não parecia um homem especialmente complexo — no entanto, de todo modo, Afrodite não buscava complexidade em seus amantes. Já havia adorado o tolo Ares, cuja cabeça era tão vazia que faria ecoar um sussurro. Eu sabia menos sobre as preferências de Perséfone, mas tinha certeza de que ela gostava de manter seus homens bem domados sob seus comandos. Um sujeito apalermado seria mais fácil de dominar do que um inteligente.

Peguei o arco e nele encaixei uma flecha, mirando cuidadosamente nas costas do homem ao longe. Mas uma lufada de vento quase me derrubou de meu esconderijo, fazendo minha flecha voar em direção às copas das árvores.

Era Zéfiro, com os olhos azul-celeste brilhantes de lágrimas.

— Eros! Finalmente encontrei você. Ele morreu, meu querido e doce Jacinto morreu, e preciso da sua ajuda.

Quando olhei para trás, Adônis desaparecera entre as moitas. Fui forçado a saltar em outro galho para localizá-lo. Por sorte, a atenção do mortal estava toda voltada para algo no solo da floresta — algum tipo de rastro, ao que parecia.

Zéfiro foi atrás de mim, persistente como uma mosca.

— Não me ouviu? Jacinto está morto! — lamentou de novo, rasgando a pele do rosto e do pescoço com as unhas e assim formando vergões vermelhos que logo sumiram.

Nenhum deus ostentava feridas na pele por muito tempo, mas com os machucados do coração a história era outra.

— Apolo, aquele infeliz, o matou — continuou Zéfiro, cujas lágrimas traçavam marcas gêmeas em seu rosto. — Ele era obcecado por Jacinto, e não suportou o fato de que meu amado me escolheu. "Se eu não puder tê-lo para mim, ninguém o terá, menos ainda Zéfiro", foi o que Apolo disse, segundo uma das ninfas! Ele fez o sol brilhar nos olhos de meu querido Jacinto no meio de um torneio, e o garoto errou um lançamento. O disco rompeu seu crânio como se fosse um ovo. — Uma nova tempestade chorosa caiu dos olhos de Zéfiro depois de tais palavras.

Eu sabia que Jacinto era o nome do parceiro mais recente de Zéfiro, um belo jovem mortal sobre o qual ele sempre falava durante as visitas que fazia à minha casa na costa.

— Sinto muito — falei ao meu amigo. — Mas você devia saber em que estava se metendo quando se apaixonou por um mortal. Não sei o que quer que eu faça a respeito.

— Você é o único que pode dar um jeito nisso! — berrou Zéfiro. — Agora que meu belo garoto morreu, todo o amor que eu tinha por ele não passa de um fardo. Imploro que desfaça o que fez comigo. Tire a flecha do meu coração — terminou Zéfiro, puxando a túnica para o lado e desnudando o peito sem pelos.

— Você sabe que nunca atirei flecha alguma em você — falei sem hesitar.

O amor de Zéfiro era um dos que tinham nascido sem minha intervenção direta, e havia um número cada vez maior de casos como esse: amores nascendo onde eu não plantara sementes, onde não mirara flechas. Existiam agora tantos mortais e deuses no mundo que seria impossível acertar um a um em pessoa, e mesmo assim eles continuavam a se jogar de cabeça no desejo. Isto me irritava: mesmo se eu me retirasse do mundo, minha maldição, já com raízes bem firmadas, continuaria a florescer. Apesar disso, é claro, tanto mortais quanto deuses insistiam em me culpar por seus casos amorosos malsucedidos.

Zéfiro me encarou, impotente, com o lábio inferior tremendo.

— Não há nada que eu possa fazer para lhe ajudar — falei. — O que fez isso passar pela sua cabeça depois de tantos anos de amizade? Por que acha que tenho a habilidade de curar corações partidos?

— Você *precisa* conseguir fazer alguma coisa. Você é o deus do desejo.

— E meu desejo no momento é que você *se cale*.

Voltei a seguir o trajeto de Adônis em meio à vegetação. Felizmente, algo continuava a chamar a sua atenção, de modo que nem sequer notara a discussão acima das árvores.

Encaixei outra flecha no arco e mirei. Ao menos ainda era capaz de concentrar minha força de vontade quando me convinha, mirando flechas que certamente dariam resultado. Vi que o caçador mortal pegara a própria arma — uma robusta lança com uma longa cruzeta — e focara a atenção em algo que estava atrás de uma moita. Era um javali! Dava para ver seus olhos negros e redondos em meio à folhagem. Quando avistou o perseguidor, o animal soltou um grito de susto e deu meia-volta, pisoteando o chão.

Era minha chance. Soltei a corda; minha flecha atingiu as costas de Adônis e se desfez imediatamente em éter. Uma estranha expressão melancólica cruzou seu rosto, como se ele tivesse bebido muito vinho. Devia estar pensando em Perséfone — em como ela era bela, em como a desejava mesmo sem nunca ter visto seu rosto.

Foi nesse momento que o javali decidiu atacar.

Tentei alertar o homem, mas era tarde demais. Fiz uma careta; houve muito sangue. Pelo jeito, Perséfone precisaria arrumar um novo amante antes do previsto.

Naquela noite, quando voltei a minha casa da costa, Afrodite estava me esperando sentada em uma de minhas poltronas felpudas, bebericando uma taça de ambrosia. Um de meus gatos estava aninhado em seu colo. O atrevido ainda teve a audácia de voltar os olhos semicerrados de sono para mim e ronronar sob a mão delicada de minha mãe adotiva.

Preparei minhas desculpas. Minha intenção não era matar o pobre Adônis, mas mortais têm a desafortunada tendência de morrer sem aviso, e aqueles que nutriam passatempos perigosos como caçar feras selvagens morriam ainda mais cedo. Afrodite não podia colocar nada daquilo na minha conta.

— Preciso de um favor — disse ela com a voz doce. — Como você passou a ignorar minhas cartas, achei que seria melhor fazer uma visita. Preciso que use suas habilidades em uma garota específica de Micenas.

Nada sobre Adônis. Talvez ela ainda não soubesse. Bem, não hesitei em entrar no jogo.

— Uma potencial amante? — perguntei, com o tom calmo e inocente. — Não achei que se afeiçoasse por mulheres, mãe, ainda mais pelas que rivalizam com você em beleza.

Vi, satisfeito, a falsa doçura derreter do rosto de Afrodite como a cera de uma vela acesa por muito tempo.

— Não é nada disso, tolo insolente. Ela é uma criaturinha arrogante que pensa ser melhor que os deuses, e por isso precisa ser colocada em seu lugar. — As mãos de Afrodite se curvaram como garras, fazendo o gato cinzento em seu colo se encolher, incomodado. — Ela nem sequer ofereceu sacrifícios em meus templos, e *todas* as garotas mortais fazem *isso*.

— Não me parece um crime muito grave — comentei.

Os olhos de Afrodite, circundados por cílios grossos, se estreitaram.

— Não podemos permitir que os mortais saiam da linha, ou tudo estará perdido. A *apoteose* pode até transformar algum daqueles sacos de ossos chorões em um de nós. Não ficou sabendo do mais novo copeiro de Zeus, Ganímedes? Aquela sanguessuga velha gosta de jovenzinhos, e agora esse tal Ganímedes atende o Trovejante no Olimpo, tão eterno quanto qualquer um de nós. — Os lábios carnudos de Afrodite se arreganharam para exibir os dentes em um sorriso de desprezo, como se ela preferisse compartilhar o status de divindade com uma lesma.

Pensei de novo no que Prometeu me dissera. *Podem até mesmo alcançar a divindade se tiverem a chance.* Senti um aperto no coração quando pensei em um mortal abrindo mão do dom da morte em troca da desolação que é a eternidade.

Soltei um suspiro exagerado.

— Faz seu tipo querer usar minhas flechas como punição em vez de bênção. O que ganho se aceitar?

Um silêncio tenso se interpôs entre nós. Esperei Afrodite analisar a situação, calculando o quanto ela poderia me pressionar até que eu cedesse. Eu era seu vassalo, e ela podia ordenar que eu atendesse seus desejos sem recompensa alguma, mas aquilo não ajudaria a manter o equilíbrio de poder que se desenvolvera entre nós. Ela escolhera me chamar de filho, não de escravo.

— Um favor — respondeu, enfim, reclinando-se na poltrona. — Realize essa tarefa por mim, e a própria deusa do amor ficará lhe devendo um favor. Um favor razoável, é claro — acrescentou às pressas.

Era útil ter uma deusa em dívida comigo. Já tinha uma bênção de Perséfone pendente e aceitaria de bom grado outra de Afrodite.

— Concordo com os termos — respondi, enfim.

— Excelente! — exclamou Afrodite, novamente de bom humor. — Agora me dê uma de suas flechas — disse, estendendo a mão.

Tirei um projétil da aljava presa à cintura e lhe ofereci. Ela girou a haste de madeira entre os dedos, depois baixou o rosto para sussurrar algo perto das rêmiges. Uma névoa de escuridão cercou a flecha, e senti a frieza da magia no ar. Todos nós deuses usávamos a magia de modo tão natural quanto a respiração, mas eu não via uma demonstração tão poderosa desde que Gaia esculpira meu lar a partir dos ossos da terra. Tampouco vira algo tão feio desde que Éris dera vazão a suas cruéis intrigas.

— Feito! — disse Afrodite, me entregando o objeto de volta com um floreio.

A superfície da flecha estava escurecida, e senti uma inquietação quando a toquei. Depois, a devolvi à aljava.

Afrodite sorriu, feliz com a própria obra.

— Agora ela carrega uma poderosa maldição que eu mesma criei. Quando a garota for atingida, ficará irremediavelmente apaixonada pela primeira pessoa em que botar os olhos. E o melhor: quando ela enfim se aproximar de seu novo amado e eles olharem um no rosto do outro, serão separados para sempre. A maldição os afastará como a chama rechaça a sombra. Imagine... ansiar para sempre por algo que não se pode ter! — Ela pegou a taça de ambrosia e deu um gole, satisfeita.

Assenti, nada impressionado. Atormentar mortais nunca me interessara, mas um acordo era um acordo.

— E como vou encontrar essa desafortunada garota? — perguntei. — Qual é o nome dela?

— Psiquê. É a princesa de Micenas.

— Psiquê — repeti, experimentando o nome pouco comum.

Afrodite tombou a cabeça para o lado.

— Você não achou minha maldição muito astuta? Agora ela jamais terá a chance de ser feliz.

— Hum. Parece que eu estava certo, afinal — respondi, seco. — A garota deve ser muito bela, ainda mais que você, para despertar sua ira.

A taça voou pelo ar e se estilhaçou contra a parede de pedra, a centímetros da minha cabeça. Afrodite se levantou, fazendo o gatinho disparar de seu colo e se esconder debaixo da mesa. Permaneci imóvel quando ela passou por mim com passos inquietos em direção à janela escancarada com vista para o mar.

— Garanta que minha vontade seja feita — disse com a voz tão sombria quanto a flecha que repousava em minha aljava.

Depois, Afrodite se jogou no ar e assumiu a forma de uma pomba, voando sem nem olhar para trás.

Desviei dos cacos da taça, inabalado. Em breve eles se uniriam outra vez, movidos pela magia da casa.

Tampouco me preocupei com o gato. O traidorzinho que aprendesse uma lição sobre lealdade.

Nas horas mais silenciosas antes do alvorecer, me acomodei no galho de uma árvore do lado de fora do palácio em Micenas. Pela janela do quarto, vi a mortal Psiquê adormecida. Era muito bela, de fato, mas o efeito de sua beleza era um tanto prejudicado pois a jovem roncava de boca aberta, deixando escorrer uma baba que manchava o travesseiro.

A lembrança de Antheia se intrometeu entre meus pensamentos. Aquela era a mesma cidade onde ela outrora vivera, embora o lugar estivesse irreconhecível depois de tantos anos. Psiquê tinha mais ou menos a idade de Antheia quando ela dera fim à própria vida, coincidência que me arrancou um suspiro profundo. Todos os mortais eram iguais, no fim, indistinguíveis uns dos outros. E todos passariam para o reino da morte em pouco tempo. Era uma infelicidade Psiquê ter se tornado alvo da raiva de Afrodite, mas não havia razão para lamentar seu destino. Peguei o arco e procurei a flecha amaldiçoada em minha aljava.

Ao longo de todos os meus milênios de vida, eu nunca me atrapalhara com uma flecha nem uma única vez. Jamais uma flecha tocara minha pele. Naquele dia, porém, senti uma pontada de dor. Quando olhei para baixo, não entendi como minha mão errara a haste escurecida e em vez disso se fechara ao redor da ponta afiada do projétil. Quando a puxei de volta, vi que a ponteira abrira um corte fino no meu dedo.

Uma única gota de icor dourado brotou da minha pele e caiu sobre uma folha. A flecha amaldiçoada, com seu propósito cumprido, sumiu como se nunca tivesse existido.

Minha ferida se curou em um instante, mas o mal já estava feito. Ergui o rosto, e meu olhar recaiu sobre a adormecida Psiquê. Como eu pude achar que ela era meramente bela? Entre deuses e mortais, aquela era a criatura mais radiante que eu já havia visto.

Seu cabelo embaraçado se espalhava sobre o travesseiro como raios de um sol, e até a poça de saliva que se acumulava era mais doce para mim do que o mais raro mel...

— Ah — sussurrei. — Me danei.

Fugi na mesma hora do palácio de Micenas, mas não havia como evitar o horror que me consumia. Eu conhecia os sintomas, tendo-os causado tantas vezes em outras pessoas. Pensamentos obsessivos, coração acelerado, mal-estar geral. Todos os elementos da paixão. Mas eu nunca havia experimentado aquilo *eu mesmo*, e a sensação era pior do que eu imaginava.

O que eu sentia lembrava a fome, embora jamais tivesse experimentado a sensação de estômago vazio. Era como uma coceira impossível de alcançar; como sentir falta de um lugar onde jamais estivera. A todo instante eu sentia agulhas penetrarem minha alma. A solidão autoimposta foi um tipo particular de esquecimento, e aquela pequena paz agora estava destruída. Com a intensidade de um raio, a maldição tinha feito ruir o pequeno casulo de isolamento que eu erigira ao meu redor ao longo de séculos. Agora eu caminhava por um deserto ermo, absolutamente exposto.

Esperei, por dias e semanas, que aquela sensação sumisse, e às vezes o desejo de fato sumia, evaporando como orvalho sobre as folhas. Mas o tempo se passou, e a maldição voraz apenas cresceu dentro de mim.

Meu dilema era perigoso. Não havia chance de minha afeição ser retribuída, já que a maldição separaria Psiquê de mim caso olhássemos um no rosto do outro. Sofrer por amor era um destino horrível, em especial para um deus que perduraria por toda a eternidade sem esperança alguma de alívio. Era possível que eu acabasse como Narciso, que tinha se apaixonado tanto por si mesmo que precisou ser transformado em uma flor.

Quando ignorar a maldição parou de funcionar, tentei abafá-la. Enfeiticei as oceânides que habitavam os mares além dos meus penhascos e também as dríades da floresta; levei-as para a cama com risadinhas e sorrisos tímidos. Elas ficaram lisonjeadas ao receber a atenção de um deus primordial — se gabavam para as irmãs, sem dúvida, mostrando os braceletes dourados com os quais as presenteava. Tais deuses menores estavam sempre competindo, e logo aproveitavam quando alguém lhes oferecia alguma vantagem. Mas tudo o que eu sentia em seus braços era frio. A perfeição de sua beleza imortal não me excitava, e nosso coito era mecânico e medíocre. Eu fechava os olhos durante a maior parte do tempo, sonhando com o rosto de Psiquê.

Era como me contentar com água quando tudo o que queria era o gosto encorpado da ambrosia, embora mesmo as de melhor safra já não tinham o mesmo sabor de outrora. A imitação sem graça apenas reforçava a sensação de não ter o que queria. Depois de um tempo, me rendi e parei de chamar mais companheiras para meu lar costeiro. Sem alívio, o desejo se enrolava como uma forca ao redor da minha garganta, apertando forte.

Comecei a passar boa parte do tempo dormindo, pois essa era a única forma de me livrar daquele vórtice de anseio. Até mesmo removi as janelas de meus aposentos para que o sol não me acordasse. Só no vazio do sono conseguia esquecer a maldição que me consumia.

Mas os sonhos com Psiquê me assombravam — seu cabelo escuro, a curva de seus quadris, o brilho em seus olhos —, e eu era sempre puxado de volta para o mundo dos despertos.

A presença de Psiquê me atraía como magnetita. Me peguei perambulando por Micenas e por suas proximidades, esperando vislumbres dela. Via a jovem no treino de arquearia, com toda a atenção no alvo. Seus músculos se moviam como água sob a pele enquanto ela puxava a corda; seus olhos adoráveis se estreitavam enquanto mirava. Mantinha os pés firmemente plantados na terra, as sandálias amarradas em torno dos calcanhares delicados.

Quando meu olhar recaía sobre ela, o vazio da maldição se transformava, por um instante, em um abençoado silêncio, mas logo voltava trovejando com crueldade ainda maior. Olhares de soslaio não eram suficientes; eu queria conhecer Psiquê, segurar aqueles calcanhares delicados em minhas mãos, ouvir a melodia de sua voz dizendo meu nome. Mas não ousava ir além. Era misericordioso que a maldição estivesse ativa apenas pela metade, e felizmente pensar nela não era o bastante para engatilhar seu poder total. Mas se Psiquê olhasse em meu rosto, eu jamais a veria de novo.

Meses se passaram, e minha tortura prosseguiu. Cogitei a possibilidade de recorrer a Perséfone, que me devia um favor depois da história com Adônis, mas minha vontade de morrer perdera o viço. A morte trouxera alívio a Antheia, mas não me ajudaria. Tudo o que eu queria era Psiquê, e continuaria ansiando por ela até mesmo na escuridão do Submundo. Tal era a natureza da maldição de Afrodite.

Havia alguém que podia me socorrer, alguém que auxiliava aqueles que não poderiam obter qualquer outra ajuda: tratava-se de Hécate, deusa da bruxaria e da feitiçaria. Mais velha que o sol e a lua, senhora das encruzilhadas, ela vivia além da vida e da morte, habitando as profundezas da floresta em uma choupana que repousava sobre pés-de-galinha. Hécate saberia como remover a maldição. Precisava saber. Mas pensei no que ela poderia pedir em troca e estremeci.

Outra ideia me ocorreu. Afrodite forjara aquela maldição, e até onde ela sabia a flecha maculada atingira o alvo desejado. Ela me devia um favor, não devia? Talvez me oferecesse a cura.

Visitei o lar de Afrodite nas colinas do Olimpo, onde os topos das torres se perdiam em uma grinalda baixa de nuvens prateadas. Temi que ela pudesse sentir o cheiro da paixão em mim de imediato, mas não tinha outras opções.

A deusa me recebeu enquanto se banhava; seu corpo jazia resplandecente em meio à espuma. A mim sobrou ficar de pé ao lado da piscina, desconfortável, vendo as ninfas servis pentearem seus cabelos e desfazerem a tensão de seus ombros enquanto me entreolhavam por sob os cílios e davam risadinhas.

Afrodite bateu palmas alegres quando relatei meu sucesso.

— Ah, me conte mais! Por quem a princesa de Micenas se apaixonou? Um carregador idoso? Um cavalariço fedendo a esterco? Já deve fazer alguns meses, mas quero saber de tudo.

— Não fiquei para saber — menti com facilidade, tentando invocar o insípido desinteresse que ela estava acostumada a ver em mim. — Você me disse para acertar a garota, não para seguir seus passos. Fiz o que foi pedido. Agora quero reivindicar o favor que me deve.

Ela se aproximou da beira da piscina, onde eu estava, e apoiou os cotovelos na beirada. Seus cabelos estavam penteados para trás, o que apenas acentuava os ângulos de seu rosto. Afrodite olhou para mim com os olhos escuros, e a curva dos seus seios surgiram logo acima da espuma como duas luas cheias acima das colinas. Pensei em Psiquê, e soube que, se Afrodite desconfiasse do que estava acontecendo, a vida da garota estaria em risco.

— E que favor quer que eu lhe conceda? — perguntou Afrodite.

Mantive a voz firme.

— Preciso de um antídoto para alguém que está sofrendo por amor.

Afrodite ergueu uma sobrancelha perfeita; seus olhos semicerraram de desconfiança.

— Um antídoto? — respondeu ela, soltando uma risada incerta. — E por que você iria querer isso?

Minha mente acelerou.

— É para Zéfiro — respondi. — Ele ainda está apaixonado por um mortal que pereceu.

Algo lampejou no rosto de Afrodite, mas logo se esvaiu.

— Que pena. Mas você entende que não posso simplesmente sair por aí dando antídotos àqueles que sofrem por amor, não entende? A agonia do amor é o que faz nosso poder tão forte. De que uso nossa magia teria se qualquer tolo pudesse curar seu coração partido? — Um dos cantos de sua boca se curvou para cima, como um anzol.

— Você me prometeu um favor — respondi. — Cumpri meu lado da barganha. Agora, você não vai manter sua palavra?

Afrodite voltou devagar até o outro lado da piscina, me estudando através dos olhos semicerrados. Minha sensação era a de que todos os meus segredos estavam estampados em minha testa. A qualquer momento, eu tinha certeza, ela saberia o que eu havia feito. A morte de Adônis, a óbvia condição de Psiquê de *não* amaldiçoada, os sonhos febris que não passavam. De alguma forma, Afrodite saberia da minha enganação e me puniria.

Em vez disso, porém, ela ergueu um braço gracioso acima da água, revelando uma pequena garrafa de cristal na mão. Sem aviso, jogou o frasco na minha direção, e vi o único objeto que poderia me salvar traçar um arco no ar perfumado. Me apressei para interromper a trajetória antes que o cristal se estilhaçasse no chão de pedra, suspirando de alívio quando pousou na minha palma estendida.

Com o coração martelando o peito, fiz uma mesura em agradecimento e saí. Eu sabia que deveria esperar até estar seguro em minha própria casa, mas a tentação do alívio foi forte demais. Me abriguei na relativa proteção de um corredor externo aos aposentos de Afrodite e encarei o item que tinha em mãos. O frasco cintilante era menor que meu polegar; estava cheio de um líquido translúcido como água e tampado com uma rolha adornada com uma joia. Ali dentro eu encontraria o remédio para o tormento que me perseguira por meses, um bálsamo para curar minha febre. Abri a tampa da garrafa com dedos trêmulos e sorvi o conteúdo em um só gole. Era doce, com um retrogosto que efervesceu em minha língua. A tensão fez meus ombros se soltarem, me recostei na parede e...

Não senti mudança alguma no calor que brotava em meu peito sempre que pensava nela. Em Psiquê.

Joguei o frasco na parede de pedra e, abobado, vi o item se desfazer em milhares de cacos. Devia saber que o antídoto seria inútil. Talvez tivesse funcionado para curar a dor de um coração partido normal, mas eu estava afligido por uma maldição criada pela própria Afrodite. Minha tristeza não tinha cura.

Afrodite talvez não tivesse notado a mudança pela qual passei, mas meu velho amigo Zéfiro notou.

Ele se convidou para minha casa, entrando junto com a brisa do oeste, e nos sentamos no amplo terraço que dava para o oceano sob um pôr do sol que pintava o céu com tons selvagens de vermelho e dourado. Zéfiro, porém, não olhava para o crepúsculo; olhava para mim. Estava acocorado na cadeira ao lado da minha, com os antebraços apoiados nos joelhos, me encarando com a mesma intensidade que os gatos quando eu estava prestes a lhes oferecer comida.

— Qual é o seu problema? — quis saber ele. — Está agindo estranho há algum tempo, nunca o vi assim. Todo murcho, como uma flor moribunda. — Ele fez uma careta. — Você está doente? Às vezes Jacinto agia assim quando estava doente, mas não achei que fosse algo que podia acontecer com um deus. Isso não é contagioso, é?

Fulminei-o com um olhar opaco.

— Não. É só que... — Fiz um gesto com a mão.

A maldição era como um veneno inoculado em meus membros, e o desejo reprimido pesava em mim como uma rocha.

A intensidade do meu sofrimento era tamanha que não conseguia mais suportar aquilo em silêncio. Precisava contar a alguém o que havia acontecido. Ficaria louco se não o fizesse. Conhecia Zéfiro desde os primórdios do mundo, com certeza podia confiar nele.

— Estou apaixonado — contei a Zéfiro.

Ele guinchou como uma coruja e quase caiu da cadeira.

Relatei a série de eventos que sucederam desde que Afrodite me pedira um favor até a destruição do inútil frasco. Quando acabei, Zéfiro me fitou com um olhar penetrante que parecia mais adequado a seu irmão Bóreas, deus dos gélidos ventos nortenhos.

— Então você *conseguiu* um antídoto para o sofrimento por amor — disse bem devagar, esfriando o ar entre nós. — E em vez de dá-lo para mim, seu mais caro amigo, nesta hora de terrível necessidade em que sofro o luto pela morte de meu amado Jacinto, você o bebeu, mesmo sabendo que havia sido amaldiçoado pela própria deusa do amor e que o líquido não te ajudaria.

— Chegou a ouvir alguma coisa do que disse? — indaguei. — Estou sofrendo. Não consigo dormir, ou sentir o gosto de nada que encoste em minha língua, ou experimentar a alegria de qualquer toque que não seja o dela. E nunca a terei, porque a maldição só nos afastaria.

— Ah, claro — respondeu Zéfiro, cruzando os braços. — Como é horrível nunca mais ver a pessoa amada.

Fulminei meu amigo com o olhar, sentindo raiva de como desconsiderava meu sofrimento.

— Pare de ser egoísta dessa forma. Você pode ter perdido seu humano de estimação, mas a minha ainda está viva. Me ajude!

Eu conhecia os vários humores de Zéfiro, suas piadas, sua mesquinhez. Se eu não estivesse tão completamente consumido por minha própria angústia, teria reconhecido a origem daquele lampejo maldoso em seu olhar. Mas naquele dia eu estava distraído, com o pensamento em Psiquê. Não notei o sorriso malicioso que atravessou sua expressão quando ele respondeu suavemente:

— Não se aflija, pois já sei o que fazer.

7

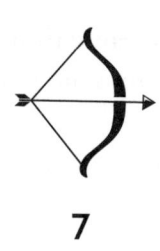

Psiquê

Um ano se passou desde que eu matei o draco, e o feito não havia me trazido muitos benefícios. Uma vez ou outra eu exterminava ninhos de grifos ou caçava cerdos para encher as mesas do palácio, mas esse tipo de coisa não fazia heróis. Eu acordava todos os dias e executava sem pensar os exercícios que Atalanta me ensinara, esperando pelo dia em que meu destino haveria de chegar.

Certo dia, meus pais me convocaram até seus aposentos para um jantar particular, e nos sentamos a uma mesa pequena posta apenas para nós três. Olhei para os dois por sobre a beira do cálice enquanto bebia meu vinho. Minha mãe e meu pai olhavam de soslaio um para o outro e escondiam sorrisinhos com as mãos, parecendo crianças animadas em vez de monarcas augustos. A razão daquele comportamento me escapava. Será que um monstro fora avistado? Chegara o dia de, enfim, cumprir minha profecia?

— Amada filha — começou meu pai, sorrindo —, é meu prazer anunciar que encontramos um esposo para você.

O vinho quase caiu de minha mão.

— Perdão?

— Um esposo real — ecoou minha mãe, com o sorriso trazendo um sopro de vida ao rosto pálido. — Nestor, rei de Pilos. Você o conhece desde criança.

Senti o queixo cair, e um pânico gelado pulsou nos meus ouvidos.

— *Nestor?* Mas ele é *velho*.

Minha mãe fez uma careta, mas não discordou. Nestor tinha cinquenta e tantos anos, e eu não passara dos dezoito. Eu o vira em vários jantares oficiais ao longo dos anos, e quando eu era apenas uma criança sua barba já estava grisalha.

Nestor talvez tivesse sido um homem viril na juventude, e era conhecido por falar muito de suas aventuras amorosas no passado, mas seus dias de glória haviam ficado para trás.

— Além disso, Nestor já não é casado? — perguntei. — Ele tem uma dezena de filhos.

Meus pais se entreolharam. Claramente, achavam que eu daria uma resposta mais entusiasmada.

— A esposa de Nestor foi para o reino de Perséfone ano passado — disse minha mãe, enfim. — Mas ele deseja se casar de novo para aliviar a solidão.

Eu me lembrei de Helena e de suas lágrimas de tristeza enquanto era levada para o leito do marido. Senti um calafrio ao pensar nos dedos enrugados de Nestor me tocando daquela forma.

— Não vou servir de consolo para a solidão de um velho — grunhi.

O rosto de meu pai se fechou.

— Psiquê, mais respeito! Nestor é conhecido por sua gentileza e sabedoria. Prometeu permitir que você continue seu treinamento após o casamento, contanto que isso não interfira em suas obrigações como esposa. Ele já tem um herdeiro do casamento anterior, então seus filhos poderão se sentar no trono de Micenas sem problema algum. Você terá até a oportunidade de ficar aqui em Tirinto ao longo de parte do ano. Isso não é maravilhoso?

Encarei meu pai enquanto contemplava a dissolução de meu mundo. *É isso que sou para você?*, quis gritar. *Mais um elo em uma cadeia de sucessão? Você me pegou no colo assim que saí do útero de minha mãe, me chamou de sua alma e me colocou na sela diante de si em inúmeras caçadas. Realmente vai me forçar a me deitar na cama de um velho?*

Minhas mãos se fecharam em punhos.

— Eu não vou me casar com Nestor — declarei.

Minha mãe soltou uma exclamação de desalento, e meu pai pousou a taça com força na mesa, derramando vinho. Abriu a boca para falar, mas minha mãe estendeu a mão para deter o marido.

— Psiquê, minha querida filha — começou ela —, você é jovem e conhece pouco do mundo, mas Nestor é um excelente pretendente. Não encontrará outro melhor. Ele sabe da profecia e prometeu que você vai ter um nível de liberdade em seu casamento que poucas mulheres têm. Além disso, Micenas se beneficiará da aliança com Pilos.

— Ah, agora entendo a razão de quererem essa união — respondi, sarcástica.

Meu pai deu um tapa na mesa, fazendo os pratos saltarem.

— Já chega! — declarou. — O acordo está praticamente assinado. Você vai cumprir seu dever.

Soube na hora que tinha ultrapassado todos os limites quando vi sua rara demonstração de raiva, mas não liguei. Empurrei a cadeira e corri para meus aposentos.

Mais tarde, naquela noite, me sentei à janela. Além do palácio se estendia a cidade de Tirinto, e depois dela vinha a estrada que levava a Pilos. Tentei me imaginar seguindo por aquela senda pela última vez como uma mulher solteira, sem nunca mais poder refazer a viagem sem a permissão explícita do homem que me chamaria de esposa. Cerrei os dentes com a ideia.

Depois de um tempo, ouvi o ranger da porta se abrindo, seguido de passos que pararam logo atrás de mim.

— Sei que você está chateada — disse minha mãe —, mas é seu dever entender que seu pai e eu pensamos no que é melhor para você.

Não respondi. A raiva obstruía minha garganta como um osso de galinha, embora eu não duvidasse de que meus pais me amassem.

— Também tive medo antes do meu casamento — continuou. — Fiquei aterrorizada, na verdade. Quem não temeria sair de casa e deixar para trás todas as pessoas conhecidas? Mas meu esposo se mostrou ótimo, e só quero que você tenha essa mesma oportunidade.

Eu entendia. Vendo meus pais juntos, ele com a cabeça curvada na direção dela, qualquer um poderia imaginar que tinham sido feitos um para o outro. Até mesmo Atalanta já fora casada com um homem que respeitava. Havia partes do casamento agradáveis a qualquer um — uma companhia para se aquecer à noite, alguém com quem compartilhar alegrias e dores. No entanto, eu desejava outras coisas da vida. Seria possível conciliar o casamento e meus desejos?

O anseio fez minhas entranhas se revirarem, e uma correnteza me puxava em direção a uma vontade implacável.

— Só não permita que seja Nestor — falei, enfim.

Minha mãe pousou a mão no meu ombro e abriu um sorriso de cumplicidade.

— Tenho alguns outros candidatos em mente. Tudo ficará bem, minha querida filha.

Depois que foi embora, continuei a olhar pela janela enquanto a noite cobria a cidade com seu manto, sob o qual centenas de fogueiras se acendiam como estrelas caídas na terra. Me imaginei fugindo do palácio e desaparecendo na natureza selvagem. Talvez eu reencontrasse Atalanta. Talvez Ifigênia e eu pudéssemos fugir juntas, como sonhávamos quando éramos crianças.

Mas o destino tem sua própria maneira de nos encontrar, de uma forma ou de outra. E, na manhã seguinte, o meu se apresentou diante de mim.

Os sobreviventes alegavam que o monstro chegara em uma lufada de vento, que em nada se assemelhava a outras já vistas, destruindo um dos vilarejos nas periferias de Micenas. Casas foram arrancadas e jogadas para longe como brinquedos. Famílias foram separadas enquanto as pessoas corriam, aterrorizadas. Mesmo assim, nenhum dos sobreviventes que cambaleava pelos portões para entrar na capital Tirinto era capaz de explicar com o que a criatura se parecia. Era como se fosse uma fera feita de ar.

Um falcão mensageiro levou ao palácio uma carta supostamente escrita pelo monstro em questão. Essa carta continha um pedido esdrúxulo, no qual ninguém acreditaria não fossem as inegáveis evidências dos estragos provocados pela criatura. Meu pai se trancou atrás de pesadas portas de madeira com a carta, mas consegui descobrir seu conteúdo ao subornar um dos escravizados do palácio: para que nos livrássemos de novos ataques, eu, a princesa Psiquê, precisaria ir sozinha encontrar o monstro no pico de uma montanha para além de Tirinto.

Fui a passos largos até o salão onde meu pai conferenciava com seus conselheiros e escancarei a porta, que bateu com força na parede de pedra. Alceu e um de seus conselheiros se sobressaltaram como dois garotos surpreendidos no meio de uma partida de dados. O homem olhou para mim como se eu o tivesse interrompido enquanto usava o banheiro; o choque e a indignação disputavam seu semblante. Meu pai, por outro lado, parecia arrasado. Não havíamos conversado desde nossa discussão sobre meu noivado na noite anterior.

— Me deixe encarar o monstro, pai — falei.

Alceu empalideceu.

O conselheiro pareceu pensativo e, de soslaio, olhou para meu pai.

— Seria melhor não forçar nossas tropas caso os dórios ataquem — disse o conselheiro. — É de interesse geral eliminar esse inimigo sem perder guerreiros.

— Não sabemos quem ou o que é responsável por essa ameaça — começou meu pai. Suas sobrancelhas estavam franzidas, o que aprofundava os sulcos entalhados em seu rosto por conta de uma vida de cuidado e preocupação. — Pode ser uma armadilha ou algo pior. Não podemos oferecer um membro da família real como um cordeiro no altar, especialmente tão pouco tempo depois do noivado. Além disso, que tipo de monstro escreve uma carta?

— Algumas esfinges são notavelmente letradas. Além disso, pai — falei, tentando manter meu tom inabalado —, não nos esqueçamos da profecia do Oráculo.

Meu coração batia como um tambor de guerra. Enfim, estava diante do monstro que me garantiria a fama — enfim, estava diante do meu destino, e eu sabia disso assim como sabia meu próprio nome.

O véu da compreensão recaiu sobre o rosto de meu pai, embora não houvesse alegria em compreender aquilo. O júbilo cantava em minhas veias, e eu já era capaz de ouvir as canções que o poeta cego comporia a meu respeito. Mas meu pai me olhava com imenso pesar, como se temesse nunca mais me ver com vida.

Decidi usar a mesma armadura que vestira para lutar contra o draco; ela havia me servido bem na época, e seria uma ótima escolha para usar contra o novo inimigo — mesmo que eu não soubesse muito bem que inimigo era esse. Afivelar as correias sem a ajuda de Atalanta foi um desafio, mas, enfim, consegui. Prendi a espada no cinto e segui rumo às grandes portas do palácio.

Minha mãe e meu pai ali esperavam por mim. Apesar de minha persistente raiva devido ao modo como haviam planejado meu noivado, os dois estavam com uma aparência tão delicada e bela, que quis chorar. Quando meus pais, tão fortes e sólidos em minha mente, tinham ficado velhos daquele jeito? Minha mãe se apoiava no braço do marido, efêmera como uma folha de outono. Meu pai alisava ansiosamente a barba, na qual os fios brancos começavam a superar os pretos.

Antes que tivesse a chance de falar, ambos me abraçaram. Fechei os olhos e sorvi o cheiro deles — meu pai sempre recendia a fumaça de fogueira e couro;

minha mãe, a ervas medicinais. Quando me soltaram, Alceu estendeu a mão sobre minha cabeça em um gesto de bênção.

— Que a vitória seja sua, filha — disse.

Não fui capaz de assentir e não confiava em meus próprios lábios para falar.

Para minha surpresa, havia uma multidão me esperando nos degraus do palácio. Vi jovens e velhos, crianças curiosas e até algumas poucas mulheres protegidas dos olhos da multidão por véus de modéstia. Quando saí no pátio, todas as atenções se voltaram para mim, em expectativa. Ergui a mão em uma saudação, e a multidão irrompeu em assovios e palmas.

O povo me seguiu enquanto eu avançava, saindo pelos portões da cidade e adentrando as planícies vazias de Tirinto. Enfim, cheguei ao ponto onde colinas irrompiam da terra plana, cedendo lugar a montes arborizados. Fui até um pico que se erguia em direção ao céu como os ossos de Gaia partindo a terra. Eu havia passado por aquele lugar durante minhas viagens com Atalanta, mas ela sempre fazia questão de evitar a área dizendo que não existiam presas disponíveis em lugar tão ermo. No palácio, corriam rumores ainda mais sombrios: diziam que idosas iam àquele lugar para sacrificar filhotes para a deusa Hécate em noites de lua nova e que damas de coração partido de vez em quando se jogavam de lá de cima. Era ali que o monstro me encontraria, onde eu enfrentaria minha missão final.

Ora, eu não era um filhote ou uma dama de coração partido, e assim marchei em direção ao meu destino.

O caminho era estreito e rochoso, e escorreguei mais de uma vez em pedras soltas enquanto escalava o monte. O calor do sol repousava sobre mim como uma manta de ouro derretido. O vento fazia chacoalhar as flechas em minha aljava, e o cabelo fustigava meu rosto. A maior parte dos concidadãos que havia me seguido até aquele ponto desistiu de continuar, o que me decepcionou. Quando, enfim, cheguei à beira do precipício, me preparei para o primeiro vislumbre de meu inimigo. Seria uma górgona com cobras no lugar dos cabelos ou uma imensa esfinge com um corpo de leão?

No entanto, me deparei com o vazio. O vento soprava do declive, batendo em meu rosto. Não havia sinal algum de monstro.

Olhei para trás, para os observadores que aguardavam às minhas costas, de súbito ciente de mim mesma. Que história contariam sobre aquele dia, quando a princesa Psiquê fora desdenhada por um monstro?

Saquei a espada e fiz minha voz ressoar:

— Sou Psiquê de Micenas, e vim me apresentar diante de seu desafio!

Ecos distantes de minhas próprias palavras foram a única resposta. Baixei a lâmina, sentindo o calor ruborizar as bochechas.

Uma lufada de vento chacoalhou minhas roupas, depois se transformou em ventania, fazendo meu cabelo chicotear e meu traje repuxar. O vendaval foi ficando cada vez mais intenso e arrancou a espada de minha mão, girando-a no ar. Uma súbita ausência de peso se apoderou de mim quando senti os pés descolarem do chão. O vento me sacolejou no ar como uma pedra revirada pela rebentação. Quando me recompus, vi o rosto chocado dos espectadores, que já eram pontinhos minúsculos lá embaixo.

Um grito começou a escalar pela minha garganta, mas o reprimi; berrar não ajudaria. Lutei para avaliar minha situação. Não havia garras destruindo minha carne, nem dentes penetrando minha armadura. Eu estava simplesmente flutuando, como se estivesse na água. Monstro algum que conhecia fazia aquele tipo de coisa, mas me concentrei em sacar a faca da bota só por garantia.

— Pare de se debater. Assim fica mais difícil carregá-la.

A voz parecia vir de todos os lugares e de lugar algum ao mesmo tempo. Era masculina, melodiosa, mas cheia de irritação. Virei a cabeça de um lado para outro, tentando desesperadamente descobrir a origem da voz retumbante.

— Quem é você? — quis saber. — Quem o enviou?

Não ouvi resposta; havia só vazio e silêncio. Tudo o que eu conseguia fazer era me maravilhar com o ritmo veloz com que a costa passava embaixo de mim. Acima, nuvens fofas pintalgavam o horizonte como um rebanho de ovelhas em uma campina. Minha pele estava arrepiada de frio, mas minha empolgação me aquecia. Vi vilarejos inteiros passarem em disparada sob meus pés, minúsculos como civilizações de insetos. À minha esquerda, a luz do sol cintilava como estrelas sobre uma superfície infinita de água. Eu morreria vendo coisas que nenhum outro mortal vira.

Depois do que pareceram horas, mas que, na realidade, se resumiram apenas a alguns minutos, me vi sendo baixada de novo até a terra. Meu coração batucava no peito, e me preparei para uma queda dolorosa; para minha surpresa, porém, fui pousada no solo com gentileza. Me vi parada no meio de uma praia de xisto revirada pelo mar.

A voz incorpórea falou de novo.

—Vá até aquele que a aguarda. Ele chegará ao cair da noite.

Eu não tinha ideia de onde estava; sabia apenas que era muito longe de Micenas. Olhei na direção dos penhascos e vi uma habitação lá em cima. Os terraços curvos pareciam formações naturais irrompendo da rocha, mas a perfeição de seus contornos sugeria que haviam sido feitos por uma consciência inteligente, não por forças naturais. Varandas elevadas voltadas para o mar se mesclavam à beira do abismo, e janelas perfeitamente quadradas tinham sido cortadas diretamente na rocha clara. Era como se a casa tivesse sido escavada direto na encosta, da mesma forma que a água do mar molda cavernas e sulcos ao longo da costa.

Onde eu estava? Que tipo de mãos haviam feito aquele lugar? Estremeci e busquei a espada antes de lembrar que ela ficara para trás.

Uma escadaria levava ao distante lar; as arestas dos degraus cortados da rocha eram arredondadas, desgastadas pelas eras.

Vá até aquele que a aguarda, dissera a misteriosa voz. Eu não tinha muita escolha; não havia outro lugar para onde ir. Sem saber exatamente se esperava um monstro ou um milagre, comecei a subir.

A escadaria era longa e inclinada, e o sol do meio-dia me castigou até o suor começar a cascatear dentro de meus olhos. Limpei a testa com as costas da mão. A jornada era interminável, ponderei comigo mesma. Quem quer que morasse ali devia ter asas.

Quando cheguei ao topo, passei por um pátio repleto de vasos de plantas floridas, e um trinado às minhas costas me sobressaltou. Dando meia-volta, me deparei com um belo pavão azul e verde que me encarou antes de voltar a ciscar sementes no chão. A ave arrastava uma cauda longa e majestosa atrás de si, e olhos desenhados em suas plumas brilhavam ao sol. Mais pavões perambulavam pelo pátio, e imaginei que fossem uma pista da identidade do proprietário daquela estranha casa. Pavões eram sagrados à deusa Hera, mas, até onde eu sabia, ela vivia no Monte Olimpo com o inconstante esposo, e não ali naquela praia deserta.

Enfim, cheguei à entrada daquela grandiosa habitação — uma porta pesada de carvalho reforçada com ferro e presa diretamente à rocha. Tentei abrir a maçaneta, mas parecia trancada. O sol a pino era implacável, queimava minha pele e secava minha garganta. Eu precisava de um lugar para me abrigar, mas não havia proteção alguma ali. Acertei a porta com um chute bem colocado, rachando a parte da madeira onde a tranca fora instalada. De certa forma, eu estava contrariando a *xênia*, regra sagrada que havia entre convidado e anfitrião, mas esperava que os moradores daquela casa peculiar entendessem.

Depois que meus olhos se ajustaram à penumbra, analisei o interior do lugar e fui recebida pela visão de um gato malhado repousando em uma poltrona felpuda. Ele miou, curioso ao me ver, e saltou de seu local de descanso para se esfregar nas minhas pernas, ronronando como uma colmeia de abelhas felizes. Abaixei e acariciei sua cabecinha, me sentindo estranhamente tranquila. Um gato tão amigável só podia estar acostumado à paz e à segurança. Talvez aquele fosse o lar de algum tipo de ermitão ou místico recluso.

Continuei a explorar o espaço, admirada com sua beleza. As paredes brancas se avultavam ao meu redor, curvando-se em um teto abobadado como se fosse a barriga de uma criatura imensa. Quando passei pela abertura em forma de arco, deixei a mão correr pelo batente; a pedra era lisa como o rosto de um bebê, imaculada, sem sinal algum de uso de ferramentas. Vi outros cômodos espalhados pelo interior da encosta como um rizoma. À minha direita, janelas cortadas na pedra deixavam entrar a brisa. Mais acima, pedaços de vidro colorido tinham sido dispostos em buracos na rocha, iluminando o interior do lar cavernoso com reflexos magníficos de azul, vermelho e amarelo.

Seria de esperar que uma habitação escavada em uma encosta marinha fosse úmida e cheia de mofo, mas aquela casa era limpa e aconchegante, com cheiro de maresia fresca e com um leve toque de perfume de rosas vindo dos terraços lá fora.

Meus pés sussurravam ao roçar nos carpetes de qualidade impressionante, tecidos em padrões vibrantes que eu nunca vira. Não havia marca ou mancha alguma maculando sua perfeição.

Não vi sinais do morador do lugar. Não havia roupas penduradas para secar ou louça esperando para ser lavada. Fui até um cômodo que abrigava uma longa mesa de madeira equipada com cadeiras acomodadas organizadamente ao seu redor, disposta diante de uma janela grande cuja vista dava para a água cerúlea. Em outro cômodo, mais escuro e sem janelas, encontrei uma cama grande coberta por lençóis limpíssimos de linho. No seguinte, me deparei com uma banheira cheia; o vapor emanava da superfície da água, onde flutuavam pétalas de rosa recém-arrancadas.

Era a idealização poética de uma casa, um lugar que só poderia existir no mais maluco dos sonhos. Não consegui encontrar defeito algum — nem um pingo de mofo ou uma rachadura no teto. Quem vivia ali? Quem possuía tamanha fortuna?

Quando passei de novo pelo espaço no qual estava a imensa mesa, arquejei. Momentos antes, ela estava vazia, mas agora um banquete fora servido: havia cordeiro assado, charutos de folhas de uva, três tipos diferentes de pão e vegetais assados de cores brilhantes. Aquela refeição só podia ter sido preparada por uma equipe grande trabalhando em uma cozinha barulhenta e servida por empregados atarantados, mas o silêncio voraz da casa da costa continuava imperturbável.

Eu não comia desde aquela manhã. Meu estômago roncou alto como o uivo de um lobo, e olhei ao redor. Bem, se não havia mais ninguém para usufruir daquele banquete sem convidados, eu mesma iria desfrutá-lo. Me lancei sobre a comida de imediato, partindo o pão com as mãos e usando o bico do filão para limpar o prato. Bebi do jarro de água doce até o líquido escorrer pelo meu queixo.

Quando me fartei, sentei-me e analisei a situação. Será que aquilo era obra de Nestor? E se minha oposição ao casamento tivesse resultado em um sequestro? Mas aquele lugar decerto não era Pilos, e não havia lar real sem guardas ou criados.

Voltei devagar por onde tinha entrado, planejando analisar os arredores da propriedade mais uma vez. Chocada, vi que a porta que eu quebrara para entrar havia sido devolvida às dobradiças — a madeira estava de novo intacta. Os pelos em minha nuca se arrepiaram quando corri as mãos pela superfície polida, descrente. Um reparo como aquele teria demorado dias, se é que pudesse ser feito.

Eu deveria estar aterrorizada, mas aquele lugar era tranquilo demais para inspirar medo. Ainda assim, não conseguia esquecer o fato de que tinha sido a ameaça de um monstro que me levara até ali. Não podia baixar minha guarda; precisava continuar alerta.

Sentei à janela e vi o sol afundar no horizonte distante. As sombras foram ficando mais longas, e as cores vibrantes aos poucos se apagaram em tons desbotados. Me conformei com a realidade cada vez mais clara de que eu passaria a noite naquele lugar estranho. Melhor ali do que na natureza selvagem, onde sabe-se lá o que a escuridão guardaria.

Comecei a formular um plano. Vira uma pequena lareira no terraço com um atiçador por perto. Avancei pé ante pé pelos corredores mergulhados em sombras e peguei a haste de metal, que levei até o quarto sem janelas. Ao menos ali havia apenas uma entrada.

Fechei a porta e puxei um baú pesado para bloquear a passagem. Se alguém tentasse entrar, a porta bateria no baú. Assim, eu teria tempo para reagir.

Sentei-me na cama com os ombros encolhidos em tensa vigilância. Peguei a faca que enfiara na bota e fechei os dedos ao redor do punho; o atiçador seguia bem seguro na outra mão. Meus nervos vibravam com a inevitabilidade do conflito. Quando o mestre daquele peculiar lugar voltasse, eu estaria pronta.

EROS

Zéfiro me aguardava quando cheguei naquela noite. Ele estava debruçado na balaustrada do terraço, e o restinho da luz da tarde brincava em seu rosto, destacando o sorriso presunçoso e satisfeito que exibia.

— Tem uma surpresinha esperando você lá dentro — disse com sua voz melodiosa.

Franzi o semblante.

— Deixar ninfas ou sátiros estranhos na minha cama não vai mitigar os efeitos da maldição.

Zéfiro levou a mão ao peito, fingindo ultraje.

— Como se eu fosse assim tão deselegante. Não, não, meu amigo. Trouxe a própria princesa.

Congelei, e uma pontada incandescente de pânico desceu por minhas costelas.

— Psiquê?

— Ninguém mais, ninguém menos! — Meu amigo sorriu.

Tudo o que consegui foi olhar para ele em silêncio e chocado, como se tivesse acabado de presenciar o brilho de um relâmpago ou o retumbar de um trovão.

— Zéfiro — comecei, e, embora tenha conseguido manter o tom de voz suave, dava para notar a frieza de minhas palavras —, sua cabeça é tão avoada quanto seus ventos?

— Achei que era isso que você queria — disse com doçura fingida.

— Se encontrasse uma erva daninha horrível, você plantaria suas sementes no jardim do meu terraço? — soltei entredentes. — Se conhecesse uma comida que me enjoasse, iria servi-la de almoço para mim? Então, por que, lhe pergunto, achou que *isso* seria uma boa ideia?

— Ora, velho amigo, não mereço um agradecimento? Ela é sua agora. — Um sorriso maldoso tomou o rosto de Zéfiro, e eu soube que aquilo não fora um equívoco.

Ele não tinha me perdoado pelo antídoto que deveria ter sido dele.

Passei a mão no cabelo, exasperado.

— Estamos perdidos se olharmos um no rosto do outro, e agora ela está *na minha casa*.

Zéfiro balançou o indicador.

— Só é um problema se vocês *olharem no rosto* um do outro, correto? Visite a jovem à noite e o problema estará resolvido. Tomei até a liberdade de remover todas as lamparinas da sua casa.

Fiquei encarando meu amigo de queixo caído.

— E por que raios Psiquê se interessaria em conhecer uma sombra? Ela não sabe quem eu sou.

— Não se preocupe — cantarolou Zéfiro. — Mulheres mortais são fáceis de agradar, e já pensei em uma solução. Simplesmente diga a ela que você é seu novo esposo, e ela não vai se importar.

A maioria das mulheres, na realidade, se importaria. Mas Zéfiro sabia pouco sobre as inclinações de mulheres humanas, e eu menos ainda. As especificidades do casamento variavam largamente entre diferentes sociedades humanas, e eu nunca conseguia acompanhar as diferenças. O casamento era o reino de Hera; o que pertencia a mim era o desejo, e o desejo era igual em todos os lugares.

Zéfiro olhava para mim, em expectativa. A armadilha dele fora disposta; eu não tinha escolha a não ser pisar em seu laço.

Mas talvez nem tudo estivesse perdido. Pensei em Psiquê, em seu pescoço gracioso, nos cabelos escuros e tornozelos finos, sempre além do meu alcance.

Tê-la ali era um presente que eu jamais esperaria, uma possibilidade que não ousara cogitar. E embora soubesse que não havia como aquilo terminar bem, um tipo de sensação particular surgiu dentro de mim. Demorei um instante para reconhecer o sentimento como esperança.

— Zéfiro — falei devagar, fechando os olhos e apertando a ponta do nariz —, essa foi a ideia mais idiota que já ouvi. Caso seu estratagema idiota saia pela culatra, vou fazer com que você se apaixone por um porco-espinho.

Passei por ele a passos largos e entrei em casa.

PSIQUÊ

Eu tentava resistir, mas o calor persistente e meu estômago cheio pareciam me embalar na direção do sono. Mais de uma vez, percebi que minha cabeça tombava sobre o peito e a faca quase escorregava de minhas mãos.

Mas ouvi o som ritmado de passos vindo lá de fora e me aprumei, apertando o punho da arma e o atiçador de brasas, um com cada mão. O quarto já estava tão escuro que não conseguia enxergar um palmo diante do nariz, mas a escuridão aguçava meus outros sentidos.

Escute, minha professora me dissera muito tempo atrás, durante nossa primeira lição na floresta de Micenas, e foi isso que fiz.

Consegui distinguir o som nítido de passos descalços avançando pelo chão de pedra — não o ruído de patas ou cascos ou o rastejar do corpo de uma serpente, mas sim de pés humanos. De um homem, a julgar pelo peso das passadas. Ele avançava devagar, parando aqui e ali como se estivesse procurando algo. Enfim, entrou pelo corredor, se aproximando do cômodo onde eu estava. Prendi a respiração e esperei.

A porta se abriu e bateu no baú que eu havia colocado diante da entrada, fazendo o estranho soltar um resmungo baixo. Consegui estimar sua altura pelo som e brandi o atiçador na direção de onde supus que estaria sua cabeça. Acertei algo sólido.

Ouvi um distinto gemido de dor e, depois, um baque surdo quando seu corpo caiu no chão aos meus pés. Estendi a mão até apanhar um tufo de seu cabelo e puxei a cabeça para poder colocar a lâmina fria da faca contra sua garganta.

— Sou Psiquê, princesa de Micenas — declarei. — Quem é você?

O estranho não respondeu. Ouvi o barulho da saliva sendo engolida e senti sua garganta subir e descer contra o metal da faca. Apertei mais a lâmina em um sinal de aviso.

— Seu esposo — ele respondeu, enfim.

8

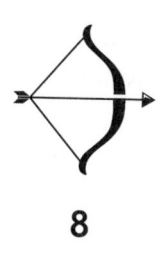

PSIQUÊ

A faca quase caiu da minha mão.
— Esposo? — repeti, os pensamentos desordenados.
Aquele não era Nestor, disso eu tinha certeza; a voz era jovem demais e pouco familiar. Os eventos dos últimos dias se reorganizaram em minha mente. Meu estranho voo até aquele lugar assumiu um novo sentido: a partida súbita de uma esposa de sua terra natal.
Lembrei-me das palavras de minha mãe na noite em que dissera a ela que não me casaria com o velho rei. *Tenho alguns outros candidatos em mente. Tudo ficará bem.*
Será que minha mãe, indo contra o desejo de meu pai, arranjara um esposo melhor para mim? A ausência de cerimônia não me incomodava, mas por que ela não havia me contado sobre o plano? De todo modo, eu não havia mesmo recebido muito bem a escolha inicial.
— Sim, seu esposo — disse. — Agora, eu adoraria se você tirasse a faca da minha garganta e me ajudasse a levantar.
Guardei a faca e soltei seus cabelos, oferecendo-lhe a mão para ajudá-lo. Sabia pouco sobre os meandros do casamento, mas tinha certeza de que o processo não incluía causar uma concussão no noivo. A mão que eu segurava era definitivamente humana, e, apesar de a escuridão total do quarto me impedir de ver mais do que uma silhueta, consegui ter uma noção de sua estatura conforme ele avançou a passos leves pelo quarto até se sentar na cama. Fui até ele e também me sentei, mas mantive certa distância.
— Quem é você? — exigi saber, revirando a memória atrás de jovens elegíveis que minha mãe poderia ter abordado. — Qual é o seu nome? O nome do seu pai? De que cidade você vem? Onde estamos agora?

— Não pertenço a cidade alguma, e a identidade do meu pai é irrelevante. — A voz era líquida e musical, mas fiquei abismada com a resposta.

Um homem podia até não conhecer o pai, mas, entre os gregos, não ter uma cidade era um disparate.

— Me diga ao menos seu nome — ordenei.

— Meu nome? — repetiu o homem. Notei uma estranha surpresa, como se ele não estivesse esperando que eu fosse insistir naquilo.

— Sim! — exclamei, instigada por meu coração acelerado.

Houve um longo silêncio.

— Meu nome é Cupido — disse o sujeito velado pelas sombras. — Sou um deus. Um deus pequeno, do mar e dos penhascos.

Fiquei grata por ter baixado a faca, porque certamente ela teria caído e ferido meus dedos amortecidos. Eu sentia que estava em um sonho. Um deus! Mesmo sendo um deus menor, divindades não eram seres com quem brincar, e eu o tinha ameaçado com uma lâmina na garganta!

Mas ele tinha dito que era meu esposo. Minha mente rodopiou. Como será que minha mãe arranjara tal união? Que dote uma pessoa oferece a um ser divino?

— Cupido, devo ser sincera — comecei devagar —, não sei que tipo de esposa serei. Nunca cozinhei outra coisa além de carne em fogueiras. Teço pessimamente. Não sei como cuidar de um lar.

— Isso não me importa — respondeu Cupido. — Este lar se cuida sozinho. Tenho certeza de que já presenciou isso.

Meu coração ensandecido só faltava sair pela boca. A voz dele era cadenciada; as intenções, inapreensíveis. Desejei poder ver sua expressão para entender o que ele queria.

— Não consigo enxergar nada aqui — lamentei, abanando a mão diante do rosto. Não era possível sequer discernir movimentos. — Acenda uma lamparina.

— Não! — gritou, e notei um toque genuíno de sobressalto em sua voz. — Lamparinas não são permitidas nesta casa.

Fiquei atordoada.

— Por quê?

— Você morreria queimada ao ver meu rosto — respondeu meu novo esposo, com tamanha intensidade que senti um calafrio. — Assim como Zeus transformou Sêmele em cinzas ao mostrar a ela um vislumbre de quem é de verdade, você seria destruída se olhasse para mim. Eu não queria que fosse assim, mas este é o único jeito. Precisa acreditar em mim.

Eu conhecia a história mencionada por ele. Sêmele, mãe mortal do deus Dionísio, exigira ver a forma real de seu amante Zeus. Quando o rei do céu enfim atendeu ao pedido, ela foi incinerada pela radiância da divindade, e seu filho não nascido precisou ser costurado à coxa de Zeus para sobreviver.

Mas Cupido não era o poderoso Zeus, deus dos trovões, era apenas uma divindade menor. Além disso, as divindades sempre davam um jeito de se revelar aos mortais quando assim queriam.

— Quer dizer que me aceitou como esposa e me trouxe para sua casa — falei devagar — mesmo sabendo que eu seria destruída ao ver seu rosto. Parece um péssimo jeito de começar um casamento.

EROS

O argumento de Psiquê era válido, eu precisava admitir. Quem tomaria em casamento alguém para o qual não poderia sequer olhar? Aquele era de fato um péssimo começo.

Mesmo assim, fui incapaz de contar a verdade à garota, assim como fui incapaz de dizer meu verdadeiro nome. Estar com ela ali, conversar com ela, amenizava como um bálsamo curativo a dor da ferida aberta pelo meu desejo. Se ela soubesse a real razão pela qual fora levada até ali, certamente iria embora. Meu coração se encolheu quando pensei nisso. Não, eu não podia perder Psiquê.

— Este é o lugar mais seguro para você — falei. Aquilo, ao menos, não era mentira. Afrodite não nos deixaria passar incólumes se descobrisse que Psiquê não fora afetada pela maldição. Era admissível mentir para proteger minha amada de um mal maior. — Há um monstro a perseguindo, um monstro terrível.

Achei que minhas palavras sérias apaziguariam Psiquê, mas logo soube que estava errado. Ouvi um baque quando ela pulou da cama, depois o chiado de seu passo frenético pelo quarto, como se fosse incapaz de conter a empolgação. Em seguida, houve outro baque surdo e um chiado — ela devia ter batido o dedinho em algum lugar. Enfim, o colchão cedeu ao meu lado quando ela pulou sobre ele e agarrou minhas mãos.

— Você precisa me dizer onde encontrar essa fera — ordenou, com a voz intensa. — Deve ser a mesma que destruiu o vilarejo em Micenas. Sou treinada para lutar contra esse tipo de monstro, e há uma profecia a meu respeito: sou destinada desde criança a dominar um monstro que aterroriza até mesmo os deuses.

Para enfatizar seu ponto, ela apertou minhas mãos com mais força. Fiquei abismado ao sentir como eram ásperas. Eu não estava acostumado a calos, e as mãos pequenas de Psiquê eram endurecidas pelo treinamento. Mas a maldição se revirou sob seu toque e me inflamou por dentro — fui tomado por um êxtase que não sentia havia séculos, embora soubesse o quão pequeno era meu controle sobre ele. Eu não tinha ideia de como manter Psiquê ali se ela me rejeitasse. Talvez pudesse transformar a jovem em uma árvore só por um tempo, apenas para garantir que não fosse fazer nada muito extremo...

— E aí? — A voz de Psiquê dardejou pela escuridão entre nós, e suas mãos sumiram de dentro das minhas. O calor deixou meu corpo em reação à ausência de seu toque; a maldição voltou a uivar sofregamente dentro da minha alma. — Você vai me levar até esse monstro, não vai?

— Fique comigo. — As palavras escaparam da minha boca sem que eu pudesse impedi-las, e fiquei horrorizado ao notar o tom de súplica em minha voz. Deuses não imploram, em geral, mas meus últimos dias haviam sido repletos de novidades desagradáveis. — Podemos discutir mais sobre isso amanhã. Fique um pouco — repeti. — Esta é nossa noite de núpcias, afinal.

PSIQUÊ

— Nossa noite de núpcias — repeti, enquanto minha garganta subitamente secava. — E tenho certeza de que você está aqui para cumprir... seu dever de marido.

Eu tinha ouvido histórias sobre o que deuses faziam com garotas mortais de quem gostavam. Diziam que a própria Helena era resultado de um encontro como esse. Entendi de imediato que podia estar diante de algo muito mais perigoso que um mero monstro.

Mas também pensei nas criadas que fofocavam sobre seus amados e riam baixinho pelos corredores. Pensei em minha mãe e meu pai, de braços dados enquanto caminhavam pelos jardins do palácio toda noite. Cupido não demonstrara crueldade, e o medo disputava espaço com a curiosidade em meu ventre.

— Confesso que isso passou pela minha mente — respondeu meu esposo, oculto pelas sombras —, porém, agora que você me golpeou na cabeça, eu talvez prefira dormir um pouco.

Senti seu corpo se deitar de lado, as mantas se movendo enquanto ele se enfiava debaixo delas.

Meus ombros relaxaram, e soltei um suspiro de alívio.

— Você vai ficar sentada aí a noite toda ou vai tentar dormir um pouco? — perguntou Cupido depois de um tempo. — Se quiser uma camisola, a casa vai lhe providenciar uma.

Olhei para baixo. A escuridão obscurecia minha visão, mas eu sabia que ainda estava usando a armadura de couro desgastada que vestira pela manhã. A ideia de trocar de roupa na frente de um estranho, mesmo que fosse meu autoproclamado esposo, fez minhas bochechas corarem de vergonha.

— Não preciso desse tipo de coisa — respondi. Com cautela, me deitei em cima das cobertas e fiquei impressionada ao notar que a roupa de cama era ainda mais refinada do que os lençóis de meus pais em Micenas. — Mas tenho um pedido — falei, encarando o teto. — Quero escrever uma carta para minha mãe e meu pai para que saibam que estou bem.

— Então vou disponibilizar materiais de escrita e ágeis falcões mensageiros. Não estarei aqui quando o sol nascer, mas esta casa vai lhe prover com o que for preciso. Volto depois, ao cair da noite. — E, com isso, Cupido se deitou de lado e não disse mais nada.

Eu nunca me sentira tão pouco inclinada a dormir. Meu corpo vibrava de empolgação. Eu não sabia o que fazer com o deus que dizia ser meu esposo, mas aquela mudança de situação podia apenas me aproximar mais de meu destino heroico. Eu havia encontrado os rastros do monstro que garantiria minha lenda. Cupido dizia conhecer a criatura, então eu o faria me levar até ela.

Mas Cupido também tinha suas próprias razões para me levar até ali, e a sensação era a de que havia eventos que se moldavam para além da minha compreensão.

Olhei na direção de onde vinha sua respiração baixinha.

— Não sei nada sobre você — falei. — De que tipo de coisa você gosta? E do que não gosta?

Senti os lençóis farfalharem ao meu redor.

— Bem... — murmurou ele. — Sou habilidoso com o arco. Gosto de gatos e pássaros, mas não de cães.

Ergui a cabeça do travesseiro, interessada.

— Também gosto de arquearia.

— Então, talvez possamos treinar juntos algum dia — sussurrou, com as palavras se misturando umas às outras.

Depois de certo tempo, um ronco baixo começou a vir do seu lado da cama. Eu não sabia que deuses roncavam.

Enquanto ele dormia, me ocupei formulando uma estratégia. No dia seguinte, eu retomaria a caça pelo monstro que havia destruído o vilarejo em Micenas. Tinha perdido minha espada, mas talvez pudesse arranjar uma lança ou um arco. Depois procuraria a criatura e a mataria, e tudo faria sentido.

Embora tivesse certeza de que nunca mais conseguiria dormir, minha exaustão, somada à maciez da cama e ao ritmo constante da respiração de Cupido, me embalou. Meus olhos, enfim, se fecharam, e caí num sono sem sonhos.

EROS

O que falam mesmo sobre a diferença entre deuses e mortais? Que é possível confundir um com o outro no escuro? Sempre penso nisso. A visão revela a verdadeira natureza dos deuses, visto que nossa beleza é penetrante demais para ser qualquer coisa menos que divina, mas tudo é igual na escuridão.

Acordei antes de o sol nascer e percebi, meio maravilhado, que havia dormido a noite inteira. Esperei a sensação esmagadora do desejo da maldição enfiar as garras em meu coração, mas ela não veio. Em vez disso, sentia apenas a doçura de ter matado uma vontade. Sentei-me e olhei para o lado; Psiquê ainda estava comigo.

A porta ainda estava entreaberta por conta de nosso confronto da noite anterior, e uma luz amarelada iluminava o corredor. Psiquê estava esparramada numa posição engraçada, em cima das cobertas, com as pernas e os braços tortos e continuava vestida com aquela ridícula armadura imunda; ocupava mais espaço do que parecia possível para uma única mulher. Mesmo assim, eu só conseguia pensar em como ela era adorável — e o melhor era que, enquanto ela estava dormindo, eu poderia usufruir do inebriante prazer da maldição cumprida sem ter que lidar com todas as suas perguntas. Apoiei o queixo na mão e a fitei.

Eu amava Psiquê, mas não sabia muito bem o que fazer com a garota. Ela era barulhenta, inquieta e mais do que um pouco mimada. Quando algo chamava a sua atenção, era insaciável e se empertigava como um cão de caça ao farejar uma presa. O interesse dela em armamentos era peculiar. Mas Psiquê estava ali comigo, segura contra a ira de Afrodite, e a maldição ronronava como um gatinho em sua presença. Isso era o suficiente por ora.

A apreensão corroía minha mente. Por que eu havia mentido para ela dizendo que meu nome era *Cupido*? Havia um lugar na costa etrusca, um vilarejo acomodado no meio de sete colinas, cujo povo falava uma língua constante e regular como mármore cortado, o latim. Fora meu nome nessa língua que eu dera a Psiquê.

Se eu tivesse sido honesto na noite anterior, o que ela teria me respondido? Um deus do amor amaldiçoado a sofrer com seu próprio dom — será que ela haveria me aceitado como marido? É claro que não. Psiquê teria fugido, um risco que eu não poderia correr, pois sabia que Afrodite a encontraria.

Despertei de meus devaneios quando Psiquê se remexeu, adormecida. Era perigoso ficar ali, na luz, exposto daquele jeito. Apressado, deixei o quarto.

Zéfiro estava me esperando do lado de fora, apoiado na pedra fria das encostas sob a luz suave da manhã, exatamente onde eu o deixara na noite anterior. Eu me perguntei se por acaso ele teria passado a madrugada toda daquele jeito.

— Gostou do meu presentinho? — perguntou o deus do vento, abrindo um sorriso insultuoso. — Você está curado do seu sofrimento... Que maravilha! Ainda não me agradeceu.

Zéfiro sabia ser tão irritante quanto uma mosca, mas eu precisava admitir que aquela troça acabara resultando na primeira noite de sono pacífico que eu havia tido desde o início da maldição. Dei de ombros, tentando parecer casual.

— Agora me conte sobre sua noite de núpcias — continuou Zéfiro, pousando as mãos nas bochechas em uma pose de expectativa.

— Ela me golpeou com um atiçador de brasas — respondi sem hesitar.

Zéfiro riu.

— Mortais são uma caixinha de surpresas, não são? Mas estou mais interessado no que aconteceu depois. — Seus olhos cintilavam com uma curiosidade libidinosa, e ele agitou as sobrancelhas.

— Nada. Fomos dormir.

— Dormir? — Zéfiro parecia incrédulo. — Não consumou seu desejo? Não fizeram amor apaixonadamente depois que, enfim, conseguiu ficar com ela a sós? O que deu em você? Talvez devesse usar uma das suas flechas para garantir que o desejo dela seja recíproco.

Recuei ao ouvir a sugestão, revoltado. A lembrança de Antheia surgiu em minha mente, e lembrei-me de seus dedos delicados atando o nó ao redor do próprio pescoço.

— Nunca — sibilei.

Zéfiro tombou a cabeça para o lado.

— Por que não?

Porque não quero machucar Psiquê, tive vontade de dizer. *Porque não vou forçar o que deve ser escolhido livremente.* Mas tais palavras eram apenas o efeito da maldição fincando as garras em mim mais uma vez.

— Chega, Zéfiro — retruquei, começando a perder a paciência. — Psiquê estava confusa e longe de casa. Ela não quis fazer nada.

Zéfiro olhou para mim como se eu fosse uma oceânide do abismo mais profundo do mar ou um sátiro da floresta mais distante, e não um amigo que ele conhecia desde o início do mundo.

— E quando foi que isso lhe importou? — perguntou ele.

Fazia sentido. Quando deuses haviam se importado com os pensamentos ou sentimentos de um mortal, mesmo sendo um mortal por quem sentissem amor? Perséfone não ligara para os desejos de Adônis quando me pedira que usasse minha flecha nele. Apolo tampouco se preocupara com o que era melhor para Jacinto quando matara o jovem em um surto de raiva movido pela inveja.

Talvez Prometeu realmente se preocupasse com os mortais, mas ele era um criminoso e fora punido exemplarmente por seus crimes.

Que divindade havia deixado de lado as próprias necessidades em nome das de um mortal? Eu, ao que parecia. O pensamento me deixou inquieto.

Os deuses tinham apenas uma palavra para se referir ao amor, mas talvez pudessem aprender outras.

9

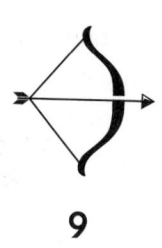

PSIQUÊ

Quando acordei, a cama ao meu lado estava vazia e a luz matinal entrava pela porta aberta. Não havia sinal algum de meu esposo misterioso, e eu não sabia se aquilo me deixava aliviada ou decepcionada.

Ainda estava usando a armadura que havia vestido no dia anterior, mas logo vi um quíton limpo perfeitamente dobrado em uma mesa baixa perto da cama. Era do meu tamanho e da minha cor favorita — um tom de azul que parecia quase violeta. Em outro cômodo, encontrei um banho quente preparado, a água cheia de pétalas de flores e perfumes que pairavam como vapor na superfície.

Depois de me lavar e me vestir, sentei-me na beira da banheira e encarei meu reflexo na água, com a sensação de que eu é que tinha sido atingida na cabeça com um atiçador. Uma ventania me levara àquela casa fantástica. Um deus alegava ser meu marido. O monstro que selara meu destino estava atrás de mim. À luz do dia, tais afirmações desafiavam minha credulidade. Ainda assim, a evidência era inegável, tão tangível quanto o tecido que vestia meu corpo.

Não houve cerimônia de casamento, mas talvez deuses não seguissem os mesmos costumes que os humanos. Talvez quando voltássemos a Micenas, Cupido e eu pudéssemos nos casar de acordo com as tradições do meu povo. Eu ainda não entendia de que forma minha mãe havia encontrado um pretendente como aquele, mas ao menos não fui entregue ao velho e feio Nestor.

Balancei a cabeça para me livrar de meus devaneios e segui pelos corredores. Quando me aproximei da grande mesa de carvalho, vi que Cupido mantivera a palavra. Havia vários materiais de escrita — papiros, tintas, uma pena — dispostos de forma organizada ao lado de um desjejum de pão e mel. Ouvi os gritos de falcões enjaulados se comunicando lá fora.

Depois de comer, escrevi uma carta para meus pais sob o olhar atento de um gato branco que parecia intensamente curioso com o processo. *Estou bem e ilesa,* escrevi, *abrigada em segurança na casa de meu novo esposo divino.* Depois de um momento de ponderação, também escrevi uma mensagem para Ifigênia. Embora uma vasta distância me separasse de minha prima, havíamos criado uma relação de confidência e trocado cartas uma com a outra durante anos. Dei-lhe poucos detalhes sobre meu novo marido, já que meu próprio conhecimento a seu respeito era limitado.

No terraço, prendi as mensagens às patas dos pássaros, depois os soltei e os vi desaparecer no céu sem nuvens.

O que fazer agora? Eu me sentei e repousei o queixo na mão. Não tinha muito a ser feito, o que não era comum em minha vida. Queria desesperadamente encontrar o rastro do monstro, mas não havia motivo para começar a procurar antes de conseguir mais informação com Cupido, que só voltaria ao cair da noite. Quando me virei, me afastando da beira da sacada, tomei um susto.

Havia um estranho parado na entrada da casa, me olhando com atenção.

Seus olhos eram de um azul-claro bem pálido e estavam fixos em mim. O homem era anguloso, todo músculos e tendões sobre ossos; parecia tanto querer me investigar que quase saltitava no lugar, refletindo os movimentos dos pavões espalhados pelo terraço. Soube de imediato que não era meu esposo; o sujeito era mais magro do que o corpo que eu tateara na escuridão, e não irrompi em chamas ao vê-lo. Mas, com certeza, também era um deus.

Não consigo explicar exatamente como soube disso. Sem dúvida, ele era belo, com as feições entalhadas com uma precisão sobrenatural, mas alguns mortais rivalizavam em beleza com deuses. Talvez humanos carregassem no sangue a habilidade de reconhecer divindades — um legado de Prometeu, que nos fizera. Ou talvez fosse o mesmo instinto que levava coelhos a reconhecer a sombra de uma ave de rapina.

Mas eu não era um coelho. Era a senhora daquela casa, e, portanto, me aprumei.

— Quem é você? — questionei.

— Ah, Psiquê — disse o estranho, tombando a cabeça para o lado. — Estava aqui me perguntando quando você acordaria. Pelo jeito gosta de dormir até tarde, não é? Que prazer conhecer você melhor! Meu nome é Zéfiro — informou ele, com um floreio e uma mesura.

Ao contrário de Cupido, aquele nome me era familiar. Senhor do vento do oeste, objeto de odes compostas por veneráveis sacerdotes idosos dos templos de Micenas. Mas minha admiração foi sobrepujada por ultraje ao ligar dois pontos na mente.

— Eu conheço essa voz! Foi você que me trouxe até aqui!

Zéfiro assentiu.

— Precisamente. Quis ver com meus próprios olhos como está sua adaptação.

Senti a ira se avivar em meu peito.

— Foi você que destruiu o vilarejo em Micenas? — exigi saber.

Ainda me lembrava dos olhos vazios dos refugiados entrando pelos portões da capital Tirinto.

— Ah, sim. Deu um belo trabalho soprar todas aquelas casas para chamar a sua atenção, mas vejo que funcionou. — Ele abriu um sorriso largo que só reforçou minha raiva.

— O vilarejo está destruído, e a temporada de semeadura está chegando — rosnei. — As pessoas perderam seus lares! — Lutei com o ímpeto de atirar um vaso de plantas na cabeça dele.

Eu sabia que não era capaz de matar um deus, mas decerto conseguiria machucá-lo.

— Perderam, é? — Ele arqueou uma sobrancelha em um gesto indolente.

— Você vai reparar esse erro fazendo doações para ajudar na reconstrução do vilarejo — sentenciei. Os veneráveis sacerdotes de Micenas me diziam que não era adequado demandar das divindades de forma tão audaz, mas, depois do que havia feito, Zéfiro me devia aquilo. — Você é um deus. Não me diga que não tem os meios para isso.

Zéfiro me encarou com a expressão neutra. Depois jogou a cabeça para trás, soltando uma gargalhada retumbante, e me deu tapinhas nas costas como se fosse um velho amigo.

— Você é audaciosa para uma mortal, não é mesmo? Bom, suponho que lhe devo um presente de casamento. Minha fortuna não é pequena, e a dedicarei a tal causa se é isso que quer.

— Ótimo — respondi, sentindo a ira amainar um pouco.

Ele desviou os olhos dos meus, fitando o mar.

— Além disso, não me regozijo com o sofrimento dos mortais — acrescentou, falando mais com a água e o céu do que comigo; seu rosto anguloso parecia um pouco mais relaxado. — Amei um de vocês certa vez. O nome dele era Jacinto.

Era, disse ele. Senti um calafrio.

— O que aconteceu? — perguntei.

— Apolo o matou. — A voz de Zéfiro soou estável e sem emoção.

— Ah — respondi, sentindo um vazio peculiar nas entranhas.

Por que aquilo me inquietava tanto? Eu sempre soube que mortais que se metiam com deuses não raro viviam vidas atribuladas.

Mas agora eu era uma dessas mortais.

Zéfiro afugentou a melancolia com um balançar de cabeça e se voltou para mim.

— Me diga: o que acha de seu novo marido? — perguntou, o brilho inicial novamente no semblante. — Achou ele belo? Atraente? Está apaixonada?

Senti um rubor tomar meu rosto.

— Acabei de conhecê-lo. Mas ele é... gentil, sem dúvida — falei, insegura. — Não posso dizer se é belo, porém, porque ele não me deixou ver seu rosto. Apresentou-se a mim no escuro e se recusou a acender lamparinas. — As palavras deixaram minha boca antes que eu pudesse calcular se era sábio dizer aquilo.

Zéfiro assentiu, sério.

— Ah, sim — disse ele. — A maldição. Fico grato em saber que ele está sabendo gerenciá-la.

— Que maldição? — perguntei, franzindo as sobrancelhas.

Cupido não mencionara nada daquilo, mas talvez a resposta explicasse as peculiaridades da noite anterior.

— Ah, você sabe... — Zéfiro fez um gesto com a mão. — A regra de não poderem se ver cara a cara. Você entende, é claro.

Eu não estava entendendo era nada, mas não ia pedir respostas àquele deus estranho. Confiava nele menos ainda do que em Cupido.

— Eu não diria que me confinar à escuridão conta como gerenciar bem — comentei. — Quem em sã consciência se casaria com alguém que nem sequer pode ver?

— Alguém distraído pelo amor — respondeu Zéfiro.

Pestanejei, chocada. Meu esposo não havia dito nada sobre amor, embora eu tivesse de fato sentido certa afeição em sua voz. Talvez fosse o amor que o tivesse levado a arriscar a ira de uma maldição. No entanto, era eu quem estava fadada a sofrer se nos víssemos.

Olhei de novo para Zéfiro. Apoiado na balaustrada do terraço em uma posição de tranquilidade calculada, ele vibrava com as palavras não ditas como uma colmeia cheia de abelhas.

— Zéfiro — chamei de súbito —, quem é meu marido? O que ele é de verdade?

Ele sorriu.

— Estava esperando essa pergunta. — Ele mostrou um frasco cheio, que surgiu aparentemente do nada, entre os dedos longos de uma das mãos. — Esta poção vai permitir que você perceba a verdadeira natureza das coisas. Quem a toma consegue enxergar até na mais escura das noites. Acho que isso vai satisfazer adequadamente sua curiosidade. — E me agraciou com um sorriso; seu olhar relampejava de prazer.

Peguei o frasco e o examinei, virando o objeto de um lado para outro para ver o conteúdo espesso se agitar dentro dele. Franzi as sobrancelhas, fitando Zéfiro com cautela.

Revirando os olhos e soltando um suspiro profundo, o deus do vento arrancou o vasilhame da minha mão e abriu a tampa. Me olhando enfaticamente, jogou parte do conteúdo na boca e engoliu. Depois me entregou de novo a poção com um floreio.

— Pronto — disse Zéfiro. — Vê? Não está envenenado.

Cruzei os braços e ergui o queixo.

—Você é imortal; eu, não — respondi.

Zéfiro me encarou.

— Se quisesse matar você, eu a teria jogado daquele penhasco em vez de trazê-la até aqui. Acredite, seu esposo acabaria comigo se você morresse, e imortais guardam rancor por muito tempo.

Olhei de novo para o potinho, cujo líquido estava pela metade. A curiosidade fincou suas esporas em mim como se eu fosse um cavalo indisciplinado. Queria saber como meu autoproclamado esposo era; tal necessidade me consumia.

— Agora, se você for uma covarde, aceito a poção de volta — instigou Zéfiro.

Foi a gota d'água. A sorte favorecia os corajosos, e eu não era de negar um desafio. Joguei a tampa para o lado e bebi o líquido de uma vez.

De imediato, senti o corpo estremecer. O vidrinho caiu das minhas mãos enquanto o terraço se expandia rapidamente. Mas mesmo enquanto meus ossos encolhiam e se rearranjavam, me fazendo compreender que fora enganada, não senti dor ou medo. Vislumbrei os olhos claros de Zéfiro se semicerrando, achando graça, mas meus pensamentos foram reduzidos a uma única e objetiva ordem: *voe*.

Decolei do meio do quíton abandonado no chão, e minhas asas se ergueram cada vez mais alto rumo ao céu da manhã.

10

EROS

Quando voltei à casa da costa, as sombras da noite já se mostravam e eu esperava encontrar Psiquê. Talvez ela estivesse descansando à mesa, ou quem sabe na cama. A maldição estremeceu ao pensar em sua voz, na possibilidade de seu toque.

Não esperava nada do que encontrei: uma bagunça de móveis e pratos quebrados e, no centro dos escombros, Afrodite.

Sua pele cor de oliva assumira o tom vermelho de quem fizera esforço, e o peito subia e descia de forma dramática. Estava com o cabelo escorrido ao redor do rosto, lembrando uma mulher afogada. Mesmo conhecendo Afrodite havia séculos, eu nunca a vira daquele jeito. Parecia menor, quase mortal.

Psiquê... onde está Psiquê? Afrodite não a encontrara, isso era óbvio — caso contrário, teria me recebido com o corpo da jovem mutilado. Contava com o bom senso de Psiquê de permanecer onde quer que tivesse se escondido até que eu pudesse me livrar de Afrodite.

— Você o matou — rosnou a deusa.

Era como se as palavras estivessem sendo expulsas de sua boca pela pura força do pesar. Seus olhos estavam vermelhos e inchados.

Fechei a porta atrás de mim e tentei não parecer confuso com sua aparição súbita.

— Querida mãe, não faço ideia do que está falando.

— Adônis! — lamentou Afrodite.

O nome fez uma nova onda de lágrimas fluir por suas bochechas, e ela apertou as costas da mão sobre a boca. Demorei um instante para me lembrar do jovem mortal, falecido alguns meses antes — meu presente a Perséfone. Eu não o matara, exatamente, a culpa tinha sido do javali. Mas duvidava que Afrodite fosse reconhecer a diferença.

— Meu amado — disse ela, engasgada. — Eu não o via fazia algum tempo. Quando fui procurar Adônis para confrontá-lo sobre sua negligência, soube que estava morto. Morto! — Ela uivou as últimas palavras, arranhando o belo rosto. — Adônis se foi para sempre. Nunca mais vou tocar nele, nunca mais vou sentir seu corpo ao lado do meu. Ele não passa de névoa gélida no Submundo, e agora estou só. — As palavras dela se transformaram em soluços.

Senti uma dor no peito, sabendo que estaria arruinado se aquilo acontecesse com Psiquê. Mas eu não podia revelar meu real papel na morte de Adônis, então fingi descaso.

— Ah, que pena. É lamentável que mortais não vivam muito. Zéfiro também perdeu um recentemente. Talvez vocês dois possam confortar um ao outro.

Afrodite semicerrou os olhos, arreganhou os dentes e seu rosto ruboresceu.

— Era você o tempo todo agindo escondido na escuridão, não era? — cuspiu ela. — Ares, Hefesto e agora meu doce e querido Adônis. Não vou mais tolerar traições.

— É sério, mãe — respondi. — Não sei mesmo do que está falando.

Eu devia saber que não era uma boa ideia mentir. Apesar de minhas habilidades de enganação, nunca fui muito bom em contar inverdades de forma tão descarada. O desejo não mente.

Afrodite se aprumou, parecendo maior.

— Eu juro a você — rosnou, com uma voz que parecia a terra se partindo —, vou encontrar a coisa que você mais ama no mundo e reduzi-la a pó.

Nada se movia na casa, nem mesmo o menorzinho dos gatos. De queixo erguido, sem olhar para mim, Afrodite foi até uma janela. Asas brancas irromperam de suas costas, se estendendo até tocar o teto. Seu corpo assumiu o formato de um pombo, e a deusa do amor decolou pela abertura — não sem antes defecar de forma provocativa no meu chão.

Depois que ela foi embora, entrei em ação. *Psiquê*. Precisava encontrar Psiquê. Corri de cômodo em cômodo, tomado pelo frenesi do horror, me perguntando se a qualquer momento encontraria a jovem pendurada nas vigas ou desmembrada em meu piso de mármore, como um presente de despedida de Afrodite. Mas não achei nada, o que foi ainda pior.

Uma brisa soprou por uma das janelas abertas, moldando-se na forma de Zéfiro, que segurava uma pequena criatura entre as mãos. Uma borboleta.

— Com cuidado, com cuidado — disse-me ele. A borboleta batia debilmente as asinhas. — Ela perdeu as energias. Vá buscar um vidro.

E assim o fiz. Zéfiro realizou uma manobra complicada e transferiu a criatura em suas mãos para o vidro virado de cabeça para baixo. Depois que terminou, nós dois nos abaixamos para encarar o serzinho preto e dourado que voejava dentro da contenção.

— Zéfiro — comecei —, essa não é minha esposa, é?

O deus do vento oeste abriu um sorriso solar.

— É, sim, meu caro Eros. Ela experimentou a tintura de móli que consegui com Circe, e, como pode ver, a alma dela parece ter forma de borboleta. É engraçado, não acha? Uma coisinha feroz como ela reduzida a...

— Zéfiro — eu estava perdendo a paciência —, transforme Psiquê de volta imediatamente!

Levei a jarra até o quarto escuro, me lembrando da maldição do amor. Depois de garantir que estivéssemos envoltos em escuridão, senti mais do que vi Zéfiro fazer um gesto no ar.

E então Psiquê estava em meus braços, ofegando contra meu peito. Ela me abraçou, tentando se recompor, e a puxei desesperadamente contra o corpo. Apesar de toda a sua ferocidade, era impossivelmente delicada, e seus membros lembravam árvores jovens que poderiam ser quebradas por um vento mais forte. A maldição cantava em meu sangue, transformando o medo em elação. Psiquê, viva e incólume, enfim de novo em meus braços.

Baixinho, ouvi o vidro rolar para longe em um canto distante do cômodo.

— I-Isso... — As palavras pareciam espessas e pesadas na língua de Psiquê enquanto ela se esforçava para se ajustar ao corpo humano mais uma vez. Corri a mão por suas costas, tentando acalmar a jovem. Ela devia ter passado por um verdadeiro suplício! É claro que estaria amedrontada e confusa. — Isso... foi maravilhoso! — ela, enfim, conseguiu dizer. — Incrível! Posso fazer de novo?

Tive certeza de que ouvira errado; Psiquê tentou se sentar, mas cambaleou com o esforço. Forcei minha amada a se deitar em meus braços de novo.

— Não recomendo — respondi, sombrio, me dando conta de que Psiquê era mais estranha do que eu imaginara a princípio. — Esse tipo de transformação exige muito dos mortais. Você poderia ter esquecido que não é uma borboleta, flutuando para longe com o vento. Precisa dormir agora. Vou ficar com você até que caia no sono.

A empolgação de Psiquê foi sumindo conforme a exaustão física se impunha. Coloquei a garota na cama e, com cuidado, acomodei as cobertas sobre ela, acarinhando seu cabelo. Não demorou muito para que sua respiração se apaziguasse.

— Acho que é melhor eu ir embora, não é? — cantarolou Zéfiro de um canto escuro do quarto.

Eu estava irritado com seu descuido, mas entendia como a noite poderia ter terminado diferente se Afrodite houvesse encontrado Psiquê sozinha. O terror frio fluiu por mim como água salgada.

— Ainda não — respondi. — Seu truque com a poção de móli, por mais inaceitável que tenha sido, abriu novas possibilidades. Ao que parece, Psiquê e eu podemos olhar um para o outro, contanto que um de nós não esteja com seu rosto original.

— Novas possibilidades, assim como novas limitações — ponderou Zéfiro. — É uma pena sua nova noiva não poder ver seu belo rosto. A única bênção é que ela não sabe disso, ou sua tristeza seria impiedosa.

Fiz uma careta.

— Acho que é mesmo melhor você ir embora.

Zéfiro partiu em um redemoinho que fez a porta balançar. Levei as mãos à cabeça e analisei a situação. Psiquê jamais me conheceria de verdade, jamais olharia para o rosto que tantos adoravam, e, de alguma forma, tal fato me causava um estranho alívio.

Mas como fazer com que ela ficasse? As coisas desandariam logo, então algo precisava mudar. Não poderíamos estar sempre no limiar da maldição daquele jeito.

Eu amava Psiquê, um fato a respeito do qual nada podia fazer, mas não a *entendia*. Ela já se provara difícil de manejar, disposta a tomar poções desconhecidas de estranhos questionáveis, e sua empolgação irrestrita pela caça de monstros era cansativa na melhor das hipóteses, e bizarra na pior. Será que todos os mortais eram daquele jeito? Eu conhecia muito pouco sobre eles. Precisava falar com alguém que entendesse mais sobre mortais, que pudesse me mostrar como manter Psiquê em segurança.

Uma ideia me ocorreu como se um raio de Zeus me tivesse atingido. Havia um deus que conhecia mortais melhor do que qualquer outro, que certa vez bebera ambrosia em meu terraço antes de seu longo encarceramento.

Prometeu saberia o que fazer.

11

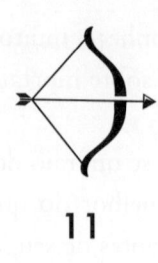

PSIQUÊ

Eu estava nua quando acordei. Isso me assustou a princípio, mas depois lembrei-me dos eventos do dia anterior: um misterioso estranho que se apresentara como Zéfiro, um voo pelo ar. Cores oscilando ao meu redor, o ar repleto de pura cacofonia. Meu mundo mergulhado em escuridão, e minhas asas batendo impotentes contra paredes de vidro. Depois me vi arquejando no chão do quarto sem janelas, com os braços não visíveis de meu esposo me envolvendo, e sua voz sussurrando palavras gentis de conforto em meus ouvidos.

Chacoalhei a cabeça para me livrar dos resquícios de tais lembranças. Fiquei de pé e fui até a grande mesa de carvalho, que, de novo, estava repleta de comida. Ao que parecia, a casa me provia tudo aquilo, era um milagre dos deuses. Um dos gatos me cumprimentou com um miado, mas, fora isso, não havia som algum ecoando das paredes de pedra. Eu estava sozinha de uma forma que raramente acontecera em minha curta vida. Sempre houvera meus pais ou os criados do palácio e, depois, Atalanta. Mas ali eu me encontrava realmente só — até a noite, ao menos, quando Cupido retornaria.

Olhei para o sol brilhando convidativo nas águas que pareciam metal martelado. O dia prometia ser seco e quente, e soube de imediato onde queria passá-lo. A casa parecia concordar com minha ideia: quando olhei para o lado, vi um pedaço de tecido dobrado com cuidado sobre uma cadeira próxima. Tinha certeza de que ele não estava ali até segundos antes.

Franzi a testa, passando os dedos pelo pano texturizado. Me peguei semicerrando os olhos, aguardando o momento em que objetos apareceriam na casa ou se consertariam sozinhos, como se fosse possível vislumbrar mãos invisíveis trabalhando. Mas não, as coisas simplesmente surgiam do absoluto nada, como se sempre tivessem sido daquele jeito.

Nadar me faria bem, decidi.

Descer a escadaria da encosta foi penoso, mas, quando cheguei à praia, me esqueci das dores nos músculos tamanha era a beleza do lugar. Gaivotas abocanhavam ostras das piscinas naturais e decolavam, derrubando os mariscos nas rochas lá embaixo para revelar a carne macia. Era um truque astuto que os pássaros deviam ter aprendido sozinhos.

O chão estava repleto de fragmentos de concha, e precisei tomar cuidado para não cortar a planta delicada dos pés nas pontas afiadas enquanto avançava pela praia rochosa. Caminhei até onde as ondas lambiam a areia e as deixei rolar sobre meus pés. O mar pertencia ao deus Poseidon, mas pertencia mais ainda a si mesmo, e tinha humor próprio diferente do dele. Às vezes estava tempestuoso e insolente; outras, feliz e espevitado. Naquele dia, estava em uma de suas versões alegres. O sol trespassava as águas claras e banhava o leito arenoso, e arraias pairavam no azul como as sombras de grandes pássaros.

Trancei o cabelo e o prendi firmemente atrás da cabeça. Olhando ao redor, garanti que não havia ninguém espiando e me despi, adentrando as ondas.

A água me sobressaltou com a gelidez, mas meu sangue logo se aqueceu. Nadei com suavidade pela extensão da praia, dando braçadas segundo a técnica ensinada por Atalanta, me soltando com o intenso deleite de estar forçando meus músculos como se fossem cavalos de uma carruagem. O tempo nadando foi uma trégua bem-vinda no turbilhão de pensamentos que preenchiam minha mente: o choque com minha abrupta mudança de status, a persistente confusão a respeito da verdadeira identidade de meu divino esposo.

Percebi que perdera a noção de meu avanço, ou então a corrente me carregara para mais longe do que planejado. Quando olhei para a frente, a costa não passava de uma nesga clara e distante no horizonte.

Fui tomada pelo pânico, mas logo me aquietei. Eu poderia voltar nadando e depois curar a exaustão dormindo por toda a longa tarde. Com certeza conseguiria fazer isso.

Um som chamou a minha atenção, e me virei. Uma cabeça bulbosa com um focinho comprido me espiava da água, e reconheci a criatura: um golfinho. Nunca vira um pessoalmente antes, mas sabia de sua aparência com base nas pinturas em cerâmicas importadas de Creta. O golfinho era sagrado para inúmeros deuses, e diziam que resgatavam marinheiros perdidos no mar.

— Olá, amigo — falei para a criatura sorridente.

— Olá, Psiquê — respondeu ele.

Depois, não saberia dizer se nadei, voei ou simplesmente caminhei sobre as águas de tanto desespero, mas, quando parei para recuperar o fôlego, a cabeça do golfinho estava muito mais longe do que antes.

A forma escura deslizou na minha direção, retornando à superfície.

— Psiquê! — chamou ele de novo. — Sou eu!

Reconheci a voz.

— Cupido?!

O golfinho rolou de lado e me espiou com um olho cor de ônix.

— Eu mesmo. Vi você indo na direção de águas mais profundas e vim ajudá-la a voltar para a praia.

A gentileza dele era cativante, mas eu não aceitaria ser tratada como uma criança por meu próprio marido. Fui tomada pela raiva.

— Por que acha que preciso da sua ajuda? Por acaso é minha babá? Eu não sou um bebê. Fui treinada para caçar e lutar com monstros. A correnteza não é nada para mim.

— Você está em pleno mar aberto — comentou Cupido. — Me perdoe pensar que não é imune ao afogamento.

Abri a boca para responder, mas fui impactada pela peculiaridade de estar discutindo com um golfinho falante.

— Essa é sua verdadeira forma? — mudei de repente de assunto. — Achei que eu seria fulminada se olhasse para seu rosto. — Agitei as pernas (que obviamente não tinham sido reduzida a cinzas) para manter a cabeça acima da superfície.

Ele soltou estalidos, negando.

— Não, mas seu acidente com a tintura de móli me deu uma ideia. Ao que parece, se um de nós estiver em uma forma que não lhe pertence, não seremos mais afetados pela maldição.

Lembrei-me de estar voando alto no céu banhado pelo sol, com asas delicadas como papiro, e das formas distorcidas de rostos do outro lado do vidro no qual eu estava. Zéfiro havia falado sobre uma maldição, mas Cupido não a mencionara até então. Que tipo de feitiço seria capaz de afetar um deus? A perturbadora sensação de desconfiança se enfincou em minha mente como uma farpa.

Tentei reprimi-la.

— Como fez isso? — perguntei, apontando para ele. — Você possuiu um golfinho?

— Todos os deuses são capazes de mudar de forma, e não sou exceção. — Ele agitou a cauda na água, espirrando gotinhas no ar que brilharam como estrelas cintilantes.

Então por que não aparece para mim com o rosto de um homem?, me perguntei. Lembrei-me da silhueta de ombros largos na escuridão. Preferiria muito mais encontrar alguém com aquela aparência, ou algo similar, a ter de ver um golfinho.

— Agora, suba nas minhas costas logo — disse ele. — Vou levar você de volta para a praia a tempo do almoço.

Fiz uma careta.

— Já disse que não preciso da sua ajuda.

— Ah, não tenho dúvida de que você é capaz de fazer isso sozinha — retrucou ele. — Só achei que podia lhe poupar certo tempo. Além disso, quantos mortais podem dizer que montaram em um golfinho?

Reconsiderei a oferta, amolecida pela resposta. Além disso, minha barriga estava roncando de fome.

— Bom, acho que seria rude recusar, considerando que você já veio tão longe.

A pele do golfinho era lisa, e eu conseguia sentir seus músculos se contraindo e relaxando sob meu corpo. Cupido ganhou velocidade, fazendo o mundo virar um caleidoscópio de espuma do mar e luz do sol. Bebi água salgada sem querer mais de uma vez, mas não liguei. Uma risada de puro deleite escapou de mim conforme pulávamos pela água como um seixo sobre a superfície de um lago, e ouvi o guinchado do golfinho ecoando meu prazer.

Cupido diminuiu a velocidade quando nos aproximamos da costa, e o soltei quando vi que a água já dava pé. Ficamos olhando um para o outro por um momento, embalados pelo oscilar suave das ondas.

Só então lembrei que estava nua, e afundei até os ombros em um súbito impulso de recato. Ele podia ser meu esposo, mas a ideia de estar sem roupa em sua presença — especialmente porque ele usava outra forma — ainda me fazia corar.

Felizmente, Cupido rolou de barriga para cima e se afastou, olhando para o céu.

— Vejo você depois do crepúsculo. Fique bem, Psiquê.

— Você também.

Ele se virou e mergulhou entre as ondas. Pelas águas brilhantes como joias, vi a silhueta escura de seu corpo disparando na direção do horizonte. Só depois de garantir que ele havia ido embora, saí do mar e vesti às pressas meu quíton.

EROS

A lembrança do toque de Psiquê perdurou em mim pelo resto do dia. Ainda não tinha experimentado por completo como a maldição podia virar uma bênção pelo simples toque de sua pele, como o uivo de meu desejo podia se tornar uma melodia. Mas essa satisfação apenas acentuou a vontade de sentir o corpo dela contra o meu quando pudesse retribuir os toques de maneira mais completa.

Assim que o sol se pôs, encontrei Psiquê aguardando no quarto escuro, sentada na cama.

— Ah, então você está usando a forma de homem novamente — disse ela.

— Fiquei aqui imaginando se viria até mim de novo como um peixe.

Pensei em lembrar a ela que eu não era um homem e que golfinhos não eram peixes, mas decidi não fazer isso. Psiquê fora arrancada de casa e sujeitada a todo tipo de coisas peculiares. Queria oferecer a ela algo real.

— Não posso deixar que você veja como sou — comentei, apoiando o joelho na cama. — Mas posso permitir que sinta.

Encontrei as mãos dela na escuridão e levei-as a meu rosto. Os calos eram ásperos como pedra, porém mais familiares a mim agora. Seus dedos correram por sobre minhas pálpebras e meu nariz, tateando a linha do meu maxilar. Ouvi Psiquê arquejar, absorvida pelo fascínio, e ela se aproximou para me alcançar melhor. Eu me deleitei com a sensação de suas mãos descendo pelo meu rosto como uma chuva de verão. Me perguntei como seria pegar aquelas mãos entre as minhas, ou me inclinar na direção de onde a boca de Psiquê deveria estar e lhe dar um beijo.

Recuei de forma abrupta; meu coração se trancou como um mexilhão sobressaltado. Era a maldição enterrando as unhas em mim de novo; quanto mais rápido a quebrássemos, melhor seria para nós dois.

As mãos de Psiquê se detiveram.

— Satisfeita? — perguntei.

Os dedos se afastaram do meu rosto.

— Sim — respondeu ela. — Obrigada.

Lembrei-me de meu plano.

— Preciso lhe pedir um favor, Psiquê. Gostaria que me acompanhasse em uma jornada. Quero falar com alguém que você gostaria de conhecer.

Contei a Psiquê que queria me encontrar com Prometeu, e ela soltou um gritinho de empolgação.

— É claro que vou com você! E o monstro? Vamos procurar o rastro da fera também?

— Pode ser — respondi, sombrio, pensando em Afrodite e sua ameaça de destruir o que eu mais amava. — Mas sei que você foi treinada para lutar contra monstros.

— Ótimo — disse ela, rindo. — Parece que você enfim está começando a me entender.

Ouvi um farfalhar quando Psiquê se enfiou embaixo das mantas, se preparando para dormir. Fiz o mesmo.

— Você não está com medo? De verdade? — perguntei.

— Medo algum — respondeu, a voz abafada pelo travesseiro. — Afinal de contas, vou estar na companhia de um deus imortal. O que tenho a temer?

Muita coisa, pensei, sério; e a ameaça que Afrodite fizera às lágrimas me veio à mente. Mas não falei nada disso para Psiquê, e ela logo caiu no sono.

Quando me deitei, notei que meu rosto doía um pouco. A princípio achei que pudessem ser resquícios da sensação do toque de Psiquê, mas depois percebi que eu estava sorrindo.

Na manhã seguinte, refleti sobre qual forma usar. Podia assumir o corpo de um jovem e belo mortal, mas não queria acrescentar outra mentira à pilha que já fazia pesar nosso relacionamento, e não gostava nada da ideia de Psiquê admirando de forma afetuosa um rosto que não era meu.

Enfim me decidi por virar um magnífico galo com penas douradas ao redor de meu orgulhoso pescoço contrastando intensamente com minhas asas azuis esverdeadas. A crista no topo da cabeça me lembrava do elmo plumado de Ares. Andei de um lado para outro do terraço com os pés dotados de três garras, estufando a magnífica plumagem. Até os pavões se afastaram de mim, admirados.

Quando Psiquê saiu do quarto, vi que tinha vestido a armadura leve que eu lhe deixara, muito mais estilosa do que as pesadas peças de couro cozido com as quais chegara. O conjunto novo consistia em um peitoral e uma placa para as costas feitos de bronze trabalhado e goivas combinando.

Psiquê fez uma cara esquisita, e um risinho lhe escapou quando me viu.

— Você é uma galinha agora?

Estufei as penas, consternado.

— Sou um *galo*, fique você sabendo. E este formato é muito mais versátil que o de golfinho — murmurei.

Aparentemente, a magnificência daquela estrutura — penas douradas aos poucos assumindo um vermelho vivo, meu majestoso porte e meu passo intenso — não satisfez minha esposa mortal.

Psiquê olhou ao redor.

— Onde estão nossos suprimentos? — perguntou ela. Apontei para um fardo apoiado na parede de pedra do penhasco, e ela se virou para mim um tanto assustada. — Só isso? A bolsa é tão pequena que parece ter espaço para apenas um odre de vinho.

— Suas necessidades todas não foram atendidas desde que chegou aqui? — perguntei. — Por que acha que seria diferente na estrada? Você estará viajando com um deus. Tudo vai correr bem.

Psiquê revirou os olhos, mas pegou a bolsa. Descemos, então, pela longa e rodopiante escada que ligava a casa à praia. Indiquei a ela um caminho que passava pelas colinas secas e poeirentas, por onde caminhamos até não dar mais para ouvir o mar batendo contra as pedras.

Não muito tempo depois, sofremos uma emboscada de um grupo de bandidos que surgiu do meio da paisagem escarpada como espíritos do mal. Eram homens que não pertenciam a cidade alguma e ganhavam a vida predando viajantes incautos, e suponho que parecíamos alvos fáceis: uma mulher viajando com um elegante animal de estimação.

Dois dos criminosos surgiram do matagal diante de nós. Quando me virei, vi outros dois na estrada às nossas costas. Todos ostentavam lâminas marcadas pela ferrugem e um olhar implacável no rosto.

Eu não era um guerreiro; minhas flechas não tinham sido feitas para lutar. Além disso, estava despreparado para ver mortais agirem daquela forma. Eu era um deus, acostumado a ser adorado. Sempre lidava com humanos sendo subservientes ou alheios a mim, não ameaçadores.

Pensei no que faria a seguir, mas Psiquê foi mais rápida e puxou uma flecha da aljava, acertando na garganta o homem que estava mais perto de mim. Ele caiu agarrando a haste, com uma expressão de absoluto choque. Um instante depois, outra flecha se alojou no peito do outro homem, que soltou um grito aturdido.

Psiquê se virou para o lado oposto. Um dos bandidos atrás de nós atacou, com a boca aberta em um rosnado de batalha enquanto brandia um machado. Era enorme, de ombros largos como um touro, e por um segundo Psiquê ficou congelada pelo choque instintivo oriundo da perspectiva de ter que confrontar algo muito maior do que ela mesma.

Cambaleou para trás, desviando-se do ataque, e quase tropeçou nos próprios pés. Um grito irrompeu da minha garganta, mas ela logo se recuperou e se abaixou no espaço deixado pela postura aberta do oponente, puxando a faca da bainha e enfiando-a na coxa do homem. Ele uivou de dor e tentou acertá-la loucamente, mas ela já saltara para fora de seu alcance.

O último dos bandidos, um homem magricela com as roupas mais esfarrapadas que eu já vira na vida, nem se deu ao trabalho de desafiar a jovem. Em vez disso, agarrou o homem que ela acabara de esfaquear e o arrastou para dentro do labirinto de pedras e arbustos ao lado do caminho. Um rastro de sangue derramado sobre a terra seca restou como único sinal da passagem dos dois criminosos por ali.

Eu já tinha visto Ares e Atena, deuses da guerra, lutarem nas escaramuças que de vez em quando surgem entre divindades, mas Psiquê se movia de forma diferente. Com menos perfeição e mais devagar, embora com uma beleza de encher os olhos. Atena e Ares jamais teriam tropeçado ou quase caído enquanto encaravam um inimigo, e tampouco se recuperariam tão bem. Era como comparar a gélida e inabalável beleza das estrelas com o desabrochar de uma flor — algo impermanente e imperfeito, mas muito mais adorável justamente por isso. Psiquê não estava lutando porque nascera para tal; estava lutando porque amava lutar.

Ela respirava com dificuldade, a faca ensanguentada ainda nas mãos.

— Agora entendo o que você quis dizer quando falou que foi treinada para lutar contra monstros — comentei. — Onde você aprendeu a se mover dessa forma?

Psiquê me olhou de soslaio e abriu um sorriso, voltando a parecer uma jovem mortal em vez de uma guerreira de impressionante habilidade.

— Aprendi tudo com Atalanta — respondeu ela — para cumprir a profecia do Oráculo de Delfos, que profetizou que eu dominaria um monstro temido pelos deuses. Mas nunca matei ninguém antes. Nunca precisei. — Psiquê estendeu a mão para ajeitar o cabelo; vi que estava tremendo e que seu sorriso vacilava nos cantos da boca.

— Eles a teriam matado sem pestanejar se você não tivesse feito isso primeiro — garanti.

Psiquê voltou o olhar para mim.

— Não sei se você sabe — começou meio sarcástica —, mas quase todos os homens sentiriam vergonha de não poder proteger a esposa de bandidos.

Abri as asas, fingindo derrota.

— Ainda bem que não sou um homem, então. E por que eu sentiria vergonha de ter uma esposa capaz de lutar como você? Você se move como um redemoinho. Nunca tinha visto nada parecido.

Psiquê corou e desviou os olhos, enquanto o rosa encobria sua pele marrom.

— Eu deveria deixar moedas em suas bocas para pagar a passagem da viagem desses homens pelo Estige — disse ela, olhando para os dois cadáveres alvejados por flechas. — Mas não tenho nenhuma.

Poeira rodopiava no ar, erguida pela rapidez do movimento dos pés dos combatentes. Comecei a limpar as penas para garantir que a sujeira não as ofuscasse.

— Verifique a bolsa — falei para Psiquê.

Ela me encarou, tomada pela confusão que só aumentou quando enfiou a mão dentro da sacola e tirou de lá dois pequenos objetos que brilharam ao sol. Duas moedas, o suficiente para garantir a tranquilidade da alma dos bandidos.

Seguimos caminho. O suor cobria a testa de Psiquê enquanto ela, com o olhar perdido, mirava o horizonte. Dava para ver que algo perturbava seus pensamentos.

— Sempre achei que seria uma heroína algum dia — disse ela, enfim —, não uma executora de bandidos. Achei que seria como Belerofonte, ou...

Agitei as penas ao me lembrar do proclamado herói que rejeitara Antheia de forma tão cruel.

— Você é melhor sendo quem é. Belerofonte era um grande paspalho. — *E nem de perto tão belo quanto você*, pensei, mas não disse em voz alta.

— Belerofonte era brilhante! — retrucou ela.

— Um paspalho — repeti.

Eu nunca esqueci a expressão de desprezo que ele tinha no rosto enquanto empurrava Antheia.

— Já que sabe tanto sobre Belerofonte, por favor, me conte mais sobre ele — disparou a jovem.

E foi o que fiz.

Contei a ela como ele era um homem arrogante, embriagado pelos mitos sobre sua própria importância. Alguém que achava que tudo no mundo pertencia a ele. Um valentão e um fanfarrão também, idiota demais para disfarçar sua ambição nua e crua, destruído pela própria avidez infinita ao tentar cavalgar o alado Pégaso até o pico do Monte Olimpo.

— E foi cruel com a mulher que o amava — concluí.

— Entendi — respondeu Psiquê, franzindo a testa.

Continuamos a andar em silêncio. A estrada avançava por uma terra erma, longe de cidades muradas e de vilarejos menores. A paisagem não mudava, feita de colinas baixas pintalgadas de formações rochosas e de pequenos agrupamentos de árvores retorcidas. As sandálias de Psiquê levantavam pequenas nuvens de poeira da terra seca, e minhas patas dotadas de garras deixavam apenas leves pegadas no solo.

Um pensamento flutuou até a dianteira da minha mente e ali se alojou.

— Por que ela se matou?

Psiquê virou a cabeça para me olhar, semicerrando os olhos em confusão. Demorei para perceber que tinha dito as palavras em voz alta.

— Antheia — continuei —, depois que Belerofonte a desprezou. Nunca entendi essa parte. Mortais são tão frágeis... Por que tirar deliberadamente a própria vida?

Ela considerou a pergunta, tombando a cabeça para o lado como um passarinho.

— Acho que ela ficou de coração partido. O homem que amava não sentia nada por ela, e depois ela o traiu. Além disso, o marido não a deixaria viver depois de ter sido humilhado assim pela esposa.

Olhei para Psiquê, alarmado, mas vi apenas solenidade em seu rosto. Eu não entendia por que o velho Proteu se sentiria humilhado, mas eu ainda não dominava os detalhes dos costumes mortais relativos ao casamento.

Não falamos mais até o sol começar a afundar no oeste.

— Hora de levantar acampamento — disse Psiquê, e vi a exaustão grudada nela como a poeira da estrada. — Mesmo não sabendo como vamos fazer isso, já que não temos equipamentos — acrescentou ela, olhando de soslaio para mim.

— Confira a bolsa — disse eu.

Psiquê me encarou como se eu tivesse sugerido que tirasse a armação de uma barraca do próprio nariz, mas fez como orientei. Baixou a alça da bagagem do ombro e enfiou a mão lá dentro, depois soltou uma exclamação de surpresa enquanto puxava um bastão de madeira dez vezes mais longo que a própria sacola. Admirada, viu pranchas surgirem se desdobrando sozinhas do pedaço de tecido. Braçadas e braçadas de lona foram se enfurnando como as velas de um navio, e em alguns segundos havia uma barraca à nossa frente, com o teto arqueado e em tudo apropriada a um imperador.

— Acho que devia ter presumido que um deus não dormiria no chão duro — comentou Psiquê, admirando a estrutura.

— Eu jamais me sujeitaria a isso. — Estremeci com o pensamento. — Tampouco pediria que você fizesse o mesmo.

Naquela noite, encarei o teto de lona inclinado e pensei em Antheia. Muitos anos haviam se passado sem que eu me lembrasse da abatida e triste princesa, mas minha conversa com Psiquê me levou de volta aos corredores do velho palácio. Uma ideia desconfortável se instalou em minha mente: será que Antheia se sentira como eu me sentia após me ferir com a flecha de Afrodite? Será que ansiava por Belerofonte como eu por Psiquê? Ela também fora vítima de uma maldição do amor, mas eu a causara.

Pensei em como ficaria se Psiquê me rejeitasse como Belerofonte havia feito com Antheia, e minha alma se enrijeceu. Não era capaz de imaginar a dor. No caso deles, porém, o corte no relacionamento fora brusco, antes que tivessem tido a oportunidade de se enraizar um na vida do outro. Já eu havia levado Psiquê para meu lar, conversado com a jovem, compartilhado a cama com ela. Enquanto a mulher jazia ali ao meu lado na barraca, toquei sua perna com o dedão do pé só para me assegurar de que ela era real. Perdê-la depois de tudo aquilo seria como arrancar um membro.

A reflexão me roubou o sono, fazendo com que me revirasse e me debatesse madrugada adentro. No dia seguinte falaria com um velho amigo, o deus que tinha um conhecimento da humanidade superior ao de qualquer outro.

12

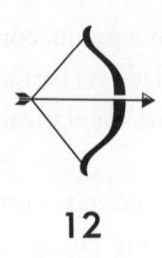

PSIQUÊ

Quando acordei na manhã seguinte, sentia uma leveza efervescente no coração. Demorei um instante para entender o motivo, mas logo me lembrei do elogio de Cupido depois de minha luta com bandidos, da admiração e do prazer em sua voz. Eu sempre ansiara por ser respeitada por meu treinamento, até mesmo exaltada, mas não achava que *gostariam de mim* por causa disso.

Outra voz irrompeu em minha memória. *Escolha um homem como Meleagro*, Atalanta dissera. Não alguém que tolerasse quem eu era, como Nestor teria feito, mas que me estimasse por isso. Embora eu não tivesse encontrado meu esposo da forma convencional, parecia que, por algum capricho do destino, tinha caído no lugar certo.

Afugentei os resquícios de sono e abri a aba da barraca. Vi um cavalo branco esperando por mim, perfeito como uma criatura vinda de uma lenda. O sol recém-desperto brilhava em seus flancos como a própria lua cheia.

— Já está na hora — disse Cupido, agitando a cauda. — Estamos quase lá. Monte em mim.

Às minhas costas, a barraca milagrosa se dobrou outra vez e transformou-se na bolsa; peguei-a e, em seguida, subi no lombo do cavalo.

Estava acostumava a cavalgar sem sela durante a tutoria de Atalanta, usando as pernas para me prender à montaria quando o animal acelerava, mas aquilo era diferente. O mundo inteiro parecia girar ao nosso redor, e fechei os olhos com força enquanto o vento arrancava lágrimas deles.

De repente, Cupido diminuiu o passo até assumir um trote. O ar tinha um cheiro diferente, e soube que estávamos muito longe do lugar onde havíamos montado acampamento durante a noite. Estava prestes a repreender meu esposo por esconder como aquela forma garantia uma viagem muito mais rápida quando abri os olhos e fiquei sem palavras. Estávamos na solidez escarpada dos picos das montanhas, que se estendiam em direção ao céu. O ar era rarefeito ali e muito frio. Vi um sujeito solitário acorrentado adiante, de peito nu e dono de uma beleza assombrosa.

Senti o ar escapar dos pulmões. Desmontei e me aproximei do estranho, tomada pela sensação de estar sonhando. Cupido me contara o propósito de nossa missão, mas eu não tinha entendido realmente até que o vi.

— Prometeu — sussurrei.

Eu sabia com quem Cupido e eu nos encontraríamos, mas uma coisa é saber e outra muito diferente é ver um deus em pessoa.

Seus pés descalços mal tocavam o chão, e ele estava nu exceto por uma tanga e pelos elos prateados das correntes que feriam a pele inchada de suas articulações. Seu rosto possuía a mesma simetria absoluta que eu vira em Zéfiro, embora estivesse com os olhos encovados e uma barba espessa cobrisse seu queixo. Cachos de um rebelde cabelo escuro cascateavam ao redor do rosto, e havia outra ferida maculando um lado de seu corpo, parcialmente fechada com uma casca endurecida de icor dourado.

— Saudações, meu velho amigo — disse Cupido, se adiantando enquanto chacoalhava a crina. — Queria lhe apresentar minha esposa.

Prometeu ergueu as sobrancelhas.

— Sua esposa! Ela se casou com você assim? — Com um gesto do queixo, indicou o corpo de cavalo.

Ruborizei, mas Cupido retrucou:

— Não fale bobagem. Minha forma atual é uma infeliz necessidade.

O deus acorrentado virou o rosto para mim, e pude ver a leve careta de dor quando o movimento repuxou o machucado. Minha sensação era a de que podia ver estrelas nas profundezas de seus olhos, mas talvez fosse apenas o reflexo do sol.

— Me perdoe, senhorita — disse ele, soando sincero. — Não quis questionar sua virtude. Me diga, qual é seu nome?

— Psiquê — respondi. — E peço perdão. Eu deveria ter trazido um presente, um tributo — disse, embora não soubesse o que poderia oferecer ao criador da humanidade.

— Ah, "alma" — comentou Prometeu. — Meu nome significa *presciência*. Que belo par, nós dois: Presciência e Alma. E, quanto ao tributo, não se preocupe com isso. A companhia de uma bela jovem é sempre um presente bom o bastante.

Senti o rosto esquentar. Cupido pateou o solo.

— Vim para lhe fazer uma pergunta, não para deixar que flerte com minha esposa.

— Temos tempo o bastante para perguntas — respondeu Prometeu sem pestanejar, como se estivesse em um dos seus salões no Monte Olimpo e não preso a grilhões na encosta de uma montanha. — Estou meramente usufruindo do raro prazer da conversa. — Depois se virou de novo para mim. — Caso deseje uma companhia menos rabugenta, meu bem, será sempre bem-vinda aqui.

Cupido bufou e se afastou.

Virei-me para Prometeu.

— Pare! — ordenei, meu recatado prazer surgido como reação à bajulação se transformando em irritação. — Meu esposo é seu convidado, e viajamos por um longo caminho para falar com você. Ele não merece a zombaria, mesmo que seus modos deixem um pouco a desejar. — Talvez não fosse sábio repreender um deus, mas as leis da hospitalidade haviam sido criadas pelo próprio Zeus.

Prometeu soltou uma risadinha.

— Talvez meu amigo tenha aprendido algo, afinal, considerando que conquistou uma esposa como essa.

Cupido mascava a grama a vários passos de distância e ergueu a cabeça para nos disparar um olhar feio.

Eu me voltei de novo para Prometeu, mas sua jovialidade se dissolveu para dar lugar ao desconforto quando olhou para o machucado. A casca da ferida abrira com seus movimentos, e icor fresco escorria pela pele. Ele fechou os olhos, soltando um chiado entredentes.

Eu sabia a razão pela qual aquele deus estava sendo torturado. Uma pergunta mordiscava minha mente como um ratinho insistente, a pergunta que me ocorrera da primeiríssima vez que ouvira o poeta cego contar a história de Prometeu.

— Por que fez aquilo? — perguntei, sem fôlego e com as palavras se embaralhando. — Por que deu o fogo à humanidade? Somos muito gratos por isso, mas você devia saber o que Zeus faria.

Prometeu deu de ombros, fazendo as correntes chacoalharem.

— Acho que fiz o que fiz pela mesma razão que qualquer imortal faz qualquer coisa: queria ver o que aconteceria.

Ele parou por um momento, como se considerando revelar um segredo, e depois acrescentou:

— E porque descobri que uma vida passada protegendo o que se ama é a maior satisfação de todas.

Você ama a humanidade?, eu quis perguntar. Deuses não amavam seres humanos, de forma geral, mas artesãos podiam ter afeto pelo que criavam. Antes que pudesse proferir a questão, porém, os olhos de Prometeu focalizaram o céu. Segui seu olhar e vi o ponto negro que surgira na imensidão azul.

Prometeu suspirou com uma exaustão tão velha quanto a própria terra.

— É a mesma águia todas as vezes — disse ele. — Esse é o tipo de detalhe que aprendemos a observar com o passar dos anos. Às vezes me pergunto qual foi o crime do pobre pássaro e se ele sonha em comer qualquer coisa que não seja fígado todos os dias.

— Ele não vai comer nada hoje — falei, corajosa, tirando uma flecha da aljava.

Um monstro temido pelos próprios deuses — talvez eu houvesse encontrado a criatura da profecia. Aquela águia era temida por um deus, ao menos.

— Pare! — A exclamação de Prometeu veio como um toque em meu ombro, e quase derrubei o arco com o susto. — Não mate a águia. Zeus vai apenas puni-la por suas ações e depois encontrar outro pássaro para assumir o lugar desse. Você é jovem, e não quero que inflija esse destino a si mesma.

Meus dedos se retesaram ao redor da corda do arco.

— Meu destino é virar uma grande heroína. Foi o Oráculo de Delfos que disse isso.

Prometeu me encarou. Parecia que seu olhar estava me atravessando, como se pudesse ver segredos que eu nem sequer sabia que carregava.

— Você não será lembrada como uma grande heroína, mas como uma grande amante — afirmou ele.

Um calafrio percorreu meu corpo, e senti uma ressonância profética em sua fala. Mas que coisa mais tola de se profetizar, especialmente depois da glória da promessa do Oráculo... Uma grande amante? Eu preferiria ter um altar como o de outros heróis, além de uma lenda contada a meu respeito ao redor das fogueiras.

A preocupação traçou um vinco na testa de Prometeu quando ele viu minha expressão.

— Você não sabe quem seu esposo é, não é mesmo? — enfim perguntou. — Quem ele realmente é.

Senti os pelos da nuca se arrepiarem. A alguma distância, o cavalo branco ergueu a cabeça para acompanhar a trajetória da águia pelo céu.

— Eu o conheço o bastante — respondi, irritadiça. — E também sei de uma coisa: posso não ser capaz de livrar você de seu tormento, mas consigo ao menos dar ao ferimento uma chance de se fechar de forma limpa.

Quando a águia mergulhou para atacar o fígado de Prometeu, eu já estava preparada. Para afugentar a criatura, precisei de três flechas, as quais foram atiradas em rápida sucessão. A terceira voou tão perto da ave que arrancou um tufo de penas de suas costas, mas o animal soltou um pio de frustração suprema e voltou a pairar rumo ao firmamento, circulando acima de nós antes de voltar por onde viera.

Prometeu retorceu a boca, que tinha os lábios secos e rachados, e entendi que ele estava sorrindo. Tudo o que me passou pela cabeça foi que, ao que parecia, ele não estava muito acostumado ao gesto.

— Agradeço — disse ele. — Você me ajudou muito, garota, embora tenha privado a águia de uma refeição. Creio que seu marido queira falar comigo, então devo pedir graciosamente que parta. A Presciência agradece a Alma e deseja uma boa viagem.

Eu fora dispensada, mas com tal gentileza e graça que não pude protestar. Com passos leves, fui embora. Mas a voz de Prometeu continuou a ecoar em minha mente, as palavras repletas de uma triste compreensão: *Você não sabe quem seu esposo é, não é mesmo?*

EROS

Depois que Psiquê se afastou, indo se sentar em uma rocha enquanto encarava o chão, me aproximei de meu velho amigo.

— O amor faz eles sentirem dor? — perguntei, desesperado, sem me importar com preâmbulos. — Os humanos, digo.

A pergunta corroera minha mente desde que eu me lembrara do incidente com Antheia. Precisava saber se ela algum dia sentira o mesmo sofrimento que me afligia naquele momento.

— Se apaixonar por uma mortal o fez perceber o valor dos demais? — Os olhos de Prometeu brilhavam, achando graça. — Sabe, um casamento não era exatamente o que eu tinha em mente quando pedi que você cuidasse da humanidade.

— Não seja bobo. Meu amor por Psiquê é o resultado de uma maldição.

— Você poderia ter se dado pior em matéria de maldições por amor — comentou ele, sarcástico. — Mas para responder à sua pergunta: sim, a garota mortal que você ama é como milhares de outras garotas mortais, e todas sentem dor e alegria. Às vezes o amor causa uma das coisas; às vezes, a outra. Assim como acontece com os deuses. Estou mais preocupado com o fato de que você está mentindo para Psiquê. — Não deveria ser possível que alguém preso e acorrentado parecesse tão austero, mas Prometeu conseguiu essa proeza.

Olhei de soslaio para minha esposa, que estava repousando o queixo na mão e fitando o horizonte com uma expressão distraída. Nunca havia visto Psiquê tão pensativa.

— Assim é mais seguro para ela — respondi.

— É o que está dizendo a si mesmo? Todas essas tentativas vãs de deixar a jovem no escuro não vão garantir que ela fique ao seu lado. A mentira tem pernas curtas.

As palavras dele carregavam uma verdade amarga — uma que eu conhecia desde o princípio, mas tentava ignorar. Quanto mais levasse aquilo adiante, mais machucaria tanto Psiquê quanto eu mesmo mais tarde.

Me sentia à beira da histeria.

— Mas o que posso fazer? Nada é capaz de quebrar a maldição. Um antídoto fabricado pela própria Afrodite falhou em aliviar o tormento. *O que faço?*

Eu achava que Prometeu, amante dos mortais, saberia que direção eu deveria tomar, mas ele permaneceu enlouquecedoramente calmo.

— Suponho que você deva simplesmente amar Psiquê da melhor forma possível e por tanto tempo quanto puder, até que a alma mortal da jovem vá para o Submundo.

As palavras dele pairaram no ar entre nós. Eu sempre soube que Psiquê era mortal, e que, portanto, a morte ameaçava nos separar, mas ouvir aquilo sendo dito em voz alta era insuportável.

Balancei a cabeça.

— Nem mesmo a morte é garantia de que a maldição vai terminar.

— Para você, é verdade — ponderou Prometeu. — Mas Psiquê, ao menos, estará livre. As águas do rio Lete lavarão as memórias dela.

Agitei a cauda, inquieto. Era inconcebível o pensamento de viver para sempre enquanto a alma semiconsciente de Psiquê vagava além de meu alcance.

— Mas desejo felicidades a vocês, de uma forma ou de outra — continuou Prometeu. — Aproveitem o tempo que têm juntos, por mais breve que seja. Todas as esperanças que eu tinha em relação a você se realizaram.

Encarei Prometeu.

— E que esperanças eram essas?

— De que você um dia pudesse se dizer amado, se sentir amado sobre a Terra.

Palavras estranhas, aquelas, como se ele estivesse citando um poema que ainda não fora escrito. Mas, até aí, Prometeu sempre fora meio insano.

Não importava. Enquanto me despedia e ia buscar minha esposa, a semente de uma ideia se enterrou em minha mente e começou a brotar.

Conforme Psiquê e eu continuávamos nossa jornada pelas trilhas rochosas entre as montanhas, meu novo plano tomou forma.

Prometeu mencionara o Lete, um dos extensos rios do Submundo. Se um gole daquelas águas era suficiente para limpar todas as memórias de uma vida normal, o que será que faria com uma imortal? Eu passara todo aquele tempo procurando formas de *remover* a maldição, sendo que deveria estar tentando *esquecer* sua existência.

Mas o plano não era indefectível, e eu sabia. Não havia garantias de que a água do Lete apagaria a maldição sem sumir também com todas as minhas outras memórias. Mas era um preço pequeno a se pagar para extinguir o feitiço, para me livrar daquele peso que pendia do meu pescoço como uma âncora. Eu não poderia viver os incontáveis dias da minha existência imortal com um espírito envenenado pelo amor.

Mas como conseguir a água do Lete? Deuses não podiam entrar no Submundo — exceto Hades, a esposa Perséfone e, de vez em quando, Hermes. Mas Hermes jamais me ajudaria enquanto Afrodite ainda guardasse rancor de mim; ele gostava dela havia séculos e nada faria que lhe desagradasse. Eu podia cobrar o favor que Perséfone me devia, mas não queria trocar algo tão valioso como uma bênção por algo tão pequeno como um copo d'água. Foi quando outra ideia me ocorreu.

Psiquê. Ela, como todos os mortais, podia viajar até o Submundo. Se o fizesse enquanto estivesse viva, decerto poderia voltar com facilidade. Poderia me trazer a água do Lete e quebrar a maldição de uma vez por todas. Eu pediria isso a ela naquela mesma noite, decidi. Sabia que a jovem não se negaria a empreender a jornada. Demonstrara uma coragem inabalável durante o tempo em que eu a havia conhecido.

E o que aconteceria depois? Talvez eu pedisse para Psiquê beber também das águas do rio para esquecer que me conhecera. Nos separaríamos, e ela voltaria a sua vida em Micenas. Afrodite não reconheceria Psiquê caso nem ela mesma se reconhecesse. Psiquê poderia viver uma vida normal entre seus iguais humanos. Seria o melhor para todos.

Quando tentava, quase conseguia acreditar naquilo. A maldição uivava dentro de mim, mas eu a empurrava para dentro sem vacilar. Precisava me libertar, colocar um fim naquela loucura que me consumia.

PSIQUÊ

Você não sabe quem seu esposo é, não é mesmo?

A pergunta me assombrou por toda a longa jornada por trilhas montanhosas repletas de pedras soltas. Eu tropeçava em pilhas delas e, de forma muito semelhante, revolvia meus pensamentos. Estava determinada a conhecer Cupido melhor.

Naquela noite, quando meu marido se juntou a mim em sua forma de homem de ombros largos, eu estava pronta.

— Vamos brincar de uma coisa — falei, batendo uma palminha. — Você disse que é um arqueiro habilidoso, certo?

— Sou — respondeu ele, devagar. — Mas aonde raios você quer chegar, Psiquê?

Estendi a mão, procurando meu arco e minhas flechas na escuridão.

— Vamos comparar nossas habilidades — falei. — Quem acertar os postes da tenda, vence!

Nem esperei por seu murmúrio confuso de concordância, já tateando no escuro para definir a posição do poste de madeira que mantinha a tenda erguida. Dei uma batidinha nele com o pé, depois voltei passo a passo.

— Isso não é muito justo — disse Cupido. — Seus sentidos não são tão aguçados quanto os meus. Você está em desvantagem.

Não respondi. Em vez disso, coloquei uma flecha no arco, confiando na sabedoria de meu corpo e na precisão de minhas armas. Alinhei a flecha na direção de meu pé, apontado para o poste. Soltei a corda, e fui recompensada com um som satisfatório do projétil se fincando na madeira.

Dei um gritinho de alegria, e até mesmo Cupido murmurou um elogio impressionado. Senti o arco e a aljava deixarem minhas mãos quando ele os pegou e, depois, ouvi o som da corda sendo tensionada enquanto ele mirava o tiro. Um momento depois, o mesmo som de flecha atingindo madeira, com o som do poste rachando. Tateei os arredores até achar o poste e corri a mão por ele, sentindo a curva da madeira se desabrochando como uma flor. Entendi que a flecha dele partira a minha ao meio.

— Bom, acho que isso seria de esperar de um deus — murmurei, um tanto ofendida com sua precisão. Nem mesmo Atalanta poderia fazer algo assim. — Mas você não acha que fui bem?

— Foi muito bem — respondeu ele, como se estivesse falando com uma criancinha.

Em seguida, me guiou de volta ao interior da tenda. Ouvi ele se acomodar na cama ampla no meio do cômodo.

Juntei-me a ele sob os lençóis.

— Da próxima vez, vamos tentar abater pássaros em pleno voo — sugeri. — Talvez seja difícil fazer isso à noite, mas não impossível.

— Não — respondeu ele. — Eu... odeio usar minhas flechas em coisas vivas. O resultado não me agrada.

— Ah — soltei, murchando de decepção. Gostaria de caçar com ele, como Atalanta havia feito com Meleagro. — Acho que seria difícil, de toda forma, já que não podemos olhar um no rosto do outro.

— Andei pensando sobre isso, Psiquê — disse ele. Ouvi seu corpo se mexer, e o imaginei pousando o queixo na mão. — Talvez exista um jeito de quebrar a maldição. Mas vou precisar da sua ajuda, e a viagem vai ser longa e perigosa.

— Como? — quis saber, intrigada com a possibilidade. — Uma viagem para onde?

A ideia de ver Cupido à luz do dia fez meus nervos cantarem de empolgação. Eu queria pousar os olhos nas curvas do rosto que meus dedos haviam percorrido na escuridão. Queria conhecer meu esposo, cada parte dele.

— A cura se encontra no Submundo — foi sua resposta. — Deuses não podem entrar nele, mas mortais sim. Você deve trazer um pouco da água do rio Lete. Isso deve ser suficiente para quebrar a maldição.

Uma pontinha de medo se encolheu dentro de mim, mas ignorei-a. Mortais que desciam até o Submundo supostamente não voltavam à terra dos vivos, mas Cupido era um deus e sabia manipular aquela magia estranha. Devia ter encontrado uma forma de garantir que eu seria capaz de ir ao Submundo e voltar com as águas do Lete.

— Claro que vou! — exclamei.

Cupido riu, meio inseguro com minha resposta ávida.

— Você não tem perguntas? Por acaso "Submundo" é o nome de uma fonte termal ou de um adorável vale conhecido por seu povo? É da terra dos mortos que estou falando, Psiquê.

— Não, você foi claríssimo — confirmei. — Mas uma jornada como essa é o tipo de coisa que vira lenda, e se a maldição for quebrada, enfim poderemos nos ver. — E eu finalmente saberia quem ele era de verdade.

— Com certeza — confirmou meu marido depois de uma pausa. — Fico feliz por ter topado. Sabia que poderia contar com você. Boa noite, Psiquê.

Ouvi Cupido rolar para o lado, as costas voltadas para mim. Franzi a testa na escuridão, confusa com o motivo de ele não parecer mais entusiasmado com a perspectiva de não precisar mais se esconder, mas meu coração se aqueceu com suas palavras. Ele contava comigo.

Ávida por algo que não sabia nomear, ergui a mão e acariciei a pele quente de seu ombro. Quando senti o corpo dele relaxar e se virar na minha direção, envolvi seu torso com o braço e deitei a cabeça em seu peito. A escuridão se prestava a intimidades que eram inimagináveis durante o dia.

Cupido ficou tenso por um instante, depois voltou a relaxar e ergueu um braço para me abraçar. Ocorreu-me que ele não estava acostumado a ser tocado; deuses eram criaturas solitárias, ao que parecia, como tigres ou ursos. Eu conseguia sentir o corpo dele contra o meu — minha bochecha em seu peito, nossas coxas unidas, o braço dele ao meu redor. Esbelto, forte, tão parecido com um homem que eu acreditaria ser um mortal se não soubesse a verdade. Como combinávamos um com o outro, como era prazeroso sentir seu corpo se movendo contra o meu... Um anseio nasceu dentro de mim, um desejo por mais.

Quis perguntar o que Prometeu tinha dito a ele, ou contar o que o deus dissera para mim. Especialmente a parte sobre eu ser uma grande amante em vez de uma grande heroína. Quis pedir algo que eu nunca experimentara, que não sentira exceto nos brevíssimos momentos entre o crepúsculo e a aurora em que me encontrava embolada entre os lençóis, sozinha até aquele momento.

Mas as palavras me escaparam como sombras engolidas pela noite. Eu não queria arruinar o que tínhamos. Não queria sentir Cupido se afastando daquele momento cálido como uma tartaruga se escondendo no casco. Mergulhada em seu abraço, caí no sono.

O dia seguinte amanheceu quente e claro, e despertei pensando em sexo.

Eu sabia o que era sexo, vagamente. Vira cavalos e ovelhas em meio ao ato, e ouvira as criadas no palácio de Micenas sussurrando sobre suas aventuras amorosas. Entendia a mecânica básica da coisa, embora uma garota de estirpe não devesse saber nada daquilo até sua noite de núpcias. Mas minha noite de núpcias chegara e se fora, e eu não sabia nem um pingo a mais do que quando era solteira.

Olhei para meu esposo, que assumira a forma de um leão e agora vagava pela trilha. Estava quieto, talvez focado na missão que tínhamos pela frente.

De repente, ele se deteve. Havíamos chegado a um conjunto baixo de cavernas que irrompiam da terra, sua boca escancarada se mesclava à escuridão. Parecia com outras pequenas grutas que se espalhavam por aquela paisagem montanhosa, mas algo naquela abertura específica me fez hesitar. As sombras além da entrada eram pretas como breu e engoliam toda a luz. Tinha a sensação de que se atirasse uma pedrinha na caverna, não ouviria som algum.

Lugares como aquele existiam nas fronteiras do mundo, nos oceanos muito além da visão de alguém na terra e em regiões rochosas e remotas como aquela. Eu sabia onde estávamos. Eu sabia em cada um dos ossos do corpo; me senti inexoravelmente atraída pela entrada da gruta, o destino final de todos os mortais.

— Chegamos — disse Cupido, com a cauda leonina se agitando de um lado para outro. — Chegamos à caverna de Tênaro. Este é o portão de entrada do Submundo.

13

Eros

Obriguei Psiquê a amarrar uma corda ao tornozelo antes de descer, o que a fez rir e franzir o nariz.

— Por acaso sou um coletor de pérolas fenício, agora, prestes a saltar no mar Mediterrâneo? — perguntou ela, brincalhona. — Vai me puxar com os dentes se eu me meter em apuros?

— É isso mesmo que vou fazer se for preciso — respondi, enquanto chicoteava a cauda de um lado para outro.

Havia um zumbido elétrico no ar, um frisson de ansiedade. Psiquê estava indo para um lugar que eu não podia alcançar. *Mas mortais descem ao Submundo e retornam o tempo todo*, falei para mim mesmo; alguns exemplos eram o herói Héracles, o cantor Orfeu e até mesmo o príncipe errante Teseu. Mortais sabiam vários truques para situações como aquela, e a empolgação de Psiquê sugeria que ela tinha as coisas sob controle. Caso não tivesse, eu a puxaria de volta. Mesmo assim, não conseguia ignorar a sensação de que estava esquecendo algo.

— Você se preocupa muito para um deus — comentou Psiquê.

— Me preocupo exatamente na medida certa. Aqui, leve isso com você — acrescentei, usando a pata para empurrar um vasilhame para fora da bolsa. Era branco e liso, e cabia perfeitamente na palma da mão de Psiquê. — Use isso para coletar a água do rio. Vá tão rápido quanto possível, e não se assuste se estiver escuro quando voltar. O tempo passa de um modo diferente na terra dos mortos.

Psiquê pegou o vasilhame e parou, me encarando com os olhos castanhos e profundos cheios de expectativa. Mordeu os lábios enquanto revirava o objeto nas mãos, como se estivesse me esperando dizer alguma coisa. Mas o que dizer à sua esposa prestes a descer para o Submundo? Qual é a conduta apropriada para o momento?

— Que sua jornada seja rápida — falei, meio desajeitado.

Psiquê assentiu.

— Vejo você muito em breve.

PSIQUÊ

Comecei a descer, tropeçando aqui e ali em pedras soltas, até chegar a um caminho propriamente dito que avançava escuridão adentro. Lá, na beira do Submundo, sentia frio, mas logo o ignorei. Eu era a esposa de um deus e estava empreendendo aquela jornada sob proteção divina; não tinha o que temer.

Adentrei a caverna. A terra sob meus pés era notavelmente fofa, e a luz do mundo dos vivos logo sumiu. Mas eu estava acostumada à escuridão, e não senti medo. A corda sussurrava atrás de mim, roçando no solo.

Não demorou muito para que eu visse outra luz, mais embaçada e fraca do que a do mundo dos vivos. Quando a alcancei, sorvi com os olhos a paisagem que me chocou com sua estranheza. O Submundo.

Parei no topo de um declive pouco íngreme que se transformava em uma via de terra batida, vazia e ladeada por ciprestes — coisas secas e esturricadas que se erguiam na direção do céu sem cores. Adiante, havia o arco de uma pequena ponte e, depois, uma vasta floresta de árvores invernais desprovidas de folhas. A cena diante de mim parecia pintada em tons de preto e cinza, como se as demais cores tivessem sido drenadas do mundo.

Uma bruma pesada cobria tudo. As luzes do sol e da lua eram incapazes de penetrar o véu e alcançar aquele local infernal. Lá em cima havia tão somente um arco escuro que devia ser o interior do ventre da terra ou a caixa torácica de Tártaro, o Titã morto para construir aquela oca habitação para os mortos.

Bem além da floresta, vi um palácio de mármore branco adornado com pequenas torres que despontavam como agulhas para espetar o céu oco. Havia algo de rebelde naquela estrutura monárquica, surgindo abruptamente da paisagem maçante. Era como uma afronta à sensibilidade turva dos mortais falecidos, que nunca mais poderiam tocar algo sólido como aquelas paredes. Devia ser a morada da rainha dos mortos, Perséfone, e de seu esposo, Hades.

Curvas suaves de mais colinas se estendiam além do palácio. Eu conhecia algumas — como o Campo de Asfódelos e as Ilhas Afortunadas, por exemplo, para onde as almas dos heróis iam. Mas muito mais numerosos eram os lugares sem nome onde as sombras pálidas dos mortos vagavam pela eternidade; os sonhos breves do que haviam sido suas vidas ficavam cada vez mais distantes.

Uma faixa preta e ampla dava a volta no palácio. Devia ser o rio Estige, que o barqueiro Caronte atravessava para entregar os recém-falecidos. Outros rios corriam pela paisagem como veios de tinta escura. Um deles devia ser o Lete, meu destino.

Comecei a caminhar naquela direção, mas meu avanço foi detido de repente. Eu me senti um cão sendo puxado pela coleira. Respirei fundo e me preparei, tentando avançar de novo, mas era como se um grande peso bloqueasse minha passagem. Insisti mais até sentir algo se soltar com um estalido. Cambaleei, parecendo subitamente leve.

Entendi o que tinha acontecido quando olhei para trás e vi meu próprio corpo caído no caminho, com os braços e pernas esparramados para os lados. O vasilhame branco e delicado que Cupido me dera jazia estilhaçado no chão.

14

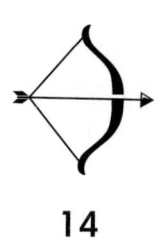

PSIQUÊ

Cupido e eu — cada um supondo que o outro tinha um plano — havíamos ignorado um fato importante: mortais que arriscam a *catábase*, a descida ao Submundo, devem levar uma oferenda. Héracles deu o próprio sangue; já Orfeu pagou a passagem com uma canção. Mas eu chegara ali de mãos abanando, exceto pelo vasilhame para coletar o que jamais fora dado a alguém, e agora estava pagando o preço.

Minha forma fantasmagórica não era mais capaz de sentir o pico de adrenalina provocado pelo choque, já que eu não tinha mais glândulas adrenais ou um coração. Mas choque é o melhor termo para descrever o que senti, encarando a forma descartada de meu corpo mortal.

— Não adianta ficar aí de queixo caído — disse uma severa voz feminina. — Não há mais o que fazer.

Dei meia-volta. Uma mulher — ou o que a princípio tomei por uma mulher — aguardava ali perto. Tinha uma aparência peculiar, impressionante demais para ser realmente bela. As maçãs do rosto eram altas como as de um gato, e ela tinha olhos estreitos e amendoados que me disparavam um olhar de desconfiança por cima do nariz largo e chato. O cabelo dela era uma cascata grossa de tentáculos — tranças, foi o que pensei a princípio, até ver as madeixas se moverem e experimentarem o ar com suas línguas bifurcadas.

Tive um lampejo de reconhecimento. Lembrei-me do escudo de Perseu no salão do herói no palácio de Micenas e da face gravada nele. Medusa.

— Sei que parece estranho eu ter sido escolhida para escoltá-la até a terra dos mortos — continuou Medusa. — O esperado seria que Hermes servisse como seu psicopompo e a acompanhasse até o Submundo; ao que parece, porém, você ofendeu Afrodite, tão cara ao garoto. Então a rainha me enviou em seu lugar. — Ela me encarou com o lábio ligeiramente curvado, como se eu fosse uma latrina que precisava ser limpa. — Não posso dizer o porquê de Perséfone ter *me* escolhido para buscar a neta de meu assassino, mas cá estamos.

— Perseu não foi um assassino — afirmei, sem pestanejar. Mesmo com meu próprio cadáver aos meus pés, não permitiria que uma ofensa daquela passasse batido. — Ele foi um herói.

Medusa não parecia nada impressionada.

— Então por que me matou quando eu estava sozinha, grávida e em meu próprio lar?

Fiquei assustada demais para responder. Aquela não era a história que meu pai me contara no salão do herói tanto tempo atrás.

— Você é um monstro — disse, o que parecia algo estranho a se informar para o monstro em questão.

Medusa deu uma risadinha.

— Pois saiba você que nasci como ninfa. Só fui transformada em uma górgona como punição por um crime que não cometi. Coisas monstruosas foram feitas comigo. Por que é de surpreender que eu mesma tenha virado um monstro?

Encarei a cabeleira ondulante.

— Como assim? — questionei.

Ela deu um suspiro pesado.

— Quando era jovem, eu costumava levar oferendas ao templo de Atena toda manhã, ao nascer do sol. Certo dia, Poseidon me encontrou ali sozinha e me estuprou.

Os olhos de Medusa eram gélidos. Ela fitava um ponto além da estrada cercada por ciprestes e envolta em neblina. Para ela, a dor da história fora amortecida, deixando apenas o amargor, mas o relato me atingiu como um soco.

— Atena me procurou mais tarde na mesma manhã — continuou ela. — Eu a adorava havia muito, e rogava por muitas coisas, mas naquele dia fiz apenas um pedido sussurrado por entre lábios rachados: "Não permita que isso aconteça de novo." Atena assentiu. Nós duas sabíamos que Poseidon ainda não havia terminado comigo. Ele gostava de brincar com suas conquistas, e eu era uma divindade pequena demais para me opor a ele. Então Atena me deu um presente: a habilidade de transformar mortais e deuses em pedra com um olhar. Poseidon me deixou em paz depois disso. Mesmo tendo descoberto logo em seguida minha gravidez, eu estava em segurança. Ao menos até homens mortais em busca de fama começarem a me procurar. Lendas sobre uma górgona eram atraentes àqueles que queriam se tornar heróis. Perseu foi apenas o último em uma procissão infinita deles.

Pestanejei, confusa. Meu avô Perseu era considerado um protetor, um guardião de seu povo. A descrição que Medusa elaborava sobre ele não combinava com as histórias que meu pai e o poeta cego me haviam contado.

— Mas heróis protegem seu povo… — comecei.

— De que aqueles homens estavam protegendo seu povo? De uma deusa velha e cansada que só queria criar os filhos em paz? Eu não teria me metido com aqueles autoproclamados heróis se eles tivessem me dado o mesmo privilégio — acrescentou Medusa, a voz pingando ódio. — E já que heróis querem tanto proteger seu povo, por que não alimentam os famintos ou aquecem os enregelados? Fome e frio são mais comuns do que górgonas, e muito mais mortais. Não, "herói" é um título com o qual são agraciados aqueles com as habilidades mais impressionantes até então. Não sei o que diferencia heróis de criadores de porcos. Ambos são carniceiros.

Eu não tinha como refutar aquele raciocínio. Amava meu avô Perseu, ou o que achava que conhecia dele, mas não havia como ignorar a verdade nas palavras de Medusa.

Enfim, respondi:

— O Oráculo de Delfos profetizou que eu me tornaria uma heroína. Mas, quando encontrei o Titã Prometeu, ele me disse que eu seria lembrada não como uma grande heroína, mas como uma grande amante.

— Ótimo — respondeu Medusa. Ela me avaliou com o olhar, como se achasse que eu talvez fosse digna de sua atenção, afinal. Seu cabelo se retorcia e experimentava o ar com as linguinhas. — Talvez haja algo valioso na linhagem de Perseu, afinal. Melhor ser uma amante do que alguém que distribui a morte. Agora venha, você já desperdiçou muito do meu tempo.

A górgona começou a avançar pela estrada ladeada de ciprestes. Fui atrás, não sem antes olhar por cima do ombro para meu corpo mortal. A compreensão me atingiu: eu estava morta, realmente morta.

— Agora acho que não vou ser mais coisa alguma — sussurrei, voltando os olhos para meus pés fantasmagóricos. Conseguia ver a terra batida da estrada abaixo deles, uma visão incômoda. — Nem amante, nem heroína, nem uma simples mulher viva. Eu casei faz só alguns dias, sabe… com um pretendente estranho, e em circunstâncias ainda mais esquisitas, mas acho que, no fim, realmente nos preocupamos um com o outro. Mesmo que o casamento nunca tenha se consumado de fato.

A honestidade de Medusa despertara a minha, e às vezes minha boca é mais rápida do que minha mente.

A górgona se deteve e me encarou, descaradamente abismada.

— Cá estou eu, nas fronteiras do Submundo com a neta de meu assassino — disse —, e ela vem falar de *consumar o casamento*?

Medusa soltou uma gargalhada retumbante, jogando a cabeça para trás em meio a um acesso de riso. Depois de se recompor, acrescentou:

— Você é ousada, neta de Perseu, assim como honesta. Se o que diz é verdade, então tem minhas condolências. Se deitar com alguém que se ama é um dos grandes prazeres da vida — afirmou ela, e foi minha vez de ficar abismada. — Não se esqueça de que fui uma ninfa antes de virar uma górgona — acrescentou, e me surpreendi quando me deu uma piscadela.

Antes que eu pudesse formular uma resposta, um tremor chacoalhou meu corpo, e a paisagem tornou-se ondulada como um reflexo em uma piscina agitada. Ao longe, as silhuetas escuras das colinas e das torres do palácio branco sumiram em meio ao nada. Bem diante de meus olhos, o caminho e os ciprestes começaram a se enrolar como um pergaminho, e as árvores foram desaparecendo entre as dobras.

Medusa estalou a língua.

— Ao que parece, sua alma ainda não está pronta para ser separada do corpo. Tenho minhas desconfianças de que esse seu tal marido tem alguma coisa a ver com isso, agora que se deu conta de que foi um erro enviá-la até aqui de mãos abanando. Não importa. Algum dia você voltará; quando o fizer, estarei esperando pela resposta à minha pergunta. — Ela me olhou nos olhos, e pela primeira vez notei a cor deles: castanhos como os do meu pai, castanhos como os meus. — O que faz de alguém um verdadeiro herói?

O Submundo desapareceu, colapsando em si mesmo até não restar mais nada. A última coisa que vi foram os olhos cintilantes da górgona, como tochas na escuridão.

EROS

Inquieto, andei de um lado para outro sobre o chão rochoso, ainda sob a forma de leão, enquanto o sol atravessava o céu. Ao meu lado, a corda ia se desenrolando suave como água corrente enquanto eu acompanhava o avanço de Psiquê pelo Submundo.

Eu estava apreensivo desde o momento em que ela começara a descida, revirando meu plano improvisado à procura de brechas e falhas. A água do Lete como solução para a maldição não era à prova de falhas, mas era a melhor entre minhas limitadas opções. E Psiquê...

Congelei no lugar, uma pata suspensa no ar. A sensação de que eu estava esquecendo alguma coisa me incomodava desde o momento em que havíamos partido da casa da costa, uma sensação que mordiscava minha mente como um ratinho. Foi quando lembrei: uma oferenda para os mortos, uma lembrança para o Submundo a fim de garantir uma viagem de volta segura.

De repente, a corda sinuosa ficou imóvel. Senti o cangote se arrepiar. Nada era capaz de deter Psiquê quando ela se dispunha a fazer algo.

Não era tarde demais. Não podia ser tarde demais. Peguei a corda com a boca e comecei a puxar, mas encontrei a resistência de algo pesado na outra ponta. Puxei com tanta força quanto possível, tentando não pensar demais no que poderia ter acontecido com Psiquê, ou no raspar da areia na carne mortal.

Voltando a assumir minha forma verdadeira, corri até a entrada do Submundo e senti os limites do espaço e do tempo forçando meu corpo para trás. Deuses não podiam entrar na terra dos mortos, mas, em meu desespero, me neguei a ser deslocado. Comecei a puxar a corda, de puxão em puxão, para trazer Psiquê para a luz.

Enquanto o fazia, minha mente se acelerava. Ansioso para me livrar de meu sofrimento, eu fizera se abater sobre nós dois o exato destino que tanto temia. Sem clemência, havia mandado Psiquê em uma jornada de morte em vida, presumindo que sua autoconfiança significasse um preparo real.

O tempo passa de um modo diferente na terra dos mortos, eu dissera a Psiquê. Da perspectiva dela, apenas alguns minutos haviam se passado, mas, quando puxei seu corpo até onde pudesse vê-lo, as estrelas já começavam a manchar o azul do céu do oeste.

Corri até ela, tremendo. Psiquê estava mole e fria, com os olhos baços. Sua pele parecia macilenta, me fazendo lembrar sem prazer algum da argila a partir da qual Prometeu moldara sua espécie.

Por alguns segundos, não me movi. A maldição se avivou dentro de mim como um vento cruel, espiralando para longe do interior de meus ossos. Psiquê estava morta, e eu a perdera por culpa da minha própria tolice. Eu entendia agora por que Gaia se refugiara na fria escuridão da terra depois de perder seu esposo, Cronos. Nada podia me poupar do pesar que ameaçava me afundar como uma âncora. Eu amara Psiquê a partir do momento em que a flecha tocara minha pele, um fato desagradável sobre o qual eu não tinha controle. Mas, nos últimos tempos, havia começado a *gostar* dela.

Impotente, balancei o corpo inerte. Um grito de desespero abriu caminho por minha garganta. Tentei soprar vida no cadáver de Psiquê e despertar seu coração de volta. Não sabia se aquilo funcionaria, não fazia ideia do quão frágil sua forma humana de fato era. Mas eu era o deus do desejo, e meu desejo era que ela vivesse. Segundo a passagem do tempo na terra dos vivos, Psiquê havia partido há apenas alguns minutos. Talvez eu ainda pudesse trazê-la de volta. Talvez.

15

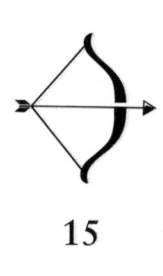

PSIQUÊ

Suspirei fundo quando minha alma voltou ao corpo. O ar da noite era a coisa mais maravilhosa que eu já tinha provado, limpo e doce. Eu não sabia onde me encontrava — só sabia que estava escuro, e que havia alguém comigo. Mãos se entrelaçaram em meu cabelo, erguendo meu rosto.

Uma voz familiar sussurrou:

— Você está viva! Ah, Psiquê, como fui tolo...

Meu esposo, Cupido. Suas mãos percorriam meu corpo, procurando arranhões. Havia mais do que alguns, mas eu não me importava. Seu tom ansioso quase me fez rir — desde quando meu orgulhoso marido falava daquela forma? Naquele momento, porém, eu não queria risadas ou recriminações, nem mesmo palavras. Eu queria outra coisa, mais selvagem e mais primal, algo conectado ao próprio pulso da vida. Pensei no que Medusa havia me contado sobre um dos maiores prazeres da vida. Eu queria uma tocha para afugentar os últimos resquícios de escuridão.

Mergulhei os dedos no cabelo de Cupido e puxei-o em direção a um beijo. Fui agraciada com uma exclamação de susto que me fez lembrar dos pavões nos terraços da casa da costa, mas ele logo retribuiu o beijo com uma intensidade feroz. Era como uma barragem a transbordar pelas margens, um homem afogado ansiando por ar.

Me afastei, ávida por mais. Agarrei sua túnica e tentei tirá-la pela cabeça. Isso só o atiçou ainda mais, mas ele logo entendeu o que eu queria. Em um piscar de olhos, Cupido estava sem roupas. Começou a me despir em seguida, puxando meu quíton. Ergui os braços e permiti que me desnudasse.

Ele me beijou de novo, com tal perícia e suavidade que me maravilhei. Conseguia sentir a excitação vibrando sob sua pele, o que só me encantou ainda mais. Ele me deitou no chão, tentando me acomodar sobre a pilha de roupas caídas, mas àquela altura eu já não ligava para esse tipo de coisa. Fora mantida longe do sexo a vida toda, protegida do ato a todo custo, e agora estava prestes a experimentar aquilo de que tanto falavam.

O ar da noite arrepiava minha pele nua, e me lembrei de que estava a um passo do limiar do Submundo. Então, senti o peito de Cupido contra o meu, quente como uma fornalha. Ele me beijou de novo, com mais calma dessa vez, e depois deixou meus lábios órfãos dos seus ao mover a cabeça para baixo. Senti seus cabelos pinicando meus seios, passando por minha barriga, parando perto de meu quadril. Agarrei suas madeixas, tentando puxar sua boca de novo para junto da minha, mas ele resistiu. Devia estar confuso; talvez estivesse tentando ver se eu estava ferida, embora não fosse hora para isso. Eu estava quase certa de que ele enlouquecera quando meu esposo envolveu minhas coxas com as mãos, colocando a cabeça entre minhas pernas.

Oh.

Oh.

Ele me serviu com seus lábios e sua língua até me deixar quase fora de mim, febril de tanto desejo. Depois se colocou por cima de meu corpo. Eu tinha medo de que doesse, mas Cupido sabia como inflamar meu corpo como uma fogueira, então a dor foi breve e logo sobrepujada pelo deleite. Tê-lo era mais doce que mel, mais prazeroso do que cavalgar um garanhão selvagem. Envolvi seu torso com as pernas para puxá-lo mais fundo, fincando as unhas em suas costas, saboreando sua respiração entrecortada em meus ouvidos. O fogo das estrelas jorrava por minhas veias, e, incitado por seu toque, tudo explodiu em luz.

Quando acabamos, nem nos demos ao trabalho de nos cobrir. Em vez disso, ficamos juntos; o calor de nossos corpos era o suficiente para afugentar o frio da noite. Meu peito repousava contra o dele, nossas testas estavam unidas de forma que cada respiração de Cupido fazia cócegas em meus cílios. Eu nunca ficara tão nua diante de outro ser vivo, mas a sensação não era de todo desagradável. Na verdade, era como compartilhar um segredo que eu havia carregado a vida toda, enfim passível de ser confidenciado a um amigo fiel. Eu conhecia Cupido mais profundamente do que conhecera qualquer outra criatura, mesmo sem nunca ter visto seu rosto.

Fui eu que quebrei o silêncio.

— Não consegui pegar água do Lete.

— Percebi — comentou ele, achando graça.

Hesitei por um instante, sentindo seus cílios se moverem por minha pele como as asas de uma borboleta.

— Queria poder dizer que lamento. Mas se este é o resultado, não lamento absolutamente nada.

Senti mais do que vi seu sorriso.

— Nem eu.

16

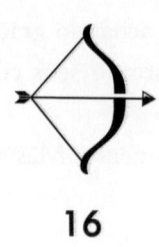

PSIQUÊ

Quando eu era mais jovem, meu pai às vezes me levava para ver os sopradores de vidro no bairro dos artesãos em Tirinto. Alceu gostava de andar em meio ao povo para conhecer sua gente e, assim, saber como governar melhor, e os artesãos o cumprimentavam respeitosamente com a cabeça quando passava. Eu me deleitava com os detalhes intrincados que os sopradores criavam a partir de areia, fogo e sopro; o vidro derretido se expandia como uma bolha.

Os primeiros dias depois do meu retorno do Submundo foram exatamente assim: belos, mas absurdamente delicados, de uma doçura que eu sabia que não haveria de durar.

Não nos apressamos na jornada de volta. A viagem até Tênaro levara apenas três dias, mas demoramos mais de um mês para retornar. Já éramos marido e mulher desde que eu fora viver na casa da costa, mas os últimos tempos marcavam o começo de algo novo.

Cupido não voltou a falar da maldição, e eu não mencionei a fera que estava destinada a matar. Ele não tocava no assunto de nossa tentativa malsucedida de conseguir água do Lete, e eu não perguntava mais sobre sua verdadeira forma. Em vez disso, falávamos de outras coisas.

Contei a ele sobre o vislumbre que eu havia tido do Submundo, uma terra de florestas mortas, neblina e rios sinuosos. Como um deus, ele jamais poderia visitar o lugar, e tinha curiosidade. Narrei o encontro com a Medusa e o que ela me dissera sobre heróis. Ele concordou que o argumento dela fazia sentido, e apenas riu quando revirei os olhos.

Nossas noites eram ocupadas por outras atividades.

Cupido parecia conhecer um número aparentemente infinito de formas de fazer dois corpos sentirem prazer juntos, e aprendi tudo de bom grado. Em algumas ocasiões, me sentia como quando tinha virado uma borboleta: cálida, flutuando em prazer e sem nenhum pensamento ocupando minha mente.

Certa noite, quando estávamos ambos no escuro, sob as cobertas, Cupido me contou de modo meio hesitante algo que vira muito tempo antes.

— Um homem e uma mulher mortais — começou ele —, do tipo enrugados.

Reprimi uma risada.

— Idosos, você quer dizer?

— Acho que sim, mas não importa. O que importa é como eram gentis um com o outro, cheios de um afeto imenso fluindo entre os dois. Eu já tinha visto ambos quando eram mais novos, mas parecia diferente. O que significa?

— Não é nada muito misterioso — respondi a ele. — Acho que eles só se amavam.

Amor. Aquele não era um conceito que eu costumava colocar em prática; nunca tinha ido aos altares de Afrodite ou de seu corado filhinho Eros implorando que algum jovem belo me notasse. Mesmo ali, com meu esposo, não pensava em amor — não no termo abstrato, ao menos. Eu só pensava em Cupido, e esperava que o dia desse seu último suspiro antes de virar noite para que eu pudesse tê-lo em meus braços de novo.

Enfim chegamos à casa da costa, onde encontrei várias cartas de meus pais, cada vez mais preocupados com a falta de notícias. Contavam que se alegravam ao saber que eu estava bem, mas haviam ficado assustados com a menção de um marido. Eles não tinham nada a ver com Cupido.

Apertei a beirada da mesa com as mãos até os nós de meus dedos ficarem brancos. Por fim, minha mãe não era a responsável por ter encontrado aquele pretendente. Tentei dizer a mim mesma que não importava, que tudo havia culminado na melhor situação possível, mas não conseguia ignorar a inquietação que se instalara em meu coração como um ninho de moscas-das-frutas em uma pilha de lixo.

Por mais feliz que eu estivesse nas semanas que se seguiram a meu retorno do Submundo, sentia certo torpor. Às vezes, as palavras de Medusa ecoavam em minha cabeça, ou eu pensava no mundo humano que havia deixado para trás. O monstro que supostamente me assombrava jamais se materializara; eu sabia que a fera não havia destruído o vilarejo, já que Zéfiro me revelara que fora ele mesmo o responsável por aquilo. Segundo uma carta de meus pais, o deus do vento tinha, conforme prometido, pagado pelos reparos do vilarejo com antigas e misteriosas moedas de cunhagem que haviam chovido do céu sobre Tirinto.

Depois de passar um sermão em Zéfiro por conta do truque com a tintura de móli, aceitei suas sinceras desculpas. Desde então, ele passara a nos visitar regularmente, e descobri que sua companhia fazia passar mais rápido as longas horas do dia ao longo das quais meu marido estava fora.

— As coisas deviam ser fáceis assim? Isso de estar com ele, digo — perguntei a Zéfiro certo dia enquanto bebericávamos vinho no terraço, fitando o oceano.

— *Tudo* devia ser fácil assim — respondeu ele. — Nem todo casamento precisa ser uma farsa como o de Zeus e Hera. As coisas eram fáceis entre Jacinto e eu antes de sua morte. — Vislumbrei um toque de melancolia na curva de sua boca, mas o gesto logo sumiu.

Mesmo durante nossa época áurea, a dúvida parecia à espreita. Eu ainda era uma mortal, enquanto Cupido era um deus. Ele estaria presente ao longo de toda a minha vida; já eu faria apenas uma breve passagem pela dele.

Havia também a questão de ele não me deixar ver seu rosto. Comecei a me questionar se iria mesmo irromper em chamas se o olhasse cara a cara, ou se havia mais alguma coisa que ele estava escondendo de mim. Era conveniente demais que ele pudesse assumir a forma de animais durante o dia e depois, à noite, voltasse à de homem.

Nas noites de lua cheia, nos deitávamos no terraço para olhar o cintilar fraco das estrelas. Apontávamos as constelações que os deuses haviam colocado no céu e contávamos histórias sobre elas. Eu sabia as versões que circulavam entre os mortais, mas meu esposo me contava as narrativas antigas como se houvesse estado presente nos acontecimentos; em alguns casos, de fato tinha estado lá.

Eu olhava de soslaio para ele sob a luz das estrelas, mas nunca conseguia enxergar por completo suas feições. Tentava convencê-lo a sair nas noites de lua cheia, quando tinha certeza de que teria ao menos uma noção de como era seu rosto, mas ele sempre se negava.

EROS

Comecei a perceber coisas às quais nunca prestara atenção em mil anos. Via os gatos brincando e os pavões se exibindo. Eu me dei conta da beleza intrincada das flores que cresciam pelo terraço, cuidadas pela mágica da casa da costa. Antes, meus dias eram infinitos e desimportantes, mas agora tudo vibrava com nitidez. A maldição, amansada, cantarolava dentro de mim. Com Psiquê, minha vida era de pura riqueza.

Descobri que gostava de ter alguém com quem conversar à noite. Quando via algo particularmente interessante ou notável durante o dia, pensava *Mal posso esperar para contar isso a Psiquê mais tarde.* Conseguia imaginar o som da risada dela, e me sentia voando alto acima das nuvens mesmo com os pés bem plantados no chão.

Era sábio o bastante para estar ciente de que minha alegria dançava sobre o fio de uma navalha. Ao amar Psiquê, eu estava me condenando à tragédia. Mesmo que de alguma forma conseguisse mantê-la longe da ira de Afrodite e me livrar da maldição, ela ainda era mortal e eu não, um abismo que se estendia entre nós.

— Se eu pudesse voltar no tempo, teria feito questão de dar a apoteose a Jacinto — disse Zéfiro certa fez. — Assim, ao menos poderia tê-lo a meu lado. Você ainda tem tempo de fazer isso com Psiquê. — Me olhou de soslaio. — Não o desperdice.

Me recostei em uma árvore. Estávamos em meu bosque preferido, com a luz do sol atravessando as copas lá em cima como se fossem vitrais banhando a vegetação rasteira com os tons sombreados da pelagem de um tigre. Era ali que eu ia enquanto Psiquê ficava na casa da costa, garantindo, assim, que ela não visse meu rosto e que a maldição não fosse acionada por completo. Às vezes, Zéfiro se juntava a mim.

— Nem todo mortal pode alcançar a apoteose — respondi, falando do processo que transformava mortais em deuses. — Só aqueles que se distinguem dos demais. Além disso, a maioria dos deuses precisa aprovar a transformação, e desde quando concordamos todos em algo? Afrodite rejeitaria o pedido, sem dúvida. — Eu já havia pensado naquilo mais de uma vez, minha mente se dobrava mais e mais em si mesma e não havia encontrado uma solução para o problema.

Meu amor por Psiquê precisava permanecer em segredo.

Zéfiro flutuava pelo ar como um nadador boiando em um rio, com as costas para baixo, um joelho erguido e as mãos entrelaçadas atrás da cabeça.

— Bem, não me culpe se a mortalidade dela se provar mais frágil do que você imaginava.

Apesar disso, eu sentia que havia uma chance de tudo terminar bem. Até o dia em que encontrei uma intrusa colhendo minhas rosas.

As rosas cresciam no meu terraço de forma abundante. Não havia uma estação na qual as pétalas aveludadas não agraciassem a terra árida com a beleza de sua presença, um truque de mágica que me encantava. Mas agora havia alguém andando no meio delas, fazendo farfalhar as flores e estragando os adoráveis botões. Madeixas douradas cascateavam por suas costas.

Assim que ela se virou, reconheci minha irmã Éris. Ela não envelhecera, é claro, mas a passagem do tempo havia acentuado suas feições, que pareciam mais cruéis e enxutas. Em outras palavras, ela se parecia mais consigo mesma.

— Ah, caríssimo irmão — disse ela, com um sorriso que não se refletia em seus olhos. — Estava me perguntando se você viria me cumprimentar.

A falsidade de Éris me fez pensar em Afrodite; divindades eram sempre educadas quando odiavam outras. Gostamos que a vingança seja realizada por terceiros.

— O que está fazendo aqui? — Minha pergunta varou o ar.

As rosas despedaçadas vibraram no chão, e os pavões ergueram a cabeça ao ouvir o repentino som de minha voz.

— Visitar meu irmão não é motivo o bastante para vir? Ah, simplesmente quis contar a você o último gracejo que arquitetei. Roubei uma das maçãs de Hespérides e escrevi nela "Para a mais bela". Depois deixei o fruto no local onde os Olimpianos se reúnem para a festa de algum casamento, e imagina? Hera, Atena e Afrodite se engalfinharam. Cada uma delas achou que a maçã estivesse endereçada para si mesma! "Para a mais bela!" — Ela deu uma risadinha, imensamente orgulhosa. — Os Olimpianos não suportam quando alguém tem o que outros não têm, mas sua mãe adotiva venceu, é claro. Caiu nas graças do pobre mortal que encontraram para julgar a competição, um coitado chamado Páris, de um lugar conhecido como Troia.

— Não brinque com Afrodite — alertei. — Isso não vai lhe trazer nada de bom.

Éris tombou a cabeça para o lado, cobrindo a boca com a mão delicada.

— Não pedi conselhos, doce irmãozinho. Estou apenas trazendo um aviso. Afrodite prometeu a Páris a mão da mulher mais bela do mundo, e eu não iria querer que fosse aquela garota humana que você vem mantendo como bichinho de estimação. Psiquê é o nome dela, não é? Fique de olho na garota, caro irmão.

Meu corpo se retesou, e meus olhos dardejaram na direção da casa. Antes que eu pudesse responder, asas escuras irromperam dos ombros de Éris, e ela se jogou no abismo do céu ainda carregando nos braços um buquê de rosas roubadas.

17

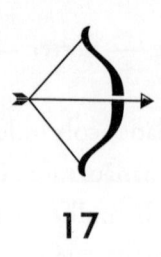

PSIQUÊ

Certa noite, alguns meses depois de nosso retorno de Tênaro, Cupido perguntou:

— Psiquê, por que seu coração está batendo dobrado?

Era pouco depois do pôr do sol, e estávamos aninhados juntos em nossa cama ampla. Eu repousava a cabeça em seu peito, e seus dedos corriam distraídos por meu cabelo. Ergui o torso com a pergunta, me virando na direção dele mesmo sem conseguir enxergar no escuro.

— Do que raios está falando? — perguntei.

— Seu coração está batendo dobrado, ué — respondeu ele. — Normalmente há só um conjunto de batidas, mas agora consigo ouvir outro, muito mais fraquinho. Essa é uma condição comum entre mortais?

Lentamente compreendi o significado de suas palavras. Meu sangramento não havia descido com a lua nova, mas achei que a tensão da viagem fosse a responsável por isso. Só então me dei conta de que Cupido jamais conhecera uma mulher grávida.

Meio hesitante, contei a ele o que aquilo queria dizer. Senti as mantas caírem para os lados quando ele se sentou, e por um momento temi que saísse correndo. Depois ouvi uma gargalhada e senti seus braços me envolvendo.

— Eu nunca tive um filho — disse. — Nunca em todos os meus séculos de vida.

Em seguida me beijou e riu, os lábios doces como vinho. Relaxei em seu abraço e permiti que o deleite me preenchesse. Um bebê, *nosso* bebê. Mortal ou semideus, aquela criança seria muito amada.

— Precisamos ir até Micenas — falei, animada. — Preciso contar para meus pais sobre seu neto e, quando a hora chegar, quero dar à luz em minha cidade natal.

Eu havia aprendido com o tempo a ler as sutis mudanças no corpo e na voz de meu esposo, tão facilmente quanto outras pessoas interpretavam emoções em um rosto, e senti a calidez deixar Cupido. Ele se afastou de meu toque.

— Não dá — falou. — É perigoso demais.

Foi como sentir o chão de pedra se abrindo sob meus pés.

— Ir a Tênaro e descer até o Submundo foi muito mais perigoso! — falei, ultrajada. — Estamos falando de meu lar.

— Agora seu lar é *aqui*.

Senti a raiva despertar dentro de mim. Não viveria como uma porca de criação, cuidando do filho de meu esposo na escuridão.

— Eu não cresci aqui, nestes salões onde o silêncio nunca é quebrado por vozes de mortais. Venha comigo a Micenas. Conheça minha mãe e meu pai antes da chegada do bebê. — Estendi a mão para pegar a sua, mas ele rechaçou meu toque mais uma vez.

— Não é que eu não tenha interesse em fazer isso — disse Cupido, escolhendo as palavras com cuidado. — Mas não vale o risco. O perigo a segue como um cordeirinho correndo atrás da mãe. Depois de Tênaro, não vou permitir que você se coloque em risco sem necessidade.

Eu estava tremendo de irritação. Já ouvira falar que a mudança de humor das mulheres grávidas é como um pêndulo, mas era a obstinação de meu esposo que alimentava minha fúria.

— O que sou para você? — perguntei, a voz rascante. — Uma esposa ou outro dos animais de estimação que mantém trancados neste lugar solitário?

Minhas acusações foram respondidas com um silêncio chocado. Dava para ver que Cupido não estava esperando tamanha raiva.

— O que vai acontecer quando o bebê chegar? — continuei, e as palavras jorravam de minha boca como sangue arterial. — Devo dar à luz aqui, sozinha, com a ajuda de uma sombra? Zéfiro vai ser minha parteira? E o bebê será deus ou mortal? — Eu sentia o coração retumbando no peito e agarrava os lençóis como um marinheiro afogado se apega a uma corda. Outros medos pairavam em minha mente, pertinentes demais para serem ignorados. — Cupido — comecei, com a voz trêmula —, o que vai acontecer quando eu envelhecer; quando você continuar jovem enquanto meu rosto se enche de rugas?

Ele não respondeu a princípio; só suspirou fundo e se virou. Ouvi o farfalhar dos lençóis quando ele se acomodou. Pouco depois, sua voz saiu ácida como vinagre:

— Se você me der ouvidos quanto à necessidade de continuarmos na escuridão, nunca vou notar as rugas.

Fui tomada pelo ultraje. Virei as costas para ele e encolhi os joelhos contra o peito, encarando a noite implacável até o sono me engolir.

EROS

Não havia como explicar a Psiquê que uma deusa ameaçava sua vida. A mortal apenas insistiria em batalhar contra a inimiga, apesar de todas as minhas tentativas de colocar alguma razão em sua mente. Afrodite a esmagaria sem a menor hesitação, e eu não poderia colocar a vida de Psiquê ou do bebê em risco de forma tão tola. Tampouco poderia dar chance para que a maldição se cumprisse por completo.

Na noite seguinte, fui falar com Psiquê, levando uma primeira ideia de meio-termo.

— Não vamos até Micenas, mas você pode trazer visitantes.

Esperava gratidão, mas, em vez disso, ela deu uma risada sarcástica.

— Que generoso da sua parte me permitir receber visitas em minha própria casa. — Psiquê era cruel quando ficava nervosa, como uma doninha encurralada.

Me encolhi. Minha oferta de trégua fora retribuída com um coice.

— E como meu pai e minha mãe vão chegar aqui? — continuou ela. — Eles governam um reino. Não podem viajar quando bem entenderem. Além disso, como vou apresentar a eles um esposo que se nega a aparecer?

Eu estava perdendo a paciência rápido.

— Convide outra pessoa então — respondi, e o desespero já marcava minhas palavras. — Talvez a prima da qual você tanto fala, a que é sacerdotisa.

Psiquê só deu uma risada amarga.

— E vou dizer o que a ela? Que meu esposo é um golfinho, uma ave, um cavalo?

Para mim, já bastava, e tudo o que eu queria era dormir.

— Diga a ela o que quiser — falei, me ajeitando do meu lado da cama. — Você reclama quando lhe digo o que fazer, então vou deixar que decida sozinha.

Me deitei, mas Psiquê permaneceu sentada, um pilar de ressentimento efervescente em meio à escuridão.

—Você não entende? — perguntou ela depois de um tempo. O tom arrogante não marcava mais sua voz, substituído por uma entonação de súplica que fez meu coração se apertar. — Eu nem sequer sei se você tem mãe, pai ou irmãos. Você nunca me disse nada sobre isso. Há muita coisa que não conheço a seu respeito, muitas coisas que você não compartilha comigo. Mas por que não me deixa ao menos compartilhar minhas coisas com você? Por que não vem e conhece minha terra natal, o lugar onde cresci?

— Eu bem que queria — respondi para acalmar Psiquê. — Mas vamos primeiro trazer sua prima para uma visita, o que acha?

A resposta foi um silêncio cheio de expectativa vindo do lado da cama dela. Não elaborei mais a proposta, e, depois de certo tempo, Psiquê soltou um bufo de impaciência e cobriu a cabeça com as mantas.

18

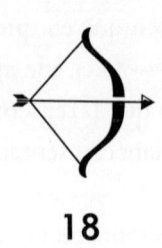

PSIQUÊ

A primeira coisa em que pensei quando vi Ifigênia foi que ela havia mudado. Estava mais alta, para começo de conversa; o porte de adolescente vivaz havia sido suavizado pelas curvas da maturidade. Suas feições pareciam mais definidas, mais sólidas. Notei que usava um quíton feminino normal em vez dos trajes de sacerdotisa de Ártemis, fato sobre o qual decidi perguntar apenas mais tarde.

No momento em que avistei o navio de seu pai aportando na baía lá embaixo, saí correndo pelos salões da casa da costa como um filhotinho empolgado. Quando Ifigênia chegou ao topo da escadaria que levava ao terraço dianteiro, com o rosto vermelho e sem fôlego, puxei-a em um abraço. Enfim, eu me reencontrava com minha mais antiga e querida amiga.

Ela riu e se soltou de meus braços, olhando para mim com assombro.

— Estou tão feliz de ver que você está bem, Psiquê — disse ela. — Os relatos sobre seu desaparecimento foram... preocupantes.

— Mas escrevi para você. E, como pode ver, estou melhor do que nunca — falei alegre, depois fechei a expressão quando um pensamento me ocorreu. — O rei Nestor está furioso?

Ifigênia negou com a cabeça.

— Não, apenas confuso. Seguiu a vida dele; quando ficou claro que você não voltaria, casou-se com uma mulher de Coríntio.

Senti os ombros cederem de alívio.

— Ainda bem — respondi.

Depois pedi que Ifigênia entrasse, seguindo na direção da bela mesa de carvalho repleta de comida.

— Que lugar lindo — suspirou Ifigênia, admirando os vitrais que deixavam entrar feixes brilhantes de luz do sol. — Me fale mais sobre seu esposo!

Senti uma pontada de pânico. Eu contara a Ifigênia o mínimo possível em minhas cartas. Como explicar que um deus havia me assumido como esposa, mas só aparecia para mim na escuridão? Ela me chamaria de maluca, ou então morreria de medo.

— Ele é um nobre príncipe que escolheu viver uma existência solitária aqui, à beira do oceano — falei, embora a mentira me doesse. Nunca tinha escondido coisas de Ifigênia antes. — Infelizmente, ele não pode se juntar a nós hoje, mas é belo, rico e muito gentil. Ele... — Parei no meio da frase. Não podia simplesmente emendar uma descrição vaga na outra. Precisava pensar em algo mais convincente. — Ele ama caçar e praticar arquearia, então temos muito em comum — completei como pude.

Ifigênia continuou me olhando, na expectativa, querendo mais. Fiz um grande floreio com as mãos que quase derrubou o odre de vinho e pedi que ela me falasse mais sobre o que andava acontecendo em casa.

Ela parecia estar esperando por isso. Um sorriso astuto cruzou o rosto de minha prima, e ela se inclinou para a frente para dizer em um tom conspiratório:

— Há novidades de Esparta.

E então narrou como Helena havia sumido, um evento que coincidira com a partida de uma delegação de comerciantes de Troia. Menelau organizara uma busca desesperada até que uma carta escrita pela própria rainha chegou, alguns dias depois, explicando que ela fora viver com o príncipe Páris na cidade de Troia.

Pensei na bela e tristíssima mulher que tinha conhecido tantos anos antes. *Fui feita para coisas melhores*, dissera Helena na noite de seu casamento. *Queria conhecer o mundo e me apaixonar*. Pensei nela na distante Troia, de braços dados com um príncipe estrangeiro. Pelo jeito, Helena encontrara uma forma de conseguir o que queria, afinal de contas.

Disse isso a Ifigênia, e seus olhos lampejaram com uma empolgação sombria.

— Mas ainda há a questão do juramento que precisa ser resolvida — disse ela. — Se lembra do juramento que os antigos pretendentes de Helena fizeram no casamento?

Eu não me lembrava. Minhas memórias do evento tinham sido obscurecidas pela tristeza do ambiente. Felizmente, Ifigênia estava mais do que disposta a elaborar melhor.

— Os homens juraram que quem quer que fugisse com Helena precisaria encarar os demais em batalha — explicou. — Alguns dos homens ainda guardavam rancor por não terem sido escolhidos, e o juramento foi necessário para manter a paz. Mas quem imaginou que Helena seria sequestrada por um estrangeiro? Um convidado, ainda por cima? — Ifigênia balançou a cabeça ao falar sobre o sacrilégio.

— Não sei se foi tão difícil assim convencer Helena a partir — respondi, pegando um pedaço de cordeiro assado envolto em pão macio. — A mulher de quem me lembro parecia disposta a pilotar um barco de pesca, se isso fosse necessário para que pudesse fugir dali.

— Mas você não entende, Psiquê? — prosseguiu Ifigênia, claramente se deliciando com a fofoca. — Os antigos pretendentes são forçados pela honra a ajudar Menelau a recuperar a esposa, assim como os aliados de Esparta. Todos os homens como meu pai, que nem sequer competiram pela mão de Helena, foram arrastados para essa guerra contra Troia. Tio Menelau não tem nem de perto a experiência militar de meu pai, então o colocou para comandar suas forças. Ah, Psiquê, que belo exército está se arranjando! Homens de toda a Grécia estão se juntando, nunca vi nada assim. Nem mesmo os argonautas foram tão grandiosos. Soldados de cidades que se digladiaram por anos agora estão jogando dados nos acampamentos. Os poetas vão cantar por séculos sobre isso.

— Eles vão precisar de todos os homens que conseguirem se quiserem arrancar Helena dos braços de seu belo príncipe — retruquei.

Pensei em minha própria alegria com Eros e me perguntei se Helena sentia uma fração desse mesmo prazer com o tal Páris. Me perguntei se ela queria ser encontrada.

— Troia nunca caiu — contou Ifigênia, com os olhos brilhantes —, mas também nunca enfrentou meu pai seguido por todo um exército. Ah, Psiquê, e eu ainda nem lhe contei a parte mais empolgante: eu vou me casar! Com Aquiles! — revelou ela, soltando um gritinho de felicidade. — Ele e seus homens se juntaram ao exército que deve seguir para Troia. Meu pai disse que os laços com seus homens só serão reforçados se o campeão deles se juntar à filha do comandante. A cerimônia vai acontecer daqui a um mês.

Me lembrei do irritante e belo príncipe que havia encontrado tanto tempo atrás nos Jogos Heranos. Era bom ver minha prima feliz, mas não enxergava como Aquiles seria um bom marido.

— Achei que seria uma sacerdotisa de Ártemis — falei antes que pudesse me conter. — Você dizia que seria uma sacerdotisa e jamais se casaria.

A expressão de Ifigênia se fechou. Suas sobrancelhas se juntaram como nuvens de tempestade, e a boca dela assumiu uma firmeza que me fez lembrar de sua mãe, Clitemnestra.

— E eu achei que você seria uma heroína — rebateu ela.

Recuei como se tivesse levado um tapa. Pela primeira vez, vi a sombra de Agamenon na filha.

Mas logo passou. Ifigênia levou as mãos aos lábios, e sua doçura usual voltou.

— Sinto muito, Psiquê. Não cabe a mim falar esse tipo de coisa. É que tudo mudou tão de repente, que estou até meio perdida. Meu pai ordenou que eu deixasse a academia de sacerdotisas para trás para poder me casar, e como eu poderia dizer não? Precisamos dessa aliança. E eu gosto de Aquiles, então as coisas não são tão ruins assim.

— É claro — respondi, vacilante.

Me perguntei onde Ifigênia havia aprendido a falar de forma tão fria. Com a mãe ou o pai, talvez, ou quem sabe com aquela sacerdotisa de Ártemis cujas palavras eram afiadas como flechas.

— Mas chega de falar sobre mim — disse minha prima, fazendo um gesto com a mão. — Você mal me contou sobre sua nova vida.

— Então... — comecei, revirando a mente de maneira frenética em busca de alguma história convincente. — Meu esposo é mais velho, então está confinado à cama...

Ifigênia tombou a cabeça para o lado.

— Mas você tinha dito que ele era jovem e que gostavam de caçar e praticar arquearia juntos, não?

Me amaldiçoei por ser tão tola. Na tentativa de não preocupar Ifigênia, tudo o que tinha conseguido era apenas despertar suas suspeitas.

— Ele é um homem de meia-idade — tentei consertar, meio constrangida. — Sabe, nem velho, nem novo.

Ifigênia me fitou, com os plácidos olhos âmbares cheios de curiosidade.

— Qual é o nome dele? De onde é seu povo? Como a pediu em casamento?

Suas perguntas pareciam pedras atiradas com um estilingue, e me apressei em me desviar.

— O nome dele é Cupido — respondi. Essa parte era verdade. — E o povo dele vive nestas colinas há muito tempo. Quanto à proposta de casamento, bem… foi algo bastante súbito. — Enfiei um pedaço de pão na boca e dei de ombros.

A testa de minha prima se enrugou de preocupação.

— Psiquê — começou Ifigênia, baixando a voz para que ninguém mais pudesse ouvir —, seu esposo é um dório?

Os dórios eram um povo bárbaro, cavaleiros sempre imundos que viviam nas planícies e cujas incursões às cidades-estados da Grécia ficavam mais ousadas a cada ano. Alguns dos vilarejos menores e mais remotos da nação já haviam sido atacados por eles. Agamenon passara boa parte da carreira lutando contra os dórios, e até meu pai se dispusera a lutar quando os sujeitos se aproximaram de Micenas. Mais de uma vez, dórios haviam roubado mulheres das cidades gregas e levado-as para as colinas.

— Claro que não! — disparei.

Ifigênia ergueu as mãos, como se estivesse se rendendo, mas vi a incerteza pairando em seu olhar.

— É que você foi levada de forma tão súbita… Me perdoe por me preocupar com esse tipo de coisa, principalmente depois do que aconteceu com Helena. Mas, hipoteticamente, se seu esposo *fosse* um dório — continuou ela sem pestanejar —, isso poderia ter sérias consequências. O homem com o qual você se unir será o próximo na linha de sucessão ao trono de Micenas, e depois dele vem seu filho. Se um inimigo de nosso povo a tiver tomado como esposa… Você entende o que quero dizer.

Eu entendia. Estaria dando a nosso mais terrível inimigo um forte argumento para tomar o lugar de uma das grandes casas da Grécia.

— Nesse caso, ainda bem que meu esposo não é um dório — ponderei, intensa, e me levantei da cadeira fazendo um ruído. — Desde quando você aprendeu a agir assim, como uma política?

— Desde que passei a servir à minha família em vez de me dedicar a meus próprios interesses — respondeu Ifigênia, fria. Ela não ficou de pé, parecendo inabalada enquanto eu a olhava de cima para baixo, irritada. — Você deveria cogitar a ideia de fazer o mesmo — finalizou.

Quando viu que eu não responderia, Ifigênia se retirou da mesa com uma graça fluida.

— Acho melhor eu ir embora — prosseguiu, com uma expressão indecifrável. — Os homens de meu pai foram desviados dos esforços da guerra para me escoltar até aqui, e não devo desperdiçar o tempo deles sem necessidade. Contarei à sua mãe e ao seu pai que você está bem.

Enquanto via Ifigênia descendo a longa escadaria que levava à praia, cogitei chamá-la de volta e explicar tudo, mas desisti. Algumas coisas não podiam ser explicadas, não sem levantar mais perguntas.

Vi o navio zarpar na direção do mar escuro como vinho e me perguntei o que acontecera com a prima de olhos vivazes que eu conhecia, assim como com a jovem corajosa que eu mesma havia sido um dia.

A dúvida é uma semente e, depois de plantada, cedo ou tarde vai brotar.

Não foi culpa de ninguém em especial. Ifigênia farejara uma mentira, e o conselho dela era válido considerando o conhecimento que tinha da situação. Eu tinha certeza de que meu esposo não era um dório, mas, fora isso, sabia muito pouco sobre ele.

E, por mais que tentasse, não conseguia esquecer as palavras de Prometeu: *Você não sabe quem seu esposo é, não é mesmo?*

Não sabia, na verdade. E agora estava gestando o filho dele.

Depois da partida de Ifigênia, me acomodei em uma das cadeiras e fitei o oceano pela ampla janela, perdida em pensamentos. Sombras pairavam pelo interior da casa da costa, marcando a transição do dia para o fim da tarde. Mas não me movi. Um dos gatos se esfregou nas minhas pernas em cumprimento, e cocei distraída sua cabecinha sem tirar os olhos da água.

Fiquei pensando no que Ifigênia diria se soubesse que eu nunca tinha visto o rosto do meu esposo.

A dúvida foi brotando em mim conforme as sombras se esticavam em direção ao crepúsculo. Eu não acreditava que realmente seria imolada como Sêmele diante de Zeus, caso visse o rosto de meu marido. Havíamos passado muito tempo juntos sem que nada de ruim tivesse me acontecido.

Além disso, meus filhos seriam herdeiros do trono de Micenas, como minha prima me lembrara de forma tão pouco graciosa. Um pensamento me arrebatou como uma coruja caçando um ratinho, fincando as garras afiadas em meu coração: se o bebê fosse um menino, cresceria para se tornar o próximo rei da cidade-estado de Micenas. Ele assumiria o trono que pertencia a meu próprio pai e governaria a nação em tempos de guerra e de paz.

A ideia me fez decidir: eu precisava saber quem era o pai do meu bebê, pelo bem de meu povo.

Quando o sol mergulhou no horizonte, pintando a paisagem de vermelho-sangue, fui até uma alcova próxima ao nosso quarto de dormir e comecei meus preparativos.

19

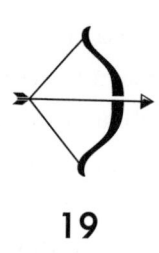

Psiquê

Naquela noite, quando Cupido se juntou a mim na cama, fingi ser a esposa feliz e amável de sempre. Contei a ele uma versão resumida da visita de Ifigênia, depois pousei a cabeça em seu ombro e fiz uma série de perguntas bobas para deixar meu esposo à vontade.

— Os gatos têm nome?

— Claro — respondeu Cupido, dando uma risadinha. — Mas você não conseguiria pronunciá-los. Sua boca não é capaz de produzir todos os sons necessários. Eu mesmo só consigo entender as alcunhas quando estou na forma de gato.

— Bom, tenho algumas ideias, então — comecei, pousando a cabeça na depressão de seu ombro e correndo a ponta dos dedos por seu peito. — O malhado e gordinho de olhos cinzentos pode ser Glauco. Acho que combina com ele, não acha? A escaminha fêmea que come a comida dos outros pode ser Cila. Você sabe que ela devoraria um navio cheio de marinheiros se tivesse a chance...

Continuei com o papo por um tempo, leve e brincalhona, enquanto as mãos de Cupido acariciavam meu cabelo. Quando seus movimentos, enfim, ficaram mais lentos e sua respiração se estabilizou no ritmo que sinalizava o sono, me ergui em silêncio e avancei pela casa escura.

Os objetos na alcova estavam enfileirados como eu os deixara. Meus dedos dançaram pelo côncavo de uma tigela cheia de óleo, cuja superfície era preenchida apenas pela ponta de um pedaço de tecido. Depois tateei as arestas afiadas de uma pederneira de sílex e bronze. Minhas mãos tremiam tanto que precisei de várias tentativas para lograr uma faísca. Assim que consegui, o pavio se acendeu rápido, e a luz da lamparina improvisada quase me cegou antes que meus olhos tivessem chance de se ajustar. Peguei a tigela nas mãos, tomando o cuidado de não derramar o óleo quente. Sombras se agitavam ao meu redor conforme eu voltava para o quarto, mergulhando os corredores familiares em uma atmosfera estranha. Eu nunca vira a casa à luz de velas antes.

Minha pulsação retumbava nos meus ouvidos como o bater das asas de uma borboleta. Aquilo era traição, e eu sabia. Não olhar para ele fora a única coisa que Cupido me pedira, e a única coisa que eu prometera não fazer. Eu podia estar condenando a mim mesma ao desafiar a maldição, me sentenciando a uma morte flamejante, embora não acreditasse mais naquela história. Precisava saber quem meu marido era, e essa necessidade era maior que todas as outras coisas.

Abri a porta.

Não irrompi em chamas quando vi meu esposo ali, espalhado na cama. Seus cabelos eram uma cascata de cachos dourados que brilhavam sob a luz da lamparina, e ele estava com um braço jogado de qualquer jeito sobre o travesseiro na languidez do sono. O peito nu subia e descia com a respiração pacífica dos sonhadores. Cupido não era um monstro ou um bárbaro. Era mais belo que qualquer mortal que eu já havia visto.

Me aproximei para olhar melhor para ele, desajeitada. O óleo fervente na vasilha se perturbou, e uma gotinha escorreu pela borda e pingou sobre seu peito.

Com um grito de dor, Cupido abriu os olhos.

Eram verdes, tal qual a cor que tinham as folhas durante os dias de verão que eu passara com Atalanta na floresta. Verdes como as campinas, tão raras na rochosa Grécia. Poços verdes nos quais eu poderia cair e me perder. Eles se arregalaram de horror ao ver a lamparina, e eu soube com uma certeza enferma que tinha estragado tudo. Não senti pânico, apenas uma vergonha sombria. Como Antheia, eu havia traído o homem que me amava.

Mas ele não era um homem. Mortal algum teria suportado a maldição que o afligia. Sua coluna estalou como uma vela fustigada pelo vento forte. Ele gritou, mas o som saiu reprimido e desprovido de palavras. Estendi a mão, desesperada para ajudar e horrorizada com minha infidelidade, mas seus dedos escorregaram por entre os meus. O tempo e o espaço se dobraram para deixá-lo passar. Cupido foi puxado de nossa cama como um fio pelo buraco de uma agulha, e me vi encarando o espaço vazio onde ele estivera até um segundo antes.

Minha pulsação retumbava em meus ouvidos. Uma maldição; ele havia falado sobre uma maldição, e eu agora entendia o significado daquilo.

O chão começou a estremecer. Gritei quando a poeira caiu de uma fissura no teto onde a rocha se quebrou ao meio. Sem seu divino mestre, a casa começou a ruir.

Outra rachadura abriu o chão como um relâmpago errante, e a porta se escancarou. A lamparina solitária projetava loucas sombras fraturadas sobre a cena. Arranquei um lençol da cama antes de sair correndo da casa, vestida apenas com minha camisola.

A lamparina ainda estava em minhas mãos quando fugi para o terraço e desci as escadas a toda velocidade. Gotas de óleo quente queimavam minha pele, mas não deixei que aquilo me retardasse. Gatos disparavam por entre meus pés, e os gritos estridentes dos pavões, que pairavam até um lugar seguro, cortavam o ar.

Enfim, cheguei à segurança da praia rochosa lá embaixo. Sob a luz fraca da lua crescente, vi meu lar despencar no mar, se desfazendo na água como se fosse feito de areia.

20

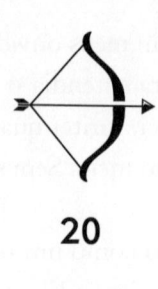

PSIQUÊ

A primeira noite sozinha foi a mais difícil. Eu tinha me acostumado a dormir na cama macia com a presença cálida de meu esposo ao meu lado. Agora estava completamente sozinha, me revirando enquanto tentava encontrar uma posição confortável nas pedras geladas pela noite. Mesmo em minha juventude, quando dormira no chão duro da natureza selvagem, Atalanta estivera comigo. Ali, porém, eu não tinha sequer uma faca ou ferramentas para acender uma fogueira, apenas as roupas do corpo e um lençol que eu havia sido esperta o bastante para pegar em minha fuga. A lamparina tinha se perdido em algum ponto do caminho.

O mar batia na costa enquanto a lua viajava pelo céu. Sentimentos se reviravam dentro de mim, profundos como o oceano. É impossível descrever o que sentia. Boa parte era choque, mas também havia uma porção razoável de pesar e raiva. Suponho que o mais preciso seria dizer que me sentia *roubada*.

Roubada de meu marido, da vida que havíamos começado a construir juntos. De seus braços fortes envolvendo minha cintura, de sua voz suave contra minha orelha, de seus dedos entrelaçados aos meus. Depois me lembrei de como a maldição o arrebatara com um horror implacável, e enterrei o rosto nas mãos.

Saber que eu mesma provocara aquele infortúnio em minha vida não era nada reconfortante; eu queimava de vergonha e raiva. Havia quebrado a confiança de Cupido, mas ele mentira para mim. Mentira de forma que eu ainda tentava compreender. A inveracidade havia perturbado meu inconsciente e me fizera ser invasiva de tanta curiosidade. Ele tinha me dito que existia uma maldição, mas nem em meus mais loucos sonhos achava que era *aquilo* que aconteceria.

Lágrimas escorriam pelas minhas bochechas, geladas no ar noturno. Os soluços me faziam tremer, liberando meu pesar diante da indiferença silenciosa da escuridão.

Depois de muito tempo, minha respiração se acalmou e me recompus. Limpei o rosto no lençol enrolado ao redor do corpo e disse a mim mesma, severa, que sobreviver era meu novo objetivo e que não havia razão para remoer o que tinha acontecido. Enquanto as estrelas corriam pelo céu, enterrei os estilhaços de meu coração partido e tentei dormir.

Uma deusa me procurou nas profundezas da madrugada, quando nada se movia e vento algum soprava. Mesmo olhando em retrospecto, não sei se estava acordada ou sonhando quando a encontrei.

Ergui a cabeça e vi uma silhueta empoleirada delicadamente em uma protuberância rochosa próxima. Sua pele brilhava levemente na escuridão como uma versão desgastada da lua, iluminada apenas pela própria radiância interna. Seu cabelo pendia dos ombros como tinta preta.

— Então é aqui que ele escondia você — disse, olhando para mim como uma tigresa em busca da próxima refeição. — Depois do que ele fez com Adônis, jurei que destruiria a coisa que mais amasse, mas aparentemente você fez isso sozinha. — Ela olhou para as ruínas da casa da costa, bufando de desprezo.

Sentei-me devagar, encarando a estranha nos olhos. Não ousei fazer movimentos súbitos. Havia encontrado gatos selvagens e ursos na natureza, e sabia que não podia transparecer medo. Lembrei-me dos alertas de Cupido sobre o monstro que me caçava e me perguntei se esse monstro e aquele vulto diante de mim eram o mesmo ser.

— Está falando de Cupido? — perguntei.

A estranha deu uma risada zombeteira.

— Foi assim que ele disse que se chamava? É a cara de meu filho adotado mentir sobre um ponto tão vital. Não, o nome verdadeiro dele é Eros.

Eros, o deus do desejo. Eu já ouvira hinos em sua homenagem: alado, de cabelo dourado, distribuindo o amor entre mortais e deuses. Lembrei-me do vislumbre que tivera dele à luz da lamparina e soube com uma certeza terrível que aquilo era verdade.

Encarei o vulto à minha frente. Se Eros era filho adotado daquela estranha, ela era ninguém mais, ninguém menos que Afrodite.

— Onde ele está? — indaguei.

Afrodite cruzou os braços macios.

— Por que eu lhe contaria isso? Apenas tenha certeza de que Eros nunca mais vai querer ver você.

As palavras dela me machucaram como um açoite. À luz da lua crescente, a beleza de Afrodite tinha a perfeição mortal de uma lâmina desembainhada. Por que uma criatura tão sublime escolheria atormentar uma mortal como eu?

A divindade tombou a cabeça, condescendente, olhando para mim como se eu fosse extremamente idiota.

— Ele não lhe contou sobre a verdade da maldição, contou? Ao que parece, meu filho se afundou em mentiras.

Ela riu ao ver minha expressão confusa, e eu podia ouvir um som que parecia o badalar de sinos. *A do amor risonho*, era como os poetas chamavam Afrodite — mas nunca pareciam considerar de quem ou de que ela poderia estar rindo.

— Uma maldição do amor — disse ela — cujo alvo deveria ter sido você. Ao que parece, porém, ele assumiu o fardo para si. Por acidente, tenho certeza. Cara menina, acha mesmo que, do contrário, Eros a teria notado? Ele é um deus. Você não passa de uma mortalzinha qualquer de joelhos ralados.

Eu não conseguia falar. Havia um caroço na minha garganta, mas não queria chorar na frente da inimiga.

Ela pousou o queixo na mão.

— Sério, é melhor assim — prosseguiu. — Seu relacionamento não poderia continuar para sempre dessa forma, com vocês se esgueirando pelo escuro. Mesmo que se ativessem aos termos da maldição (e o fato de que está aqui é prova de que não foi o que aconteceu), que futuro teriam? Você ficaria velha e enrugada enquanto ele permaneceria jovem. Imagine: um deus visitando uma megera de ossos fracos na calada da noite. Já ouviu falar de algo assim? É melhor que ele tenha a deixado agora.

— Por que você está aqui? — perguntei. — Não tenho lar, não tenho esposo. Vai tirar minha vida também?

— Ah, céus, não — exclamou ela. — Agora, somos da mesma família. Você está grávida do filho dele.

Levei a mão à barriga sem nem pensar.

— Não vou fazer nada que permita que me acusem de ter matado meu próprio neto — continuou Afrodite. — Se jurar ser minha fiel serva, vou cuidar de você até a criança nascer. Talvez eu até lhe ofereça um último vislumbre de Eros.

A esperança nasceu e morreu dentro de mim. Notei que Afrodite não havia mencionado o que aconteceria depois do nascimento, se eu poderia criar o bebê ou se ele sequer viveria. Não, eu estava farta de fazer acordos com deuses.

Além disso, se Eros não me queria, eu tampouco o desejaria.

— Peço perdão, senhora — falei, amarga —, mas devo negar sua oferta. Nasci no mundo dos mortais, e é nele que vou encontrar um novo lugar para mim.

Afrodite colocou uma madeixa de cabelo atrás da orelha.

— Certo. Mas não ache que vai encontrar uma barganha melhor. Me chame se mudar de ideia. Vou encontrá-la, onde quer que esteja.

Uma promessa e uma ameaça. A deusa se levantou, fazendo farfalhar os trajes, e sumiu na noite.

Voltei a me deitar na terra dura, enrolada no lençol esfarrapado, e caí em um sono inquieto. Quando acordei, o céu exibia o azul bem claro que anunciava a chegada do alvorecer, e vi um vulto pequeno se mover ao meu lado.

Me sobressaltei, mas era apenas Cila, a gorda gata escaminha, sentada imponente em uma pedra. Arquejei ao ver o animal. Alguns deles haviam escapado; algo do mundo que eu construíra com Eros tinha sobrevivido.

Estendi a mão na direção da gata, os dedos trêmulos, mas Cila me farejou, chiou e correu vegetação rasteira adentro.

Pela manhã, escalei pelo xisto até meus pés encontrarem a terra de novo, seguindo as ruínas da escada que levava escarpa acima. Quando cheguei às ruínas da casa da costa, continuei subindo para alcançar o platô que havia além, o mesmo pelo qual Cupido — não, Eros — e eu havíamos passado em nosso caminho até Tênaro. A memória, um dia tão doce, agora parecia amarga como cicuta.

Eu avançava rápida e silenciosamente. Logo encontrei um grato refúgio na floresta, muito mais seguro do que a planície desprotegida, e orei para não cruzar com bandidos.

Já estava na metade da tarde quando uma brisa soprou minha pele, um alívio bem-vindo ao calor do dia. Dedos fantasma deslizaram pelo meu braço, se materializando na forma do corpo esbelto de Zéfiro.

— Psiquê! O que aconteceu com a casa? Onde está Eros? Você está machucada? — Havia um tom de pânico em sua voz que eu nunca ouvira antes.

Na época em que treinava luta de espadas com Atalanta, ela me acertou acidentalmente com tanta força que passei vários segundos sem conseguir respirar. Ver Zéfiro de novo me deixou com a mesma sensação — ele era um lembrete de um mundo perdido, e encontrá-lo me induziu a uma dor tão aguda que congelou meu coração.

Eu não estava fisicamente machucada, a não ser por alguns arranhões e queimaduras irrisórias. Mas dentro de mim havia uma ferida aberta, sobre a qual a visita de Afrodite jogara sal. E havia a raiva, uma raiva infinita tanto de mim mesma quanto de Eros. Tal raiva transbordou de mim toda ali, ao mesmo tempo, e despejei a frustração sobre Zéfiro.

Empurrei sua mão para longe do meu ombro e recuei um passo.

— Você sabia, não sabia? — acusei. Minhas unhas estavam enterradas tão fundo nas palmas de minhas mãos que haviam aberto machucados em meia-lua. — Você sabia. E nunca me contou.

Zéfiro franziu o nariz, perplexo como um filhotinho.

— O quê?

— Da maldição — rosnei. — Você sabia que Eros, que você me permitiu crer que era um deus falso chamado Cupido, foi condenado a me amar e a desaparecer diante dos meus olhos se algum dia olhássemos um no rosto do outro. Ah, você deve ter se maravilhado com uma pilhéria dessas. — Eu estava tremendo, como se meus ossos pudessem saltar de dentro da minha pele e atacar a divindade à minha frente.

Zéfiro, por sua vez, me encarava como se não soubesse quem eu era.

— A maldição — continuei. — Era só por isso que Eros gostava de mim, não é? E por isso que só podíamos nos encontrar na escuridão. Eu devia saber. Eros nunca me amou, só me queria como um... um animal de estimação, uma distração. Como você com seu pequeno Jacinto — acrescentei, cuspindo as palavras.

O deus do vento oeste me olhou com a expressão de um homem atingido por uma lança.

— Jacinto nunca foi uma distração — foi tudo que conseguiu dizer.

— Você é um monstro — retumbei. — Eu devia saber disso desde que descobri que destruiu o vilarejo em Micenas só para me atrair. Você não é um deus a ser adorado, só um monstro. Imagino que Jacinto tenha visto isso também.

Foi o suficiente. Os ombros de Zéfiro se elevaram, e um vento irado agitou seu cabelo.

— Então fuja! — gritou enquanto as árvores começavam a chacoalhar ao nosso redor. — Não sei o que fez ou o mal que trouxe a si mesma e a Eros, mas vou deixar você sozinha para lidar com isso. E, nesse meio-tempo, vou procurar meu amigo.

Fui cegada por uma rajada de vento igual ao fatídico dia no platô perto de Micenas. Ergui os braços para proteger o rosto enquanto o vento fazia meu traje fino chicotear.

Um instante depois, me vi sozinha no bosque. O sol passava por entre os galhos, e o canto dos pássaros ecoava no ar como se deus algum tivesse passado por ali.

21

EROS

Uma pontada de dor me despertou. Eu me deparei com olhos castanhos mais ricos que a própria terra, um rosto emoldurado por um cabelo que era uma juba leonina de cachos perfeitos sob a luz de uma lamparina. Psiquê.

Uma lamparina. Uma luz.

Senti um lampejo de raiva — ela quebrara sua promessa, me traíra, mas já era tarde demais para qualquer coisa além de resignação.

A maldição me atingiu com a força de uma onda e me puxou para baixo. A agonia perfurava meu corpo imortal como uma faca; tentei gritar, mas o som foi arrancado da minha garganta enquanto eu era puxado à força de minha cama. Caí por gelo e fogo, por pedra e por véus de puro nada. Eu deveria saber que Afrodite faria o processo de separação o mais doloroso possível. Ela havia deixado na maldição farpas suficientes para aleijar um mortal. Não foram suficientes para me destruir, mas me deixaram esgotado. Eu não podia morrer, mas podia me desfazer até não ser mais que uma centelha de atração saltando entre dois conjuntos de olhos. Podia acabar como Nereu, uma onda de espuma que se esqueceu de que tinha sido um deus.

Mas voltei ao meu corpo novamente e segui adiante. Anéis de fogo queimaram ao redor dos meus punhos, formando algemas que mantiveram meu corpo erguido. Ainda mais cruel era a dor que queimava em meu peito, causada pelo respingo da lamparina de óleo quente carregada por Psiquê. Lembrei-me do rosto dela, de seus olhos arregalados e de sua boca aberta num círculo chocado, iluminado pela luz que eu a proibira de acender. A consciência de que ela me traíra era mais dolorosa que a queimadura em si.

Eu achava que ela entendia. Achava que queria ficar.

Abri os olhos, mal notando a diferença. A escuridão no cômodo era opressiva, aliviada apenas por um fraco retângulo de luz que denunciava o contorno de uma porta. Mas soube na hora que não estava sozinho.

— Eu devia ter imaginado que havia algo errado — disse uma voz familiar — quando aquela vadia mortal sumiu de repente e não vi evidência alguma de sua humilhação. Disse a mim mesma que era apenas preocupação sem sentido e que tudo estava bem. Não devia ter confiado em você.

— Afrodite — respondi —, infelizmente, em meu estado atual, não consigo cumprimentar você como devo. Mas me diga: onde está Psiquê?

— Da última vez que a vi, estava perto das ruínas de sua casinha, morrendo de chorar. Francamente, meu querido garoto, não entendo o que você viu nela.

Afrodite estava sentada em um canto, era uma silhueta na escuridão. Ficou de pé. Ouvi seus passos se aproximando, e ela parou com o rosto a apenas um palmo do meu, perto o bastante para que eu pudesse sentir sua respiração na bochecha. Era um inverso horrendo de minhas noites com Psiquê — provavelmente, era isso que Afrodite desejava.

Não podia ver o feio retorcer do rosto de Afrodite, mas conseguia imaginar sua expressão muito bem. Sabia como ela gostava de se vangloriar de suas conquistas, românticas ou não. Puxei as algemas, fazendo as correntes tilintarem.

— Nem se dê ao trabalho de tentar se livrar disso — recomendou Afrodite. — É um conjunto igual ao que prende Prometeu. Hefesto o fez para mim, mas acho que você vai ficar feliz em saber que não contei a ele quem eu pretendia algemar.

— Que gentil da sua parte — respondi, tentando ver até onde conseguia baixar meu braço. — Certamente minha amizade com seu marido ficaria abalada se ele soubesse que forjou correntes destinadas a me prender.

— Você não está em posição de fazer piadas — rebateu Afrodite, sombria. — Tudo isso me lembra do que aconteceu com meu mortal amigo Páris, príncipe de Troia. Os pais tentaram abandonar o bebê na natureza selvagem, mas em vez disso ele foi resgatado e criado por um pastor. Suponho que não seja um paralelo exato com sua situação; porém, quando levou a princesa para seu lar, ele ao menos decidiu transar com ela.

Meu coração retumbava em meu peito.

— O que você fez com Psiquê? — exigi saber.

— Nada. Decidi deixar a malditinha se virar sozinha por enquanto, mas acho que ainda devo mandá-la para o Submundo como pagamento por Adônis — disse Afrodite, e gotículas de saliva atingiam meu rosto. — Mas você é meu foco agora, e planejo fazer com que pague pelos inúmeros crimes que cometeu. — Ouvi os passos da deusa darem a volta ao meu redor como um abutre pairando sobre uma carcaça antes de listar todos os meus deslizes. Imaginava seus dedos longos e elegantes se erguendo enquanto os enumerava. — Mentir sobre ter completado sua missão. Se aliar a uma de minhas inimigas. Escondê-la por meses. Exigir um favor em troca de algo que nunca fez. Aquele antídoto jamais teria funcionado, é claro — acrescentou ela. — Mães devem manter os filhos na linha, e andei sendo muito leniente com você.

— O que quer de mim? — perguntei, deixando o corpo pender, preso pelas algemas.

— Ora, nada além de seu sofrimento — disse Afrodite, com o tom doce. — Compensação por todas as vezes que me contrariou. Trouxe você para um depósito nos subterrâneos do Monte Olimpo, um lugar aonde ninguém vem. Tenho todo o tempo do mundo para infligir sua punição.

— Afrodite — falei, me sentindo um tanto trêmulo —, isso é ridículo. Vamos até Zeus e deixemos que ele julgue o caso.

Uma risada longa e baixa saiu de seus lábios.

— Ah, caro filhinho, já falei com Zeus. Foi ele que me ofereceu este espaço. Está tão farto de suas desobediências quanto eu.

A maldição não é suficiente?, pensei. *Me unir a alguém apenas para me proibir de vê-la... não é suficiente?*

— O que você tem em mente? — perguntei, conseguindo fingir certa tranquilidade. — Um lobo vai devorar meu coração dia após dia? Vai encher a cela de água e ficar assistindo enquanto me afogo várias e várias vezes?

— Não, isso é bondoso demais para você... Algo assim lhe daria o que fazer, um modo de contar a passagem do tempo — disse Afrodite, cujas palavras exalavam um prazer cruel. — Vou simplesmente deixá-lo aqui, sem nada com que se distrair, sem comida e sem companhia até o fim dos tempos.

E, com isso, ela foi embora, deixando-me em uma escuridão insondável.

22

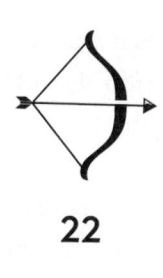

Psiquê

Alguns dias depois, vi ao longe um remoto vilarejo montanhês. Não passava de um conjunto de casinhas envoltas em fumaça de fornos a lenha, mas para mim pareceu imponente como um palácio. Ali, poderia encontrar descanso e um pouco de sustento antes de seguir até Tirinto.

Eu estava muito mais que exausta. Espinhos haviam rasgado minhas roupas, e as solas de meus pés estavam repletas de cortes e arranhões. Atalanta me forçara a treinar descalça, mas nem ela me havia preparado para dias e mais dias sozinha na natureza sem suprimento algum.

Atravessei os campos e tomei uma pequena trilha de terra batida que servia de rua principal do lugar. As pessoas ali no vilarejo viviam como seus ancestrais desde que tinham sido moldados da argila por Prometeu, tirando uma parca subsistência da terra e do pastoreio de seus rebanhos de cabras magras nas campinas altas. Era uma vida repleta de dificuldades, e o povo ali era desconfiado.

Cambaleei em direção à primeira pessoa que vi, um jovem alimentando galinhas à sombra de uma casa decrépita. Recorri à antiga lei da xênia, a hospitalidade ordenada pelos deuses. O rapaz me fitou de queixo caído, e os grãos caíram por entre seus dedos como a areia de uma ampulheta. Podia imaginar o que ele estava vendo: uma mulher que mais parecia um fantasma surgido da floresta. A cor de minha pele me marcava como uma estranha naquela região tão árida; além disso, vestia apenas uma camisola e vinha de mãos abanando.

O rapaz me levou ao líder do vilarejo, cuja choupana era apenas um pouco maior que as outras. O homem tinha um rosto duro, inclemente como as próprias montanhas, e percorreu meu corpo com os olhos.

— Onde está seu pai, moça? Seu esposo? — perguntou.

— Fui separada do meu marido durante um ataque à nossa caravana — menti. — Preciso voltar para minha família em Micenas. Em nome da xênia, peço sua ajuda...

O velho líder me interrompeu acenando com a mão.

— Ajuda é o que terá. Não somos ignorantes quanto às leis de Zeus.

Mas até uma senhora mais velha chegar para me acompanhar, os olhos dele não saíram de mim.

Uma banheira de latão cheia de água morna e um pedaço empelotado de sabão de soda foi tudo o que a mulher me ofereceu. Eu já tinha ouvido falar em pessoas que viviam daquela forma, mas nunca havia experimentado tal nível de pobreza. Aquilo não lembrava em nada os luxuosos banhos da casa da costa, mas teria de ser o suficiente. Eu não ficaria muito tempo ali.

A mulher era uma década e pouco mais velha que eu, robusta como uma mula, de pele branca como carne de peixe e expressão dura. Concluí que devia ser a esposa do líder.

A anfitriã se sentou diante da banheira quando entrei na água e comecei a me esfregar.

— Dizem — começou ela — que o marido é a pedra fundamental de um lar. A esposa o serve, mas há alegria nesse serviço quando ele é feito direito. Mesmo que o homem seja bruto com as mãos ou ríspido com a língua, boca fechada e olhos baixos são a melhor resposta. As coisas são assim. O casamento pode ser difícil, mas a vida é mais fácil quando estamos em duas pessoas. — Seu maxilar parecia contraído. — Você vai entender quando tiver filhos.

Uma pontada de pânico atravessou minha barriga, e encolhi os membros em um gesto de proteção. Não fazia nem quinze dias desde que Eros comentara sobre os dois corações batendo juntos, mas talvez a mulher fosse capaz de ler as mudanças súbitas em meu corpo que sinalizavam a gravidez, de ver a faísca em meu útero.

Ela me observava com atenção, e entendi enfim o que estava sugerindo.

— A senhora acha que fugi do meu esposo?

A mulher deu de ombros.

— Muitas garotas da sua idade têm dificuldade de se ajustar às demandas da vida de casada. Eu conheço os sinais. — A mulher ficou em silêncio por um instante, depois acrescentou: — A menos que seja uma escravizada ou concubina, mas duvido disso. Você fala como se estivesse acostumada a ser ouvida pelas pessoas. Talvez seja por isso que seu casamento não deu certo.

— A senhora não sabe nada sobre meu casamento — interrompi de supetão —, e seus conselhos não são bem-vindos.

Por um instante, não houve som algum no pequeno cômodo. Eu estava nua na banheira, e a esposa do líder pairava acima de mim. Me ocorreu que ela poderia muito bem enfiar minha cabeça na água e segurá-la ali até eu parar de me debater, e talvez essa fosse a coisa mais sensata a fazer. Ninguém se importaria em vingar a morte de uma mulher estranha que surgira do nada como um fantasma.

Encarei a senhora sem ceder. Ela desviou o olhar primeiro.

Depois saiu e voltou com roupas. Era um traje esgarçado e desfiado por milhares de lavagens, o tipo de túnica simples que tanto homens quanto mulheres usavam naquele lugar remoto, mas ao menos cabia em mim. Fui levada até uma mesa ocupada por três garotos bem jovens, quietos e bem-comportados, miniaturas do pai inexpressivo. O líder e sua esposa ignoraram um ao outro, e me ignoraram também. Refeições em família com meus pais eram sempre eventos alegres, cheios de conversa e risadas, mas aquilo parecia desanimado como um funeral. Pensei em Eros, e imaginei brevemente como teria sido criar nossos filhos na esplêndida casa da costa. O pensamento doeu como água salgada derramada em uma ferida aberta, e o rechacei.

Naquela noite, pela primeira vez desde que deixara a casa da costa, me deitei em um colchão — embora fosse encalombado e me desse coceira. Mesmo assim, não consegui dormir. A respiração pesada do resto da família, além dos roncos e flatulências, me manteve acordada. Se algum vulto escuro fosse até mim pé ante pé, eu só ouviria quando fosse tarde demais.

Enfim, caí no sono logo antes do alvorecer, sonhando inquietamente com uma cena na qual caminhava por um campo de relva alta pintalgado de flores selvagens, sem nunca chegar ao meu destino. Me sobressaltei logo ao alvorecer quando ouvi o cantar de um galo particularmente barulhento. Certa de que era Eros, me sentei alarmada, mas não passava de um frango qualquer.

* * *

Naquela manhã, o líder me recebeu sozinho à mesa do desjejum, com uma cumbuca cheia de mingau de aveia diante de si e outra esperando por mim do lado oposto da mesa. Não falou onde a esposa ou os filhos estavam, mas dois jovens aguardavam à porta — homens que haviam se tornado robustos e musculosos após anos arando a terra pedregosa.

— Demos-lhe roupas e acomodações melhores que as exigidas pela xênia — disse o líder, com o olhar fixo em meu colo. — É hora de discutirmos o pagamento.

Franzi a testa, e minhas mãos começaram a suar. A lei da xênia era clara ao dizer que a hospitalidade deveria ser oferecia sem necessidade de pagamento, mas eu já tinha me planejado para tal eventualidade.

— Vi marcas de garras no lombo das suas ovelhas quando passei pelos campos — falei. — O vilarejo está infestado de grifos, não está?

O maxilar do líder se tensionou.

— Sim. Faz um tempo que estamos lidando com essa praga desgraçada. — Ele pareceu confuso com a súbita mudança de assunto.

Assenti.

— Se me derem um arco e flechas, além de uma faca e sapatos resistentes, posso ajudar seu povo a se livrar desse problema. Seria um pagamento suficiente?

O líder do vilarejo me encarou. Acho que teria gargalhado se o choque não fosse tão grande.

— *Você* vai matar os grifos?

Retribuí o seu olhar, fria.

— Se eu falhar, o que terão perdido? Uma faca, algumas flechas, um par de sapatos. É um preço pequeno em troca de se livrarem de um incômodo como esse.

Aquilo o convenceu, e ele aceitou minha barganha.

Segui na direção das montanhas com uma leveza no coração que não sentia havia muito tempo. O peso da aljava e do arco era agradável, e meus membros vibravam de alegria. Com o calor do sol e o frescor das sombras da floresta, quase esqueci de tudo que tinha perdido.

Encontrei o ninho de grifos em uma protuberância nas rochas um pouco mais alta que a muralha de Tirinto, na lateral de um cânion estreito. Fui até lá discretamente, seguindo pela trilha de vegetação rasteira e seca que crescia na forma de moitas esparsas. Vi um dos grifos repousando no ninho, quebrando um osso com o bico afiado. De repente, ele ergueu a cabeça e deu um guinchado de cumprimento.

Uma sombra passou sobre o ninho. Outro grifo pousou pouco depois, trazendo um coelho morto entre as patas, e ambos começaram a se refestelar com a caça. O ser recém-chegado era maior, uma fêmea. Entendi que, provavelmente, estava diante de um casal. Mesmo a distância, podia ver a pelagem grisalha descendo pelas costas dela, e também notei que o macho se apoiava mais do lado esquerdo para compensar um antigo ferimento no direito. Não era de admirar que estivessem roubando cabras e ovelhas; presas mais desafiadoras, provavelmente, estavam além de seu alcance.

Um casal. A memória da expressão de dor de Eros quando a escuridão o sugou lampejou atrás de meus olhos, e engoli meu pesar. Precisava completar aquela tarefa. Não podia voltar de mãos abanando.

Depois que os grifos se acomodaram, comecei a agir. Em um único movimento fluido, pulei do meio da vegetação rasteira e puxei o arco. No segundo seguinte, o grifo macho guinchou. A flecha adentrou seu olho, que ele arranhava freneticamente com a pata. Sua parceira deu um grito de raiva e abriu as asas, quase bloqueando todo o sol. Decolou, tentando me atacar de cima.

Pulei para longe no último instante, girando para desferir um golpe com o arco, que era feito de teixo, velho e frágil, mas duro o bastante para desviar a fêmea de sua trajetória e jogá-la de cabeça na rocha. Os ossos dos grifos eram ocos como o das aves, e esses seres poderiam até ficar incapacitados depois de um golpe que apenas incomodaria um draco ou uma hidra. A fêmea morreu antes de cair no chão.

Um grito acima de mim atraiu a minha atenção. Era o macho, se levantando nas patas trêmulas. O sangue escorria por seu rosto e corpo, mas ele desceu cambaleante a escarpa rochosa. Me preparei; embora ainda tivesse algumas flechas na aljava, meu arco agora estava inutilizado. Puxei a faca da bainha — para meu choque, porém, o grifo me ignorou por completo e correu até o cadáver da parceira, cutucando-a com o bico e choramingando de forma deplorável. Não notou minha aproximação até eu estar perto o bastante para puxar sua cabeça para trás e lhe cortar a garganta.

Vi a vida se esvair de seus olhos e senti o corpo amolecendo em meus braços; no mesmo instante, fui tomada por uma onda de desprezo pelo que eu mesma havia feito. Vi a cor iridescente das penas da cabeça da parceira esparramadas na terra e quis chorar por ter destruído tamanha beleza. Me virei e vomitei.

Quando me recompus, as palavras de Medusa ecoaram em minha mente: *Não sei o que diferencia heróis de criadores de porcos. Ambos são carniceiros.*

Me perguntei o que exatamente fazia alguém ser um monstro.

Enterrei os grifos como um gesto derradeiro de respeito, uma honra dedicada a um inimigo nobre, cavando a terra com as mãos e usando uma pedra afiada como pá quando minhas unhas começaram a se quebrar. Peguei uma rêmige de cada animal, evidências inquestionáveis de minha vitória, antes de entregar seus corpos a terra. As penas eram imensas; com a ponta apoiada nos meus pés, ultrapassavam minha cabeça. Amarrei ambas à aljava e desci a montanha.

Esperava celebrações quando voltasse, mas me decepcionei profundamente. Em vez disso, o povo do vilarejo montanhês ficou me espiando com desconfiança de janelas e portas, fugindo conforme eu passava. Me temiam mais do que temiam os grifos. Os seres ao menos eram fáceis de compreender, parte da ordem natural da vida; já eu tinha outras particularidades, e aquilo me fazia muito mais aterrorizante a seus olhos.

Encontrei o líder do vilarejo esperando por mim à mesa bruta de madeira em sua casa, mas não vi rastros da esposa. Havia vários homens apinhados no cômodo, ao menos cinco ou seis.

Depositei as penas diante deles.

— Cumpri com minha palavra e matei os grifos que perturbavam seus rebanhos. Agradeço a hospitalidade, e devo partir em breve — falei.

A maioria das pessoas passa a vida sem sequer pegar uma pluma de grifo na mão, mas o líder não pareceu nem um pouco impressionado. Olhou para mim com os olhos neutros e gélidos como a superfície de um lago invernal.

— Você não trouxe o couro deles — falou. — Couro de grifo é valioso, e os animais eram nossa propriedade.

Senti a irritação despertar em meu peito.

— O senhor me pediu para matar os grifos, e foi o que fiz. Não mencionou nada sobre o couro.

O líder ergueu uma das longas rêmiges e inspecionou-a com um ar de desdém.

— Então você roubou o que era de nossa propriedade, mesmo tendo sido recebida como uma convidada de honra. E como saberemos se não arrancou estas penas de um cadáver? — acrescentou. — Ou convenceu alguém a matar as criaturas por você?

Aquilo me enfureceu. Já havia tolerado aquele homem por tempo demais.

— Como poderia ter convencido alguém a matar os grifos se ninguém aqui teria dado conta da tarefa?

Um silêncio gelado repleto de malícia se instalou entre os presentes. Os olhos de todos os homens no cômodo recaíram sobre mim. Enquanto eu falava com o líder, mais pessoas tinham entrado na casa. Quantos homens havia agora? Dez, doze? Eu estava em clara desvantagem numérica.

Obedecendo a um gesto do líder, os homens avançaram como um só. Eu sabia o que fariam comigo, e que fariam aquilo a sangue-frio. Eu era uma aberração na ordem do mundo, uma mulher que não sabia seu lugar, e precisava ser corrigida.

Uma risada preencheu o cômodo e ecoou do teto, paralisando os homens. Eles estavam esperando lágrimas, talvez gritos, mas não gargalhadas. Demorei um instante para perceber que estavam vindo da minha boca.

— Vocês não sabem quem sou — rosnei, mal reconhecendo minha própria voz. Não tive tempo de pegar uma arma, mas meu tom manteve os sujeitos imóveis como se presos em âmbar. — Vocês não sabem o *que* eu sou. Sou a neta de um herói e a filha de um rei. Sou esposa de um deus e carrego outro em meu ventre. Vim aqui para testar sua adesão à xênia, e vocês falharam. Todos falharam. E que o julgamento do Trovejante agora se abata sobre vocês.

O volume de minha voz foi aumentado conforme eu falava. Quando terminei, fazia estremecer as paredes. Tive a espirituosidade de me maravilhar comigo mesma. Onde aprendera a falar daquele jeito? Quando me tornara ousada o bastante para me portar como uma divindade?

Provavelmente ao longo das muitas noites que passei dormindo ao lado de uma, pensei, sarcástica. Eros teria se deleitado comigo.

Os homens me encaram como ovelhas, congelados pelo choque. Invoquei uma calma etérea e acrescentei:

— Nem se deem ao trabalho de tentar perturbar minha jornada.

Me virei e saí do salão. Não levava comida, embora agora estivesse com roupas novas e carregasse uma faca. Esperei levar uma flechada entre as omoplatas, mas isso não aconteceu. Mantive as costas eretas até desaparecer além das bordas da floresta.

Quando estava fora da vista do vilarejo, enfim parei. Meus passos foram ficando mais lentos; agachei na terra e apoiei os antebraços nos joelhos. Enfiando as unhas no couro cabeludo, soltei um arquejo entrecortado quando todo o medo que eu havia reprimido escapou de mim como um rio transbordando pelas margens na primavera.

23

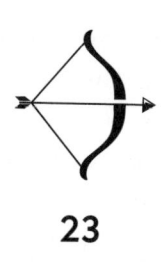

PSIQUÊ

Na manhã após minha fuga do vilarejo, acordei em um ninho que preparara para mim mesma no chão da floresta, nada além de alguns ramos arrancados de uma árvore baixa. O sol já havia nascido, e me espreguicei languidamente. Depois vi um pássaro empoleirado em um galho próximo. Banhado pela luz da manhã, parecia feito de ouro.

Por um instante, meu coração se alegrou. Meu esposo estava ali, havia me encontrado; o pesadelo de nossa separação tinha chegado ao fim...

Mas a ave voou para longe, flutuando entre as árvores, e me dei conta de que não era Eros, e sim um abelharuco qualquer.

A certeza disso arrancou o ar dos meus pulmões e trouxe de volta todo o pesar. Antes, minha dor era uma ânsia persistente, embaciada pela agonia da fome física que corroía minhas entranhas. Eu não me permitira viver o luto até aquele momento, tão focada que estava na simples sobrevivência. Ali, porém, minha perda estava exposta como uma ferida à manhã silenciosa.

Eu perdera para a escuridão meu companheiro, meu amante, o pai do meu filho, o deus que eu não sabia que era meu até que fosse tarde demais. Ou será que ele havia sido meu algum dia? Afrodite tinha dito que Eros jamais prestaria atenção em mim se não fosse a maldição. Eu não tinha dúvidas quanto aos meus atrativos — mas, no fim das contas, não passava de uma garota mortal. O que eu era para ele? Um cachimbo para o viciado em ópio, um lótus para o devorador de lótus? Ele me amara por quem eu era ou apenas pelo que eu lhe dava?

E será que *eu* o amava, apesar de todas as suas mentiras?

Quando eu era jovem, Atalanta havia me mostrado os rastros de um urso na floresta. Uma série de pegadas de patas dotadas de garras, maiores que minha mão, que levavam para dentro de uma moita. A criatura as deixara ali havia muito tempo, e apenas a partir de seus rastros seria possível defini-la. O amor era como aquilo, notável apenas em sua ausência.

Senti lágrimas ardendo nos olhos, e nem me preocupei em enxugá-las. A dor era tão intensa que minhas mãos correram sozinhas por meu corpo à procura de ferimentos — mas não havia machucado algum, é claro.

Lamentei a perda de Eros e os gatos e pavões mortos durante a destruição da casa da costa, vítimas inocentes de uma traição com a qual não tinham relação alguma. Me amaldiçoei por não tentar pegar uma das criaturas no colo, por não tentar levar comigo uma pequena parte daquela vida peculiar e bela.

Não havia razão para ainda querer Eros. Ele com certeza não me queria, a julgar pelas palavras de Afrodite — e o fato de que não tinha saído para me procurar depois da destruição da casa da costa parecia a prova disso. O mais sábio e prático que eu podia fazer era seguir em frente e esquecer meu esposo; não havia outra forma de garantir minha sobrevivência, assim como a do bebê que carregava no útero. Mas não conseguia me esquecer da voz de Eros em meu ouvido, ou de seu corpo se movendo contra o meu. Não podia deixar de lado a esperança de que ele estivesse procurando por mim.

Pensei na oferta de Afrodite: minha servidão em troca de um vislumbre de Eros. Meu estômago se revirou.

Não estava em condições de avançar, e então me deitei. A tintura de Circe me transformara certa vez em borboleta, mas agora eu parecia mais uma lagarta presa ao casulo, sepultada em uma morte em vida.

Quando acordei de novo, já era quase noite. O sol pairava perto do horizonte, e uma lua quase cheia flutuava no céu. Despertei e encontrei um riacho do qual bebi para matar a sede; depois topei com uma moita repleta de frutinhos do fim do verão. Comi alguns e me sentei nos calcanhares esperando a dor de estômago melhorar.

Ao meu redor, as criaturas da noite estavam acordando. Uma raposa perambulava pela vegetação rasteira; uma coruja voejava lá em cima; camundongos e ratazanas corriam pela relva. O vento noturno soprava por entre as árvores. Havia um mundo inteiro ao meu redor, um mundo que simplesmente não se importava com meu luto.

Olhei para a lua incipiente e pensei na deusa Ártemis. Atalanta fora juramentada a ela, a patronesse amada de Ifigênia. Além de ser deusa da natureza, diziam também que Ártemis protegia mulheres jovens e gestantes. Era uma caçadora sem igual, motivo pelo qual Atalanta a amava. Eu mesma já havia oferecido sacrifícios a Ártemis aqui e ali, mas a sensação era a de estar mandando presentes a uma parente distante que nunca ia me visitar. Ali, eu não tinha nada a ofertar além de meu coração e minha voz.

Eu não amava a deusa. Isso não era necessário. Para os deuses, amor e ódio são irrelevantes, contanto que os sacrifícios apropriados sejam feitos — ao menos era isso que haviam me ensinado.

Ainda assim, Prometeu não agira por amor ao dar o fogo de presente à humanidade?

Eros não havia me amado, mesmo tendo mentido?

De mãos abanando sob a lua, clamei incoerentemente por Ártemis. Não havia palavras no chamado, só o desespero de alguém precisando de ajuda. Nada se movia a não ser as folhas no vento da noite, mas me senti melhor depois de orar.

Se Ártemis me ouviu, não sei dizer. Mas, um dia depois, enquanto seguia por um matagal, ouvi passos humanos na vegetação rasteira. Fiquei alerta, me perguntando se os homens do vilarejo haviam me encontrado ou se um grupo de bandidos tinha seguido meu rastro. Não daria conta de lutar com eles em meu atual estado; estava desarmada, exceto pela faca e algumas flechas, sem contar a exaustão que me afligia os ossos e o fato de estar faminta.

Saquei a faca, pronta para resistir; no entanto, para meu deslumbre, quem surgiu do mato foi ninguém mais, ninguém menos que Atalanta.

24

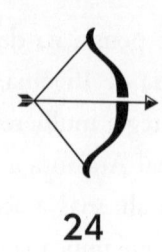

PSIQUÊ

Sentada diante da fogueira, olhando para minha professora, minha impressão era a de ter voltado no tempo.

Atalanta estava mais velha; fazia quase dois anos que eu a vira pela última vez. Havia mais fios brancos em seu cabelo grosso, e ela se movia com uma rigidez que denunciava sua idade. De toda maneira, a sensação de segurança que eu sentia em sua presença ainda era a mesma. Seu acampamento podia ser um arranjo periclitante, um pequeno puxadinho para protegê-la contra as intempéries, mas era *dela*. A égua baia de Atalanta, parecendo tão grisalha quanto sua cavaleira, cumprimentou-me com um relincho ao me ver.

— Por onde você andou? Ouvi dizer que desapareceu durante uma caçada — disse Atalanta, quebrando o silêncio.

Quando nos vimos pela última vez, ela me abraçou com uma alegria irrestrita, mas agora sua natureza rabugenta já se expressava de novo. Ela me fitava do outro lado da fogueira, com os olhos brilhando no rosto magro.

Pensei em como devia estar minha aparência. Usava roupas de segunda mão conseguidas em um vilarejo montanhês e dormia no chão havia dias. Meu cabelo virara um verdadeiro ninho de rato de tão embaraçado, então eu usei a faca para cortá-lo — minha cabeça agora parecia um campo na época da colheita, com áreas curtas e outras mais compridas.

— O que aconteceu? — continuou Atalanta. — Ensinei você a ser melhor que isso.

— Ensinou mesmo — respondi. Para ganhar um pouco de tempo, tomei um gole do rico ensopado de carne de veado saborizado com cenouras da montanha. — Mas uma coisa foi levando à outra, e antes que me desse conta já estava casada.

Atalanta me encarou.

— Casada? — repetiu, como uma juíza que tentava deter seu julgamento em um caso particularmente inequívoco. — Quem era ele? O casamento foi... consensual?

Contei a Atalanta o que havia contado a Ifigênia: que meu esposo era um homem abastado e misterioso que me tratava com a mais pura gentileza e que tinha sido separada dele por obra do acaso. Parte de mim queria falar tudo, expor minha história aos pés de Atalanta, mas o medo me detinha. Estava metida até o pescoço em assuntos divinos, e não podia correr o risco de prejudicar minha antiga tutora.

Minha explicação desajeitada não amenizou em nada suas suspeitas.

— Se ele é tão maravilhoso assim, por que você está aqui? — quis saber a velha heroína.

— Depois que nosso lar foi atacado por dórios, ele me disse para buscar abrigo em Micenas — menti. — Falou que se encontraria comigo lá quando estivesse tudo bem.

— Entendi — respondeu Atalanta. Semicerrando os olhos, indagou: — E ele é bom para você?

Lembrei-me do conselho que minha professora me dera muito tempo antes: *Escolha um homem como Meleagro.* Pensei em minhas conversas com Eros sob as estrelas, em nossas competições de arquearia. Pensei no espanto de sua voz depois de ter me visto lutar com bandidos.

— Sim — respondi apenas.

Atalanta assentiu. Ela sabia identificar a verdade quando a ouvia, e minha alegria era a única coisa que lhe interessava.

De repente, me senti exausta. Abrimos nossos sacos de dormir lado a lado sob a noite estrelada, e logo me deitei. Mas Atalanta se sentou de supetão, olhando para o fogo, encurvada sobre os joelhos ossudos. Parecia ancestral e selvagem.

— Já lhe contei sobre meu esposo? — perguntou ela, enfim.

Meu coração saltou dentro do peito. Da maneira que fez a pergunta, era possível notar o preâmbulo de uma de suas histórias heroicas.

— Não, só falou de Meleagro — respondi. Acomodei-me sob a manta e senti o familiar frio na barriga de felicidade.

— Ele se chamava Hipomene — começou Atalanta, e a mera menção ao nome lhe provocou um sorriso. — Mal podia ser considerado um príncipe, já que o pai dele era apenas o chefe de um pequeno vilarejo. Não era muito forte, mas era um homem inteligente e fazia qualquer um rir.

"Já lhe contei sobre a caçada ao javali calidônio, mas não falei nada sobre o que aconteceu antes ou depois. Quando nasci, meus pais não queriam uma filha e me largaram em uma colina erma, o que não é incomum. Mas eu não morri. Em vez disso, fui criada por um casal de caçadores que vivia na floresta. Conforme contam, eles me encontraram em uma cova de urso com gotas de leite em meus lábios. O urso é um animal sagrado para Ártemis, então sempre honrei a deusa por seus dons. Honrei o urso também, e acho que ela gostou disso."

Estremeci quando pensei em meu apelo a Ártemis na mata escura e na aparição de Atalanta pouco depois. Ao que parecia, as divindades — uma delas, ao menos — ainda ouviam minhas preces.

O fogo crepitava, e faíscas alçavam voo para se juntar às estrelas.

— Depois que conquistei fama como heroína, meu pai reconheceu meu valor e me chamou para que voltasse ao lar — continuou Atalanta. — Ele me reivindicou como filha, uma honra que não me valia de nada, e declarou que eu me casaria com um príncipe. Se na época eu tivesse uma gota de bom senso, teria corrido de volta para minhas florestas. Mas eu era jovem e tola, e queria um pai que me amasse. Então concordei, e a condição que impus foi a de apenas me juntar em matrimônio ao homem que me vencesse em uma corrida. — Me fitando, Atalanta acrescentou: — Não lhe contei isso quando você era mais nova porque não queria lhe dar ideias idiotas.

Assenti. Foi sábio da parte dela.

Seus olhos voltaram a encarar o fogo, cujas chamas formavam luas gêmeas no reflexo de seus olhos. Ela prosseguiu:

— Ora, eu perseguia cervos desde que tinha aprendido a andar. Ninguém conseguia correr mais rápido que eu, mas homens vieram de toda a Grécia para tentar. Muitos me viam como uma bizarrice ou um prêmio a ser conquistado, ou ainda como um adendo desagradável ao dote generoso que meu pai oferecia. Mas ninguém conseguiu me vencer.

— Até Hipomene chegar — sugeri.

— Sim — Atalanta assentiu —, até chegar Hipomene. Ele era diferente. Brincalhão em vez de mal-humorado ou bruto. Dançava com leveza pela terra, e soube de imediato que ele jamais alegaria posse sobre outro ser humano. Ele me procurou nos salões de meu pai, e todos os outros homens olharam para ele. "Mal vejo a hora de caçar com você", falou. "Eu corro bem, mas sou terrível no arco e flecha." Fui pega de surpresa e ri com o gracejo.

"Hipomene me deu um presente antes da corrida, uma única maçã madura, dourada como a joia de uma rainha. Não era época de maçã, e na ocasião eu não tinha ideia de onde ele conseguira aquilo. Hipomene me disse que ouvira dizer que era minha fruta favorita.

"Fiquei um tanto encantada, mas mantive a promessa. Encarei Hipomene na pista no dia seguinte, e logo saí na frente; no entanto, algo cintilou em meu caminho, e minha concentração vacilou. Diminuí o passo, me apressando para ver o que era. Diante de mim, na pista, havia mais maçãs douradas e maduras. Enquanto eu estava distraída com elas, Hipomene, aquele boboca, cruzou a linha de chegada."

Atalanta riu, e eu também. Até onde eu sabia, aquela tinha sido a primeira vez que minha professora perdera algo.

— Ele era sempre cheio de brincadeirinhas, mas fui feliz. Nós fomos felizes e nos casamos. Mais tarde, tive um filho — completou Atalanta, meio de qualquer jeito.

Esperei que continuasse, mas em vez disso ela encarou as chamas com a expressão cheia de saudade.

Imaginei minha tutora como uma jovem moça, admirando o esposo com afeto e deleite. Era difícil enxergar a cena, mas não significava que não havia sido assim. Eu sabia como era ter sido surpreendida pelo amor.

— O que aconteceu com Hipomene? — perguntei, depois de um tempo.

Era como se Atalanta estivesse com medo daquela pergunta. Afundou para dentro de si mesma, e seus ombros subiram até quase as orelhas. Pela primeira vez em todos os anos em que a conhecera, pareceu a mulher idosa que era.

— Ele morreu alguns anos depois do nosso casamento. Meu filho ainda era um bebê e estava sob a guarda da minha mãe na distante Arcádia. Hipomene e eu estávamos caçando uma hidra que fora avistada perto de Tebas. Ele e eu... ofendemos a deusa Afrodite, e ela o matou.

Afrodite. A mesma deusa que me procurara oferecendo um vislumbre de meu esposo se eu me tornasse sua serva. Naquele momento, descobria que ela fora outrora inimiga da minha professora.

— O que vocês fizeram para ofender Afrodite? — indaguei a mesma pergunta que já fizera a mim mesma inúmeras vezes.

A velha heroína olhou para a fogueira de olhos semicerrados, evitando a todo custo me encarar.

— Hipomene e eu... estávamos em uma jornada. Procuramos abrigo no templo de Afrodite, como viajantes costumam fazer. A noite chegou, e... fizemos amor, e...

A floresta balançou e rodopiou ao meu redor. Não conseguia acreditar no que estava ouvindo.

— *Você e Hipomene fizeram sexo em um templo?!* — exclamei. Como ela pôde ser tão tola?!

Para meu choque, as orelhas de Atalanta ficaram vermelhas, e ela cobriu o rosto com as mãos. Ao que parecia, não havia limites para o quanto eu ainda poderia me chocar. Minha incredulidade abismada passou, e me peguei caindo na gargalhada.

— Seria de imaginar que Afrodite encararia algo assim como uma oferenda bem-intencionada — comentei.

O rosto enrugado de Atalanta ainda estava corado.

— Talvez. Mas, em vez disso, ela matou Hipomene. Contudo, por motivos que não compreendo, me permitiu viver. Depois que meu filho alcançou certa idade, decidi que já bastava de amor na minha vida e voltei para as florestas.

Pensei no bebê que flutuava em meu ventre, que no momento era nada além de um desagradável enjoo matinal e um aumento considerável de apetite. Algum dia ele seria uma pessoa diante de mim. O pensamento me preencheu de um misto de admiração e medo. Esperava não matar nós dois antes disso.

— E onde está seu filho agora? — perguntei a Atalanta.

— É o chefe da guarda de Arcádia. Seu cargo é bom e o mantém longe de confusão. Se ele tentasse se juntar ao exército que seu tio está reunindo em Áulide, eu teria de ir até lá fazê-lo aos tapas recobrar o bom senso.

— Então você ficou sabendo da expedição para Troia? — perguntei, puxando um fiapo solto da manta. — Agamenon, ao que parece, não será dissuadido. Queria saber o que meu pai acha disso.

Atalanta deu uma risada sarcástica.

— Seu pai devia ser inteligente e colocar um fim nessa história, mas às vezes homens são iludidos pelo ouro. Guerras não passam de perda de tempo. Eu iria até Tirinto em pessoa para falar com Alceu se tivesse forças.

Um pensamento me ocorreu. Por que Atalanta não estava em Arcádia com o filho e sim ali, na mata? Ela amava suas florestas, mas estava ficando mais velha; o pragmatismo pediria uma vida mais confortável na civilização, e minha tutora era a mais pragmática das pessoas.

Hesitante, perguntei. Atalanta não respondeu de imediato. Em vez disso, se levantou do saco de dormir com um grunhido e remexeu um fardo de suprimentos escondido no puxadinho. Pegou um cachimbo de argila e uma bolsinha de ervas de cheiro amargo. Voltou a se acomodar, depositou um punhado da erva no cachimbo e o acendeu com a ajuda de um graveto da fogueira. Depois de alguns segundos, baforou uma fumaça tão forte que fez meus olhos marejarem.

Por um instante, achei que ela não havia me ouvido, e estava prestes a repetir a questão. Mas ela enfim me dirigiu um olhar vagaroso.

— Por que acha que estou aqui, sua tolinha?

Minha mente rodopiou. Por que Atalanta iria até aquele buraco no meio da natureza selvagem, como um animal silvestre que se desloca a um local silencioso para passar o fim da vida?

— Você está morrendo — falei.

A ideia era insondável, inconcebível, mas Atalanta confirmou minhas suspeitas com um aceno de cabeça.

— Tem um caroço aqui. — Ela apontou para o seio esquerdo. — Está crescendo, levando embora minha força. É uma queixa comum, mas quando a doença está avançada demais o único resultado é a morte. E me nego a morrer como um cão na imundície das ruas de uma cidade — acrescentou ela, feroz.

— Atalanta... — comecei, mas o nó em minha garganta não permitiu que eu prosseguisse.

Não queria começar a chorar. Se começasse, talvez nunca mais parasse.

— Ah, poupe suas lágrimas. Tive uma vida maravilhosa. — Ela cutucou a fogueira com um graveto, fazendo jorrar faíscas.

— Me deixe encontrar um curandeiro para você, alguém que saiba como tratar sua enfermidade — implorei.

Atalanta bufou.

— Não vou permitir que esses carniceiros coloquem as mãos em mim. Juro por Ártemis, a de Mira Aguçada, que as coisas acabariam mal para eles se tentassem tocar em mim. Me deixe viver meus últimos dias sob o firmamento, entre as estrelas. "Não diga que uma pessoa é feliz até que ela morra", diz o provérbio. Bom, a morte vem para todos, e não tenho medo dela.

— Me deixe ficar aqui — supliquei. —Vou cuidar de você em seus últimos dias.

— Não! — exclamou Atalanta. — Seu lugar é com sua família. Deixe esta velha em paz. Além disso, já passa da hora de ser devolvida a seus pais em Micenas. E, a menos que eu tenha perdido o jeito, você está grávida. — Os olhos dela recaíram sobre minha barriga.

— Como sabe?

Atalanta olhou para as chamas, com um sorriso satisfeito se espalhando pelo rosto.

— Eu não tinha certeza até essa confirmação, mas você se levantou meia dúzia de vezes para mijar ao longo da tarde, e comeu o próprio peso corporal em ensopado de veado. Acrescente a isso o fato de que se casou há pouco tempo e a conclusão é óbvia.

— Não vou deixar você sozinha — afirmei.

A expressão de Atalanta se suavizou.

— Vá para casa, minha querida — disse, em um tom gentil que eu jamais ouvira vindo dela. Devia ser a voz com a qual se dirigia a seu filhinho quando ele era apenas um garotinho e sofria com joelhos ralados ou coração partido. — Independentemente do paradeiro de seu marido, seus pais vão receber bem essa criança. Se for um menino, ele será o novo príncipe herdeiro de Micenas — continuou ela. — Você está cheia de vida, e precisa se cercar de vida. Este é um lugar de morte. Logo vai precisar de mais ajuda do que serei capaz de lhe oferecer.

— Estou com medo — admiti, com a voz trêmula. — Estou morrendo de medo. E se tudo der errado? — *E se o bebê morrer no parto? E se eu morrer e o bebê ficar sozinho no mundo?*

Atalanta assentiu, sábia.

— Esse é sempre um risco — afirmou. — Caçar monstros não é nem de perto tão aterrorizante quanto se tornar mãe, mas vou encher sua cabeça de lugares-comuns inúteis.

Ela pegou de novo o cachimbo e baforou a fumaça fedorenta; explicou que aquela erva, uma planta da Cítia, aliviava a dor causada pela doença que carcomia seus ossos.

— O que posso fazer quanto a isso? — perguntei.

— Nada. — Atalanta jogou as cinzas do cachimbo no chão, dando-lhe batidinhas para limpar o fornilho por completo. — O medo nunca vai embora. Mas, com o tempo, o amor o torna suportável.

Insisti em ficar com Atalanta por três dias. Fiz estoques de comida e lenha para ela, armei várias armadilhas para presas pequenas, com o intuito de contribuir com o suprimento de carne-seca, e empilhei madeira do lado de fora do puxadinho. Um ou dois cervos abatidos teriam caído bem, mas não tive tempo de empreender uma caçada mais longa. Atalanta passou o tempo todo estalando a língua, em um gesto de reprovação, mas acho que ficou secretamente grata por minha companhia.

Antes que eu fosse embora, Atalanta insistiu em me dar uma manta extra, uma faca e um pacote de carne-seca.

— Tirinto não está longe, mas não vou permitir que você passe fome ou frio na jornada.

— Você está morrendo! — disparei. — Não vou aceitar seus suprimentos.

— É exatamente por isso que você deve ficar com eles! — respondeu minha professora. — Vai precisar dessas coisas por mais tempo do que eu.

No fim, aceitei seu julgamento.

Na manhã em que parti em direção a Tirinto, Atalanta segurou meus ombros e me encarou por um longo tempo, memorizando cada detalhe de meu rosto. Enfim, a heroína anciã disse:

— Você não é como uma filha para mim. Nunca ficaria tranquila se tivesse uma filha; o mundo é cruel demais para isso. Mas você foi como uma irmãzinha caçula. Vi você crescer até atingir o ápice da sua força, e essa foi uma das grandes alegrias de minha vida. Fico grata por ter tido a oportunidade vê-la ver uma última vez antes de morrer.

Fui embora antes que Atalanta notasse as lágrimas em minhas bochechas, e não olhei para trás.

25

EROS

Afrodite não estava sendo leviana ao proferir a ameaça de que me aprisionaria naquele lugar sem luz. No início, disse a mim mesmo que não era um problema. Eu já havia escolhido a solidão antes, quando construíra minha casa no isolado penhasco acima do mar, e aquilo não seria diferente.

Mas eu estava errado. Os dias passavam, uma sequência de manhãs e noites, e ninguém vinha soltar minhas correntes. Eu não conseguia esticar por completo as pernas ou os braços, o que fazia minhas juntas travarem e espasmarem. Um mortal teria ficado aleijado; minha natureza divina me sustentava, mas não servia de nada contra a dor.

Eu não podia morrer, mas podia viver em privação eterna. Minha língua havia se ressecado até parecer um pedaço de couro, e depois de um tempo minhas lágrimas secaram também. A fome me corroía por dentro. Tentei puxar as correntes com toda a minha força divina, mas elas nem se mexiam. Tentei raspar o metal contra a pedra, mas os elos tinham sido forjados por um deus, e eu demoraria séculos para provocar o mais irrisório dos desgastes.

Pior que isso era pensar em Psiquê. Eu a imaginava vagando sozinha pelo mundo, com a pele ferida por galhos e espinheiros, certa de que eu a havia descartado. Mesmo que conseguisse escapar daquele lugar, eu nunca seria capaz de encontrar minha amada; se olhássemos um no rosto do outro, a maldição só nos separaria mais uma vez.

Eu dormia tanto quanto podia, tentando encontrar um momento de paz no esquecimento, mas logo Afrodite achou uma forma de me privar disso também.

Mais de uma vez, fui acordado de repente pelo rosnar da voz de Afrodite em meu ouvido. Eu não tinha ideia de como ela conseguia ir e vir tão facilmente daquele cômodo sem janelas, mas foi o que ela fez várias vezes ao longo dos dias, me despertando de um sono pacífico para a verdade fria de minhas circunstâncias.

Em uma ocasião específica, escolheu me repreender por conta do incidente com Tifão, um terrível monstro que eu amaldiçoara para que a amasse.

— Ele me perseguiu por um mês — sibilou a deusa do amor, cuja voz aguda era marcada pela fúria. — A criatura mais feia que já vi, alto como uma montanha e escamado como um peixe-folha. Estava sempre me cercando. Certo dia me encurralou em uma caverna em meio às colinas; seus passos faziam a terra tremer. "Afrodite, cadê você, minha amada?" Não sei o que eu teria feito se ele tivesse me agarrado com aquelas garras imundas. Precisei me transformar em um peixe para escapar. Toda essa humilhação por conta de seu gracejo idiota.

Quando Afrodite não estava presente, meus nervos à flor da pele aguardavam em agonia por seu retorno. Eu não conseguia relaxar e dormir sabendo que poderia ser acordado de forma tão grosseira a qualquer instante. Pior: comecei a ansiar desesperadamente por outras vozes. Até a presença de Afrodite era melhor do que o grande nada de estar sozinho. Até o gotejar constante de seu ódio era melhor do que o silêncio.

Isso era o que eu pensava, até o dia em que ela me contou sobre Psiquê.

Talvez fosse manhã, talvez fosse tarde da noite. O tempo não existia naquela pequena sala iluminada apenas pelo brilhante retângulo do contorno da porta. Minha cabeça quase tombava de sono no peito quando uma voz aguda como uma lança embebida em veneno me acordou com um sobressalto.

— Você sente saudades da sua esposa humana? — perguntou Afrodite. — A pequena Psiquê? Fui atrás dela depois que a maldição os separou. Achei que poderia fazer uma oferta a ela, acolher a jovem como minha criada até ela dar à luz meu neto ou neta.

— Não — foi tudo que consegui soltar, quase em um coaxar de sapo.

Quis cuspir no rosto de Afrodite, mas minha língua era uma folha seca dentro da boca. Ela sabia como apunhalar alguém e depois torcer a lâmina, me torturando com fatos que eu não poderia mudar.

— No início, tudo o que vi foi devastação — continuou Afrodite, cuja voz ecoava no côncavo da minha orelha. — Aquela sua casa nas rochas foi destruída quando a maldição o levou; não restou pedra sobre pedra. Vi sua pobre esposa chorando, depois acabando com o próprio tormento. — A voz de Afrodite emanava satisfação, e soube que a deusa do amor estava sorrindo. — Ela se enforcou no penhasco, com um lençol atado ao pescoço. Creio que sua própria traição foi demais para que ela suportasse, pobre garota. Psiquê está morta.

Na época, eu achava que sabia o que era dor. A pontada intensa do óleo quente, a agonia de uma articulação fora do lugar, o uivo da maldição. Mas ouvir aquilo provocou em mim uma supernova de desespero que eclipsou tudo o que eu sentira antes.

— É mentira! — Me debati contra as correntes, e um rugido escapou de minha garganta ressecada. Podia não ser capaz de quebrar o metal forjado das correntes, mas talvez em minha raiva conseguisse fragmentar a rocha à qual elas estavam presas. Ouvi o farfalhar dos pés de Afrodite quando ela se afastou às pressas de mim, pega de surpresa por minha reação.

— Não importa se é mentira ou verdade — respondeu Afrodite, mantendo a compostura. — Você nunca mais verá Psiquê.

Tudo ao meu redor era escuridão. Em meu delírio, abracei-a.

Não sei se estava de pé, nadando ou flutuando, ou em que direção ficavam o teto e o chão. Me sentia à deriva no mais puro breu, que parecia aveludado como uma manta. Detalhes escapavam de minha mente atrofiada como areia de uma ampulheta. Mergulhei nas profundezas de meu anseio como um desafortunado trabalhador em uma mina de sal. Minha mente sempre fora boa em se adaptar rápido às mudanças do mundo; sem Psiquê, porém, não havia nada.

Me lembrei da loucura de Gaia: olhos baços, olhar perdido, ausência de pensamentos ou sentimentos. Como eu teria certeza de que estava louco se não havia ninguém por perto para me alertar?

Talvez a loucura fosse preferível a um mundo em que Psiquê estivesse morta e onde nosso filho partisse antes mesmo de respirar pela primeira vez.

Tudo o que havia era o nada, o nada infinito em meio ao qual eu rodopiava. Fui carcomido pela dor e pela fome como uma carcaça sob o sol do deserto.

Quando cheguei ao meu limite, fechei os olhos para que a ausência de estímulos fosse completa. Naquela escuridão, havia sonhos e memórias, lampejos de imagens que surgiam e desapareciam como relâmpagos no ventre das nuvens. Um borrão de luz e cor antes do esquecimento reinar mais uma vez.

Vi uma casa esculpida no penhasco, aglutinada à montanha e com as janelas abertas para o céu. Conseguia sentir o cheiro de rosas e de maresia. Vi uma águia, desenhada contra o disco brilhante do sol, juntando as asas rente ao corpo antes de mergulhar como uma lança.

Vi o rosto de uma garota, aureolada por cachos escuros, me encarando em choque à luz de uma lamparina.

Meu coração quebrou sobre si mesmo como uma onda, fazendo jorrar uma miríade de afiados diamantes cintilantes que se fincaram em meu peito como ponteiras de flechas. A visão da jovem repuxou minha alma, e afundei ainda mais no reino dos sonhos, procurando mais uma vez por ela.

Passei por jardins e castelos e pelas ruínas de cidades incendiadas, sonhos de milhares de deuses e mortais. Enfim encontrei Psiquê caminhando em uma campina repleta de flores selvagens azuis e douradas, cortante como uma foice abrindo caminho na relva. O vento fazia voejar as vestes largas que usava e soprava os cachos ao redor de seu rosto. Ela parou para enxugar as pérolas de suor da testa; seu maxilar delicado estava tensionado.

Não era a Psiquê de minhas lembranças tingidas de rosa, imagens perfeitas demais para serem reais. Não, aquela era uma mulher viva, e eu estava dentro de seus sonhos. Às vezes, mentes em harmonia podiam se tocar durante o sono. O desejo, afinal, sempre encontra seu alvo. Uma mortal pode caminhar pelos sonhos de um deus e vice-versa. Soube de imediato que era um daqueles sonhos raros, um presente dos Oniros que me mostrava os bastidores de outra mente adormecida. Aquela era a mente de Psiquê.

Quase ri de deleite. Psiquê estava viva! Viva e passando as noites a sonhar com seus objetivos. Vi como a mentira de Afrodite era disparatada. É claro que Psiquê jamais tiraria a própria vida — ela não admitiria a derrota tão facilmente.

Tentei chamar a jovem, mas o sonho oscilou ao meu redor, se estilhaçando como um espelho quebrado. Me vi de volta a meu corpo, preso nas profundezas do Olimpo.

Uma gargalhada nasceu em meu ventre e ecoou nas paredes. Eu tinha encontrado uma forma, por mais limitada e imperfeita que fosse, de escapar das garras de Afrodite e ver além de suas mentiras. Psiquê estava viva, e me ative à memória de seu rosto brilhando como uma estrela. Eu acharia uma forma de encontrá-la de novo, nem que fosse apenas no mundo dos sonhos.

Tive o riso interrompido quando compreendi a dimensão da tarefa diante de mim. Até sonhar exigia forças que eu já não tinha. Me perguntei quanto tempo demoraria até meus poderes divinos adormecerem, quanto tempo até eu entrar na eternidade de um sono sem sonhos na qual encararia a escuridão sem nada enxergar.

26

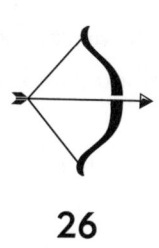

PSIQUÊ

Vários dias depois, vi a cidade de Tirinto a distância e arquejei de alívio. A paisagem familiar acalentou meu coração. De minha posição elevada nas montanhas, a cidade parecia um afresco em miniatura. Reconheci as muralhas orgulhosas e o telhado abaulado do palácio real. Todas as outras coisas em minha vida haviam mudado, mas a cidade de Tirinto continuava a mesma. Com o coração retumbando, disparei em uma corrida.

Depois de um tempo, enfim me vi entre florestas e campos familiares. Ali estava a clareira onde me sentara com Atalanta em meu primeiro dia de treinamento. A rocha alta de onde Zéfiro me arrebatara para minha nova vida com Eros. Eu finalmente estava em casa, e logo me vi descendo velozmente as colinas que seguiam até a planície.

O guarda ao portão não me reconheceu a princípio e, na verdade, riu quando falei que era a princesa Psiquê. Foi só quando um rosto mais familiar espiou por cima da muralha que ele foi informado de seu equívoco.

— Décio! — gritei para o recém-chegado.

Em um piscar de olhos, meu amigo de infância chegou à base da escadaria, me encarando admirado. Ele teria me abraçado, mas não seria um gesto adequado considerando nossa diferença de status. Em vez disso, fez uma mesura desajeitada.

— Bem-vinda de volta, Psiquê — disse. — Vou acompanhá-la até o palácio. — Ele não perguntou o que acontecera ou por onde eu andara, e fiquei aliviada demais com o fato para achar estranho.

— Primeiro, me conte o que é isso que está vestindo — falei ao ver a armadura do rapaz: não couro fervido, mas metal de verdade.

Desde quando aquele era o traje de cavalariços?

— Gostou? — Ele sorriu e olhou para baixo. — Ganhei quando me juntei aos Mirmidões.

Passamos sob o olhar atento dos felinos de pedra que adornavam o Portal do Leão; pareciam muito menores do que eu me lembrava.

— Os Mirmidões? — perguntei, seguindo Décio cidade adentro.

Mirmidão significa *homem-formiga*, e isso despertou muitas questões dentro de mim.

— É a força de combate pessoal do príncipe Aquiles — respondeu Décio. — Somos chamados de Mirmidões porque nos movemos com a coordenação de uma colônia de formigas. Aquiles aceita qualquer um que tenha talento, não apenas homens nascidos em famílias de guerreiros. Logo vamos zarpar para Troia. Chega de limpar esterco de cavalo!

O triunfo em sua voz me fez sorrir, mas logo fui distraída pela vista e pelos sons da cidade. Tirinto estava se preparando para a guerra: fogos de várias forjas faziam uma fumaceira escura cobrir as ruas e casas, e o retinir dos martelos dos ferreiros ecoava nas paredes. Preparações das tropas de Agamenon, supus. Uma quantidade considerável de soldados, vestidos com armaduras como a de Décio, perambulava pelas ruas. Os poucos cidadãos civis pelos quais passamos pareciam tensos e cabisbaixos. Ninguém me reconheceu, e me perguntei o motivo. Será que estavam apenas focados em seus próprios problemas ou eu havia mudado tanto que meu próprio povo não sabia mais quem eu era?

— Vamos partir em uma semana para nos juntar à frota em Áulide — informou Décio.

Ele me acompanhou por becos sinuosos até chegarmos a uma porta menor do palácio, uma entrada de funcionários. Dali, me vi em um pequeno pátio ajardinado. Era o lugar favorito de minha mãe, sombreado e repleto de flores. Astidâmia cuidava daquele lugar com as próprias mãos quando estava bem, cantando baixinho enquanto podava folhas amarronzadas das plantas. Mas vi que, naquele dia, havia várias folhas mortas; talvez a preparação para a guerra estivesse mantendo-a ocupada.

Atrás de mim, ouvi Décio dizer:

— Vou pedir para que chamem a senhora da casa.

Me virei para perguntar por que ele praticamente me fizera entrar às escondidas pela porta dos funcionários como uma mercadoria contrabandeada em vez de me levar ao portão principal, onde eu seria recebida de forma apropriada, mas o rapaz já havia sumido.

Me sentei em um familiar banco de pedra e olhei para o mosaico que adornava o perímetro do jardim. Exibia dríades que corriam por entre árvores e flores, perseguindo uma à outra de forma brincalhona. O mural ainda tinha o mesmo defeito do qual me lembrava: uma pastilha caída da têmpora de uma das ninfas, o que a deixava meio sem cabeça. Aquele pequeno detalhe me convenceu de que eu estava mesmo em casa e de que aquilo não se tratava de um sonho etéreo, e o alívio fez meus membros se soltarem como vinho suave.

Enfim estava em casa e poderia deixar de lado os medos e as incertezas que vinha carregando havia tanto tempo. Dentro das paredes do palácio, meus problemas todos se reduziram a migalhas, e a dor do luto retrocedeu como a baixa da maré. Logo meus pais me envolveriam em seus braços protetores, e me perguntei como poderia descrever tudo que se sucedera. Será que devia contar a eles sobre minha gravidez bem ali ou esperar até ter explicado o resto?

— *Psiquê?* — A voz era de Ifigênia, e dei meia-volta para vê-la parada à porta, usando um vestido de tecido impressionantemente garboso.

Ela levou as mãos à boca, mas não correu para me abraçar.

— O que está fazendo aqui? — indaguei. Teria ficado menos surpresa se Medusa houvesse surgido ali sem aviso. — Onde estão meus pais?

A boca de Ifigênia se abriu, depois se fechou.

— Ninguém contou a você? — ela enfim conseguiu dizer. — Tentamos avisar, mas o falcão mensageiro retornou com a carta fechada.

Olhei ao redor procurando por Décio, mas ele não estava em lugar algum.

A senhora da casa, pensei, perdida. *Décio disse que chamaria a senhora da casa. Não falou que traria minha mãe.*

— Psiquê — começou Ifigênia, escolhendo as palavras com o cuidado de uma criança que salta de uma pedra escorregadia para atravessar um rio —, na ausência de um herdeiro homem direto, o trono vai para o esposo da princesa, ou para seu filho, se houver um. Se tal homem não puder ser encontrado, quem assume é o parente homem vivo mais próximo do rei... — Ela se deteve de novo, me encarando com uma expressão terrível de pena.

— O que está querendo dizer? — exigi saber.

Clitemnestra surgiu como uma sombra atrás da filha. Ao contrário de minha gentil prima, não tentou amenizar o golpe.

— Seus pais estão mortos, Psiquê.

27

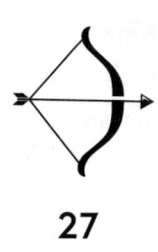

PSIQUÊ

Encarei o mausoléu dos meus pais, sentindo o luto apertar meu coração como uma serpente.

O túmulo era uma estrutura bonita com colunas altas e mármore branco, mas eram nítidas as marcas da construção apressada. Em geral, os governantes — isso quando tinham alguma autoridade — começavam a trabalhar em seus túmulos quando ainda eram relativamente jovens. Meus pais não foram exceção. Os construtores provavelmente achavam que ainda tinham muitos anos para completar a obra, mas o mausoléu precisou cumprir seu propósito muito antes do esperado.

Alceu e Astidâmia tinham sido levados pela doença — foi o que Ifigênia me contou no dia anterior, enquanto eu chorava deitada nos ladrilhos do jardim de minha mãe. Ela partira antes, acometida por uma febre, o que não foi uma surpresa dada sua fragilidade. A derrocada de meu pai foi mais inesperada, mas ao saber do falecimento da esposa parecia ter desistido da própria vida.

Qualquer um que realmente os conhecia não ficaria surpreso com isso, pensei, engolindo o pesar. *Ele não iria querer viver sem ela, é isso.*

Eu devia ter estado ali, mesmo que tudo que pudesse fazer fosse limpar o suor febril das testas de meus pais. Se eu tivesse partido da casa da costa mais cedo... Se não tivesse perseguido o monstro naquele dia fatídico, última vez que vi minha mãe e meu pai vivos...

Cogitei por um instante a possibilidade de aquilo ter sido coisa de Afrodite, mas logo dispensei a ideia. A deusa do amor não teria escolhido uma morte tão limpa como uma febre.

Segundo as tradições, o mausoléu era como um altar para os governantes falecidos. Vi evidências de oferendas — meio incenso, algumas moedas de cobre. Às vezes, túmulos de monarcas viravam local permanente de adoração, mas eu sabia que aquele não seria o caso dos meus pais. Tinham servido fielmente a seu povo por muitos anos, mas não passariam de notas de rodapé, quando muito, nos tomos empoeirados dos cronistas. A guerra iminente com Troia sobrepujava tudo.

Uma mão gentil pousou em meu ombro.

— Psiquê — disse Ifigênia —, é hora de ir. Odi quer ver você.

Enxuguei as lágrimas. Uma coisa eu sabia com certeza: meus pais jamais iriam querer que as primícias de Micenas fossem sacrificadas por uma guerra estúpida.

Odi, descobri depois, era o apelido de Odisseu, rei de Ítaca e conselheiro mais confiável de Agamenon. Não sabia como Ifigênia inventara de o chamar daquela maneira, mas ela sempre dava um jeitinho de se aproximar dos generais de seu pai.

Avancei pelo palácio sem prestar atenção em nada. Depois da morte de meus pais, aquele não era mais um lar, e sim apenas um telhado pousado sobre paredes de pedra, por entre as quais eu me movia como um fantasma.

Odi estava instalado em seu gabinete particular, montado em um pequeno cômodo da ala administrativa do palácio. Levantou-se quando abri a porta. Não era um homem grande; na verdade, era alguns dedos mais baixo que eu. Andava com certa rigidez, relíquia de um antigo ferimento de caçada, e foi como eu soube que ele era realmente perigoso. Agamenon jamais manteria consigo um manco se ele não fosse um matador.

O homem me cumprimentou como se fôssemos velhos conhecidos, pedindo-me para me sentar e me acomodar. Será que eu gostaria de uma taça de vinho com água? Soube de cara que aquela educação toda era oca como um tronco podre, mas aceitei a taça sem resistir. Ao longo das horas seguintes, Odi me cobriu de perguntas aparentemente infinitas, todas variações sutilmente diferentes de "Quem é seu esposo?" e "Onde ele está agora?".

Quando entendi o que ele estava fazendo, ri.

— Você está tentando descobrir quais são as chances de meu marido marchar portões adentro e reivindicar a cidade para si.

Odi era um interrogador muito experiente para responder de forma direta, mas a tensão em seu maxilar me mostrou que eu estava certa.

— Agamenon está prestes a travar uma guerra — disse ele. — Não precisa se preocupar com questões de sucessão em seu reino. Seu esposo...

— É um sujeito muito discreto. Não tem interesse algum em governar — rebati. Meu coração retumbava no peito; era a hora de dar minha investida. Pousei as mãos na mesa, espalmando os dedos para me ancorar. — Dê a coroa para mim e vou governar em nome dele. Sou da linhagem real e fui criada aqui. Conheço bem esta terra.

As sobrancelhas de Odi se arquearam até quase tocarem a linha dos cabelos, mas apenas aprumei os ombros. Era meu direito. Eu era filha única do antigo rei de Micenas e havia crescido naquele palácio. Manteria o trono até meu filho ter idade para governar e, assim, reencontraria meu lugar no mundo mortal.

Uma gargalhada incrédula escapou da boca barbada de Odi.

— Você? Impossível — zombou. — As regras são claríssimas. Talvez mulheres possam governar em lugares bárbaros como o Egito, mas aqui não é assim. Agamenon está no trono do reino de Micenas agora, ou até que esse seu esposo... Como foi mesmo que você disse? Até ele "marchar portões adentro".

Quase fiquei cega de raiva. Considerei contar a Odisseu que meu marido não faria nada daquilo, que um título tolo como o de rei estava muito aquém de um deus, mas pensei melhor. Agamenon estava no trono por direito, seguindo a linha de sucessão. O chão estremeceu e rodopiou sob meus pés, e compreendi que, apesar de minha linhagem, eu era apenas a filha de um antigo governante, e seria no máximo tolerada. Compreender isso foi como cair em uma armadilha, e fiquei sem fôlego.

Odi pareceu suavizar a voz ao dizer:

— Você entende o que está em jogo nesta guerra? Compreende o motivo pelo qual Agamenon está invadindo Troia?

A mudança súbita de tom me desarmou.

— Por causa de Helena — comecei — e dos votos que os pretendentes antigos fizeram.

Ele abriu um sorriso condescendente, destinado a uma criança que ainda não sabe como o mundo funciona.

— Não, não, minha querida, isso é só um pretexto. A verdade é a seguinte: Troia é um entreposto para todas as caravanas que atravessem a Ásia, a África e a Europa. Não é segredo para ninguém que o rei Príamo, pai do sequestrador de Helena, dorme sobre uma pilha de ouro e limpa os dentes com palitos cravejados de pedras preciosas. Siga os desígnios de seu tio e logo será uma mulher abastada. Vamos estar todos ricos quando esta campanha terminar.

A luz do ouro de que Odi falava brilhou em seus olhos, e ele parecia inclusive que já havia decidido como iria gastar seu quinhão do espólio. Eu conhecia aquilo: vi ânsia parecida nos olhos dos chacais que perambulavam à beira da luz da fogueira enquanto Atalanta e eu assávamos nossas presas. Famintos, porém astutos, tomando o tempo que fosse necessário para agir.

— Agamenon é o herdeiro legítimo do trono, e seu filho Orestes agirá como regente em sua ausência — continuou ele. — A menos que seu esposo ressurja, o que parece improvável. Você disse que ele desapareceu lutando com os dórios, e ambos sabemos que esses selvagens não fazem prisioneiros. Seu marido partiu, e você está aqui.

Abri a boca para responder, mas Odi foi mais rápido. O semblante severo sumiu e foi substituído por um olhar conspiratório, como se estivéssemos surrupiando quitutes da cozinha.

— Só estou pensando em seu próprio bem — insistiu ele, suavizando a voz de modo que precisei me inclinar para ouvir suas palavras. — Posso ver que é uma eleita dos deuses, como eu; a senhora dos olhos cinzentos me abençoa desde que sou um rapazote. Nós, mortais amados por eles, devemos nos ajudar, pois o amor das divindades é belo e terrível ao mesmo tempo.

Não me surpreendi nem um pouco ao ouvir Odi alegar que pertencia a Atena — assim que o conheci, senti o leve odor de papiro antigo e bronze nu. No entanto, fiquei desconcertada com sua afirmação de que deuses eram tão terríveis quanto belos. Meu esposo era belo, decerto, mas nunca o vira ser terrível, mesmo tendo mentido para mim e me deixado.

— À luz de nossa conexão divina, deixo aqui um conselho: não resista — prosseguiu Odi. — A lei de Micenas está ao lado do seu tio, assim como a opinião popular. Coopere, e todos lhe dirigirão o respeito adequado à sua posição de viúva sem descendentes e filha do antigo rei.

Notei que ele não mencionou o que aconteceria se eu não cooperasse.

Mas eu não era uma viúva sem descendentes, e esse era o problema. Lutei contra o ímpeto de levar a mão à barriga, e notei Odi me observando com muita atenção. Ele estivera me testando exatamente para obter algum sinal desse tipo, alguma indicação de que eu carregava um futuro príncipe de Micenas em meu ventre, uma ramificação na linha principal de sucessão. Mantive as mãos cuidadosamente dobradas sobre o colo.

Odisseu enfim se levantou, sinal de que eu deveria fazer o mesmo.

— Agradeço seu tempo, senhora Psiquê. Não irei mantê-la afastada dos aposentos mulheris; tenho certeza de que está exausta depois de sua jornada.

Uma dispensa contra a qual eu não poderia lutar. Com a bile subindo à garganta, voltei para as sombras.

Em minha juventude, eu pouco frequentara os aposentos femininos; passara quase todos os dias em companhia de meu pai ou de Atalanta, nos campos e nas florestas. A área do palácio designada às mulheres da casa era disposta ao longo de um comprido corredor; quando entrei nele, ouvi o eco da voz de Ifigênia.

— Por acaso você é cega? Isso parece roxo para você? Na pior das hipóteses, é um carmim desbotado...

Suspirei e abri a porta. Vi minha prima com as bochechas coradas de raiva repreendendo uma jovem criada e uma matrona mais velha que tinha a aparência competente de uma costureira. Ambas as mulheres pareciam querer desaparecer no chão de pedra.

Analisei o tecido, tombando a cabeça para o lado.

— Acho que é um tom adorável.

A costureira e sua assistente usaram minha chegada como uma brecha para escapar, passando por mim com murmúrios de deferência.

Ifigênia soltou um suspiro sofrido.

— Sinto muito, Psiquê — disse ela, jogando-se na cama e colocando um braço sobre o rosto. — Isso não tem nada a ver com as roupas em si. O casamento é daqui a dois dias. Dois dias! Sei que tenho sorte de estar me casando com Aquiles. Gosto dele, ao menos. Electra provavelmente vai se unir a um príncipe troiano para estreitar laços em um tratado de paz, enquanto eu fico com o campeão de nosso exército. Mas, pelos deuses, sinto saudades de ser uma sacerdotisa. Sinto saudades demais. — Sua respiração ficou entrecortada, e achei que ela cairia no choro.

Abracei minha prima, sorvendo o perfume de seu cabelo cacheado que um dia me fora familiar. Ela se apoiou em mim, envolvendo meu torço com os braços.

— Uma coisa era ser sacerdotisa quando meu pai não passava de um simples mercenário — continuou Ifigênia. — Agora ele é um rei e o comandante do maior exército que a Grécia já viu. Mas estou com medo, Psiquê. Que tipo de marido Aquiles será? Como vai ser minha noite de núpcias? — Ela hesitou, e depois perguntou: — Como foi a sua, Psiquê?

Sorri ao me lembrar.

— Ele me procurou se esgueirando pela escuridão e o acertei com um atiçador de brasas.

Ifigênia arquejou, se afastando para que pudesse olhar para mim. Quando viu que estava falando sério, caiu em um acesso de riso tão puro quanto a água do degelo primaveril. Me juntei a ela, incapaz de não gargalhar. Por um momento, era como se fôssemos meninas de novo, andando pé ante pé em um pátio abandonado para praticar arquearia.

— Você o amava? — perguntou minha prima quando nos recuperamos.

A pergunta me pegou de surpresa, e soltei Ifigênia. Franzi a testa, olhando para o chão enquanto considerava a pergunta. Pensei nas noites que Eros e eu havíamos passado sob a lua nova, nas histórias que tínhamos sussurrado um para o outro. Lembrei-me das competições de arquearia em cômodos escuros, de sua presença firme ao meu lado na forma de vários animais durante nossas viagens. Aquela alegria cintilante que eu sentia era amor? Com um choque repentino, soube a verdade.

— Sim, eu o amo — respondi. — Ainda amo. Não no passado.

— É claro — disse Ifigênia, desviando o olhar.

Ela, como todas as outras pessoas em Micenas, achava que meu marido estivesse morto.

Eros não morrera, não podia morrer, mas isso não importava. Qualquer que fosse a verdade de meus sentimentos, os dele não passavam do resultado de um acidente e de uma maldição. Ele já provara sua indiferença através da ausência durante meu vagar pelo mundo. Empurrei a memória de Eros da mente, dolorosa como era, e me virei para Ifigênia.

— Psiquê — começou minha prima, com os olhos castanhos líquidos e brilhantes —, você vai a meu casamento em Áulide?

Peguei a mão dela entre as minhas.

— Mas é claro — respondi.

Ifigênia expirou fundo e apertou minha mão com tanta força que achei que meus dedos adormeceriam.

— Obrigada — sussurrou ela.

Retribuí o aperto e tentei não dar sinal algum da ideia que surgira em minha mente: a de que talvez, depois que Agamenon zarpasse para lutar em sua guerra idiota, eu pudesse tomar o trono de Micenas para mim, mesmo que de forma não oficial. Mesmo que aquilo me afastasse de Ifigênia para sempre.

— Estou tão feliz de ter você aqui... — continuou ela. — Vai ser um alívio tê-la comigo. Caso contrário seria só Electra e minha mãe, e você sabe como minha mãe é.

Eu sabia. Era como se Clitemnestra tivesse medo de não existir caso não estivesse reclamando de algo.

— Não se preocupe — garanti à minha prima. — Sua mãe não vai ter fôlego para resmungar durante toda a viagem até Áulide.

28

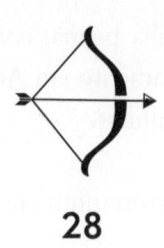

PSIQUÊ

Foi um choque testemunhar que, na verdade, Clitemnestra tinha fôlego para resmungar durante toda a viagem até Áulide.

A mulher resmungava pois, segundo ela, Ifigênia estava enrolando, bocejando ou falando demais, ou então falando de menos. Estávamos espremidas dentro da carruagem que sacolejava pela estrada, e eu sentia a respiração de Clitemnestra em meu rosto enquanto ela continuava com sua ladainha sem fim.

Foi Electra quem enfim se pronunciou. A irmã de Ifigênia, que não passava de um bebê quando eu a vira pela última vez, agora tinha seis anos. Era pequena e solene, uma versão em miniatura da mãe reclamona, e uma daquelas crianças que parecem já ter nascido velhas.

— Mãe, Ifigênia já sabe se sentar e falar — interrompeu Electra. — Vai ser uma mulher casada em breve, dona de seu próprio lar. Deixe a garota em paz.

Por um momento, achei que Clitemnestra daria um tapa na menina, mas em vez disso bufou e se virou para as cortinas empoeiradas.

— Só quero garantir que ela esteja bem preparada, só isso — resmungou Clitemnestra. — Está sendo um dia muito complicado para mim.

Ifigênia parecia exausta, como se drenada de sua essência vital. Ela estendeu a mão e pousou-a sobre a da mãe, entrelaçando os dedos aos dela, e a expressão fechada de Clitemnestra se amenizou. Electra suspirou pesado e voltou a atenção para o chão; para meu alívio, porém, ninguém mais falou até chegarmos a Áulide.

Quando nossa carruagem enfim parou, abri uma das cortinas e espiei o acampamento grego. Vi centenas de navios ancorados no porto — dracares e trirremes, com olhos pintados nos cascos para que cada embarcação pudesse enxergar seu caminho.

Homens perambulavam por todos os lados. Estavam arranjando briga uns com os outros ou oleando seus escudos enquanto o sol bronzeava suas costas nuas. Masculinidade pairava como uma bruma acima do acampamento. Clitemnestra esticou a mão e fechou a cortina.

Um ar estagnado e fervente ocupava o espaço limitado do veículo, e suor começou a escorrer pelas minhas costas. Quis desembarcar, mas Clitemnestra me impediu.

— Vamos esperar a chegada de meu marido — afirmou, empertigada, com as mãos sobre o colo. — É a forma apropriada de agir. — Suor cobria seu lábio superior e lhe escorria pela testa.

Quando alguém enfim chegou, não foi Agamenon, e sim Odisseu.

— Ao que parece, eu é que serei seu anfitrião! — Odi riu, com toda a alegria e empolgação no rosto, já que isso servia a seu propósito. — Seu esposo lamenta, rainha Clitemnestra, mas ficou retido em um de seus conselhos de guerra.

Fiquei pensando se "conselho de guerra", naquele contexto, não seria uma forma educada de dizer "vadiagem e bebedeira". Fiquei pensando mais ainda em que tipo de homem optaria por não estar ali recebendo a esposa e as filhas na véspera do casamento de sua primogênita. Mas todas estávamos ansiosas para deixar o interior abarrotado da carruagem, e não perdi tempo fazendo perguntas.

Soldados de Ítaca formaram uma escolta ao nosso redor, e fomos levadas até uma tenda grande no meio do acampamento. Ao lado dela estava montada uma ainda mais magnífica; decerto pertencia a meu tio Agamenon, mas o homem não estava em lugar algum. Vi outros soldados nos espiando, e seus olhos brilhavam de curiosidade e talvez também de outros desejos, mas meu campo de visão foi bloqueado de repente quando a aba da tenda se fechou.

Na noite anterior ao casamento, era tradição que as madrinhas da noiva lavassem seu corpo com água de rosas, trançassem seu cabelo, adornassem suas mãos e pés com hena e enchessem seus ouvidos com todas as informações que uma esposa precisava saber. As mulheres tinham feito isso no casamento de Helena tanto tempo antes, embora minha mãe e eu houvéssemos chegado tarde para nos juntar ao ritual. Era também isso o que fazíamos ali por Ifigênia.

As festividades estavam desbotadas. Clitemnestra parecia abatida, como uma mãe obrigada a vender o próprio filho em troca de comida. As demais mulheres seguiram sua deixa e permaneceram o mais subservientes possível. Disse a mim mesma que a razão era o fato de o casamento ser pequeno e a tenda estar lotada. Com a guerra, simplesmente não havia tempo de convocar todas as parentes de Ifigênia para uma cerimônia mais elaborada. As únicas presentes eram Clitemnestra, a pequena Electra e eu, além de algumas mulheres escravizadas da Messênia cujos nomes jamais soube.

Enquanto pintava os padrões intrincados com hena nas mãos de Ifigênia, me ocorreu que eu jamais passara por tais rituais. Meu próprio casamento com Eros — se é que a ocasião podia ser chamada assim — fora rápido e inesperado. Eu não tive uma festa apropriada, muito menos alguém para pintar minhas mãos e meus pés com tanta beleza. De todo modo, aquilo não faria diferença em meu destino.

O luto apunhalou meu coração. Eu havia perdido Eros, Atalanta e meus pais quase ao mesmo tempo, e sabia que por mais que odiasse Agamenon, por mais que desejasse reivindicar o trono de Micenas como meu por direito, jamais conseguiria fazer algo que rompesse meu laço com Ifigênia. Ela era a única família que me restava, exceto pelo bebê que crescia em minha barriga.

Presumi que Clitemnestra aproveitaria a oportunidade para explicar o comportamento esperado de uma jovem noiva, ou ao menos para conversar um pouco com a filha. Em vez disso, para minha surpresa, a mãe de Ifigênia se retirou para dormir logo após a ceia.

— Casamentos me exaurem — disparou ela antes de se acomodar sob as cobertas.

A tenda não era grande. Se alguém decidisse dormir, não havia como as demais permanecerem acordadas. Levadas pela brusquidão do momento, apagamos nossas lamparinas e também nos deitamos.

Escolhi um lugar ao lado de Ifigênia, tão próximo que eu conseguia sentir o cheiro de água de rosas emanando de sua pele. Depois de certo tempo, ouvi um sussurro.

— Quero saber sua opinião — disse ela. Falava baixo para garantir que mais ninguém ouvisse, embora já fosse possível escutar os roncos vindos do leito de Clitemnestra.

Mais senti do que ouvi as palavras de minha prima, e a vibração me fez lembrar das noites escuras com Eros.

— Andei pensando no que pode dar *errado* com Aquiles, e não no que devo fazer para que as coisas deem *certo* — sussurrou ela. — Depois do casamento, ele vai passar um ano ou mais na campanha de Troia. Eu achei que ficaria em Micenas, mas... e se for com ele? Isso se a noite de núpcias for boa, é claro — acrescentou, sem pestanejar. — Se ele for um estúpido, volto para Tirinto na hora.

— É uma ideia interessante — comentei.

Esposas geralmente não partiam com os maridos, mas aqueles não eram tempos normais.

— Minha pergunta é a seguinte — continuou Ifigênia, com a voz repleta de empolgação —, você iria até Troia comigo, Psiquê? — Notando meu silêncio atordoado, ela se apressou em acrescentar: — Irei como esposa de Aquiles e você como minha acompanhante, nem meu pai vai poder impedir. Terei de perguntar a meu marido o que ele acha, mas tenho certeza de que não vai ligar. Que homem iria querer a esposa em seu pé? Além disso, sou uma sacerdotisa treinada de Ártemis, e os soldados vão achar interessante ter minha presença por perto para realizar os rituais sagrados. Você pode lutar na guerra se quiser! Vai ser incrível! Serei a sacerdotisa que sempre quis ser, e você será a heroína que sempre imaginou.

Refleti sobre a ideia. Agora meu plano de tomar o trono de Micenas não parecia nada além de um estratagema inocente — ninguém poderia deter o impulso da guerra, mas talvez eu pudesse amenizá-lo. Teria certo reconhecimento de Agamenon se me destacasse no exército. Minhas habilidades de combate eram aceitáveis, e eu havia aprendido muito na estrada com os bandidos. No começo, os outros soldados talvez reclamassem da companhia de uma mulher, mas iriam se acostumar; e Ifigênia estava certa ao afirmar que guerreiros longe de casa iam gostar da presença reconfortante de uma sacerdotisa.

Outro pensamento me ocorreu. Em meu breve idílio na casa da costa e durante a brutal jornada que se seguira, eu quase havia me esquecido da profecia que o Oráculo de Delfos fizera a respeito do meu nascimento. Talvez meu próprio destino estivesse do outro lado do mar, em Troia. Talvez ali eu me tornasse uma verdadeira heroína, mesmo que isso significasse deixar para trás qualquer esperança de voltar a ver Eros.

— E aí? — A respiração quente de Ifigênia fez cócegas em minha bochecha, e sua voz mantinha-se tomada pela esperança.

Sorri.

— Me dê a noite para pensar a respeito disso, Ifigênia. Acabei de chegar em casa e não sei se estou pronta para partir de novo tão cedo.

Minha prima deu um suspiro dramático e rolou para o lado. Logo, a respiração dela assumiu um ritmo tranquilo que sinalizava o sono.

Continuei desperta, encarando a escuridão. Mesmo depois que os sons da farra foram morrendo lá fora, prossegui fitando o teto da tenda. Algum instinto me impedia de descansar. Enfim me ergui, coloquei um manto e, depois de pensar por um instante, prendi uma longa faca de caça ao cinto. Precisava de ar e queria estar em um lugar aberto.

Fui a passos silenciosos até a entrada da tenda, tomando o cuidado de não acordar as outras mulheres. O esforço por pouco se fez inútil quando abri a aba e quase trombei com uma pessoa de armadura. Óbvio que estaríamos sob proteção de uma guarda. Ali era um acampamento militar, afinal de contas.

— Senhora Psiquê, o que a traz até aqui assim tão tarde? — quis saber um dos guardas.

Demorei um instante para identificar a voz e outro para reconhecer o rosto que me encarava sob o elmo ornamentado com plumas.

— Pátroclo? — arrisquei.

Ele concordou com a cabeça, tirando o elmo. Pátroclo havia crescido desde aquele dia nos Jogos Heranos, que agora parecia ter se passado em uma vida anterior, mas o rosto dele ainda exibia a mesma simplicidade.

— Aonde está indo esta noite? — questionou ele. — Seria um prazer escoltá-la.

— A lugar algum. Só queria ver as estrelas e ouvir o mar.

Pátroclo aquiesceu.

— É inapropriado para uma dama como você caminhar sozinha por aí em meio a tantos homens. Vou junto. Permaneçam em seus postos — ordenou ele dirigindo-se à escuridão.

Me dei conta de que havia outros dois guerreiros atrás da tenda, cada um usando uma armadura igual à de Pátroclo. Mais Mirmidões, homens de Aquiles.

Pátroclo começou a andar, e fui atrás. Uma ideia me ocorreu: talvez pudesse estabelecer uma aliança com ele, e juntos formaríamos uma coalizão para se opor a Agamenon. Notei que o acampamento estava estranhamente calmo, e, embora pudesse ouvir risadas e vozes vindas das tendas, encontramos poucos soldados. Comentei sobre o estranho fato enquanto dávamos a volta nas tendas e fogueiras à beira do acampamento.

— Precisamos instituir um toque de recolher — respondeu Pátroclo. — Escaramuças eram um grande problema nas primeiras semanas. Menos gente se machuca se todo mundo continuar em suas tendas depois que escurece. Claro que há sempre aqueles que desafiam a lei, mas nós descobrimos que, se eu ficar de guarda no primeiro turno, consigo dissuadir quase todos os transgressores. As patrulhas do próprio Agamenon fazem rondas à noite, e eles são bem menos delicados.

Notei como ele havia dito a palavra *nós*, como ela rolara em sua língua com uma facilidade treinada.

— Você e Aquiles estão organizando patrulhas? Isso não é função do comandante?

Chegamos ao topo de uma duna nas fronteiras do acampamento e paramos. Longe dos ruídos e dos fedores da presença humana, era como se eu pudesse respirar de novo. Fiquei olhando as águas escuras baterem na costa, as ondas adornadas de prateado pelos reflexos das estrelas.

Pátroclo franziu o cenho.

— É, sim. Agamenon pode emitir quantas ordens quiser; não significa que alguém lhe dará ouvidos. No começo, tentamos acalmar a tensão com decretos. Não valiam nem o papiro em que eram escritos.

— E Menelau? — perguntei. — Não foi o sequestro de Helena, esposa dele, que levou a tudo isso? Por que ele não assume um papel mais ativo na liderança?

Pátroclo me olhou de soslaio.

— Menelau não é digno de comandar sequer um grupo de caça, e nós dois sabemos disso. Os espartanos, seu próprio povo, gostam tão pouco dele que ofereceram apenas um número simbólico de homens.

Nem me dei ao trabalho de defender meu tio, que era um estranho para mim. Aquele tipo de conversa beirava a traição, mas não havia ninguém para nos ouvir além da areia e do vento da noite.

— Pátroclo — comecei, sentindo mais uma vez a inquietude que me fizera sair da tenda —, você disse que o exército está aqui há semanas. Por que ainda não partiram?

O homem franziu o cenho de novo, e o luar projetou sombras estranhas em seu rosto. O resto de seu corpo parecia imerso em escuridão, e a armadura se mesclava ao breu da noite.

— Nosso problema é o clima. O vento, mais especificamente. Os ventos fortes geralmente comuns a esta altura do ano ainda não deram as caras, e uma frota como a nossa não pode velejar até Troia ao sabor de brisas. Então estamos esperando. Os homens ficam cada vez mais impacientes, enquanto Agamenon tenta em vão manter todo mundo sob controle.

— Agamenon logo vai ser sogro de Aquiles — comentei. — Laços familiares criam harmonia, ou ao menos é o que dizem.

— Sim — concordou Pátroclo, meio hesitante. — Isso é algo que não entendo. Esse casamento coloca Aquiles na linha de sucessão do reinado de Micenas, e não consigo imaginar Agamenon querendo arriscar ter de ceder o trono para Aquiles. Eles se odeiam.

— Notei — respondi, sem preâmbulos. — O que quero saber é onde Ifigênia entra nessa história. Aquiles vai ser bom para ela?

— Claro — respondeu Pátroclo. — Aquiles é bom em tudo que faz; o casamento não vai ser exceção. Além disso, Ifigênia é uma garota adorável com um raciocínio notável para a estratégia, e é evidente que ela adora Aquiles. E ele gosta de ser adorado. — Se tivesse saído dos lábios de outra pessoa, aquilo poderia ter soado como um insulto, mas vindo de Pátroclo pareceu apenas um comentário casual sobre as preferências de Aquiles.

E, ao que parecia, Pátroclo dedicava muito tempo a observar as preferências de Aquiles.

— Você o ama? — perguntei de repente.

Pátroclo me encarou. Continuou me fitando sem piscar por vários segundos; mesmo à luz baça das estrelas, seu olhar seria capaz de ter feito murchar a relva resistente que crescia entre as dunas. Era como se eu tivesse entrado em um quarto e surpreendido um encontro amoroso, com lençóis jogados de lado e membros espalhados. Corei e desviei o olhar. Pátroclo escondia seus sentimentos atrás de defesas tão impenetráveis quanto as falanges que comandava. Não revelaria nada que pudesse deixar Aquiles vulnerável.

— Todos amam Aquiles — respondeu em um tom leve, virando-se de costas —, inclusive eu. Todos exceto Agamenon, razão pela qual não entendo esse casamento. Há rumores de que a falta de vento é uma punição divina, enviada por Ártemis para castigar Agamenon por ter matado um cervo sagrado. Mas se ele ofendeu Ártemis, por que tentar agradar à deusa da virgindade através do casamento de uma de suas virgens sacerdotisas juramentadas? E por que justamente com Aquiles? — Ele me olhou de soslaio. — Se tiver mais informações, sou todo ouvidos.

Então entendi por que Pátroclo havia me levado até aquele lugar remoto, longe dos ouvidos do acampamento. Os cabelos em minha nuca se arrepiaram, e compreendi que estava na presença de um homem que, à sua maneira, era tão perigoso quanto Aquiles. Lembrei-me da menção a um garoto morto em um jogo de dados e me perguntei se, afinal, fora mesmo um acidente.

Eu não sabia nada sobre as motivações de Agamenon, e foi o que disse para Pátroclo, que absorveu a afirmação com serenidade e desviou de novo o olhar. A luz do interesse sumiu de seu rosto. Eu não tinha nada mais para dar a ele, então o homem me escoltou de volta à tenda das mulheres com graça e firmeza. A pergunta de Pátroclo continuou a me corroer: o que Agamenon tinha na cabeça quando firmou aquele casamento? O que eu estava ignorando?

Voltei ao meu saco de dormir ao lado de Ifigênia, que ressonava baixinho, e caí em um sono inquieto.

29

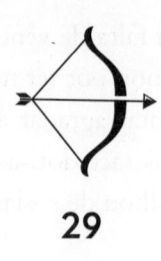

PSIQUÊ

A manhã do casamento raiou, e Ifigênia estava linda. Usava um vestido de manga comprida cor de açafrão. Aquilo a anunciava como filha de um homem poderoso, pois apenas uma mulher que jamais se dedicara às tarefas domésticas vestiria tal traje. Uma das mulheres escravizadas de Messênia arranjara algumas flores, uma raridade em um acampamento militar, e Electra as usou para elaborar uma coroa para a irmã. Sob as flores, o cabelo escuro e encaracolado de Ifigênia fora escovado para trás e trançado em duas partes. Ela parecia a primavera em pessoa, como a deusa Perséfone descida a terra.

Vi a multidão abrir espaço para minha prima. Os militares do exército estavam usando seus trajes de gala, suando e resmungando, mas todos se calaram quando Ifigênia passou.

Tive o primeiro vislumbre de Agamenon no palanque. Estava mais robusto e grisalho, mas de alguma forma igual a quando o vira no casamento de Helena tantos anos antes. Clitemnestra ficou comigo e com as outras mulheres no meio da multidão. Ela e o esposo nem sequer se cumprimentaram.

Aquiles também estava esperando no palanque, mais alto e talvez até mais irritantemente belo do que nos Jogos Heranos. Notei que estava tão longe de Agamenon quanto possível dentro da distância adequada à conversação. Não era nada surpreendente que eles não se gostassem: Agamenon podia até ser o comandante, mas Aquiles era o amado herói.

Quando Ifigênia se aproximou do palanque, uma mãozinha puxou meu vestido.

— Você pode me levantar? Não consigo ver nada. — Era Electra, perdida em meio à empolgação.

Peguei a menininha no colo e sorri ao vê-la se deleitar com a multidão. Ela era mais leve que algumas sacas de grão, mas os braços ao redor do meu pescoço tinham um peso agradável. Me perguntei como seria a sensação de carregar meu próprio bebê.

Quando viu Ifigênia, Electra comentou no meu ouvido:

— As tranças dela estão desiguais. A da esquerda ficou muito maior que a da direita.

Alguns soldados ao nosso redor riram, e senti as bochechas corarem.

— Shiu — sussurrei à garotinha.

Ifigênia subiu a escada com um ar de dignidade absoluta, um degrau de cada vez. Quando chegou ao topo, virou-se e agraciou o público com um sorriso deslumbrante. Onde minha prima desenvolvera aquela habilidade de manipular multidões? Eu mesma nunca a tivera.

Quando Ifigênia se aproximou dos homens, Agamenon a abraçou. Depois tirou uma adaga do cinto e, em um movimento rápido, cortou sua garganta.

Um momento de silêncio absoluto se seguiu. Ninguém na turba de milhares moveu um músculo. O carmim surgiu em padrões descontrolados, intenso contra o amarelo do vestido de Ifigênia. Ela levou as mãos ao pescoço, incapaz de conter o rio que jorrava dele. O branco de seus olhos revirados demonstrava pânico.

São flores, não sangue, pensei, com a mente rodopiando em desespero. *Este é um casamento.*

Ifigênia caiu de joelhos, e o sangue sujou a madeira do palanque. Ela desfaleceu bem ali. Seu crânio quicou no chão, ressoando de modo perturbador.

Alguém gritou. Nunca soube com certeza quem foi.

A multidão irrompeu em caos. A morte sangrenta colocou os que ali estavam em um estado de frenesi. Os presentes formavam um exército sem uma guerra para lutar, presos em uma costa solitária enquanto seus inimigos se vangloriavam atrás de muralhas em uma praia distante. Uma mulher fora roubada pelos troianos e outra fora sacrificada ali, e era assim que deveria ser. Tratava-se apenas da entrada antes do banquete.

Atordoada, fiquei olhando Aquiles correr na direção do corpo de Ifigênia; sua boca escancarada parecia gritar silenciosamente. Ele mal havia chegado à metade do caminho quando um de seus guardas pessoais, provavelmente Pátroclo, o puxou até um local seguro. Com a mais pura indiferença, e ainda com o cadáver da filha aos pés, Agamenon viu Aquiles sair de onde estava.

Eu deveria ter agido. Deveria ter pegado uma espada e subido no palanque, abatendo Agamenon ali mesmo. No entanto, a vingança não traria a vida de volta ao corpo imóvel de Ifigênia, e o choque me deixara entorpecida. O mundo girava ao meu redor, irreal como um sonho.

Um uivo irrompeu do exército, milhares de bocas dando vazão a uma só voz, um som violento pontuado aqui e ali pelo choque de escudos uns contra os outros. Os homens tinham ido até ali para uma ocasião formal, não esperavam tal espetáculo.

Agamenon falava para a multidão, mas eu não conseguia entender suas palavras. Não saberia dizer se estava arrependido ou com vergonha de ter matado a própria filha. Eu não conseguia ver nada além dos respingos de sangue no rosto e nas mãos dele. Sangue de Ifigênia. Não era de admirar que ele sequer se dera ao trabalho de visitá-la antes do casamento — mas o que poderia ganhar ao matar a filha?

Percebi que estava com dificuldade de respirar e notei os bracinhos de Electra apertando meu pescoço com força. Conseguia sentir a menina tremendo e soube com uma clareza horrenda que ela havia visto tudo. Não me passara pela cabeça tapar seus olhos.

Garras se enterraram em meu braço, e uma voz sibilou em meu ouvido.

— Não corra, mas ande rápido. — Era Clitemnestra. Olhei por cima do ombro em direção ao palanque onde jazia o corpo de Ifigênia, mas as unhas de minha tia se fincaram ainda mais forte em minha pele. — Ela não tem mais salvação — afirmou, me arrastando para longe.

Electra continuou agarrada a mim como um carrapicho enquanto eu avançava pela areia. Ao nosso redor vi os soldados de Ítaca, de olhos arregalados e espadas desembainhadas. Não estavam totalmente inertes à loucura das tropas reunidas, mas se ativeram ao dever de nos proteger. Tenho a vaga noção de que foram obrigados a derramar sangue mais de uma vez durante nossa retirada, que se desenrolou como um borrão.

Olhei para trás quando chegamos à tenda das mulheres e fiquei abismada ao ver que o acampamento fora tomado por uma atmosfera celebratória. Não dava para entender. Alguns homens haviam se dispersado e agora enchiam a cara ou jogavam dados, mas outros carregavam navios, brigavam e gritavam uns com os outros. Havia ainda aqueles que praticavam o terrível esporte que meu povo chamava de *pancrácio*, uma luta em que tudo vale.

Dali, eu ainda podia ver o palanque, vazio exceto por um corpo desfalecido. Ifigênia.

Uma ventania começou a varrer o acampamento, esfriando o suor em minha testa e agitando o tecido da tenda. O mormaço penetrante foi cedendo. As velas gregas se enfurnaram, fazendo as embarcações puxarem as âncoras como potros ansiosos. O vento voltara, ideal para carregar a frota até Troia.

Mais tarde, alguns insistiriam que Ifigênia foi um sacrifício a Ártemis, ofertada pelo pai para substituir o cervo sagrado. Discordo. Ao matar uma sacerdotisa da deusa no dia do casamento da própria jovem, acho que Agamenon quis fazer uma ameaça. Ele quis mostrar às tropas que não temia deuses ou homens, que as muralhas de Troia não eram nada para ele. Os guerreiros que já adoravam Agamenon o amaram ainda mais por isso, e aqueles que não gostavam dele começaram a temê-lo. Déspotas de todas as idades sabem que o medo é melhor que o amor.

Por que Ártemis permitiu que os ventos soprassem é pouco claro para mim. Talvez simplesmente tenha soltado as rédeas daquela força da natureza, em choque, quando viu o que Agamenon fizera.

Quando enfim foi entregue a nós, o corpo de Ifigênia parecia muito menor do que a jovem em vida. Descobri que a tarefa de preparar o cadáver para o enterro ficava mais fácil se eu fingisse que era apenas uma boneca de argila com o rosto de minha prima, e tentei não pensar muito nas mãos geladas que ainda exibiam os adornos imperfeitos de hena que eu fizera na noite anterior.

Clitemnestra e eu lavamos o sangue tão bem quanto conseguimos, já que o talho da adaga era como uma segunda boca na garganta da garota. Clitemnestra costurou o ferimento com dedos trêmulos, mas era tudo o que podia fazer. As mulheres escravizadas da Messênia trouxeram baldes de água salgada e gelada para ajudar na lavagem; não sei como conseguiram abrir caminho pela multidão.

O acampamento lá fora estava um caos. Eu conseguia ouvir o som de homens e cavalos além da tenda, quase como se estivéssemos no meio de um campo de batalha. Agamenon provavelmente tinha se aproveitado do entusiasmo de seus homens, ordenando que aprontassem os navios.

Não havia madeira suficiente naquela praia erma para montar uma pira; além disso, eu não conseguiria suportar a ideia de ver as chamas consumindo minha amada prima. Que a terra fofa a recebesse, então. Alguém nos ajudou a cavar um túmulo bem perto de nossa tenda, mas não lembro quem foi. Odisseu apareceu em algum momento, e lembro-me vagamente de ver o homem dizer algo enquanto me segurava pelos ombros, mas não ouvi palavra alguma. Depois, ele também se foi.

Quando terminamos de preparar o enterro de Ifigênia, o exército grego já se dissipara. Homem algum permaneceu na praia varrida pelo vento; tudo o que restou foram pilhas de escombros espalhados para todos os lados e as ruínas escurecidas de fogueiras. Um grupo de criados ficara para trás, incluindo as escravizadas de Messênia escolhidas para acompanhar nosso grupo de mulheres de volta a Micenas.

O branco distante das velas ainda estava visível no horizonte. Agamenon não teve tempo de comparecer a uma ocasião tão insignificante como o funeral da filha.

Clitemnestra e eu envolvemos Ifigênia no pedaço de linho mais limpo que conseguimos encontrar e a acomodamos na terra, depositando uma moeda em sua língua para pagar o barqueiro no Submundo. Falei as palavras que guiariam sua alma até o reino de Perséfone e Hades, já que àquela altura Clitemnestra não era mais capaz de articular frases, e Electra era jovem demais para conhecer os versos.

Para que corvos e cães não a devorassem, cobrimos Ifigênia com pedras redondas alisadas durante séculos por correntes marinhas. Uma lápide com seu nome inscrito seria o próximo passo, mas não havia tempo para isso. Talvez pudéssemos pintar o nome de Ifigênia em uma das pedras para que aqueles que passassem soubessem quem jazia ali, mas a solução só duraria até a próxima chuva.

Depois do enterro, Clitemnestra se virou em direção ao mar e seguiu pelas ruínas silenciosas do acampamento, avançando entorpecida água adentro até o vestido ficar encharcado dos joelhos para baixo. Ela agarrou a saia e soltou um uivo de pura angústia.

Os imensos penhascos além da praia ecoaram o som. Fiquei alerta, preparada para correr caso Clitemnestra tentasse se afogar, mas minha tia só ficou na rebentação, com água até a metade das pernas.

— Acho que mamãe está reagindo bem, considerando tudo que aconteceu — disse alguém.

Era Electra, que se sentou ao meu lado e cruzou as perninhas.

Me lembrei da infelicidade de Clitemnestra na noite anterior ao casamento e senti um enjoo.

— Ela sabia? — indaguei. — Agamenon contou a ela o que estava planejando?

Electra fez uma careta.

— É claro que não. Mamãe nunca teria trazido Ifigênia até aqui se achasse que papai faria algo assim. — A garotinha puxou os joelhos junto ao peito e repousou o queixo sobre eles, encarando o mar. — Ele não é o primeiro esposo de mamãe, sabia?

Um vento frio dançou sobre minha pele. Aquela garota era mais sábia do que o adequado à sua idade.

— Quem foi o primeiro, então?

— Não sei o nome dele, mas era o rei de Pisa. Ouvi Ifigênia e mamãe falando sobre isso uma vez quando achavam que eu estava dormindo. Meu pai foi contratado para lutar contra Pisa e venceu. Mamãe virou sua prisioneira de guerra, e papai decidiu fazer com que ela fosse sua esposa. Acho que ela tinha um bebê quando se casaram, mas não tenho certeza. De um modo ou de outro, papai o teria matado.

Estremeci. Durante anos eu me perguntei por que Clitemnestra tratava o esposo como um cão raivoso. Agora entendia seus motivos.

Pensei em como seria deitar-se toda noite com o homem que matara seu filho. Me perguntei se Clitemnestra havia amado o primeiro esposo, o rei sem nome de Pisa, mas isso não importava. Aquele mundo estava perdido para sempre. Naquele momento eu compreendia melhor a obsessão por respeitabilidade que aquela mulher tinha. Clitemnestra vivera como uma escravizada no lar do esposo, por mais breve que tenha sido o período, e não esquecera a falta de dignidade da posição. Para Clitemnestra, o mundo não passava de uma jaula ornamentada, e sua única esperança era garantir que ele fosse um lugar um pouco mais ordeiro.

As mulheres escravizadas de Messênia só nos fitavam, de olhos arregalados e alertas. Me perguntei de onde tinham vindo, se Agamenon as ganhara na mesma campanha na qual esteve muito tempo antes, onde conseguira Clitemnestra. Pensei em todas as mulheres e garotas de Troia e estremeci ao pensar no que aconteceria com elas caso sua cidade caísse.

Minha tia soltou outro grito, um que prometia sangue.

Electra não correu até a mãe nem pediu ou ofereceu conforto. Em vez disso, simplesmente ficou observando-a com os olhos cansados e em chamas que pareciam pertencer a uma pessoa muito mais velha.

— Não sei quando papai vai voltar de Troia — disse Electra. — Quando voltar, porém, mamãe vai acabar com ele. — A menina disse aquilo sem temor ou julgamento, como se estivesse discutindo quando a maré baixaria ou a que horas o sol iria nascer. — E quando a mamãe matar o papai, meu irmão Orestes a matará. Ele sempre foi o preferido de papai. E quando isso acontecer... não sei o que vou fazer. — Um suspiro fez o corpinho de Electra estremecer.

Uma sensação estranha me dominou. Ergui o olhar, vi as velas desaparecendo no horizonte e soube com toda a certeza do mundo que nem um em dez dos jovens que zarpavam com meu tio naquele dia voltaria vivo. Agamenon partia com o maior exército que a Grécia já havia visto, mas aquilo não era nada se comparado ao tamanho das forças que os reinos do oriente conseguiriam juntar quando convocassem seus aliados entre os hititas e assírios.

Os soldados morreriam de milhares de formas: jogados das embarcações por tempestades; estripados por soldados troianos sob um céu inclemente; queimando em febres que abateriam os acampamentos militares lotados; enlouquecendo por conta de feridas infeccionadas. Os poucos que voltassem seriam homens ocos, cujos olhos para sempre refletiriam as fogueiras das costas distantes. Eu não tinha ideia de como os poetas extrairiam algo belo daquela carnificina.

A voz de Electra me puxou de volta para a praia.

— Acho que, caso tenha que escolher, vou ajudar Orestes a matar mamãe — disse ela, pensativa. — Orestes é jovem e forte. Ele vai ser rei depois de papai.

Encarei a garotinha, horrorizada.

— Não fale bobagem. Isso é matricídio; as Fúrias a atormentariam pela eternidade.

Até as crianças conheciam as temíveis deusas com asas de morcego e garras de águia que perseguem os assassinos até os confins da terra.

Electra ergueu o olhar para o céu limpo, depois me fitou com os olhos queimando como fogueiras avivadas.

— Meu pai acabou de matar minha irmã, e não vejo Fúria alguma aqui.

Ela estava certa. Ifigênia jazia sob a terra enquanto seu pai zarpava para a guerra. Ninguém a vingaria. Nem mesmo eu.

Electra bateu a areia das roupas e voltou para a tenda, murmurando que queria comer alguma coisa. Vi a garota ir embora, e comida era a última coisa que eu tinha em mente.

Algo dentro de mim estalou. Fiquei de pé antes de perceber o que estava fazendo e, então, comecei a correr. Eu havia fugido das ruínas da casa da costa e agora fugiria daquilo. Daquele horror, daquela tragédia, da morte de Ifigênia, que eu não pudera salvar, da atrocidade da guerra troiana. Ficar ali era impensável, como permanecer imóvel no meio de um incêndio. Então, corri.

Atalanta fora implacável em meu treinamento, e consegui manter um trote estável por milhas. Foi só quando parei para respirar que vi o quão longe havia chegado. A tenda das mulheres não passava de um pontinho escuro na extremidade oposta da praia.

30

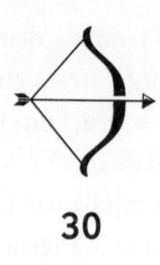

PSIQUÊ

Eu não voltaria para Áulide. Clitemnestra e Electra tinham criadas para acompanhá-las até Tirinto, e não havia mais nada para mim lá. Meus pais estavam mortos, Atalanta estava morrendo e os herdeiros de Agamenon dominavam Micenas. E Ifigênia...

Eu não queria viver em um mundo onde uma filha valia menos do que ventos favoráveis até Troia. Não queria criar meu próprio rebento em um lugar assim.

Subi as colinas rochosas que cercavam a praia até encontrar um pequeno platô logo acima do oceano. Apenas as plantas mais resistentes cresciam ali, constantemente açoitadas pelo vento do mar, e o grito das gaivotas era minha única companhia. Me sentei em uma pedra baixa e pensei em Ifigênia; pela primeira vez desde seu assassinato, me permiti chorar.

Se Ifigênia estivesse viva, seria capaz de amenizar as tensões entre o pai Agamenon e o esposo Aquiles, esfriando cabeças que poderiam se unir para invadir as muralhas de Troia. Ela poderia ter se tornado uma rainha de fama imortal. Em vez disso, seus ossos apodreceriam para sempre naquela praia abandonada, e o filho de Tétis cavalgaria para a guerra sob o comando do homem que matara sua esposa no dia de seu casamento.

Lágrimas escorriam pelo meu rosto, lágrimas que eu não poderia ter derramado enquanto trabalhava com Clitemnestra colocando o corpo de sua filha para repousar. Minha bela Ifigênia, agora nada além de pó.

Que bobagem achar que eu poderia demover Micenas da guerra ou influenciar seu curso. A cidade estava determinada a conquistar e se jogava de cabeça no esforço da campanha. Havia ouro para ser encontrado no leste, além da glória de terras e campos que poderiam ser nossos. Eu jamais conseguiria parar as rodas em movimento. Seria apenas esmagada por elas.

Compreendi que nunca alcançaria meu sonho de ser uma heroína — não porque eu era pequena demais para isso, mas porque o sonho em si era horrível. *Heróis são carniceiros*, Medusa dissera, e agora eu podia ver a verdade da afirmação. Pensei nos grifos, mortos e enterrados. Pensei em Ifigênia, esparramada no meio do palanque em Áulide.

Pensei em minha inocência quando ouvia as histórias do poeta cego tantos anos antes, quando eu achava que causar uma morte gloriosa fazia de alguém um herói. Eu não sabia que as lendas eram todas encharcadas de sangue, sangue de mulheres.

Afinal de contas, Agamenon seria celebrado como um herói por seus feitos.

Quando o sol fez flamejar o céu a oeste, me levantei. Enxuguei as lágrimas dos olhos e comecei a descer pela encosta enquanto as sombras se alongavam.

Bati à porta de um templo da deusa Hera localizado nas fronteiras de um pequeno vilarejo. A sacerdotisa que atendeu era uma mulher que já passara da meia-idade, robusta e de cabelo trançado com esmero.

— Sou uma viajante procurando abrigo — disse. — Meu corpo é forte e posso trabalhar para vocês em troca de comida e um lugar seco para dormir.

— Eu... compreendo — respondeu a sacerdotisa.

Ela parecia assustada com minha aparência, mas talvez fosse educada demais para dizer algo a respeito. Eu não podia julgá-la. Estava usando o mesmo vestido esfarrapado que pusera na manhã do casamento de Ifigênia, agora manchado de terra e respingado de sangue nas mangas.

O templo havia perdido recentemente sua criada, e a equipe recebeu de bom grado meu auxílio. A sacerdotisa, cujo nome era Káris, me ofereceu pão, queijo e um traje mais prático para trabalhar. Me apresentou às outras sacerdotisas, que apenas me cumprimentaram educadamente com um aceno rápido de cabeça antes de voltar a seus afazeres. Cortei madeira e carreguei água para as mulheres enquanto elas realizavam suas oferendas e cantavam seus hinos no santuário.

À noite, me juntei às sacerdotisas em seu dormitório. Havia espaço no templo para viajantes, que, no entanto, eram quase todos homens; assim, em um acordo tácito, as residentes decidiram que seria melhor para mim ficar com elas. Vi as mulheres relaxando depois de um dia de trabalho, trançando o cabelo umas das outras e conversando com as amigas. Pensei em Ifigênia e fui atingida por uma onda de pesar tão forte que precisei me virar para a parede por um tempo.

Notei que uma bolha de silêncio me cercava. O falatório das sacerdotisas tinha cessado, e todas elas estavam olhando para mim. Seus olhares eram intensos, mas a sensação de ser encarada daquele jeito não era desagradável. Estavam apenas curiosas por conhecer a recém-chegada.

Enfim, uma jovem com um nariz estreito perguntou:

— De onde você vem, forasteira? Como chegou aqui?

Respirei fundo. Não dava para contar-lhe sobre a morte de Ifigênia; não suportaria falar a respeito. Mas o resto podia ser compartilhado.

— Fui criada como uma princesa na casa de meu pai — comecei —, até que o vento do oeste me sequestrou e me levou até uma casa cheia de magia...

Contei a elas minha estranha história, e a sensação foi a de estar pousando no chão um fardo pesado ao fim de um longo dia. Falei do belo lar de Eros, voltado para o mar, de sua transformação em ruínas e da gentileza surpreendente de meu misterioso e divino esposo. Quando disse seu verdadeiro nome, ouvi arquejos de admiração.

Em um determinado ponto da história, pararam de ouvir minha voz e passaram a imaginar suas próprias versões. Enxergaram-se naquela narrativa, viram seu próprio anseio por amor mortal ou divino. Uma semente foi plantada naquele dia, o cerne de uma história que seria recontada várias vezes até finalmente ser acolhida em um romance escrito por um autor latino, mas eu não sabia disso naquela época.

Quando fiquei em silêncio, as sacerdotisas sossegaram e olharam para mim. Estavam com a expressão que eu mesma tinha no rosto quando me sentava aos pés do velho poeta cego.

— E depois? O que aconteceu? — perguntou Káris, quase sem fôlego.

— Não faço ideia — respondi, rindo sem de fato achar graça. — Estou tentando descobrir.

As sacerdotisas se satisfizeram com a resposta, embora tenham ficado um pouco chateadas por não ouvir o fim do conto.

Juntas, nos preparamos para dormir. Naquela noite, pela primeira vez desde o início de minha infância, meu sono foi embalado pela voz de mulheres.

Talvez compartilhar minha história com as sacerdotisas de Hera tenha aberto meu coração de certa forma, porque naquela noite sonhei com Eros.

Em meu sonho, eu estava de volta à casa da costa, que fora milagrosamente restaurada. Podia sentir a pelagem de Cila enquanto ela se esfregava em meus calcanhares e ouvir os pavões chamando um ao outro no terraço lá fora. O gosto do ar era o mesmo, uma mistura de rosas com maresia, e ondas distantes sopravam uma névoa salgada que grudava delicadamente em meu rosto.

Havia alguém sentado na grande mesa de carvalho, de costas para mim. Soube quem era antes mesmo de ele se virar na minha direção com seus belos olhos verdes, familiares demais embora eu só os tivesse visto uma vez. Eros.

Mil palavras se amontoaram em minha língua. *Você mentiu para mim, você me deixou sozinha, você nunca me amou de verdade.*

Mas não havia raiva nele. Em vez disso, parecia um homem em alto-mar que acabara de avistar o litoral de sua terra natal.

— Psiquê — sussurrou ele.

Minha fúria se deteve de repente, como um guerreiro diante da muralha alta de uma cidade. Eu esperava desculpas ou mais mentiras, talvez um espelho de minha própria raiva. Não esperava vê-lo com saudades de mim.

Seu olhar exibia uma mistura de esperança e anseio, e ele deu alguns passos em minha direção.

— Enfim a encontrei — começou ele. — Vim trazer um alerta. Afrodite me aprisionou e irá atrás de você também. Psiquê, você deve...

Comecei a correr em sua direção, mas o sonho oscilou e ruiu ao meu redor. Acordei no dormitório das sacerdotisas, cercada pelos sons do templo iniciando um novo dia.

31

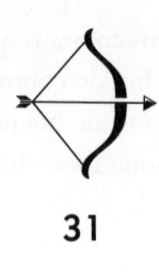

PSIQUÊ

Saí para ver o nascer do sol ainda enrolada em minha grossa coberta. Pensei em meu sonho com Eros, e minhas desculpas para estar com saudades dele foram descartadas como a pele de uma serpente.

Agora eu via que o que realmente importava eram aqueles que me amavam. Havia perdido meus pais, minha professora e minha melhor amiga, embora em alguns meses fosse ganhar um filho ou uma filha. Perdera meu esposo também, pai do bebê. Mas talvez ainda houvesse esperança.

Eros nunca mais vai querer ver você, alegara Afrodite, e eu fora tola de acreditar nela. Mas talvez as coisas fossem mais complicadas do que isso.

Tinha sido só um sonho, mas e se o Eros do sonho estivesse falando a verdade? Será que estava mesmo me procurando, afinal? Onde quer que Eros estivesse, decidi que o encontraria, mesmo que fosse só para chacoalhar meu esposo pelos ombros e repreendê-lo por sua traição.

No dia seguinte, quando terminei o serviço nas instalações do templo, me ajoelhei diante da estátua de Hera, deusa do casamento. Ela era cinco vezes mais alta que eu e tinha o semblante severo, olhando de cima para mim como se eu não passasse de um inseto. Baixei a cabeça e sussurrei uma prece fervente.

— *Traga ele de volta para mim. Traga meu Eros de volta para mim.*

Repeti as palavras do meio-dia — quando pérolas de suor cobriam minha pele e o ar parecia espesso como sopa — até o alívio fresco da noite. Káris, compreendendo minha intenção, me deu um pouco de incenso e espantou as sacerdotisas mais novas para que não interrompessem minha vigília. Meus joelhos doíam por causa do contato com o chão frio de mármore, mas ali continuei até as sacerdotisas me chamarem para o quarto. Foi só depois que o sol se pôs no horizonte a oeste e a luz deixou o templo que me levantei e recuperei a sensibilidade dos membros.

Deitada em meu catre no dormitório, com o ronco das sacerdotisas ao meu redor, me perguntei como mortais podiam fazer com que deuses lhe dessem ouvidos. Adulação não era suficiente, nem sacrifícios. Comportamentos virtuosos raramente chamavam a atenção divina.

Talvez, pensei, *a chave seja a pessoa se tornar um incômodo tão grande a ponto de nem uma divindade poder ignorá-la.*

Ajoelhei nas lajotas de mármore diante da deusa no dia seguinte, e no seguinte, e no dia seguinte, sempre repetindo minha oração. Vi outros peregrinos chegarem para pedir um esposo adequado a uma filha, ou para agradecer o nascimento de um bebê saudável. Já eu pedia apenas uma coisa: a chance de encontrar Eros de novo.

Depois de vários dias nessa rotina, tive um sonho muito esquisito. Eu estava em um jardim complexo e muito bem-cuidado, repleto de rosas, lilases e outros botões espetaculares de flores cujo nome eu não sabia. Um jardim daqueles só poderia pertencer a uma grande senhora. Quando me virei para a pessoa sentada perto de mim, porém, soube de imediato que aquela mulher não era humana.

Não era jovem, mas sua beleza era tamanha que fazia a juventude parecer espalhafatosa. Estava vestida com um véu apropriado a uma esposa e tinha as mãos acomodadas no colo. Não parecia nada com a estátua erigida no meio do santuário, embora seu rosto tivesse o mesmo olhar de austera reprovação, que lembrava vagamente o jeito de Clitemnestra. Eu estava na presença de Hera, rainha dos deuses.

— O que é isso que está me pedindo? — perguntou Hera com frieza, como uma burocrata diante de mais uma tarefa tediosa.

Ela havia respondido! O alívio percorreu meu corpo como a chuva caindo após a seca.

— Preciso da ajuda da senhora para encontrar meu marido — falei, apressada.

— Um caso de separação marital — comentou Hera, assentindo. — Muito comum, mas preciso saber mais para ver se posso ajudá-la. Ele foi seduzido por outra pessoa ou partiu por vontade própria?

— Nenhuma das duas coisas. Uma maldição nos afastou.

A expressão de neutralidade educada desapareceu do rosto de Hera. Ela comprimiu os lábios e empinou o nariz.

— Você deve ser a esposa de Eros — disse, com desprezo, como se eu fosse um bicho que surgira detrás de uma rocha. — Afrodite falou sobre uma mulher mortal que estava vivendo com seu filho. Creio que não posso fazer nada por você. Não vou ofender a deusa do amor em sua defesa.

— Mas a senhora é a patrona do casamento — protestei, embora minha esperança estivesse desaparecendo. — *Precisa* me ajudar.

— Não *preciso* fazer nada. Sou uma deusa — disparou Hera. — E por que eu deveria ajudar você? Seu marido bagunçou meu casamento com suas flechas. Não passou de uma pedra em minha sandália, assim como na de meu esposo. Além disso, de acordo com Afrodite, não dá para dizer que vocês dois de fato se casaram, já que os ritos apropriados não foram realizados. Como sou a deusa do casamento e não dos casos extraconjugais, não posso mais ajudá-la.

Encarei Hera e me perguntei se um dia ela teve uma fração da alegria que eu havia vivido com Eros. Hera e Zeus eram atrelados um ao outro como dois bois em um arado lavrando um campo infinito. Entendi que eu possuía algo que a rainha dos céus não tinha: um esposo cuja companhia eu apreciava.

— Quaisquer crimes que Eros tenha cometido ficaram no passado — argumentei —, e estou aqui agora, pedindo humildemente sua ajuda. — Abri os braços com as palmas das mãos voltadas para cima, assumindo a postura mais modesta possível.

— Não consigo solucionar isso — disse Hera, sem rodeios. — Se você ainda tiver alguma coragem, vai encarar a responsável pela maldição. Já está fugindo há tempo o bastante.

Com um sacolejo, acordei no dormitório das sacerdotisas, pestanejando à luz da alvorada. Mas vislumbrei algo a distância no jardim onírico da deusa antes de acordar: olhos verdes espiando detrás de folhas verdes, uma presença familiar que chamou a atenção do meu coração.

32

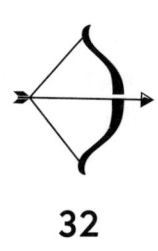

PSIQUÊ

Saí de baixo das cobertas e juntei meus parcos pertences. Fui embora enquanto as sacerdotisas ainda dormiam, embora me entristecesse a ideia de não dar adeus àquelas gentis mulheres antes de partir do templo de Hera.

Eu fui soprada entre um desejo e outro como uma folha caída ao sabor da correnteza forte, entre meus sonhos de heroína e minhas memórias de Eros. Mas apenas uma heroína poderia sobreviver aos desafios que eu enfrentaria, mesmo que eles fossem de natureza distinta da qual inicialmente eu achei que seriam. Mesmo que poeta algum cantasse minha história.

Você não será lembrada como uma grande heroína, mas como uma grande amante, Prometeu me dissera certa vez.

Ele estava errado. Eu seria as duas coisas.

Meu coração retumbava com a audácia do que eu estava prestes a fazer. Eu iria me colocar à mercê do poder de minha pior inimiga na esperança vã de que ela pudesse cumprir uma promessa improvisada. Eu não tinha ideia do que Afrodite poderia exigir de mim, se aceitaria minha proposta ou me mataria na hora.

Encontrei um penhasco voltado para o mar. O vento erguia a barra do quíton simples que eu ainda usava, o qual as sacerdotisas me deram.

Me chame se mudar de ideia, Afrodite dissera daquela vez.

Então a chamei.

A deusa aceitou a invocação e chegou na forma de uma pomba que depois se transmutou em uma mulher alta. Olhou ao redor, analisando o ermo varrido pelo vento com uma expressão de aversão no rosto.

— É muito cedo — comentou Afrodite, desdenhosa. — Não gosto de ser acordada tão cedo assim.

Olhei para ela, me perguntando o que exatamente fazia de alguém uma divindade. Ela quase parecia humana, tanto quanto um cavalo feito de ouro se parece com um cavalo feito de argila; a forma era igual, mas a substância diferia muito. A luz de outro mundo parecia brilhar nas feições impecáveis de Afrodite.

O mar rugia ao redor das rochas, ecoando o retumbar do sangue em meus ouvidos.

— Aceito sua oferta — declarei. — Serei sua serva, mas deve haver limites e uma recompensa clara. Se realizar uma série de tarefas para a senhora, quero mais do que um vislumbre de Eros. Quero que prometa que vamos voltar a estar juntos.

Um sorriso surgiu nos lábios vermelhos de Afrodite.

— E o que faz você pensar que Eros quer vê-la de novo?

Me encolhi. Como uma víbora, Afrodite sabia exatamente como dar o bote.

— Ele querer ou não é irrelevante — respondi. — Cabe a mim e a ele decidir isso. A senhora não pode se interpor.

— Certo — disse Afrodite, casual. — Você precisará realizar três missões para mim: apanhar minha lã, separar meus grãos e me trazer um pouco de creme de beleza. Se cumprir as três tarefas, vou lhe devolver seu desgarrado Eros.

Senti o poder de um juramento recair sobre mim como uma cangalha no lombo de um boi. Ou talvez fosse apenas o impacto da escolha que eu havia feito. De uma forma ou de outra, o fardo era mais pesado do que eu esperava.

A boca de Afrodite se retorceu. Uma aranha logo após aprisionar uma mosca em sua teia invejaria aquela expressão.

— Ah, quase me esqueci de mencionar — acrescentou ela com um prazer cruel. — A lã é das Ovelhas do Sol, de Cólquida; os grãos formam uma pilha que toca o teto do templo de Deméter; e o creme de beleza pertence a Perséfone, então você terá de persuadi-la a lhe dar um pouco... Isso se ela permitir que entre em seu território.

Fitei a deusa, emudecida pela enormidade dos trabalhos que me esperavam. Eu não passava de uma mera mortal, e aquelas eram missões que os próprios deuses precisariam se esforçar para cumprir. Afrodite poderia muito bem ter me pedido para puxar a lua do céu e usá-la para fazer queijo.

— O que acontece se eu falhar? — sussurrei.

— Quebrar um acordo com um deus é punível com a morte — respondeu Afrodite, rindo. — Uma pena por meu neto ou neta, mas tenho certeza de que Eros me dará outro em breve... Um que não seja contaminado pelo sangue mortal. Também devo mencionar que você tem uma semana para cumprir todas as tarefas. Boa sorte!

E ali fiquei, no topo do penhasco, sozinha com o quebrar das ondas e as batidas de meu próprio coração engasgado. Talvez tivesse acabado de saltar da frigideira direto para o fogo. Respirei fundo, uma vez e depois outra, para tentar abafar o pânico crescente que comecei a sentir ao pensar no que exatamente eu tinha a perder. Não temia apenas por minha própria morte, mas também pela do bebê que carregava. Pousei a mão sobre o ventre, sobre a pequena vida que levava dentro de mim.

Ouvi um sussurro trazido pelo vento, um som que parecia emanar das próprias rochas, da grama e da terra e de tudo ao meu redor. *Siga, corajosa alma*, disse a voz. *A terra e tudo o que há nela se moverá para ajudá-la.*

Talvez não passasse da minha imaginação, mas as palavras me trouxeram de volta a mim. Eu não estava completamente sozinha. Ainda tinha um amigo que podia me responder, caso ele sentisse no fundo do coração que devia me perdoar.

Levei os dedos aos lábios e assoviei, de um jeito que aprendera na época da casa da costa quando precisava de companhia. Em resposta, a brisa se agitou. O vento assumiu uma forma familiar que soltou um gritinho de alegria ao me ver.

— Psiquê!

— Zéfiro. — Prendi a respiração, me preparando para recriminações ou mesmo pelo reacender de nosso conflito. — Sinto muito pelo que eu disse — falei. — Você não é um monstro. Sei o que Jacinto realmente significava para você. Eu estava sofrendo e, em meu luto, também fiz com que você sofresse.

Mordi o lábio. Não era muito boa com pedidos de desculpas, mas não enxerguei nada nos olhos brilhantes de Zéfiro além de alegria em estar me vendo.

— Já fui chamado de coisas muito piores — afirmou ele, desconsiderando a memória daquelas palavras amargas como se dispersasse poeira no vento. — Mas me diga, já encontrou Eros?

— Não — respondi. — Tinha a esperança de que você pudesse me ajudar com isso.

O semblante anguloso do deus do vento oeste se contorceu de pavor.

— Olhei em todos os lugares sob o sol, mas não consigo achar nem um rastro que seja.

Assenti.

— Tenho um plano — falei. — Fiz um acordo com Afrodite. Se eu completar as três tarefas que me passou, ela o devolverá para mim. Não são coisas fáceis, mas com sua ajuda eu talvez tenha alguma chance.

Prendi o fôlego e me preparei para ouvir a resposta de Zéfiro. Cogitei a possibilidade de o deus do vento me abandonar ali, volúvel e inconstante como era.

— Estou à disposição — disse Zéfiro, afobado. — Vou ajudar com tudo que você precisar.

33

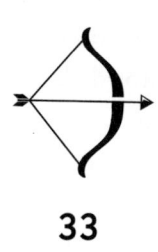

PSIQUÊ

Quando criança, eu ouvira avidamente as histórias do poeta cego sobre como Jasão e os argonautas haviam ido até o rico reino de Cólquida à procura do Velo de Ouro. Atalanta me contara suas próprias versões menos belas da história, mas nenhuma delas tinha me preparado para a estonteante extensão verdejante de terra diante do mar. Montanhas se erguiam a leste e o oceano cintilava a oeste, e entre os dois havia uma terra riquíssima de colinas ondulantes e rios serpenteantes: a Cólquida. O vale onde eu estava ficava longe de qualquer cidade ou propriedade rural, local adequado para que o deus do sol, Hélio, pastoreasse suas ovelhas.

Quando cheguei ao vale, carregada pelos ventos de Zéfiro, ainda era manhã. Ao ver as Ovelhas do Sol sem pastor algum por perto, presumi que minha tarefa seria simples. Eu não mataria os animais; eles pertenciam a Hélio, e não queria correr o risco de criar um conflito com outra divindade. Tinha certeza de que recolher um pouco de lã de um rebanho de ovelhas não me causaria problema, considerando que eu já havia abatido cervos e matado grifos.

Comecei a andar na direção de um dos animais, que pastava às margens do rebanho. A ovelha me encarava, plácida, enquanto mastigava. Sua lã brilhava num tom de ouro queimado, e ela parecia levemente iluminada de dentro para fora. Fui chegando cada vez mais perto, mal ousando respirar por medo de assustar a criatura, mas ela só continuou baixando a cabeça aqui e ali para abocanhar mais grama.

Quando cheguei perto o bastante para ver os detalhes das asas filigranadas das moscas que voejavam acima das costas da ovelha, congelei no lugar. Com um salto ágil eu seria capaz de agarrar o animal, prendendo sua cabeça com um dos braços antes de arrancar alguns tufos de lã que iriam satisfazer Afrodite.

Antes que eu pudesse me mover, porém, a ovelha estremeceu e soltou um balido de alerta. Depois saltou para longe de mim como se não pesasse mais que uma pluma, movendo-se mais rápido do que meus olhos podiam acompanhar. Ela disparou rente à relva, parando a certa distância, onde baixou a cabeça para continuar a pastar. O balido perturbou as outras ovelhas, que fugiram de mim como um bando de pássaros notando a presença de um falcão. Bom, sem problemas. Eu podia tentar de novo.

Perto do meio da tarde, eu já havia feito mais ou menos dez tentativas de capturar uma das criaturas. Estava sem fôlego, encharcada de suor e nem um palmo mais próxima de meu objetivo. Sempre que me aproximava do rebanho, os animais fugiam como pétalas de flor-de-cera sopradas pelo vento. Tão difícil de conquistar quanto a felicidade, supunha. Tive vontade de arrancar tufos da grama, frustrada.

Tentei me arrastar rente ao chão para surpreender as ovelhas, mas elas sempre percebiam e fugiam. Também tentei emboscá-las enquanto pastavam em platôs de rocha, mas elas escapavam de mim sem dificuldade. Consegui enfim arrancar alguns fios de lã dourada de uma das ovelhas mais lentas antes de ela escapar por entre meus dedos, mas eu sabia que aquilo jamais seria suficiente para satisfazer Afrodite. Em desalento, encarei o pequeno chumaço de lã em minha mão, abalada por minha impotência.

Se tivesse as ferramentas adequadas, poderia construir armadilhas ou cavar fossos, mas não tinha levado nada comigo além da roupa do corpo. Além de tudo, estava com fome, muita fome, e não havia nada ali na natureza que eu pudesse comer.

Tombando a cabeça para o lado, encarei o céu.

— Não tem como você me ajudar, tem? — perguntei para Zéfiro, apontando para as ovelhas que pastavam tranquilas.

A brisa que circulou no céu me fez visualizar o deus dando de ombros.

— Nem o vento conseguiria pegar um desses bichinhos petulantes. Além disso, se eu ajudá-la diretamente na tarefa, é possível que Afrodite alegue que você não cumpriu todos os termos.

Finquei as unhas no couro cabeludo. A fome e o desespero me consumiam. Antes achava que viajar do continente até ali seria a parte mais desafiadora daquela missão, mas pelo jeito as ovelhas do deus do sol estavam bem protegidas mesmo sem sua intervenção ativa. Não era de admirar que Jasão e seus heróis tivessem ido atrás da pele em posse do rei da Cólquida. Roubar o Velo de Ouro, mesmo guardado por um dragão adormecido, parecia muito mais fácil do que caçar uma ovelha daquelas para produzir o próprio velo.

Vi o sol se mover em direção ao horizonte, alongando as sombras dos animais no pasto, e senti o estômago se revirar. Uma semana. Era tudo o que eu tinha para completar três tarefas impossíveis. Só a jornada até o Submundo poderia durar quinze dias, isso se eu conseguisse fazê-la sozinha. E se eu falhasse...

Choramingar não vai adiantar de nada, disse a mim mesma, séria. Fui até um pequeno rio que corria pelo meio do vale; as ovelhas saltitavam para fora do meu caminho. Juntei as mãos em concha e bebi da cristalina água da montanha, matando a sede cruel.

Deitei-me de costas na relva, cansada demais para pensar. O início do outono era diferente na Cólquida. Na parte continental da Grécia, os dias ainda estavam quentes, enquanto nas montanhas o frio persistente ficava mais e mais intenso conforme a luz do sol sumia.

O verão estava morrendo. O tempo voava.

Acima da minha cabeça, um junco sacolejou à sorte da brisa. Me perguntei o que ele já tinha visto e o que me contaria se tivesse boca para falar. Ali, entre as ovelhas, os dias provavelmente eram todos iguais. Como se concordando, o junco se curvou de novo com o vento, projetando sua sombra longa sob o sol poente.

Virei a cabeça e me dei conta de que o campo era feito de ouro.

Apoiei o peso do corpo sobre um cotovelo, sem acreditar no que estava vendo. Pequenos tufos de lã brilhavam como chamas à luz do sol que se esvaía. Um pouco adiante havia um emaranhado de fios preso entre algumas rochas, e do outro lado um tanto se enroscava à vegetação rasteira. Isoladamente, eram quantidades insignificantes, mas juntas talvez formassem um montante grande o suficiente.

Eu não havia enxergado aquilo porque não tivera a presença de espírito de olhar no lugar certo, focada como estava na caça de uma das ovelhas. Mas agora o sol poente cintilava sobre aqueles fios de ouro, fazendo-os flamejar. Corri para juntar tudo o que podia em um bolinho entre as mãos, rindo um pouco em um estado de descrença encantada.

Eu havia vencido. Completara a primeira tarefa.

* * *

Afrodite chegou conforme o sol sumia atrás dos picos das montanhas, saltitando pela ravina verdejante com a tranquilidade de uma pastora. Sem se preocupar com formalidades, inspecionou minha oferenda de lã de ouro. Arrancou o tufo dourado das minhas mãos e fiou um cordão, segurando-o contra a luz enquanto semicerrava os olhos como uma velha comerciante. Enfim guardou o fio, parecendo quase decepcionada. Talvez tivesse a esperança de que eu fosse acabar me matando na tentativa de capturar uma ovelha, ou que Hélio me obliterasse pelo insulto. Uma satisfação presunçosa aqueceu meu ser.

— Agora vá até o templo de Deméter em Elêusis — ordenou a deusa. — Separe o grão que me foi dado como oferenda. E quanto a *você*... — Afrodite se virou para Zéfiro, que se juntara a mim para testemunhar a reação da deusa. — Não ajude a mortal. Se levá-la voando até Elêusis, vou considerar o contrato quebrado.

Zéfiro pareceu alarmado, mas fez uma mesura para indicar que havia entendido. Meu coração apertou. Elêusis ficava a muitos dias de jornada pelo mar, e me restavam apenas seis.

Afrodite foi embora, me deixando sozinha com Zéfiro. A noite se aproximava, e as primeiras estrelas começavam a surgir. Eu estava morta de fome e profundamente exausta. Precisei reunir todas as minhas forças para não cair derrotada.

Zéfiro fez surgir no ar uma pequena garrafinha de cristal e colocou-a no chão entre nós dois. Depois desviou o olhar e dobrou os braços, parecendo fascinado com as ricas cores do céu a oeste.

— Ah, caramba, acho que perdi minha tintura de Circe — disse ele olhando o pôr do sol. — Seria uma pena se alguém a bebesse.

Apesar da exaustão, sorri. Lembrei-me da leveza e da liberdade que era estar na forma de borboleta. Poderia chegar sozinha até Elêusis se tivesse asas próprias, mesmo que fossem pequenas.

— Você não deve me ajudar — falei a ele.

— Não estou ajudando ninguém — respondeu Zéfiro. — Só perdi minhas coisas, como o cabeça de vento que sou.

Estava prestes a arrancar a rolha da garrafa quando ele continuou:

— Sua última missão vai levá-la até o Submundo. Quando estiver por lá, pode ser que encontre Jacinto. Se encontrá-lo, diga a ele que Zéfiro ainda o ama.

Senti uma pontada de empatia.

— Vou dizer — respondi.

— Ventos favoráveis vão soprar esta noite — disse Zéfiro para o céu e a relva. — Vou cuidar para que Noto, meu irmão, garanta isso. Ele não sabe nada sobre a missão, então Afrodite não vai poder reclamar.

— Obrigada — falei, quase sem fôlego.

— Não me agradeça — zombou Zéfiro. — Sou só um cabeça de vento que esquece onde guardou as coisas e adora uma boa brisa sulista.

Tirei a tampa do vasilhame e bebi todo o líquido contido nele. Pouco antes de a tintura fazer efeito, uma dúvida me ocorreu.

— Zéfiro, por que minha alma tem forma de borboleta? A de loba ou leoa seriam mais adequadas. Por que a borboleta, então?

— Não faço ideia — respondeu ele. — Talvez alguém mais sábio possa lhe dizer.

Não respondi. Àquela altura, já era incapaz. Segui na direção do céu cada vez mais escuro, e minhas asas delicadas batiam decididamente.

34

EROS

Alguma qualidade vital havia sumido do mundo.
As pessoas na Grécia notaram, assim como aquelas em terras mais distantes. Bodes e ovelhas pararam de acasalar nos campos, e o leite das fêmeas secou. Cônjuges e amantes perdiam a paciência, imersos em discussões mesquinhas. Músicos viam suas composições azedarem, e o resultado do trabalho dos oleiros não passava de pelotas de argila sem a centelha que transformava as obras em arte de verdade. Os deuses também se viram perdidos. Zeus não conseguia invocar interesses amorosos do passado, e até Afrodite estava mal-humorada e inconsolável.

O desejo sumira do mundo, e não demorou muito para que alguém decidisse perguntar o porquê.

— Eros? O que você está fazendo aqui?

Minha cabeça se virou de supetão em direção à fonte da voz. Era feminina, mas não pertencia a Afrodite. Tentei pedir ajuda, mas apenas um sussurro engasgado saiu de minha garganta.

— Pelo jeito, ela o deixa sem beber e comer. — A dona da voz suspirou. — Tome.

Um odre surgiu diante dos meus lábios, e bebi com hesitação. Fui recompensado por um jorro não de uma simples água, mas de ambrosia dos deuses, bebida restauradora de nossa divindade e vitalidade. Conforme fui sorvendo o líquido, senti a força voltando, mas as mãos invisíveis logo puxaram o odre para longe.

— Agora, me responda. O que está fazendo aqui?

Lambi os lábios, tentando capturar as últimas gotas de ambrosia. O que *de fato* eu estava fazendo ali? Os eventos das últimas semanas voltaram me atropelando no instante em que reconheci minha interlocutora.

— Olá, Éris — falei, com a voz rascante como ossos em atrito com o chão empoeirado. — Quanto tempo. Parece que estou sendo punido por Afrodite por acolher uma inimiga e contar mentiras. Minha mãe adotiva é bastante austera.

— É mesmo, ao que parece. Está escuro como a goela de uma hidra aqui. Não consigo enxergar nada. — Senti o lampejo de magia divina e a luz se fez.

Uma lamparina. Minha irmã me encarava, verdadeiramente abismada, e seu rosto era a primeira coisa que eu via em mais de quinze dias. Meus olhos foram ofuscados pela claridade.

— Talvez eu deva apagar isso — disse Éris, se encolhendo com uma careta. — Você está péssimo.

— Posso garantir que, por mais deplorável que seja minha aparência, me sinto ainda pior — respondi. — Como me encontrou?

— Somos dois lados da mesma moeda, Eros. Sempre sei onde você está.

— Esse pensamento é meio perturbador. Me dê mais ambrosia, por favor. — O gole que eu havia tomado não foi capaz de matar minha sede, e falar me exauria.

Éris tombou a cabeça para o lado.

— Não — disse depois de um instante.

Meu coração se apertou. É claro que minha irmã me negaria o que eu mais queria.

Os cantos de seus lábios se repuxaram de forma estranha.

— Em vez disso — continuou ela —, vou tirar você daqui.

Éris tocou nas correntes, e elas caíram de meus punhos. Os elos talvez fossem inquebráveis para qualquer outra pessoa, mas a deusa da discórdia tem o poder de romper coisas — o que serve tanto para objetos como para relacionamentos entre seres vivos. Colapsei na pedra fria; meus músculos e tendões atrofiados gritavam em agonia. Me debati por alguns instantes até minha divindade curar as infinitas lesões.

— Por que me libertou? — perguntei em um arquejo. *Para me ver me retorcendo no chão como uma barata?*

— Porque me deu vontade — respondeu Éris, simplesmente. — Meu desejo é causar discórdia, e às vezes isso significa soltar o que deveria permanecer preso. Além do mais, isso vai enfurecer Afrodite — acrescentou ela com um sorrisinho faceiro.

Me levantei e esfreguei os pulsos, admirado. Minha natureza divina havia feito sumir os arranhões causados pelos grilhões, mas eu passara tanto tempo preso que hematomas escuros ainda circundavam meus punhos como braceletes. De toda forma, eu estava livre.

Olhei para Éris. Parada ali, com a lamparina nas mãos e os traços bruscos suavizados pela luz gentil, ela quase lembrava Psiquê.

— Você não devia ficar tão surpreso por eu querer ajudá-lo, sabia? — falou Éris baixinho, me trazendo de volta ao presente. A expressão em seu rosto era afiada como sempre, mas parecia adocicada por um toque de melancolia que eu nunca vira antes na deusa da discórdia. — Sempre tentei ser gentil com você, só queria ser sua amiga. Houve um tempo em que quis me casar com você, mas meu irmãozinho sempre se afastava.

Antes daquele momento, eu achava que tudo o que Éris dizia e fazia tinha um significado escondido, uma maldade velada, alguma piada particular que ela depois contaria para as mais malignas de suas companhias. Achei que não havia nada além de malícia e crueldade em seu caráter, mas agora ela me olhava como uma menina perdida que não tinha mãe, pai ou irmão.

Éris prosseguiu:

— Há de chegar o dia em que os Olimpianos não passarão de mitos esquecidos, mas nós dois iremos permanecer, caro irmão. Somos a união e a dissolução, o dia e a noite. Não vai doer você me escrever uma carta de vez em quando.

Éris ergueu a mão e a porta se escancarou. A luz do corredor banhou o cômodo, e tive o primeiro vislumbre dos sinuosos corredores do Olimpo. Anos pareciam ter se passado, e a visão era como um lembrete de outro mundo muito distante daquela prisão escura. O alívio me inundou como o alvorecer, seguido por uma determinação ferrenha quando pensei em Psiquê.

— Obrigado — disse à minha irmã, sem saber o que mais falar, e corri na direção da luz.

* * *

Desci em disparada o Monte Olimpo na forma de um rato-do-campo, determinado a me proteger dos olhos dos mensageiros que iam e vinham do cume. Optei pela transmutação não apenas por astúcia — meu poder estava em seu ponto mais baixo, murcho como uma flor seca; se eu não tomasse cuidado, perderia as forças e não conseguiria manter um corpo físico, o que tornaria minha busca inútil. Voltei à minha forma verdadeira quando cheguei ao sopé além do Olimpo, onde me apoiei ofegante em um afloramento de rochas.

Uma lufada de ar agitou meu cabelo.

— Zéfiro? — chamei.

Braços magros me envolveram, e a força do abraço quase me jogou no chão.

— Eros, é você! — exclamou ele. — Procurei-o nas quatro direções, mas não encontrei nem rastro seu! Ah, meu querido, o que aconteceu com você? Sua aparência está horrenda.

— Estou ciente — respondi. — Mas que bom ver você, Zéfiro.

— Digo o mesmo — respondeu meu amigo, colocando a mão no meu ombro com uma calidez que quase trouxe lágrimas aos meus olhos. — Ah, preciso lhe contar: tenho notícias de Psiquê.

Meu coração se alegrou, mas logo depois se apertou quando Zéfiro me contou sobre o acordo de Psiquê com Afrodite.

— Três missões impossíveis — sussurrei. — Minha mãe adotiva poderia muito bem ter pedido para Psiquê arrancar o sol do céu e fazer um pingente com ele que daria na mesma.

— Psiquê já conseguiu concluir a primeira tarefa — informou Zéfiro, sorrindo. — Eu ajudei um pouco, mas Afrodite me impediu de continuar auxiliando sua esposa. O que faremos agora?

Refleti sobre as possibilidades. Eu não poderia ajudar Psiquê em pessoa. Além de estar fraco e sem aliados, encontrá-la me faria apenas ser afetado de novo pela maldição.

Eu precisava de ajuda, mas onde a encontraria?

Apenas um nome me veio à mente: Hécate, deusa das encruzilhadas. No passado, eu considerei me aliar a ela, logo depois de contrair a maldição, mas me esquivei da possibilidade na época. Não tinha certeza alguma de que ela me ajudaria de imediato, ou do que poderia pedir em troca de sua bênção. Hécate não era minha amiga; e eu nem sequer sabia se ela se considerava amiga de alguém. Ainda assim, diziam que a deusa oferecia ajuda àqueles que iam até ela de coração aberto, tanto mortais quanto imortais.

Meu olhar recaiu sobre a floresta atrás do sopé do Olimpo, e de imediato soube que a encontraria ali. Hécate Soteira. Hécate, a salvadora. Dizem que aquele que adentra o suficiente qualquer floresta sempre a encontrará. Eu precisava tentar, por Psiquê.

— Fique de olho em Afrodite — ordenei a Zéfiro, me levantando com as pernas trêmulas. — Garanta que ela não possa seguir meu rastro.

— Aonde você vai? — perguntou Zéfiro.

— Encontrar Hécate — respondi. — Ela vai saber o que fazer.

Passo agonizante após passo agonizante, fui procurar aquela que ampara quem já está além de qualquer outro amparo.

Assumi a forma de um cervo, mas logo vi que não conseguiria manter tal forma por muito tempo. Depois me transformei em leão, e em seguida em um felino menor — que não avançava tão rápido, mas cuja forma exigia menos concentração para ser mantida.

Andei pelo que pareceu uma extensão infinita de árvores, longe de qualquer habitação humana, até chegar às profundezas da floresta onde apenas dríades ousavam fazer sua morada. Conseguia ouvir as antigas entidades das árvores sussurrando umas com as outras, entretidas com minha passagem, mas fingi que não escutava e ignorei-as. Os ramos crescentes se entrelaçavam muito acima da minha cabeça, impedindo a entrada da luz do sol. Assim, mesmo durante o meio do dia, a floresta seguia fresca e mergulhada em penumbra. Minhas patas pisavam sobre séculos de limo conforme eu avançava; o solo rico exalava o cheiro de terra.

Parei de repente ao farejar algo distinto: fumaça de uma lareira. Segui o odor e logo cheguei ao local que procurava.

A choupana era muito antiga e coberta de musgo. Seria possível confundi-la com o casebre de qualquer fazendeiro não fosse o par de pernas de galinha sob a construção. Uma perigosa escadaria levava até a casa em si, culminando em uma robusta porta de madeira. Porcos chafurdavam alegremente em um cocho, e uma vaca mugiu baixinho quando passei. Dois cães pretos, mais parecendo manchas de tinta preta, me encararam com curiosidade e começaram a latir.

O ruído a convocou. A porta se abriu de repente, e Hécate desceu aos tropeços segurando o corrimão para se equilibrar. Tinha a pele quase translúcida, e uma cabeleira desgrenhada da cor de água suja escorria de seus ombros encurvados. Por que ela fazia aquilo consigo mesma? Poderia escolher a forma que quisesse, prerrogativa de uma deusa, e ainda assim optava por ter a aparência de uma bruxa. Senti os pelos do cangote arrepiarem e a cauda se estufar. Sabia que estava na presença de um antigo poder divino, de um tipo que perturbava até a mim.

Hécate foi até o ponto onde eu, ainda na forma de pequeno felino, arfava na terra coberta de musgo. Os cães corriam por entre as pernas dela, de orelhas em pé. Arqueei as costas e grudei as orelhas no crânio fazendo um chiado ofídico quando eles se aproximaram demais. Qualquer um deles me destroçaria com os dentes, uma complicação da qual eu não precisava.

A deusa estalou a língua em reprovação quando me viu.

— Olhe só para você. Como se permitiu chegar a esse ponto?

Me recompus tão bem quanto pude.

— Venho à sua porta pedir ajuda; minhas súplicas a Hécate Soteira, Hécate, a salvadora.

Hécate riu. Os cães continuaram andando em círculos ao nosso redor, farejando o ar.

— Esse é meu epíteto favorito, sabia? Você veio ao lugar certo, filho de Caos — continuou ela —, embora eu nunca tenha visto alguém como você à minha porta. Vamos entrar.

Filho de Caos, ela me chamara, embora eu fosse um deus ordinário e não um dos primordiais. Me dei conta de que eu não sabia exatamente o quão antiga era Hécate. Tinha a impressão de que ela sempre estivera ali, habitando as margens do mundo. Talvez, acompanhada de seus dois cães, tivesse até me visto emergir com outros deuses do abismo de Caos.

Hécate recolheu meu corpo de gato nos braços com uma força surpreendente. Miei, incomodado, mas não protestei mais. Estava cansado, à beira do colapso, mas consegui juntar forças para arreganhar os dentes quando um dos cães se aproximou demais.

Ela me levou a uma cozinha pequena e coberta por uma fina camada de cinzas. Fiquei chocado; nunca havia visto uma habitação divina tão *suja* quanto aquela. As prateleiras estavam repletas de objetos abandonados, ânforas, jarros e outras coisas difíceis de classificar. Ervas de variedades irreconhecíveis pendiam do teto em ramalhetes, e o lugar tinha um estranho cheiro medicinal que me deixava irrequieto. Deuses, via de regra, não precisavam de medicamentos.

Hécate me depositou em uma cadeira e pousou uma xícara fumegante diante de mim. Voltei à minha forma verdadeira e envolvi a porcelana com as mãos para absorver o calor. Minha pele estava ressecada; meus tendões, saltados como as raízes de uma árvore murcha. Me dei conta de que devia estar parecendo um esqueleto envolvido por uma camada de pele fina como gaze.

— Beba — disse Hécate. — Precisamos conversar, e você não está em condições para isso.

Cogitei a possibilidade de a xícara conter veneno, tintura de móli ou alguma outra substância nociva. Mas, bem, de que importava? Se Hécate quisesse me transformar em uma pedra, não precisaria se esforçar muito.

Bebi tudo. Era algo forte e doce, que desceu queimando de forma agradável. Tive a impressão de sentir um toque de ambrosia. Me senti mais sólido ao terminar a bebida, mais ancorado ao mundo físico.

Hécate se acomodou e pousou as mãos no colo, me encarando com um olhar que faria Zeus estremecer.

— Certo, agora me diga o que quer de mim — exigiu ela. — Já sei de toda a história com Afrodite, então não perca tempo com essa parte.

Nem me dei ao trabalho de perguntar como Hécate sabia daquilo. A deusa da bruxaria não precisava nomear suas fontes.

— Se já sabe tudo a respeito disso, por que está me ajudando? — questionei.

— Ainda não decidi se vou ou não ajudá-lo — respondeu Hécate. — Você causou muitos problemas. Há mais de uma pessoa que adoraria vê-lo espremido em um jarro por vários milhares de anos. — Ela deixou as palavras pairarem no ar por um momento antes de as dispensar com um gesto da mão. — Mas quando me chamou por um de meus títulos favoritos, Soteira, provavelmente já sabia que gosto de tomar sempre o partido do mais fraco. Além disso, o que Afrodite acha que poderia fazer *comigo*? — Hécate caiu na gargalhada; seus lábios rachados se esticavam para revelar dentes que pareciam pedras rachadas.

O que *qualquer pessoa* achava que poderia fazer com Hécate, deusa da escuridão e da bruxaria? A parte branca de seus olhos havia amarelado, e a pele que os envolvia tinha uma aparência desagradável de carne crua. Era possível ver seu couro cabeludo por baixo do cabelo fino.

— Me ajude a encontrá-la — implorei. — Me ajude a encontrar Psiquê, e depois agracie-a com a apoteose.

Minhas mãos apertavam a borda da mesa como garras; os nós dos dedos estavam brancos, e meu coração pulsava em meus ouvidos. Eu entendia a enormidade de minha demanda — transformar Psiquê em uma deusa era uma escolha que não poderia ser desfeita, mas era a única alternativa.

— A senhora sabe como produzir a beberagem — continuei, insistindo. — Tenho certeza de que sabe. Não existe nada além de suas capacidades. Dê a apoteose a Psiquê... é tudo o que peço.

Hécate me fitou por um instante, com o rosto retorcido que parecia uma visão além do tempo.

— Não — respondeu ela, enfim.

Soquei a mesa com os punhos cerrados, fazendo a xícara saltar.

— Por quê? — indaguei.

— Vocês dois não saberiam o que fazer com a apoteose. Além disso, é necessário invocar outros deuses e fazer uma votação antes de produzir a beberagem. Um imenso incômodo, do início ao fim.

Dei uma risada sem humor algum.

— Então a senhora não vai fazer nada?

— Nunca disse isso — respondeu Hécate, afiada. — Há outras formas de ajudar a garota sem transformá-la em uma deusa.

Um dos cães pretos se aproximou e pousou a cabeça no colo de Hécate. Ela estendeu a mão e o acarinhou; a criatura se esticou, apreciando o toque, e fechou os olhos de prazer.

— Você a ama? — Hécate perguntou de repente, me encarando. — Essa sua esposa mortal. Psiquê.

— É claro. Não tenho escolha — respondi. — Estou sob efeito da maldição de Afrodite.

Hécate deu uma risada sarcástica.

— Ah, seu tolinho... A maldição se desfez como uma carroça mal-ajambrada no instante em que Psiquê entrou em seu quarto com a lamparina. Não há traço algum da maldição em você.

35

EROS

A maldição havia sido quebrada.
— Era um trabalho bem fajuto, inclusive — murmurou Hécate. — Afrodite nunca foi muito boa em magia... nunca teve a força de vontade necessária. Por que acha que precisou manter você preso com correntes?

Minha sensação era a de que uma fina camada de gelo sob meus pés havia se quebrado e eu caíra com tudo em águas congelantes. Olhei para o ponto dentro de mim onde a maldição se instalara e não encontrei nada além de uma cicatriz turva. O uivo em minhas veias havia se calado. O terror e a culpa e o anseio que eu agora sentia não eram decorrentes de alguma magia sombria. Eu simplesmente estava *com saudade* de Psiquê, um sentimento ordinário e nada invejável.

Foi então que entendi: se a maldição não existia mais, também não havia nada que me impedisse de encontrar Psiquê. Eu estava quase na porta quando Hécate me chamou.

— Não seja estúpido, filho de Caos — disparou ela. — Procurar por Psiquê apenas irá colocá-la em maior risco.

Pensei naquilo, lembrando do que Zéfiro me havia dito.

— Afrodite fez Psiquê se declarar sua criada e lhe deu três tarefas impossíveis, me oferecendo como recompensa. Agora que não há maldição alguma me impedindo, preciso ajudá-la.

— Você não pode impedir que alguém lute as batalhas que nasceu para lutar — disse Hécate, cujos olhos refletiam a luz das velas como os de um lobo.

Lembrei-me da profecia, tão importante para Psiquê. *Vai dominar um monstro temido pelos próprios deuses.*

Não fiquei muito convencido.

— Isso não é uma batalha. É algo muito pior.

— Talvez. Me diga, quais são as tarefas?

Listei as duas que faltavam:

— Separar os grãos no templo de Deméter e coletar um pouco do creme de beleza de Perséfone no Submundo.

— Que belo par — comentou Hécate, seca.

Deméter é a deusa da colheita e mãe de Perséfone. Mas, para uma mortal, a jornada até o Submundo significaria o perecimento. Eu já quase perdi Psiquê para a escuridão uma vez.

Comecei a andar de um lado para outro, ansioso, esperando que o movimento avivasse meus pensamentos. A memória de uma floresta em Anatólia surgiu em minha mente.

— Perséfone me deve um favor; eu dei a ela o amor de Adônis. Vou pedir que ela entregue a Psiquê o que quer que Afrodite exija.

A velocidade dos pensamentos me deixou atordoado, mas as palavras seguintes de Hécate me trouxeram de volta a terra.

— Você poderia fazer isso... se fosse possível enviar mensagens à rainha dos mortos — disse ela, mordendo o lábio com a ponta amarelada de um dente quebrado. — Mas o outono chegou, e Perséfone voltou ao reino do esposo, até o qual nem mesmo eu posso segui-la.

— Hermes pode levar mensagens ao Submundo — comentei.

— Hermes preferiria arrancar os próprios olhos a ofender Afrodite. É completamente apaixonado por ela — lembrou Hécate, me encarando.

Me larguei à mesa, mergulhando a cabeça nas mãos. O sucesso quase estivera a meu alcance. Eu quase havia me permitido acreditar que poderia salvar Psiquê.

— Eu nunca escolhi Psiquê — falei em voz alta. — Ela me foi trazida através da maldição, como... — *Como minha imortalidade, meu poder divino e todas as coisas que compõem a trajetória disforme da vida imutável de um deus.*

— Mas você teria escolhido Psiquê agora, não teria? — respondeu Hécate. — Você poderia ter ido a qualquer lugar depois de ter se livrado dos grilhões de Afrodite. Ainda assim, escolheu vir até mim, sabendo que sou sua melhor chance de ajudar Psiquê.

A deusa empurrou a cadeira para longe da mesa e começou a fuçar em jarros apinhados nas prateleiras cambaleantes, pegando alguns deles. Puxou uma colherinha de prata de uma gaveta de talheres entulhada e passou a medir ingredientes, que depois macerou em um pilão. Os cães a observavam com curiosidade.

— Você já os invejou, não foi? — continuou Hécate, sem olhar para mim. — Os mortais. Muitos da sua natureza o fazem. Talvez tenha achado que invejava a habilidade deles de experimentar a morte, mas na verdade acho que invejava seu *propósito*. A mortalidade tem a capacidade de impor propósito a alguém, quer a pessoa queira ou não. Mortais têm pouquíssimo tempo a perder! — Ela riu consigo mesma.

Minha sensação de desconforto aumentou. Lembrei-me do casal de idosos que havia visto tanto tempo antes, iluminados pelo amor que compartilhavam. Talvez eu *de fato* os tivesse invejado, de forma um tanto quanto incerta.

— Suponho que amar uma mortal também lhe tenha dado propósito — concluiu Hécate. — Ao aprender a amar verdadeiramente outra pessoa, aprendeu a amar o mundo e também a si mesmo, o que pode ser ainda mais difícil.

— Não acho que a falta de amor-próprio já tenha sido meu problema.

Hécate deu uma risadinha.

— Isso não é exatamente o que enxergo. Você nunca sentiu que pertencia a algum lugar, ou que tinha valor no mundo. Psiquê lhe deu isso.

O comentário dela soou intrusivo como um punhal enfiado entre as costelas. Pensei na vontade que eu sentira de experimentar a morte, agora uma lembrança distante depois de a presença de Psiquê renovar minha visão de mundo.

— Não sei do que a senhora está falando — menti.

— Ah, não sabe? — Hécate pendurou um pequeno caldeirão acima da lareira, acrescentando os ingredientes a ele. Com um gesto, fez o fogo se avivar e, depois, se virou para mim com as mãos na cintura. — Então esqueça Psiquê e use aquelas suas flechas para fazer outra garota mortal amá-lo. Elas não estão em falta. Poderia encontrar uma moça que Afrodite não odeie tanto.

Fui tomado pela repulsa.

— Não — chiei. — Não vou me contentar com uma mera substituição. Eu não abandonaria Psiquê e nem o bebê que ela carregava — nosso bebê — para ir atrás do rabo de saia de outras mortais.

Hécate assentiu.

— Ótimo. Fico feliz de saber que você não é um covarde ou um cafajeste. Se esse fosse o caso, não iria ajudá-lo a enviar uma mensagem a Perséfone.

Ergui os olhos.

— Então a senhora *vai* me ajudar? — perguntei.

— Talvez — respondeu ela. — Se me der o que peço.

— E o que pede? — Eu já conseguia até imaginar o que Hécate poderia exigir: o coração de uma jovem mortal, meu primogênito, uma flecha de minha aljava.

— Apenas um par de suas penas, daquelas asas adoráveis que você mantém escondidas. Mais nada. Ah, que magias vou poder fazer com uma das penas do deus do desejo! Talvez consiga até mesmo encontrar amantes para mim. Faz um bom tempo que não tenho ninguém para aquecer minha cama. — Hécate riu de novo, batendo as gengivas.

Invoquei minhas asas das dobras entre os mundos; elas se enfurnaram às minhas costas, estendendo-se em dois imensos arcos. Peguei um par de penas — arrancá-las provocou apenas uma dorzinha momentânea — e estendi a mão com as plumas brancas como mármore e levemente iridescentes na direção de Hécate. Ela guardou uma no bolso do manto e jogou a outra no caldeirão, fazendo uma coluna de fumaça espessa emanar da superfície.

Respondendo à minha pergunta não feita, a deusa disse:

— É um elixir que irá separar seu corpo de sua alma. Será temporário, não se preocupe. Isso lhe permitirá ir até o Submundo depois que sua divindade tiver sido dissociada de seu corpo. Enviarei uma mensagem à mãe, e você falará com a filha. Não estou disposta a ir até Perséfone em pessoa — acrescentou ela, com um olhar afiado. — Posso, porém, enviar uma mensagem à mãe dela.

— E vai funcionar? — perguntei.

— É claro que vai funcionar — disparou Hécate, que em seguida tirou o caldeirão do suporte e passou o conteúdo fervente por uma peneira. O líquido preto chiava e borbulhava enquanto era drenado. — Agora escolha uma forma que favoreça a viagem. Você tem uma longa jornada pela frente.

Hesitei. No passado, eu desejei poder experimentar a morte, e agora seguiria pelas estradas escuras que deus algum poderia percorrer. Na verdade, eu não seria um deus enquanto o fizesse, mas o fato não fazia eu me sentir melhor.

— Vou sobreviver? — perguntei.

— Isso está apenas em suas mãos, meu filho. — Hécate colocou uma caneca fumegante na mesa, diante de mim; o vapor subia do conteúdo como espíritos rodopiantes. — Agora beba.

36

EROS

Como posso descrever uma alma separada do corpo, um deus sem sua imortalidade? A melhor analogia seria uma borboleta dourada voejando pelas estradas escuras do Submundo.

Quando emergi de tais profundezas, bati as asas contra a janela da choupana com pernas de galinha. Hécate trabalhava em seu tear para passar o tempo, com os cães a seus pés. Ao lado dela jazia a carcaça de meu corpo imortal, deitado imóvel em uma espreguiçadeira, parecendo adormecido para todos os efeitos. Era estranho me ver ali, nada diferente de um mortal qualquer descansando.

Hécate se levantou e abriu a janela. Quando o brilho alado de minha alma entrou na choupana, ela me pegou gentilmente nas mãos e me depositou de volta em meu corpo. Um dos cães ergueu a cabeça para me farejar.

Respirei fundo, puxando o ar para dentro dos pulmões famintos. Abri os olhos e estiquei os dedos das mãos e dos pés, rindo.

Hécate levou uma caneca aos meus lábios.

— Você voltou. Muito bem — parabenizou ela.

Engoli. Era a mesma bebida que ela havia me servido quando eu chegara à choupana pela primeira vez, e a substância restituiu minhas forças exauridas. Um fogo gelado viajou por meus membros, atando de novo minha alma a meu corpo.

— A temida rainha mantém a palavra — soltei, fraco. — Perséfone vai ajudar Psiquê e, inclusive, pedirá à sua mãe que a ajude também.

Hécate assentiu.

— Ótimo — disse, e voltou a tecer. Fechei os olhos e estava prestes a cair no sono quando ela falou: — Agora você entende?

Olhei para ela, sem compreender.

— Entendo o quê?

— As semelhanças entre deuses e mortais — respondeu Hécate.

Ela não desviou a atenção do tear. A naveta batia contra a estrutura em um ritmo constante. Por que estava se ocupando daquilo? Para mim eram inexplicáveis os motivos que fariam uma grande deusa sentir a necessidade de tecer o próprio tecido.

— Nossas almas são como a alma deles — respondeu ela — quando nossa imortalidade é colocada de lado. Foi por isso que você conseguiu descer até o Submundo ao abandonar seu corpo. Talvez Prometeu tenha instilado parte de sua natureza divina nos primeiros humanos que fez da argila, não sei. Mas continua sendo verdade. — Ela deu uma risada baixa e longa.

Fechei os olhos. No passado, tinha desejado morrer, mas agora tudo o que queria era Psiquê.

— Me diga — pedi, movendo os lábios rachados. — Ela vai se sair vitoriosa?

— Isso está nas mãos da própria jovem — respondeu Hécate. — Para você, é hora de descansar. Você pode até ser imortal, mas se continuar assim logo não será capaz de ser mais senciente que uma lesma. Até mesmo deuses devem tirar um tempo para recuperar suas forças.

Fiquei inconsciente antes mesmo de ela terminar de falar; o restante de minhas forças havia se esgotado por completo. Soube, depois, que dormi por cinco dias seguidos.

PSIQUÊ

Os últimos raios de sol estavam cálidos, e, como prometido por Zéfiro, a brisa soprava favorável a meu voo. O mundo era um borrão de cor e vento. Eu não sentia mais a dor persistente da perda que me assombrara desde a destruição da casa da costa; o cérebro de uma borboleta não tem a complexidade necessária a tais questões. Meu único pensamento era voar na direção sudeste, e minhas asinhas batiam ferozmente.

Foi quando a chuva começou. Zéfiro não levou em consideração as consequências do súbito calor trazido por seu irmão Noto ao fresco ar outonal da Grécia continental, e o resultado foi uma tempestade.

Avancei desviando das gotas gordas de chuva que começaram a cair do céu. Se me atingissem, poderiam rasgar minhas asas delicadas, como a ponta de uma flecha raspando em um papiro. Depois despenquei, jogada de um lado para outro por lufadas de vento.

Escuridão e confusão. Rodopiando, com a cauda e a antena virando de um lado para outro, não conseguia mais diferenciar a terra do céu. Bati as minúsculas asas desesperadamente, sabendo que a lama do chão me prenderia como areia movediça. Mas apesar de meus esforços, me vi caindo e caindo, espiralando em direção ao solo...

Quando abri os olhos, estava olhando para as vigas de madeira de um teto, que possuía um buraco para permitir que a fumaça de uma fogueira central se dissipasse. Me espreguicei e olhei para baixo, vendo os cinco dedos de uma mão humana, que subitamente se flexionaram. Eu estava aquecida e seca, de volta à forma de gente. Conseguia sentir o cheiro de algo sendo cozido, e meu estômago roncou.

Fui acometida pelo pânico. Só tinha mais alguns dias para cumprir minhas missões, e agora não sabia quanto tempo havia se passado.

— Estou aqui há quanto tempo? — perguntei em voz alta.

— Uma noite e metade de um dia — respondeu uma voz feminina.

— Preciso ir para Elêusis — falei.

Tentei me levantar, mas uma onda de náusea me forçou a deitar-me de novo. Uma mulher com o cabelo fulvo solto ao redor do rosto surgiu.

— Não seja tola! Encontrei você lá fora, na lama e na chuva, e agora precisa descansar. Elêusis fica a apenas um dia daqui a pé, quando muito. O lugar não vai fugir enquanto você se recupera. Agora coma isso.

E me entregou uma cumbuca cheia de mingau engrossado com creme e mel. Eu não tinha tempo, mas não comia havia um dia e estava morrendo de fome.

— O que é isso?

— Mingau lácteo — respondeu ela. — Minha filha é só um pouco mais velha que você, e esse é o favorito dela. Agora, coma! Uma jovem como você precisa de sustância.

Me deleitei com o mingau, observando melhor minha anfitriã. Era robusta como as matronas das fazendas e se movia com uma eficiência implacável. Pela primeira vez em muitos anos, pensei em minha ama, Maia, que morrera antes de meu retorno do casamento em Esparta. Minha primeira perda, embora não tenha sido a última.

O mingau era denso e substancioso; assim que terminei, consegui me sentar sem ficar tonta. Quando a mulher veio buscar a cumbuca, perguntei seu nome.

— Sera — respondeu ela, ou algo parecido com isso.

Antes que eu pudesse pedir para que repetisse, porém, ela já havia dado as costas para levar o utensílio de volta à cozinha. Não ouvi outras vozes humanas, e me perguntei se Sera estava sozinha ali.

Quando olhei para meu corpo, vi que estava usando um quíton rosa. Não havia traços de lama em minha pele.

Sera misturou o conteúdo de uma panela pendurada sobre o fogo.

— Pertence à minha filha — disse ela, apontando para a roupa. — Não acho que ela se importaria de lhe emprestar.

— Agradeço muito — respondi, depois fiz uma pausa.

A passagem implacável do tempo me perturbava; eu precisava chegar a Elêusis o quanto antes, mas aquela mulher estava sozinha ali. A lei da xênia exigia que uma hóspede demonstrasse respeito pela anfitriã. Notei a parca pilha de lenha no chão. Naquela época do ano, o inverno já estava à espreita.

Fiquei de pé.

— Ofereço minha gratidão em palavras, assim como em feitos. Seu estoque de lenha está minguando, então vou trazer mais.

Sera protestou, dizendo que eu precisava descansar, mas escapei pela porta antes que ela pudesse me deter. As nuvens tempestuosas da noite passada haviam se dissipado, e, embora a terra ainda estivesse úmida de chuva, o dia nascera claro e brilhante. Foi bom passar algumas horas no sol com o machado. O ar estava fresco, e o esforço do trabalho me distraiu da tarefa que me aguardava: separar os grãos no templo de Deméter. Depois disso, a escuridão da qual mortal algum retorna...

Quando terminei o serviço, olhei ao redor. A fazenda era pequena, mas próspera, com um rebanho respeitável de ovelhas e bodes e até mesmo algumas vacas que me espiavam detrás de uma cerca. Provavelmente eram elas que haviam fornecido o leite para o mingau lácteo. Um campo modesto cheio de hastes douradas indicava a fonte do trigo. Apesar da beleza bucólica, havia algo estranho naquele lugar. Uma propriedade daquele tamanho deveria ter ao menos meia dúzia de empregados, crianças e escravizados, sem mencionar um esposo e outros parentes. Mas não vi ninguém por perto.

Quando voltei, já era tarde. Eu estava trêmula de tão ansiosa por partir para Elêusis, mas Sera não compartilhava de minha pressa. Insistiu em me dar um manto e um par de sapatos resistentes, voltando várias vezes até um grande baú de roupas ao achar que as primeiras opções não combinavam comigo. Continuou sem me dar ouvidos, apesar de minhas súplicas gentis para que me indicasse o caminho até Elêusis. Depois ela fez questão de colocar um pão no forno de pedra e me ofereceu outra cumbuca de mingau lácteo. Por mais que estivesse faminta, a ponto de raspar a tigela, o atraso me fazia querer arrancar os cabelos.

Já na estrada, Sera avançou sem pressa alguma, apesar de meu pânico crescente, mantendo um fluxo contínuo de conversa sobre Elêusis e seus rituais. Perguntou se por acaso eu conhecia a história dos festivais que honravam as deusas Deméter e sua filha Perséfone. Infelizmente, as celebrações de outono já tinham ocorrido algumas semanas antes, e Elêusis só receberia os mistérios que marcavam o retorno de Perséfone quando fosse primavera de novo. Também me perguntou se eu sabia que aqueles que passavam pelos Mistérios de Elêusis perdiam todo o medo da morte.

Ouvi minha anfitriã com disposição, mas sem absorver nada. Sera tentou arrancar de mim os motivos que me faziam querer visitar o templo, mas não os compartilhei. Me negava a permitir que aquela mulher gentil fosse capturada pela teia de conspirações divinas que me aprisionava.

Fui distraída por uma fina linha preta de formigas que atravessavam a estrada adiante. Parei para olhar melhor. Executando suas tarefas com eficiência militar, as formigas me lembravam dos Mirmidões em suas fileiras organizadas. Me lembrei do olhar orgulhoso de Décio ao me dizer que era um deles. Vendo as criaturinhas passando devagar, me dei conta de que eu devia parecer uma deusa aos olhos delas.

Comigo ia um duro filão de pão que Sera havia me dado para jantar. Parti um pedaço e deixei-o na estrada ao lado da ordenada procissão de formigas.

Algumas das pequenas operárias, minúsculas como letras em um papiro, se separaram do todo para investigar o pão. Sorri.

Quando ergui os olhos, vi Sera me encarando. Percebi como eu devia parecer tola, espiando insetos e desperdiçando boa comida, mas a expressão dela não era de escárnio. Seu olhar era de apreciação, como se eu houvesse me revelado ser mais do que ela esperava.

— Que solícita! — A matrona riu. — Conhece essas formigas pessoalmente?

— Não. — Senti o rosto corar. — Mas sei como é ser pequena e estar sempre correndo o risco de ser pisoteada.

— Você é uma boa garota — disse Sera, dando tapinhas em meu braço. — Primeiro me deu lenha, depois deixou uma oferenda para as formigas. Uma garota muito boa mesmo.

Logo chegamos ao templo de Deméter. Para minha surpresa, Sera cumprimentou a sacerdotisa principal com beijos nas bochechas, como se fossem irmãs.

A sacerdotisa se virou para mim e fez uma mesura.

— Senhora Psiquê. Estávamos esperando-a.

Depois se inclinou para perto de Sera e murmurou algo que não consegui entender. Sera assentiu, compreendendo, e depois gesticulou para que eu a seguisse.

Foi Sera, e não a sacerdotisa, que me levou por um corredor longo, a passos tão rápidos que precisei quase correr para acompanhar o ritmo. Talvez minha anfitriã fosse uma iniciada dos Mistérios de Elêusis — isso explicaria como ela sabia tanto sobre eles.

Sera me escoltou até um cômodo que ficava em uma ramificação do corredor principal. Estava vazio, exceto por uma pilha enorme de grãos que se elevava muito acima da minha cabeça, uma pirâmide instável que tocava o teto. Era uma mistura de vários tipos de grãos — arroz, trigo, cevada, centeio, farro. Meus olhos correram pela extensão do monte, e senti o coração apertar.

Uma mão pousou em meu ombro. Era Sera, com um sorriso cálido no rosto.

— Não se preocupe. A tarefa será concluída antes que você se dê conta — disse para mim.

Provavelmente achava que eu era algum tipo de penitente, realizando tal missão como uma oferenda à deusa Deméter. A tentativa de me confortar não funcionou muito bem.

Me sentei e comecei a separar os grãos. Luz entrava pelas janelas altas que subiam quase até o teto. Havia apenas algumas horas de claridade até o sol se pôr, e amaldiçoei o tempo que havia perdido na casa de Sera. No início tentei dividir os pequenos grãos em pilhas de cores parecidas, mas logo notei que era uma estratégia imperfeita: não separava apropriadamente os tipos de grãos, e Afrodite decerto perceberia a diferença.

Sacerdotisas apareceram, discretas, para acender lamparinas depois que o céu escureceu. Não ergui a cabeça para cumprimentá-las, sem querer interromper a labuta. Trabalhei até meus joelhos ficarem adormecidos e meus olhos mal conseguirem distinguir um grão do outro. Separei o material por horas, mas mesmo depois de tanto trabalho cada montinho não tinha mais de um palmo de altura. Era estupidificante, o trabalho de uma louca, como contar os grãos de areia de uma praia.

Claro, era justamente por isso que Afrodite me atribuíra tal tarefa.

Mais tempo passou, e minha mente começou a vagar para lugares horríveis. O que eu tinha na cabeça quando aceitara o desafio de Afrodite naquele penhasco varrido pelo vento? Eu realmente achava que conseguiria superar a própria deusa do amor? Que tolice. Não importava que Sera tivesse me atrasado com várias indulgências, que eu tivesse perdido tempo demais em sua pequena fazenda. Eu não seria capaz de separar aquela quantidade de grãos nem mesmo se tivesse uma lua inteira. Era meu fim. Nunca mais veria Eros, e meu bebê jamais nasceria.

Mas eu não conseguia desistir. Febril, tirei grão após grão da pilha. O ritmo em si era um tipo de conforto. Centeio, farro, trigo, arroz, centeio de novo. Minhas mãos se moviam até doer e meus olhos ardiam com o esforço, mas continuei.

Quando dei por mim, a luz do sol entrava pelas janelas altas. Acordei em um sobressalto, esfregando o rosto. Havia grãos de vários tipos espalhados pelo chão. Eu devia ter caído em cima dos montes de tão exausta. Olhei para a torre e vi que não estava mais lá. No lugar dela, havia cinco montes menores de cor uniforme, tudo perfeitamente separado.

— Descansou bem? — Sera estava à porta, sorrindo.

Apontei para as pilhas.

— Como...?

— As formigas que você encontrou na estrada — explicou minha anfitriã.

Ela apontou para uma linha de marquinhas vivas que pareciam pintadas e que avançavam pelo chão de pedra.

Sera continuou:

— Minha filha me pediu para que eu ajudasse você nesta tarefa, mas no início não sabia muito bem como fazer isso. Além disso, não poderia fazer nada por conta própria... Afrodite nunca me perdoaria. Mas podia pedir para que outros a ajudassem, e essas criaturas são tão humildes que a deusa jamais as notaria. — Ela sorriu. — A propósito, saiba que as formigas se voluntariaram. Lembraram-se da sua gentileza na estrada.

Olhei para os montes de grãos separados — uma missão dificílima para uma única humana, mas algo trivial para milhares de formigas trabalhando juntas. Depois fitei Sera e entendi que ela não era quem parecia ser.

Seu rosto ondulou, como um reflexo na superfície de um lago.

Ela prosseguiu:

— Acolhi você pois minha filha me pediu um favor. Não esperava que fosse uma garota tão educada, mas assim você se mostrou, cortando lenha e aceitando todas as minhas tolas demandas. Há muito tempo eu não tinha alguém com quem conversar, e você me recorda muito minha filha quando ela era jovem.

Enquanto olhava, a forma de Sera começou a mudar, abandonando a ilusão que a cercava. Eu vira algo similar antes, nas montanhas com Atalanta; caçávamos nas profundezas da mata quando surpreendemos um cervo jovem, que congelou no lugar ao ouvir o som de nossos passos. A pelagem dele se misturava tanto à paisagem irregular que mal pude vê-lo de primeira. Foi só quando identifiquei os olhos que o resto do corpo se revelou como mágica — chifres, focinho, patas longas e graciosas.

A deusa surgiu diante de mim de forma muito similar. Sua beleza ficou mais intensa; seu cabelo fulvo assumiu a calidez dourada de um campo de trigo no verão. Senti o frio que anunciava a chegada de uma divindade.

— Quem a senhora é? — sussurrei. — Achei que seu nome fosse Sera. Achei que era uma fazendeira comum.

A deusa sorriu.

— Não Sera. Ceres. Mas esse é só um de meus nomes — respondeu ela. — Em sua língua, sou conhecida como Deméter.

37

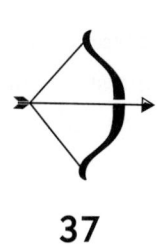

PSIQUÊ

Àquela altura eu já havia lutado com monstros, testemunhado tragédias e falado com vários deuses diferentes. Ainda assim, era difícil me acostumar à estranheza da intimidade de me sentar com a deusa da colheita e ver o sol se pôr sobre os campos.

As ovelhas baliam umas para as outras no curral enquanto as galinhas murmuravam no galinheiro. O céu era uma maravilha de cores que tranformava os campos em ouro polido, mas eu não conseguia enxergar a beleza diante de mim. Só conseguia pensar na jornada sombria que me aguardava, a mais complicada de minhas tarefas. No Submundo, não haveria juncos falantes ou formigas amigáveis para me ajudar.

— Como a senhora veio parar nesta fazenda? — perguntei, desesperada para quebrar o silêncio. — Nunca conheci uma deusa que vivesse em um lugar assim.

Deméter não me respondeu de imediato. Havia um peso nela que a distinguia dos outros imortais que eu havia conhecido, talvez porque ela conhecera a perda de uma forma que poucos outros deuses haviam conhecido.

— Depois que minha filha sumiu, revirei o mundo atrás dela — explicou Deméter. — Trabalhei como ama de leite para uma família mortal que vivia aqui, onde permaneci mesmo depois de saber que Hades levara minha filha. A família já não existe mais, mas acabei ficando. É para cá que venho toda primavera, para receber minha Kore quando ela ascende do Submundo, e todo outono ela retorna para lá.

— O Submundo — sussurrei, estremecendo.

Senti o frio daquele lugar percorrendo minha pele. Vi de novo meu cadáver largado na estrada ladeada por ciprestes. Olhei para o céu e me perguntei se aquela seria o último pôr do sol que testemunharia.

— Não tema. Você viajará como convidada de minha filha, que é rainha de lá — me repreendeu Deméter. — Seu esposo pediu pessoalmente um favor a ela — adicionou, olhando de soslaio para mim.

A esperança brotou dentro de mim como uma flor impossível.

— Eros? Eros falou com Perséfone em meu nome?

Deméter sorriu.

— Sim, embora eu não tenha a menor ideia de como conseguiu viajar até o Submundo. Ele deve ter você em grandíssima estima.

Meu coração se apertou. Então o sonho era verdade, afinal. Eros não me abandonara, e sim fora mantido longe de mim. Pensei no desespero no rosto dele quando o vi pela última vez — à luz da lamparina, subjugado e quebrado pela maldição antes de ser sugado para o nada — e senti uma pontada de culpa. Eu quebrei minha palavra ao levar uma fonte de luz para o quarto. Nós dois havíamos machucado um ao outro, Eros e eu.

Não parava de pensar se teria outra chance de vê-lo e de pedir perdão. A estrada até o Submundo era repleta de perigos, e, mesmo com a ajuda de Eros, havia a chance de eu jamais retornar.

— Foi por isso que cuidei de você — continuou Deméter. — Minha filha me pediu, e eu jamais negaria algo a ela. Mas escute, Psiquê: há algumas coisas que você precisa saber antes de adentrar o reino dela.

Olhei para minha anfitriã. Deméter parecia perdida em pensamentos, de cenho franzido. Ela parecia uma mãe inquieta como outra qualquer — deixando de lado a agudez de sua beleza divina e a forma como sua taça se reenchia sozinha.

— Desde sempre — disse ela — é como se minha amada Kore carregasse um mundo secreto dentro de si, um mundo que eu jamais poderia tocar. Ela foi uma criança estranha. Quando nasceu, não tinha nada da glória austera de seu pai ou de minha áurea majestosidade. Minha pequena Kore negava meus convites para caminhar por campos de grãos, preferindo em vez disso ver o que crescia sob troncos apodrecidos ou em ocos cheios de folhas decrépitas. Como eu era tola... Ainda a chamava de Kore, *virgem*, o nome que tinha dado a ela ao nascer, mas ela mesma se apresentava como Perséfone, *aquela que traz a morte*. Gostava de coletar esqueletos incompletos de criaturas que encontrava em locais escondidos, polindo os ossos até que ficassem lisos e iridescentes. Depois, expunha tudo no batente da janela. Chamei ninfas para cuidarem dela, mas todas iam embora depois de poucos dias, murmurando as indizíveis crueldades da menina.

"Fiquei desesperada quando Kore desapareceu... quando Hades a sequestrou. Ela era minha única filha, e temia por sua segurança, mas na verdade também temia pelo bem-estar de qualquer um que cruzasse seu caminho sem o preparo adequado. Sempre foi difícil lidar com minha menina."

Senti um calafrio. Disse a mim mesma que a única razão para o arrepio era o frio do fim da tarde.

A deusa continuou:

— A distância não é capaz de matar o amor, como você bem sabe, mas é desesperadora mesmo assim. Ah, Psiquê! O que peço é o seguinte: diga à minha filha que a mãe dela a ama.

Senti um nó na garganta. Não falei que minha própria mãe estava em algum lugar das profundezas do reino de Perséfone, ao lado de meu pai. Tampouco falei a respeito de minha filha ou meu filho, ainda um sonho parcialmente formado que flutuava dentro de mim.

Peguei a mão de Deméter entre as minhas.

— É isso que farei — respondi.

A deusa e eu permanecemos sob o crepúsculo; uma filha sem mãe e uma mãe sem filha usufruindo da frágil tranquilidade do momento. Vimos os últimos raios do sol sumirem e as estrelas se espalharem como milho de galinha pelo céu.

Nós duas chegamos ao templo de Elêusis na manhã seguinte, enquanto os pássaros ainda cantavam. O ar estava frio; o fulminante calor do verão, outrora irrestrito, fora drenado do mundo.

Atrás do templo havia um anfiteatro com fileiras de assentos que se abriam como a cauda de um pavão antes de seguirem na direção de uma concavidade oval ao fundo. A oblíqua luz do início da manhã projetava sombras longas pelos anéis concêntricos, e nichos de escuridão se formavam nos espaços designados aos pés dos espectadores. Candidatos à iniciação de toda a Grécia iam até ali com o objetivo de se preparar para os ritos sagrados. Deméter me contou isso enquanto caminhávamos; achei que parecia bastante orgulhosa dos rituais que os mortais faziam com base em sua história.

Atrás dos assentos havia um penhasco íngreme, e em seu centro se abria um buraco que parecia devorar toda a luz ao redor. Em estrutura, Elêusis era muito diferente do ermo isolado de Tênaro, mas a escuridão era a mesma.

O Submundo.

Engoli em seco. Parei com Deméter às margens do anfiteatro, carregando a bolsa que ela havia me dado. Seguindo sua instrução, não levava arma alguma.

Aquilo me fez protestar no início.

— Que tipo de heroína anda sem armas? Como vou me defender no Submundo?

Deméter arqueara uma sobrancelha fulva.

— Armas não vão servir de nada lá. O herói Orfeu desceu em busca de sua amada Eurídice levando apenas sua lira. Ele voltou, e você também voltará.

A afirmação não me confortou muito. Orfeu tinha mesmo retornado, mas sem a amada.

Ao nosso redor, o mundo acordava para a vida. Eu conseguia ouvir as sacerdotisas cuidando de suas tarefas no templo e os animais andando nos estábulos e cochos. Mas meus olhos estavam fixados na cavidade escura da caverna, que parecia sugar toda a luz.

— Veja — disse Deméter. Segui seu dedo indicador e, por mais improvável que parecesse, vi uma borboleta flutuando sobre o anfiteatro. Meu nome, *psiquê*, na língua dos gregos, significa borboleta. — A borboleta é um símbolo da vitória sobre a morte. Um bom presságio.

Uma borboleta. Pensei na tintura de Circe e na pergunta que eu tinha feito a Zéfiro. Na época, questionava o significado do formato da minha alma. Agora eu sabia.

Deméter se virou, os olhos castanhos se encontraram com os meus.

— Vá com minha bênção, querida — disse ela. — Você não tem mais muito tempo.

A deusa estava certa. O tempo passava de um jeito diferente no Submundo, e o meu já estava quase chegando ao fim. Ainda tinha cinco dias mortais de prazo, mas quão rápido eles passariam depois que eu entrasse na caverna?

Respirei fundo e desci pulando dois degraus por vez, mas parei antes de entrar no túnel que seguia terra adentro. O cheiro de frio e mofo que vinha do mundo dos mortos inundou minhas narinas, que se inflaram como as de uma égua farejando sangue. A náusea se revirou em minha barriga, fazendo-me sentir o gosto de bile.

Mas eu não havia chegado até ali despreparada. Da bolsa, tirei uma haste de trigo do tamanho de meu antebraço e depositei-a no temível limiar. Era a oferta ao Submundo da qual Eros e eu havíamos nos esquecido quando eu empreendera minha primeira catábase em Tênaro. Deméter a cortara para mim usando sua própria foice.

Era suficiente; precisava ser suficiente. Eu não cairia. Não seria rejeitada.

Avancei e me deixei ser engolida pela escuridão, sentindo o mesmo frio que experimentara em Tênaro. A terra sob minhas sandálias era macia, compactada por milhares de pés. Era até a boca daquela caverna que o hierofante de Elêusis levava os novos iniciados, dando a eles a oportunidade de que o próprio cheiro do Submundo lhes mostrasse a verdade dos mistérios. Os iniciados desciam em grupos com tochas acesas, mas nunca iam muito longe. Já eu estava sozinha e não levava tocha alguma, e logo me vi andando sobre uma terra que jamais fora tocada por pés de seres vivos. Não demorou muito para ver o círculo de luz que marcava a saída brilhando cada vez maior conforme eu andava. Depois, a dura e gélida beleza do Submundo se abriu diante de mim; o palácio distante pairava acima da via cercada de ciprestes.

Olhei para baixo; meus membros ainda eram meus, feitos de carne e osso. Me permiti soltar um suspiro de alívio. Eu tinha passado no teste.

À minha espera havia um rosto familiar. Medusa.

38

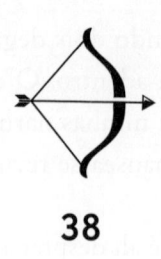

PSIQUÊ

Ela parecia igualzinha, como se, em vez de meses, apenas alguns instantes tivessem se passado desde o dia em que nos vimos pela última vez. Estava de braços cruzados e com uma expressão de irritação no rosto, como se eu a tivesse interrompido no meio de um jogo de dados.

— E então? — disse Medusa, sem nem comentar a respeito da minha chegada súbita. — Tem uma resposta para mim? — As serpentes de seu cabelo se contorceram e agitaram a língua.

Lembrei-me da pergunta que ela me fizera. *O que faz de alguém um verdadeiro herói?*

Olhei para a górgona, sem saber o que responder. Havia me esquecido do desafio no meio de todo o caos.

— Eu... Bem... Um herói é uma pessoa que está entre a humanidade e a divindade. Que age sem medo.

A afirmação soou fraca e superficial até a meus próprios ouvidos. Sem hesitar, me virei e comecei a andar em um ritmo rápido pela longa avenida cercada de ciprestes, esperando que uma ação confiante compensasse minha incoerência.

Medusa me seguiu, apertando o passo.

— Nada mau. Nada sobre matar monstros indefesos, o que me deixa muito grata, mas tenho certeza de que daria para elaborar algo melhor. E, sim, você não tem muito tempo. Estou ciente de seus planos, a rainha me informou. Mas há algumas coisas que preciso lhe explicar então, mais devagar!

Medusa era mais baixa que eu e precisava se esforçar para seguir meu ritmo, arfando entre instruções. Mesmo a contragosto, relaxei o passo.

— Siga pela floresta, depois pelas margens do rio Estige — disse ela. — Lá, vai encontrar Caronte, o barqueiro. Depois de pagá-lo, ele vai levar você até o palácio de Perséfone. Não fale com ninguém que encontrar, embora eles tenham a permissão de interagir com você. Não preciso nem dizer que não é bom falar com estranhos, mas...

— E não estamos aqui conversando? — comentei.

À frente, podia ver a ponte que separava a linha de ciprestes das florestas mortas que se estendiam adiante.

— Atrevida, sempre atrevida! Sou sua psicopompa, fato pelo qual você deveria ser grata. Como seria proibida de conversar com uma psicopompa? Meu propósito é guiá-la. Perséfone também poderá falar com você, e sugiro que trate-a com respeito caso dê valor à vida. E não fale nada sobre Adônis. Perséfone é muito ciumenta com ele; o homem era o brinquedo de Afrodite antes de ser da rainha, ou ao menos é o que dizem por aí. Mas, enfim, preciso alertá-la sobre mais uma coisa. — Seus olhos castanhos dardejaram em minha direção, enquanto o cabelo se agitava. — O Submundo sabe que este não é o seu lugar e vai procurar formas de atraí-la cada vez mais para o fundo. Fique atenta, e lembre-se de não falar com ninguém com quem porventura se encontrar.

Inspirei o ar frio, sentindo os músculos trabalharem. Da última vez que havia andado por aquela trilha abandonada, eu não passava de um fantasma. Era mais fácil navegar pelas estradas do Submundo com um corpo mortal.

— Me conte mais sobre Perséfone — pedi.

Medusa riu secamente.

— Ela é apenas uma governante, mas é implacável com aqueles que a contrariam. Certa vez seu esposo Hades tentou ter uma amante, uma ninfa chamada Menta. Perséfone resolveu o problema transformando a ninfa em um arbusto. De vez em quando, colhe algumas folhas de Menta e prepara um chá. — Medusa riu, como se estivesse se deleitando com a ideia. — E é isso o que acontece com qualquer um que se oponha a ela.

— Então é bom que eu já esteja em suas graças. Já estamos chegando a Cérbero?

Medusa me olhou de soslaio.

— Não, ele ainda está longe. Por quê? Você tem algum plano para matar o cão do inferno? Uma última tentativa de alcançar renome como heroína?

— Não — respondi. — Eu gosto de cães, é isso.

— Ela gosta de cães... — repetiu Medusa, incrédula, e depois caiu na gargalhada. — Acha que ele vai se deitar e lhe oferecer a barriguinha? Você fede a mortalidade.

— Trouxe um bolo de mel para distrair a fera — informei.

Medusa pareceu quase impressionada.

— Ele gosta mesmo de bolo de mel — admitiu.

Havíamos chegado ao fim da via ladeada por ciprestes. Adiante havia um pequeno caminho que serpenteava por uma floresta de árvores fininhas e sem folhas, mas pássaro algum quebrava o silêncio.

Medusa se deteve de repente.

— Só posso acompanhá-la até este ponto. O resto do caminho você precisa encontrar sozinha.

Ela ficou em silêncio por um momento tão longo a ponto de eu conseguir analisar seu rosto. Ela se transformara durante nossa conversa, e agora se parecia mais com a ninfa que provavelmente era durante a primeira parte de sua vida. Tinha feições suaves e regulares, os olhos normais em vez de dotados de pupilas verticais como as de um gato, embora ainda tivessem o mesmo tom familiar de castanho. Seu cabelo não mais se retorcia e sibilava no ar; em vez disso, caía em uma profusão de cachos sobre seus ombros.

— Você mudou — me disse a ninfa chamada Medusa. — Não é mais o que já foi. A garota que apareceu diante de mim era impertinente, cabeça-dura e mais do que um pouco arrogante. Há certa gentileza em você agora, o que só pode ser decorrente da dor.

— Sério? — perguntei.

— Sim. É algo que conheço muito bem. Por que acha que fui tão gentil com você quando nos conhecemos, quando tudo o que sabia a seu respeito era o fato de que é neta de meu assassino? — começou ela, e encarei-a sem compreender. Ela enfim continuou: — A princípio, não ficou claro para mim por que Perséfone tinha, entre todas as almas sob seu comando, *me* escolhido para acompanhar você. Agora entendo. Seu avô me matou, e queimei de ódio por ele, mas nosso encontro mudou você para melhor. Agora pode se tornar algo além do que seria, e eu posso superar meu terrível luto. Perséfone é sábia. Se fosse apenas impiedosa, jamais conseguiria governar o reino dos mortos.

Um vento agitou o estagnado Submundo, balançando os galhos nus. Medusa tombou a cabeça para trás e permitiu que a lufada a capturasse, erguendo-a na direção do céu incolor. Sua alma se dissipou como fumaça de uma fogueira, e então me vi sozinha.

39

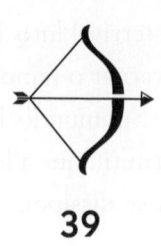

PSIQUÊ

Segui pela floresta, que não passava de um emaranhado de caules despidos contra um céu branco como osso. Não havia outros viajantes na estrada, e me surpreendi com como o Submundo era vazio. Para o destino de todas as almas vivas, parecia intensamente solitário. De qualquer modo, o mundo dos vivos também podia ser bem desolado.

Ergui os olhos em direção aos galhos e pensei em Eros. Se Deméter estivesse falando a verdade, ele também havia seguido por aquelas sendas para pavimentar o meu caminho. Meu coração palpitou, e apertei o passo.

Não demorou muito para encontrar um homem na estrada. Ele tentava em vão puxar um jegue que se negava a sair do lugar e que vinha carregado com um fardo muito pesado. Eu podia ver o suor na testa do homem e a cauda do jegue se agitando, mas eles pareciam estranhamente deslocados ali. Eram tão reais quanto qualquer outra coisa no Submundo; ou seja, efêmeros como bruma.

Notei que o homem amarrara a carga de forma incorreta. Mais alguns nós nos locais apropriados ajudariam a distribuir o peso de forma mais homogênea no lombo do animal. Abri a boca para dizer isso, mas me lembrei do aviso de Medusa de que não deveria falar com ninguém. Ele precisaria descobrir uma forma de carregar seus próprios fardos.

Então pisquei, e a cena diante de mim mudou. Notei que a carga não era um monte de lenha, e sim todos os males que sobrecarregavam a vida humana. Dor, ofensa, culpa, dúvida, doença, perda…

Pisquei de novo, e o jegue voltou a ter coisas ordinárias no lombo. Quase derrubou o homem, que xingou o animal e continuou a puxar.

Desviei dos dois. Sabia muito bem como uma coisa podia parecer outra, como o vento podia ser um deus jovial, ou como o esposo de alguém podia ser o ápice de todo o desejo. Por que um tipo de fardo não poderia simbolizar outro? De uma forma ou de outra, não havia sentido em pegar para mim mais do que eu seria capaz de carregar.

Continuei pelo silêncio da floresta minguante. As árvores não tinham folhas e pareciam ressecadas; a primavera nunca chegava àquele lugar infernal. O céu era de um cinza leitoso e repleto de redemoinhos de neblina — nem dia, nem noite. O único som que eu conseguia ouvir era o ruído baixo de meus pés esmagando a terra seca do caminho.

Depois de certo tempo, a estrada se alargou. As árvores finas sumiram, abrindo espaço para um monte escuro que parecia um conjunto de ruínas antigas ou uma pequena colina. Até eu ver suas orelhas se agitando.

Antes, estava com medo de passar batido por Cérbero, o cão de três cabeças que guardava o Submundo, mas agora via que tal temor era ilógico. A criatura imensa dormia com as cabeças acomodadas nas patas, mas começou a se mover quando me aproximei. Um de seus focinhos se mexeu, úmido, fazendo a cabeça correspondente se erguer. Olhos amarelos, maiores que minhas mãos, se abriram. Acordadas do cochilo, as outras duas cabeças seguiram a deixa. Diante de meus olhos, o animal inacreditavelmente imenso se revelou. Era maior que o draco, maior que qualquer outro monstro que eu já havia visto. Suas orelhas empinadas ultrapassavam o topo das árvores. Ver Cérbero ficar de pé era como assistir a uma montanha se desdobrando.

Seis olhos se fixaram em mim.

Fui atravessada por um terror gélido. Um instinto medroso me impelia a fugir até a linha das árvores, mas eu sabia que correr de uma criatura daquelas não seria uma boa ideia. Peguei da bolsa um dos bolinhos que Deméter me dera; era do tamanho e do formato de um disco de lançamento. Ela mesma o havia preparado, usando farinha de cevada e mel, exatamente como Cérbero gostava.

Ou pelo menos era isso que Deméter tinha dito. Se o cão preferisse carne humana a bolo, eu descobriria em breve.

Joguei o quitute no ar. As orelhas de Cérbero se agitaram, e uma das cabeças — a mais à direita — abocanhou a comida, fazendo grandes fios de saliva voarem de sua boca. As outras duas cabeças nem me deram atenção, virando-se na direção da terceira enquanto mordiam e rosnavam, fazendo um som que parecia trovoadas. Aproveitei a confusão e passei correndo.

Segui caminhando. Depois de um tempo, a floresta se dissipou, e um rio surgiu. Era amplo e sem cor, com águas escuras batendo silenciosamente nas margens. Era o Estige, o maior rio do Submundo. Do outro lado dele, dava para ver o palácio de uma majestade sobrenatural, todo feito de mármore branco e equipado com torres imensas; minha atenção, porém, foi desviada pela multidão reunida ao longo da orla.

Era a primeira vez que eu via humanos no Submundo. Havia milhares deles cobrindo o areal como uma colônia de formigas. Não eram sólidos como pessoas vivas, e sim imitações oscilantes, como os dragões que parecem dançar na fumaça que se eleva do incenso de um templo.

Consegui distinguir representantes de vários povos: persas com suas calças largas; bárbaros de cabelos claros vindos dos ermos nortenhos; pessoas de pele negra do Egito; assim como gregos mais familiares. Me perguntei se veria entre eles os bandidos que eu havia matado — ou pior ainda, Ifigênia. Misericordiosamente, porém, não reconheci face alguma ao meu redor.

Alguns exibiam os ferimentos que haviam causado sua morte, fazendo pingar um sangue fantasma nas areias frias, enquanto outros pareciam imaculados. Alguns dos mortos andavam pela orla e uivavam; outros permaneciam agachados em um silêncio chocado. Muitos choravam. Eu só entendia os que falavam grego, mas já era o suficiente para encher meus ouvidos com suas ladainhas.

— *Eu amava meu esposo, mas ele achou que eu tinha dormido com o açougueiro do vilarejo* — lamentava um espírito. — *Ele me esganou até a morte.*

— *Meu filho ficou me assistindo morrer* — gemia o fantasma de um idoso. — *Ele podia ter chamado um curandeiro quando fui acometido pela febre, mas queria minha herança.*

— *Eu morri dando à luz* — dizia a outra. — *A dor foi horrível...*

Recuei. Aqueles eram os que não possuíam moedas para pagar a passagem, os que não tinham recebido um enterro apropriado. Lutei contra o ímpeto de fazer alguma coisa — qualquer coisa — para aliviar aquele sofrimento amargo, mas eu era impotente diante da enormidade de suas perdas. O luto que sentiam recaiu como um peso sobre meus ombros.

Naquele mar de vidas perdidas, que esperança eu tinha? Senti vontade de me juntar àquelas sombras solitárias e chorar minhas próprias perdas — meus pais,

Ifigênia, o próprio Eros — até que fossem lágrimas lavadas pelo oceano. Eu poderia me perder em um sofrimento oriundo de vagas lembranças até sucumbir à desidratação ou à fome, quando minha sombra deixaria meu corpo mortal como uma pessoa se despe de uma túnica. Viveria apenas na lembrança de Eros: uma garota mortal que ele havia amado antes de me separar dele e de morrer de modo infame, nada além de um breve sonho que o deus do desejo evocaria de vez em quando nas noites sem lua. Afrodite venceria, e meu bebê jamais conheceria a sensação de andar sobre a terra.

A raiva se inflamou dentro de mim. Minha natureza essencial voltou a se afirmar. Não, eu não seria impedida de alcançar meu objetivo por tolice e autocomiseração. Vi um pequeno barco cruzar as águas espelhadas e calculei mais ou menos onde o ferreiro atracaria. Comecei a correr, abrindo o caminho com os ombros por entre fantasmas chocados e de olhos arregalados, fazendo alguns se dissiparem como nuvens.

Enfim, me vi diante de Caronte, chacoalhando do corpo o resíduo gélido da alma de outras pessoas.

O barqueiro me encarou. Era tão velho quanto a escuridão e incognoscível como a noite. Estava usando uma túnica preta e rasgada com um capuz que escondia seu rosto sob uma camada pesada de tecido. As mãos que emergiam das mangas eram esqueléticas e dotadas de tendões protuberantes, como se pertencessem a um cadáver. Estremeci. Me perguntei quantos séculos haviam se passado desde que aquelas mãos tinham pegado pela primeira vez o remo que manuseavam. Tive curiosidade de saber como era o rosto escondido atrás do capuz, se exibiria a simetria impressionante dos deuses ou o sorriso arruinado de um crânio.

Tirei uma moeda da bolsa e entreguei-a para Caronte. Ele estendeu a mão para aceitar, e o abismo sob o pano me encarou com atenção.

— Você ainda está viva — disse a voz, rascante como o crepitar de folhas secas.

Enquanto me preparava para argumentar, lembrei-me do aviso de Medusa. Cruzei os braços e finquei os pés na madeira periclitante do cais.

Caronte riu, ou talvez o som fosse apenas o bater suave da água do rio nas margens. Ele se virou e ergueu o remo antes de continuar:

— Viva ou não, pagou a passagem. Venha.

Embarquei, olhando para a orla. Os fantasmas que caminhavam e gemiam foram ficando cada vez menores conforme o barqueiro impulsionava a embarcação pela corrente. O Estige parecia um rio qualquer, exceto pelas águas pretas como ébano. A quilha do barco mal perturbava as profundezas ao passar, deixando para trás um traço mísero de ondulações. Encarei as costas da desbotada túnica de Caronte, tentando imaginar como era sua rotina, se ele descansava, se tinha uma esposa ou filhos.

Não perguntei nada. Em vez disso, fiquei olhando distraída para as águas e notei um rosto me encarando de volta. O barco se movia bem rápido, mas o rosto parecia acompanhar o ritmo. A princípio, achei que era meu próprio reflexo, mas, quando analisei a aparição com mais atenção, vi que usava um elmo de aparência antiga. Me inclinei sobre a amurada, pensando que aquele talvez fosse um ancestral meu, um rei de uma Micenas antiga ou um herói, talvez o próprio Perseu...

Um estrondo súbito me despertou de meu devaneio, e me dei conta de que estava pendurada para fora do barco, com o rosto quase tocando a água. Recuei aos tropeços, batendo os pés no convés de madeira, e a embarcação balançou com meus movimentos.

O barulho foi provocado por Caronte, que bateu com o remo na madeira do casco como um professor corrigindo um pupilo disperso. Era impossível ler sua expressão, ainda imersa em escuridão, mas consegui ouvir a repreensão na voz fraca.

— Não se perca em visões — aconselhou ele, mergulhando de novo o remo nas águas negras. — Almas terminam neste rio por diversos motivos, mas todas têm em comum o desejo de escapar. Se pudessem, roubariam seu corpo físico para elas.

Assenti, meio constrangida. Medusa tinha me dito que o lugar tentaria me atrair para suas profundezas; mesmo assim, eu quase caíra na água como uma criança tola, tentando alcançar a imagem de um herói como o qual eu jamais seria.

Logo chegamos à margem oposta, onde Caronte amarrou o barco a um portinho humilde. O castelo que eu havia visto a distância se elevava acima de nós, grandioso em sua majestade. Para além dele se estendiam os Campos de Asfódelos, onde as almas dos mortos passavam a eternidade; mas meu destino era outro. Desembarquei e cumprimentei o barqueiro com um gesto da cabeça.

— Eu sei quem você é e por que veio. Tais histórias alcançam até nós aqui — disse Caronte em uma voz que lembrava o ranger da porta de um mausoléu. — Se for bem-sucedida, vou levá-la de volta. Tem minha palavra. — E, antes que eu pudesse responder, Caronte empurrou sua embarcação na direção da corrente, apontando para a outra margem.

Vi o barqueiro ir, depois me virei e comecei a percorrer uma estrada de terra que levava às altivas muralhas brancas acima de mim. O caminho dava a volta na perfeição de alabastro do castelo, mas eu não via portas, janelas ou criados aos quais pudesse pedir orientação.

O tempo corria, e minhas pernas foram ficando cansadas. Tinha certeza de já haver passado por uma árvore murcha específica que, um pouco mais tarde, encontrei novamente. A sensação era a de que alguém estava tirando sarro da minha cara, como se eu fosse uma criança tentando pegar um doce erguido bem no limiar de meu alcance. Fui tomada pela frustração quando meus pulmões passaram a queimar com o ar gelado e meus músculos começaram a doer para valer. Eu não tinha ido até ali apenas para dar de cara nas muralhas indiferentes, girando ao redor de uma construção inexpressiva até meu tempo acabar.

Virei em uma esquina e avistei de repente um grupo de três idosas tecendo e fofocando. Seria uma visão comum em Micenas ou em qualquer outro lugar sob o olhar do sol dos vivos, mas ali o surgimento delas me deixou apreensiva. As três eram indistinguíveis, todas muito velhas, com o cabelo caindo ao redor do rosto enrugado em desbotados tufos brancos. Elas me fitaram com olhos que pareciam contas pretas no meio de uma teia de aranha, mas suas mãos continuaram trabalhando sem nunca diminuir o ritmo.

Percebi que não estavam exatamente tecendo. Na verdade, estavam cortando fios. Uma desenrolava a meada, segurando um pedaço entre os velhos dedos retorcidos como raízes de um teixo. A segunda media o pedaço separado, e o tremor de suas mãos em nada atrapalhava a precisão. A terceira usava uma tesoura coberta de ferrugem para partir o cordão.

Senti um calafrio. Não eram idosas quaisquer — eram as Moiras, as Parcas, as deusas que mediam a extensão da vida dos mortais. Será que tinham ido até ali para presenciar minha história?

As Parcas sussurraram entre si quando passei; seus olhos sedentos me fitavam de cima a baixo. Eu conseguia ouvir fragmentos do que estavam falando, como palavras de uma canção soprada pelo vento.

— ... Uma pena essa guerra...

— O que acha que ela vai fazer quando o bebê...

— ... Espero que não... O esposo...

Congelei no lugar. Naquele momento, queria mais do que tudo me virar e pedir que elas me contassem o fim de minha narrativa. As Parcas conheciam o futuro e poderiam me mostrar o que me aguardava adiante.

Mas eu não podia correr o risco de perder meu progresso, nem mesmo para saber o que ainda aconteceria.

Cumprimentei as mulheres com uma mesura deferente e continuei. Não precisava ouvi-las tecendo meu futuro. Tinha certeza de que alcançaria meu objetivo por uma única razão muito simples: eu me recusava a falhar.

Considerei a natureza dos obstáculos em meu caminho. *Não deixe o luto ser um fardo. Não se perca em visões. Não se entregue às Parcas.*

De repente, uma porta apareceu diante de mim, uma peça de madeira pesada cravada na muralha do palácio, a primeira que eu havia visto. Eu sabia quem me aguardava do outro lado com uma certeza fria como as pedras sob meus pés. Girei a maçaneta e ouvi velhas dobradiças rangerem, e então esperei ser levada até a rainha do Submundo.

40

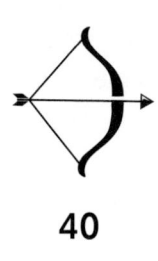

PSIQUÊ

Perséfone.

Suas bochechas pareciam macias como pétalas de flores; o branco sombreava o vermelho ao longo das linhas imaculadas de suas feições. Eram como duas metades perfeitas de uma romã, embora ela tivesse os olhos afiados como sílex.

Perséfone estava sentada no trono como se ele tivesse sido feito para ela. Avultava-se acima de mim na outra extremidade do cômodo com uma coroa pontuda de ônix repousando nas têmporas. O assento mais modesto ao lado dela estava vazio, e não havia sinal algum de Hades. Não foi uma surpresa; até mortais sabiam quem realmente governava aquele lugar. Quando em sua longa jornada de volta de Troia, Odisseu e seus homens tentassem chamar os espíritos dos mortos, prestariam homenagem não a Hades, e sim a Perséfone.

A princípio, confundi as protuberâncias cor de marfim no trono de Perséfone com decorações sofisticadas. Só depois notei a forma de um fêmur rente aos encostos de braço e o côncavo de um crânio sob sua mão delicada. E flores, flores por todos os lados, mesmo naquele lugar sem luz. Algumas verdadeiras desabrochavam em vasos distribuídos pelas paredes, e outras falsas adornavam as laterais do trono em uma profusão de pedras preciosas.

Perséfone, a rainha da primavera. A morte dá origem à vida, e corpos apodrecidos fertilizam o solo para que tudo possa florescer. De muitas formas, Perséfone é mais adequada ao domínio da morte do que o esposo, que fora escolhido para a função por decreto de Zeus.

Ela, por outro lado, nasceu para aquilo.

Aos pés de Perséfone jazia um homem nu, com a cabeça pousada em seu colo. Tinha um colar pesado no pescoço, feito das mesmas pedras de ônix que decoravam o colar da rainha. Aquele devia ser Adônis. Ele não exibia peça alguma de roupa, apenas um sorriso extasiante de alguém imerso em um sonho feliz.

Me senti ruborizar.

— A senhora não tem um manto para cobri-lo? — perguntei.

Perséfone arqueou uma das sobrancelhas perfeitas.

— Mesmo convidada em meu lar, você tem a pretensão de me ensinar qual o melhor código de vestimenta? Eros tinha razão. Você parece *mesmo* alguém que dá muito trabalho.

— A senhora falou com Eros? — perguntei, com o coração se alegrando.

— Falei. Fiquei impressionada com o fato de ele ter conseguido vir até aqui, e darei com prazer a bênção que me pediu. Tenho creme de beleza mais do que suficiente.

— Obrigada — sussurrei. Ao menos aquela parte da missão seria tranquila.

Perséfone se inclinou em minha direção.

— Mas, antes, preciso saber: você realmente o ama? — indagou ela. — Eros?

Hesitei. Aquela era uma pergunta que eu havia feito a mim mesma várias vezes durante minhas perambulações. Sabia a resposta, mas fiquei tímida para responder à questão da temida deusa.

Meus olhos se dirigiram a Adônis.

— A senhora *o* ama? — perguntei, apontando para o homem adormecido.

O olhar de Perséfone recaiu sobre o humano a seus pés.

— É possível amar uma bela taça ou um pente muito bem-feito? Ele serve a seu propósito.

Adônis se agitou em seu sono, estalando os lábios, e acomodou mais confortavelmente a cabeça sobre as coxas de Perséfone. Os cantos de sua boca se curvaram para cima, não exatamente em um sorriso, e ela pousou a mão carinhosa sobre seus cachos.

Encarei os dois. Certa vez, eu havia acusado Eros de me manter como um animal de estimação, assim como Perséfone fazia com Adônis. Temia que grandes deuses não conhecessem o conceito de amor, apenas o de posse. Mas depois pensei em Zéfiro e no amor inabalável que ele sentia por Jacinto. Lembrei-me de como Eros se impressionara com minha luta contra os bandidos e trocara histórias comigo no escuro. Ele nunca tivera a intenção de ter a mim como um objeto, apenas como sua companheira.

— Eu amo Eros — respondi apenas.

Perséfone tombou a cabeça para o lado.

— Fascinante. Nunca achei que aquela peste conquistaria o amor de alguém — disse ela. — Ele nunca teve muito interesse nisso antes.

— Temível senhora, tudo o que peço é o que prometeu a meu esposo — disse, fazendo uma reverência curta.

— Ah, não se curve — retorquiu Perséfone. — Não combina com alguém com um caráter como o seu.

Ela estalou os dedos, e um esqueleto surgiu da escuridão atrás do trono. Andava como se achasse que ainda era humano, apesar da ausência de carne ou músculos cobrindo os longos ossos brancos. Equilibrada na série de falanges havia uma caixinha de madeira, que o esqueleto entregou para mim. Precisei recorrer a toda a minha força de vontade para não me encolher e recuar quando senti aqueles dedos frios encostarem nos meus.

— Aí está o que você procura — disse Perséfone. — Não abra a caixa, entregue o objeto assim para Afrodite. E quando vir seu esposo de novo, lembre-o de que sempre pago os favores que devo.

Dizendo isso, Perséfone acarinhou os cabelos de Adônis, e eu corri os dedos pela madeira polida da caixinha, entalhada com o símbolo de uma romã. O creme de beleza de Perséfone.

Lembrei-me das palavras de Deméter.

— Uma última coisa... — falei. — Sua mãe me pediu para lhe entregar uma mensagem. Ela lhe envia seu amor.

Perséfone se recostou no trono, e toda a benevolência de sua fisionomia sumiu.

— Isso não é uma mensagem. É uma intrusão.

Fiquei abismada com a crueldade da resposta.

— Ela ama a senhora.

Perséfone não se abalou.

— Minha mãe ama o que acha que sou. Se as coisas tivessem sido feitas do jeito que Deméter queria, eu teria passado minha existência eterna na barra de sua saia, sem nunca me dar conta de tudo que sou capaz. Seria uma florzinha à sombra de um campo de trigo, uma divindade menor associada à deusa da colheita. Aqui, sou rainha. — Ela desviou o olhar do meu rosto, direcionando-o a um ponto além de mim. — Fiquei aterrorizada quando Hades me sequestrou daquela pradaria, mas garanti que as coisas se desenrolassem da melhor forma possível. Achei que você entenderia — acrescentou a deusa, pousando novamente o olhar sobre mim —, como alguém que assumiu para si as ambições fracassadas dos pais.

As palavras dela me atingiram como um soco. Pensei em Alceu, filho de um herói, mas desprovido de dons heroicos, e em Astidâmia, roubada pela doença do treinamento marcial ao qual tinha direito. Meu pesar ameaçou me engolir, mas respirei fundo.

— Meus pais não têm nada a ver com isso.

Perséfone arqueou a sobrancelha.

— Acho que não — disse ela. — Não fui de pais amorosos para um esposo amoroso como você. Não há porto seguro para mim, então precisei me tornar mais horrível do que eu mesma era capaz de suportar.

O rosto de meus pais e de Ifigênia surgiram em minha mente.

— Posso vê-los? Meus familiares? — perguntei.

— Não — respondeu Perséfone, sentada no trono com as costas eretas. — Seus entes queridos estão felizes no Campo de Asfódelos, ou tão felizes quanto sombras podem ser. A história deles não está mais entrelaçada à sua. Além disso, você não pode falar com eles se tiver a esperança de um dia sair deste lugar, e a visita não seria muito agradável. Deixe-os em paz — sentenciou ela, e me senti eviscerada como uma casa demolida depois de um incêndio. Isso deve ter transparecido em minha expressão, porque a temível rainha amenizou o tom quando continuou: — Mas há uma sombra cuja história posso mostrar a você.

Ela ergueu a mão em um gesto de varredura, como se estivesse tirando o véu da frente de um espelho, e a cena diante de mim mudou. Não estava mais fitando a rainha e seu amante encoleirado. Em vez disso, parecia flutuar acima da estrada ladeada por ciprestes.

Um vulto avançava pela trilha solitária, e a reconheci com um sobressalto. Atalanta, com o cabelo branco preso e a orgulhosa coluna ereta e inabalada pela doença. Senti um nó na garganta. Não sabia se aquilo era o passado ou o presente, se eu estava vendo algo que já acontecera ou que ainda estava por acontecer.

Vi minha professora atravessar o rio Estige no barco de Caronte, trocando algumas palavras com o barqueiro, e depois se aventurar nos reinos do além. Atalanta caminhou pelas brumas do Submundo até se deparar com um campo cinzento onde grupos de vultos repousavam.

Achei que ela continuaria andando — aquela era Atalanta para mim, sempre ansiosa por explorar as redondezas de qualquer lugar novo. Mas ela parou em meio à marcha, com um olhar de surpresa no rosto. Tinha reconhecido alguém.

Duas sombras surgiram em meio à névoa para cumprimentá-la. Uma era um homem magro com o cabelo escuro e uma expressão sarcástica e travessa. A outra tinha o porte nobre que só podia pertencer a um rei. Soube de imediato que aquele devia ser Meleagro, que ajudara Atalanta a matar o javali calidônio e defendera sua honra contra aqueles que diziam que mulheres não tinham espaço na caçada. Isso significava que o sujeito menor ao lado dele era Hipomene, esposo de Atalanta, assassinado por Afrodite muito tempo antes.

Atalanta alternou o olhar entre os dois, sussurrando seus nomes. Eu nunca tinha visto tal expressão no rosto de minha tutora, uma mistura de estupefação e esperança, como se ela estivesse vendo o sol nascer depois da mais longa noite do ano.

O homem mais alto sorriu e assentiu, trocando olhares com Hipomene.

— Seu marido aqui estava me contando o que aconteceu em minha ausência. Ao que parece, você conquistou grande fama...

Em seguida voltei a mim, parada ali no salão de ônix. Lágrimas enchiam meus olhos, mas havia uma leveza em meu coração que eu jamais sentira.

Perséfone me observava com uma compaixão terrível no olhar. Vi que o que Medusa dissera era verdade: não era apenas através de sua implacabilidade que Perséfone exerce o poder ali no Submundo, além dos portões da morte.

— Agora volte à terra dos vivos — disse a deusa, baixinho, me cumprimentando com a cabeça. — Ainda não é hora de este lugar recebê-la. Volte rápido.

E assim fui dispensada. Uma porta surgiu na periferia de minha visão, e atravessei-a sem olhar para trás.

Caronte estava me esperando no cais, com as mãos esqueléticas ao redor do remo. Peguei minha última moeda na bolsa que ainda usava pendurada no torso e a entreguei.

A escuridão infindável sob o capuz se virou para me encarar.

— Dei minha palavra que a levaria de volta — soltou ele. — Não precisa pagar a passagem duas vezes.

Não baixei a mão. *Aceite*, pensei, lembrando-me da proibição de falar com aqueles que encontrasse no Submundo, mas tentei fazer com que ele entendesse. *Use isto para pagar a tarifa de uma daquelas sombras que perambulam pela outra margem do rio Estige, que morreram sem ninguém para depositar uma moeda sob sua língua. Deixe que atravessem o rio e encontrem, enfim, o descanso.*

Sob o capuz de Caronte, vi o cintilar de um par de olhos e tive a impressão de que ele me entendeu. Uma mão com tendões protuberantes pegou a moeda no ar e jogou-a nas profundezas da túnica.

Eu me apoiei na amurada do barco, vendo as águas se partirem à frente sem emitir som algum. Nunca havia me sentido tão cansada daquele jeito, nem durante a fuga da casa da costa ou do túmulo de Ifigênia. Meus joelhos e pés doíam intensamente, e me peguei sentindo inveja dos mortos, que não mais precisavam suportar as exigências da carne viva.

Depois de um tempo, chegamos ao outro lado do rio. Caronte não disse nada quando coloquei os pés em terra firme — mas, ao olhar para trás, vi o barqueiro erguer a mão em um aceno de despedida.

Com passos lentos e truncados, caminhei pela trilha sinuosa que atravessava a paisagem erma como uma cicatriz. Alcancei Cérbero, que parecia menor.

Assim que vi as orelhas se erguerem acima do topo das árvores, joguei o segundo bolo de mel no ar. Distraída, me perguntei se ele farejaria o truque e me faria em pedacinhos, mas, em vez disso, as três cabeças começaram a brigar entre si de novo, rosnando e retalhando o quitute.

Passei pela clareira onde eu havia visto o homem espectral e seu jegue; estava vazia agora. Não muito tempo depois, cheguei à ponte, me sentindo quase decepcionada quando não encontrei a silhueta familiar de Medusa esperando por mim.

Além da ponte se estendia a via ladeada por ciprestes, e além dela um túnel escuro que dava no Elêusis e no mundo dos vivos.

A esperança se avivou dentro de mim. Comecei a correr, e ciprestes zuniam ao meu redor. Deixei as árvores para trás e mergulhei na escuridão do túnel; meus pés encontravam seu caminho em meio à terra fofa. Não demorei muito tempo para chegar à luz do início da manhã na terra dos vivos.

Era pouco depois do alvorecer, e a luz do sol ainda não alcançara as sombras da caverna no centro do anfiteatro. Sorvi o ar doce e ouvi o cantarolar dos pássaros, enquanto meu coração ritmava uma canção de vitória. Eu estava viva e havia triunfado. Apertei as mãos ao redor da caixinha que Perséfone tinha me dado, alisando a superfície como se fosse um tesouro.

Fiz uma pausa e olhei novamente a escuridão. Eu não era Orfeu para perder Eurídice por pura insensatez. Só queria memorizar o caminho para quando precisasse avançar por ele de novo. Em algum lugar da escuridão estavam meus pais, Ifigênia, Atalanta e o estimado Jacinto de Zéfiro. Tivera a esperança de ter um vislumbre deles, uma oportunidade de consumar as despedidas das quais a morte nos privara. Mas Perséfone estava certa — as histórias deles não eram mais minhas.

Comemorar prematuramente é perigoso, como o próprio Orfeu teria me lembrado. Enquanto subia a escadaria de pedra lisa, com a caixa do creme de beleza em mãos, escorreguei e pisei em falso em um dos degraus.

Em todos os meus anos de vida, eu nunca havia tropeçado nem uma única vez. Meus passos nunca tinham sido menos que confiantes; naquele dia, porém, eu tropecei. No momento do leve choque, quase derrubei a caixa de Perséfone, e a tampa escorregou.

Ela me avisara para não abrir a caixa. Sem que eu soubesse, a deusa tinha concluído que poderia matar dois coelhos com uma cajadada só, aproveitando a oportunidade para se vingar de Afrodite sob o disfarce de manter a palavra que dera a Eros.

A caixa não continha creme de beleza, mas uma maldição adequada a uma deusa. E eu era só uma mulher mortal.

41

EROS

Quando acordei, Hécate estava sentada ao lado da cama. Tive um sobressalto, imaginando quanto tempo ela passara me observando.

Sua expressão era séria.

— Eu a encontrei. Sua esposa Psiquê — afirmou, e meu coração se alegrou. Tentei me levantar, mas fui forçado a repousar de novo pelo braço surpreendentemente forte de Hécate. — Ela está em Elêusis.

De forma hesitante, ela explicou a situação. Deméter achara Psiquê caída na escadaria do anfiteatro em Elêusis, inconsciente. Desesperada, Deméter chamara Hécate, que rapidamente chegou a duas conclusões. A primeira foi a de que ainda havia uma pulsação fraca nas veias de Psiquê; ela estava viva. A segunda foi que ela não viveria por muito tempo, já que nada do que a velha deusa havia tentado foi capaz de acordá-la.

— Perséfone fez isso com ela? — rosnei.

As palavras saíram grosseiras e feias, retalhadas por meu ódio. Diante da traição de Perséfone, nada seria capaz de deter minha vingança.

Hécate bufou.

— Não use esse tom de voz. A última coisa de que precisamos agora é uma escaramuça entre você e a rainha do inferno. Perséfone manteve a palavra dela. Foi um erro infeliz, só isso. A própria mãe de Perséfone está se acabando de chorar por Psiquê neste exato momento. Deméter tem a garota em grande estima, embora minha impressão seja a de que ela sempre está atrás de outra filha para cuidar.

Minhas mãos se enrolaram nas cobertas.

— O que faço? — perguntei. — Como posso salvar Psiquê?

Os olhos de Hécate brilhavam sob a luz da lamparina como os de um lobo.

— Você entende as implicações do que eu disse a respeito da alma de deuses e mortais, não entende? Depois que compreender essa parte, o resto fica fácil. Você mesmo já me implorou por essa solução no passado; embora eu não tenha aceitado na época, ofereço-a agora a você. Não temos outra escolha.

Demorei um instante para compreender o que Hécate estava dizendo.

— *Apoteose* — sussurrei. — Precisamos transformar Psiquê em uma deusa.

Receber alguém novo nas fileiras de divindades não é algo pequeno, de forma que o exercício de tal poder só é decidido por votação. Um único deus tem a autoridade de convocar tal reunião — o mesmo deus que me abandonara às garras de Afrodite e que, certa vez, muito tempo antes, desdenhara de mim enquanto tomava uma taça de ambrosia.

Me infiltrei no quarto de Zeus como uma mosca voando ao sabor da brisa. Ele ocupava os aposentos principais do grande palácio no Olimpo, uma série de câmaras cujas janelas mostravam amplas paisagens montanhosas. Esperei no silêncio por horas, na forma de uma aranha sorrateira. Quando ouvi a porta se abrir e se fechar, voltei à minha forma verdadeira.

— Certa vez você foi até minha casa pedir ajuda — falei, atrás dele. — Agora, venho a seu lar para fazer o mesmo.

Zeus deu meia-volta. Seus lábios tremeram sob a longa barba branca, e os olhos desconfiados se arregalaram de curiosidade.

— Eros? — perguntou ele, sem acreditar.

Vi algo inédito no rosto pétreo do rei dos deuses: medo.

— Você deve estar me perguntando como me livrei das garras de Afrodite — continuei em voz baixa, repleta de um ódio reprimido. Era gratificante ver Zeus se encolhendo de temor. — Isso não lhe interessa, embora eu não vá esquecer tão facilmente que você me vendeu a ela sem hesitar. Mas não tema, não vim procurando vingança. Tudo que quero é um favor. Convoque uma assembleia para votar a apoteose de minha esposa Psiquê.

Aturdimento, ultraje e, enfim, desaprovação cruzaram as feições severas de Zeus. Ele mordiscou o lábio barbado por um momento antes de responder:

— Isso é absurdo. A garota não é ninguém, não realizou grandes feitos, não tem linhagem divina. Uma pessoa assim não pode receber a apoteose.

Eu não me permitiria ser dissuadido.

— Nunca passou por sua cabeça — comecei, frio — que algum dia um dos seus muitos rebentos bastardos crescerá e decidirá traí-lo, assim como você mesmo traiu seu pai? Talvez uma das garotas mortais que você sequestrou traga o filho aqui para vingar sua honra, ou talvez Hera fique amiga de um de seus descendentes ilegítimos em vez de tentar acabar com eles. Faz séculos desde que você não cumpre suas obrigações na cama dela, pelo que ouvi dizer.

O rosto de Zeus se contorceu de raiva. Faíscas tempestuosas dançaram ao redor de sua cabeça branca, lampejando como vaga-lumes. Senti o cheiro de ozônio dos trovões iminentes, mas não cedi. Eu tinha um poder que ele não compreendia. Podia juntar opostos, humilhar até mesmo o Trovejante. Eu era o deus do desejo. Mais que isso, escapara da prisão na qual Afrodite me jogara. Do que mais eu seria capaz? Conseguia ver a cabeça de Zeus funcionando a mil atrás de seus olhos cor de tormenta.

Zeus enfim disse:

— Vou avisar os demais. A assembleia será reunida antes do pôr do sol.

Os deuses chegaram em grupos e sozinhos, em carruagens, montados em arco-íris ou na forma de criaturas voadoras. Foram assumindo seus lugares no grande salão escavado no coração do Monte Olimpo, murmurando uns com os outros sobre os motivos da convocação.

Vi tudo isso da plataforma onde estava com Hécate, Deméter e Zéfiro. Na outra extremidade estava Afrodite com o esposo Hefesto e o amante Hermes. Hefesto parecia querer cavar um buraco e sumir, e o ágil Hermes murmurava algo no ouvido de Afrodite enquanto ela assentia, séria.

Praguejei entredentes. É claro que minha mãe adorada insistiria em receber os conselhos do próprio deus da eloquência.

Depois que os deuses presentes se acomodaram, foi a hora dos discursos. Afrodite subiu primeiro ao púlpito dourado, agraciando a multidão com um sorriso. Estava linda, com o cabelo negro escorrendo dos ombros macios, e sabia muito bem disso. Todos os olhos estavam voltados para ela.

— Me apresento aqui diante dos senhores como a mãe enlutada de um filho recalcitrante — começou ela, cuja voz ecoava na encosta de pedra. — Meu Eros se associou a Psiquê, uma garota mortal, apesar do fato de ela ser uma fanfarrona covarde que desejava se aproveitar dele apenas por conta de seus dons divinos. Mas ele a desejava e, contra meu conselho, a levou para casa. Agora, ele quer a apoteose da jovem. Ela seria uma de nós, aquela garota vaidosa e gananciosa que não tem respeito por seus superiores! Se permitirmos que uma mortal tão sem talento que chamou a atenção de um deus ascenda à divindade, logo seremos infestados de pedidos similares.

Houve murmúrios de concordância vindos da massa; os deuses sabiam como era ter filhos rebeldes, e todos desprezavam mortais que se colocavam no mesmo patamar que eles. Mas notei que os Titãs, aqueles deuses elementais mais velhos que olhavam de esguelha para a grandiosidade do novo Olimpo, não estavam sorrindo. Afrodite era um símbolo da nova ordem, mas eles me conheciam desde que a Terra fora feita.

Eu me permiti abrir um sorrisinho. Ao que parecia, afinal de contas, eu não estava tão sem aliados assim.

— Além disso, Psiquê jurou ser minha serva e não completou as tarefas que pedi no tempo apropriado — continuou Afrodite. — Não conseguiu o creme de beleza que pedi. Ela...

— Mentira! — gritei antes que pudesse me conter.

Zéfiro colocou a mão em meu ombro e Deméter chiou em desaprovação, mas eu estava de pé em um piscar de olhos.

Os deuses agora olhavam para mim. Com uma leveza na voz que não condizia com a malícia de sua expressão, Afrodite disse:

— Vou ceder o púlpito a meu querido filho Eros, já que ele está tão ansioso para demonstrar sua rebeldia.

E voltou ao próprio assento. Quando passou por mim, sibilou:

— *Isso é por Adônis.*

— Então devo perder minha amada mortal para compensar a perda do seu? — retruquei, mas a essa altura ela já havia se acomodado, cruzando os delicados calcanhares.

Assumi meu lugar no palanque e fitei a multidão. Mil rostos perfeitos me encaravam de volta em uma mistura de expectativa e indiferença. Por um único e desesperador momento, achei que seria mais fácil tentar persuadir uma alcateia de lobos.

Eu nunca fora muito de falar em público. Meus dons eram sempre mais bem utilizados em particular, e o peso de tantos olhos me fez querer sumir dentro de um buraco. Mas não tinha como salvar Psiquê em silêncio, então comecei a falar:

— Se os senhores me conhecem, provavelmente sou conhecido por ser um incômodo. Poucos aqui passaram ilesos por minhas flechas.

A turba riu baixinho. Deuses gostavam de ser reconhecidos; era um ótimo começo.

— Durante os meses do verão, talvez os senhores tenham percebido que passei um tempo sem perturbá-los indevidamente. Eu estava feliz com minha esposa Psiquê, cuja apoteose venho pedir hoje. Eu listaria todas as maravilhosas qualidades dela ou os agraciaria com histórias sobre suas habilidades de batalha. Eu poderia falar sobre sua imensa beleza, ou sobre como ela ronca baixinho de um jeito muito adorável quando cai no sono depois de um dia duro. Mas talvez a maior evidência dos dons de Psiquê seja o fato de que estou aqui diante desta multidão. Eu não me humilho por qualquer coisa.

Outra onda de risadas. Mas eu sabia que não venceria os deuses com palavras bonitas. Eles só se preocupavam com uma coisa: salvar a si mesmos. Então prossegui:

— Nela encontrei minha paz, e, se ela for tirada de mim, nenhum dos senhores voltará a ter paz de novo. Ninguém mais encontrará prazer nos braços de seus maridos, esposas e amantes. Nunca mais vão sentir a alegria da sensação de seus dons cantando dentro de si. Vão conhecer meu luto, pois passarão por um similar.

Eu estava quase ofegando quando terminei, e o teto abobadado fazia minha voz ecoar.

Um silêncio inquieto se seguiu. Enfim, alguém na plateia se pronunciou:

— Qual seria o domínio dessa tal de Psiquê caso decidamos por dar a ela a apoteose? Uma deusa deve administrar algo.

Hécate se ajeitou na cadeira ao lado de Deméter.

— A alma humana ainda não tem uma divindade que a governe — disse ela, calma. — Proponho que ofereçamos esse elemento à deusa Psiquê.

A ideia despertou murmúrios na multidão. Que bela coisa para se governar, a alma! Mas o burburinho dos deuses não era especialmente venenoso, já que ninguém se sentia muito possessivo em relação ao domínio indicado. Enfim, os presentes aceitaram a condição.

Depois de realizados os pronunciamentos, a votação começou. Deuses gostam de decidir as coisas assim: é transparente e público. Além disso, não envolve mutilação ou derramamento de sangue, que tendem a causar séculos de consternação entre imortais. Criadas ninfas prepararam dois cestos cheios de ladrilhos, um preto e o outro branco. O primeiro tipo representava votos contra a apoteose de Psiquê, enquanto o outro seria usado para se posicionar a favor dela. Entre eles, foi colocado um terceiro cesto, onde a contagem seria feita.

Fiquei irritado, mas não surpreso, quando Afrodite derrubou um ladrilho preto no cesto quase vazio para se opor ao meu, branco. Hefesto foi o próximo e acompanhou a esposa, o que me magoou. Hermes também pegou um ladrilho preto, mas isso eu já esperava — ele sempre faz o que acha que o fará obter mais afeto de Afrodite.

Hera jogou um ladrilho preto no cesto.

— Pensei que você ficaria feliz em ver que me acalmei — comentei para a imponente deusa.

— Você zombou da instituição do matrimônio — ela bufou, desdenhosa. — Aquela garota mortal não tem modos.

Zeus também escolheu o ladrilho preto, mas ao menos teve a bondade de parecer envergonhado.

— Peço desculpas, meu querido — disse ele com falsa alegria. — Minha esposa me infernizaria caso eu fizesse o contrário.

Mas houve outros — muitos outros — que escolheram o ladrilho branco. Eu, Deméter, Hécate e Zéfiro, é claro. Um mensageiro sombrio, emissário de Perséfone e Hades, depositou dois ladrilhos brancos em nome dos votantes ausentes e foi embora sem proferir uma só palavra. O luminoso Apolo se aproximou, fulminando o velho inimigo Zéfiro com o olhar, antes de colocar outros dois ladrilhos brancos no cesto.

— Um voto é meu e o outro de minha irmã Ártemis — Apolo disse para mim. — Ela não aceita sair de suas florestas, mas gosta da garota.

Depois foi a vez de uma miríade de deuses inferiores e Titãs, deidades dos rios e das montanhas, que votaram a favor de Psiquê. Por conta de seus olhares de soslaio, acho que gostaram da oportunidade de se juntar para vencer os Olimpianos.

Ainda assim, os ladrilhos pretos predominavam. A palma de minhas mãos começou a suar. Pela primeira vez, comecei a considerar, de verdade, o que faria se perdêssemos.

Ao longe, podia ver o sorriso bajulador de Afrodite enquanto ela me fitava com a malícia indiferente de um gato doméstico vendo um canarinho cantar. Hécate murmurava e Deméter apertava as mãos. Senti os ombros pesados.

Um pensamento me ocorreu. Eu tinha uma aliada que quase ignorara, uma fonte de ajuda da qual quase me esquecera. Me agachei e pousei as mãos na terra, sussurrando para ela.

O chão aos nossos pés começou a estremecer.

Ladrilhos lisos de mármore se quebraram com a ruptura da terra. Os deuses mais próximos gritaram e saltaram para longe, agarrando a barra da túnica. A onda de terra cresceu, subindo até o teto abobadado. Um braço surgiu da massa em movimento, depois uma perna. O entulho se moldou como se fosse um pedaço de argila, assumindo a aparência de uma mulher — uma deusa — mais alta do que qualquer uma que eu já vira, com quadris generosos, seios fartos e o cabelo solto cascateando pelos ombros.

Ela olhou para a assembleia de cima para baixo. Gaia, mãe do nosso mundo. Minha irmã mais velha.

Com uma delicadeza notável para alguém tão grande, Gaia avançou devagar pelo salão; cada um de seus passos trovejantes fazia as tochas sacolejarem em seus suportes. Os deuses menores se abraçaram, de queixo caído.

Gaia abriu um sorriso deslumbrante quando passou por mim, seus dentes brancos como o pico de montanhas. Com uma voz que ecoou dentro de meu crânio, sussurrou:

— *A terra e tudo nela se moverá para ajudá-lo.*

Com o pescoço inclinado para olhar para ela, tudo que consegui fazer foi um curto aceno com a cabeça à guisa de agradecimento, mas meu coração estava em êxtase. Gaia ouvira meu apelo. Lembrara-se de nossa amizade, que remontava a longos éons passados. Ou talvez simplesmente achasse aquele um bom momento para dar uma caminhada noturna, para ver com os próprios olhos o que seus tetranetos haviam feito com este mundo.

Gaia seguiu na direção dos cestos. Com mãos enormes de unhas curtas, pegou um único ladrilho branco e depositou-o no cesto central.

Eu teria comemorado, mas uma reverência impressionada abafou o grito em minha garganta. Gaia se virou e foi embora. Sua sombra pairou sobre a assembleia como a de uma nuvem, até a deusa chegar à cratera aberta no mármore do qual ela fizera seu corpo improvisado. Gaia tombou a cabeça e abriu os braços, caindo de volta para dentro da terra com um estrondo que fez meu esqueleto chacoalhar. O piso se fechou acima da deusa como a superfície do oceano, voltando a um estado liso e imaculado. Não havia sinal de que o chão algum dia havia se partido.

Os ocupantes do salão ficaram encarando por um tempo o lugar no qual ela sumira, depois explodiram em um burburinho sussurrado. Pousei a mão sobre a terra e agradeci a minha irmã pelo presente que havia me dado.

Mas Gaia representava um único voto. O conteúdo do cesto do meio parecia a asa salpicada de uma gralha — parte preto e parte branco. Atena, deusa da justiça, contabilizou os ladrilhos. Embora certa vez tivesse decidido transformar uma garota mortal em uma aranha por ter tido a audácia de ser uma tecelã melhor que ela, Atena era considerada a árbitra das disputas entre deuses.

A boca de Atena se retorceu quando terminou a contagem.

— Eros tem bem menos votos — anunciou à multidão reunida. — Os deuses votaram contra a apoteose. — Então ergueu a mão esbelta e apontou com o polegar para baixo, um carrasco dando o nó em uma forca.

Acho que eu teria caído se Zéfiro não estivesse ali para me segurar. Eu dera tudo pela causa e, mesmo assim, tinha falhado. Meus séculos pesavam ao redor do meu pescoço como uma âncora; minha divindade era inútil como as fezes de cachorro. Eu veria o torpor de Psiquê se transformar em morte e depois seu corpo decair até virar pó.

Os cestos foram retirados. Um a um, os deuses começaram a deixar o salão, atraídos por coisas mais divertidas em outros lugares. Eu estava levemente ciente do sorriso convencido de Afrodite, dos protestos de Deméter e dos xingamentos baixinhos de Hécate. Zeus deu um tapinha simpático no meu ombro quando saiu, e até Apolo abriu um sorriso amigável.

Logo o salão ficou vazio como estava antes da votação, enfadonho como um túmulo. Fiquei encarando o chão de mármore e imaginei Psiquê se dissolvendo em uma fumaça gélida no Submundo. Nem mesmo o milagre de Gaia fora capaz de salvá-la.

Depois de certo tempo, apenas eu, Zéfiro, Hécate e Deméter sobramos no salão deserto e feio. Quando ficou claro que não havia mais o que ser feito, Hécate se levantou.

— Vamos até Elêusis, Eros. Vá encontrar sua Psiquê e ficar com ela até o fim.

Não. A fúria se espalhou por mim como fogo no mato seco; caí de joelhos e agarrei a túnica de Hécate. Era uma aposta, mas eu não tinha mais nada.

— Quando foi que uma deusa se curvou a outra autoridade que não sua própria? — questionei. — Quando foi que Hécate Soteira abandonou um suplicante? Dê a Psiquê a graça da apoteose, com ou sem a permissão dos outros deuses. A senhora conhece a receita.

Zéfiro soltou um gritinho animado, e Deméter murmurou pensativamente. Mas Hécate só ficou me encarando, com olhos que queimavam como tochas no rosto enrugado.

Por favor, pensei. *Se Psiquê morrer, meu luto nunca vai chegar ao fim. Eu talvez não a mereça, mas o mundo merece.*

— Certo — disse Hécate, se levantando e espanando a saia. — Não arranquei a pequena Psiquê das beiras do Submundo só para ser contrariada. Tentamos fazer as coisas de um jeito, e agora vamos tentar de outro. Mãos à obra.

42

Eros

Fiquei observando Hécate fazer a beberagem para a apoteose, movendo-se com tanta confiança que era como se a preparasse todo dia. Um pouco de teia de aranha, pitadas de ervas secas, um fio prateado que a deusa insistia que tinha vindo da crina de um unicórnio. Tudo macerado com almofariz e pilão e depois acrescentado a um caldeirão baixo suspenso sobre o fogo. Eu tinha minhas dúvidas se Psiquê e eu seríamos punidos por tal transgressão, mas nem eu nem ela poderíamos ser mortos depois que a apoteose acontecesse. Zeus e Afrodite ficariam furiosos, mas provavelmente os outros deuses veriam o caso como nada além de uma pequena curiosidade. Eles só se importavam consigo mesmos.

Enquanto acompanhava o processo, me dei conta de que as origens de Hécate eram um mistério para mim. Talvez ela mesma tivesse nascido mortal e depois foi transformada em deusa por sua própria feitiçaria. Isso decerto explicaria a natureza de sua magia — meio feral e transbordante, algo que existia apenas nas fronteiras do mundo. Geralmente os deuses se atinham aos domínios a eles atribuídos e não gostavam de truques baixos como bruxaria; apenas uma mortal seria generalista daquela forma. Mas eu sabia muito bem que isso não era coisa que se perguntasse.

Hécate me entregou uma xícara cheia de um líquido leitoso que refletia a luz em lampejos de arco-íris.

— Leve isso para Psiquê — ela me disse. — Faça com que beba tudo. Vou deixar vocês dois a sós.

Psiquê estava em um dos quartos em Elêusis, deitada em uma mesa de mármore, imóvel como se ela própria fosse feita de pedra. Lamparinas tinham sido acesas ao longo das paredes, projetando sobre a cena uma luz oscilante que me fez lembrar da última vez que a vira na casa da costa. Sua imagem era como uma farpa em meu coração, e o terror lutava com a alegria dentro de mim. Psiquê me amara na escuridão. Eu não tinha total certeza de que me amaria na luz.

Ao lado de Psiquê estava Deméter, fiel como um cão de guarda. Quando entrei no cômodo, ela se levantou e me puxou para perto.

— Suas mentiras quase a destruíram — rosnou a deusa da colheita. — E, depois, você a deixou sozinha. Se Psiquê nunca mais quiser olhar na sua cara, vai ser merecido.

Encarei a mulher. *Já não basta eu ter sido amaldiçoado?*, quis perguntar. *Ou mantido acorrentado por Afrodite, ou ter descido até o Submundo para mandar uma mensagem para sua filha? Não basta ter sido atormentado pela culpa provocada pelas mesmíssimas coisas que você descreve durante cada segundo que passei separado de Psiquê?*

Mas nada daquilo importava. Deméter estava certa. Minhas mentiras tinham causado tudo aquilo, e agora a única coisa que eu podia fazer era tentar consertar o que fosse possível.

— Talvez Psiquê vá me odiar. Talvez nunca mais queira olhar na minha cara — respondi. — Estou fazendo uma escolha por ela que não pode ser desfeita. Mas muitas são as escolhas que florescerão desta, e ao menos ela irá *viver*.

Deméter saiu da sala. Me virei para Psiquê, imóvel como mármore, e caí de joelhos ao seu lado enquanto pensava nas palavras de Deméter. Eu não tinha tanta certeza assim de que a imortalidade era uma bênção. A relação que eu tinha com a minha certamente não era das melhores. Mas não havia outra forma de salvar Psiquê.

Levei o copo aos lábios dela e massageei sua garganta até que engolisse. Algumas gotas, depois mais algumas, inclinando sua cabeça para garantir que não se engasgasse. Enquanto isso, observava seu rosto com total atenção, esperando por uma centelha de luz ou outra prova de transformação. O elixir já estava correndo por seu corpo e transformando-o em um receptáculo divino, mas eu não conseguia ver sinal externo algum do processo, exceto por uma iluminação embaçada e crescente.

Psiquê abriu os olhos.

Olhos castanhos, como eu vira com meus próprios olhos por um breve momento ou através das lentes emprestadas de minhas formas animais. A euforia se espalhou por mim como o vento primaveril. *Se isso tudo não der certo*, pensei, *ao menos vou tê-la visto uma última vez.*

Do lado de fora do pequeno cômodo, a vida seguia. As sacerdotisas trabalhavam pelo templo, e os deuses discutiam e apunhalavam uns aos outros pelas costas. Mais além, mortais cultivavam e lutavam, e ovelhas pastavam em pradarias aos milhares. O sol e a lua corriam pelo céu como sempre haviam feito. Mas, naquele cômodo, o tempo parou.

Os olhos de Psiquê estavam arregalados. Torci loucamente para que a expressão atônita em seu rosto fosse de maravilhamento, e não de choque ou medo. As primeiras palavras que saíram de seus lábios, em uma voz que eu passara muitas noites ansiando ouvir, foram:

— Ah, merda.

Um juramento, uma afirmação, uma pergunta. Ela me encarava como se eu fosse um fantasma.

As palavras queriam transbordar dos meus lábios como uma catarata. *Enfim encontrei você*, quis dizer. *Você está realmente aqui. Achei que a tivesse perdido. Sinto muito.* Ou outro conjunto de palavras que eu ainda não havia dito em voz alta: *Eu amo você.*

Em vez disso, falei apenas:

— Psiquê, seu cabelo está diferente.

Os olhos castanhos piscaram. Ela ergueu a mão para tocar no tufo em sua cabeça.

— Está mesmo.

Depois a mão caiu para o lado. Meu desejo era pegá-la entre as minhas, mas não conseguia me mover. Tinha medo de que Psiquê fosse desaparecer se eu encostasse nela, que aquele momento pelo qual eu havia batalhado tanto se revelasse apenas uma ilusão. Tinha medo de afugentar Psiquê outra vez e ficar para sempre sozinho.

Ela desviou o olhar, ruborizando.

— Não achei que o veria de novo tão cedo — disse. — Eu... — Ela ergueu a cabeça pela primeira vez, olhando ao redor. — Onde estou?

— Em Elêusis, na casa de Deméter — falei. — Psiquê, você é uma deusa agora — acrescentei, com gentileza.

Soava absurdo, como se eu tivesse dito *Psiquê, você é um sapato agora*.

Ela assentiu, engolindo em seco.

— Percebi — respondeu com a voz trêmula.

Depois olhou para o próprio corpo, girando a mão de um lado para outro. Sua pele brilhava como se ela tivesse engolido uma estrela, e sua beleza estava levemente mais intensa, mas fora isso ela parecia a mesma de sempre. De uma forma ou de outra, era uma deusa.

Ela olhou para mim.

— Acho que é por isso que meus pés não estão mais doendo.

Uma gargalhada escapou por entre meus lábios. Um sorrisinho surgiu no rosto de Psiquê, e comecei a me permitir ter a esperança de que ela não me odiasse, afinal.

— Você foi responsável por isso? — continuou Psiquê.

— Sim — respondi, me perguntando se ela surtaria por eu ter tomado aquele tipo de decisão em seu nome.

— Vou ter de morar no Monte Olimpo agora que sou uma deusa? — perguntou Psiquê.

Meu coração retumbava, mas mantive a voz calma.

— Vai poder morar no Olimpo se assim desejar — falei. — Mas na verdade... eu gostaria que você viesse viver comigo de novo.

Notei que eu estava tremendo. Um deus ancestral, trêmulo como uma folha. Seria cômico se não fosse desesperador. O desejo ameaçava jorrar de dentro de mim, mas o mantive sob controle.

A expressão de Psiquê se fechou, e senti o coração apertar.

— Eros — começou ela —, a casa está em ruínas. Foi destruída quando você sumiu.

— Eu sei — respondi. — Gaia vai fazer outra. Ela parece gostar de você, à sua própria maneira. — Fiz uma pausa, esperando que ela aceitasse ou recusasse a oferta.

O silêncio se estendeu entre nós. Tentei memorizar cada detalhe do rosto de Psiquê para caso nunca mais a visse.

— Sinto muito por ter quebrado minha palavra — disse Psiquê de repente. — Desculpe por ter levado a lamparina para o quarto, por ter visto você cara a cara. Foi desleal e desonesto, mas eu precisava fazer aquilo. Quando soube que estava grávida, senti que precisava saber quem era o pai de meu bebê. Mas por que você mentiu para mim sobre sua verdadeira identidade? — continuou ela, dividida entre raiva e agonia. — Por que a farsa sobre ser um deus menor dos penhascos? E por que não me contou sobre a verdadeira natureza da maldição?

Fui atingido pelo arrependimento. Repeti as mesmas perguntas para mim mesmo em todos os longos dias e noites de minha prisão.

— No começo, achei que você não acreditaria em mim, e que em seu ceticismo faria algo tolo que a colocaria em perigo. Depois, tive medo de que, ao saber quem eu era, você fosse... me abandonar. — Aquele pensamento ainda me preocupava, mas tentei ignorar as partes mais sombrias de meu alvoroço. — E veja no que deu — acrescentei, seco.

Psiquê deixou escapar uma risadinha. Sorvi a visão de minha amada, com sua cabeça raspada e brilhantes olhos castanhos, queixo empinado e pescoço esbelto como o de um cisne. Tudo garantido pela eternidade. Pela primeira vez, senti a beleza da imortalidade: ela asseguraria a existência de alguém que eu amava.

— Também sinto muito — prossegui — por ter mentido e por ter deixado você sozinha.

Psiquê estendeu a mão, correndo os dedos de leve pelo contorno de meu rosto. Era como ela havia me conhecido na escuridão, e como me conhecia de verdade agora. Me entreguei ao toque das mãos de uma princesa tornadas ásperas por uma vida de lutas.

— É realmente você — sussurrou ela, e ouvi em sua voz uma alegria que refletia a minha. — Mas Cupido... Digo, Eros... Afrodite falou sobre uma maldição. Uma maldição do amor — disse ela, cujas palavras se atropelavam. — Isso é verdade? E se você não me amar, e isso for só os efeitos da maldição? E se isso for só a maldição fazendo você achar que está apaixonado, o que sinto por você? Será que eu...

Peguei Psiquê em meus braços e interrompi suas palavras com um beijo.

Eu ansiava por aquilo mais do que por comida ou água ou mesmo pela liberdade quando estava nas garras de Afrodite. Psiquê retribuiu meu beijo fervorosamente, e senti que tinha minha resposta sobre onde ela viveria dali em diante. Outras coisas ainda precisavam ser discutidas, mas ao menos já havíamos dado os primeiros passos.

— Psiquê — sussurrei, apoiando a testa contra a dela —, a maldição se desintegrou no instante em que você levou a lamparina para o quarto. Ela se foi, e ainda estou aqui.

Os gregos têm três palavras para o amor, e naquela noite nós compreendemos todas.

43

PSIQUÊ

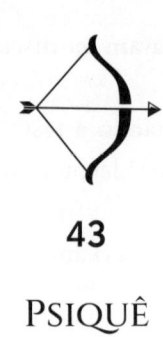

Um herói pode ser imortalizado em canções por milhares de anos, mas a grandiosidade de um amante é mais discreta. Os mais famosos não raro são os infelizes, como Helena e Páris desafortunadamente descobriram.

Grandes amantes de verdade raramente vêm a público. Estão ocupados demais um com o outro.

Quando chegou a hora, nosso bebê nasceu. Fiquei grata por minha divindade na ocasião, pois ela me protegeu de quase toda a dor e garantiu que a criança vivesse. Contra todas as tradições, Eros insistiu em estar presente durante o parto, segurando minha mão ao longo da pior parte.

Dei à luz uma menina. Eu nunca havia visto um ser tão incomum e precioso como minha filhinha recém-nascida, com seus perfeitos dedinhos das mãos e dos pés. Ao que parecia, nós dois havíamos escapado de qualquer julgamento. Eros e eu nos encarávamos, admirados com a jovem deusa que tínhamos feito juntos.

Deitada na cama na noite seguinte ao nascimento de minha filha, com a bebê cochilando no peito e meu esposo adormecido ao lado, olhei minha vida em retrospecto e concluí que ela foi notável principalmente por todos os tipos de amor que continha. Havia Eros, é claro, e sempre haveria, mas também havia minha mãe e meu pai, minha professora Atalanta, minha prima Ifigênia e até mesmo o velho poeta cego que me ensinara tanto. Hécate e Deméter também mereciam a menção, pois cuidaram de mim como duas avós — um amor que eu jamais esperaria. E Zéfiro, que fora tão imprudente no início e tão leal no momento de crise. Ele se declarou tio de nossa filha recém-chegada, jurando que os próprios ventos a protegeriam. E havia ainda todos os outros que tinham me ajudado pelo caminho, de um grupo de formigas anônimas perto de Elêusis até Caronte, o barqueiro. A impiedosa Perséfone também foi piedosa comigo. E agora havia minha filha, me esperando para me mostrar outro tipo de amor.

Eros e eu decidimos dar a ela o nome de Hedonê, que significa *Deleite*.

Quando Deleite tinha um mês e pouco de idade, nós três voltamos à praia e encontramos Afrodite repousando no terraço sob o sol da tarde.

— O que está fazendo aqui? — indagou Eros, pousando uma mão protetora em meu braço.

Dava para sentir a tensão vibrando por ele como uma corrente elétrica.

Afrodite olhou para mim com a malícia casual de um gato que foi acordado do cochilo.

— Vim ver minha neta, é claro — respondeu ela.

Deleite estava adormecida em meus braços, um pequeno ato de misericórdia.

A deusa espiou a menina, depois recuou com a expressão cheia de repulsa.

— Como é pequena e enrugada… O que fizeram com ela?

— Nada — respondi. — Ela é um bebê.

Afrodite bufou.

— Deve ser o sangue meio mortal. Eu não me esqueci de sua traição depois da votação da apoteose, Eros — acrescentou ela com um olhar fulminante. — A linhagem fraca sempre se revela.

Eros abriu a boca, mas toquei seu ombro para pedir que se calasse. Coloquei a pequena Deleite adormecida em seus braços e pedi que me desse um momento a sós com Afrodite. Ele me encarou com confusão nos olhos, mas fez como pedi.

— Afrodite — comecei —, somos todos deuses agora. Cumpri todas as tarefas que me passou. Vamos colocar um fim nessa rixa, o que acha?

A expressão da deusa ficou ainda mais sombria.

— Nunca vou amar você como os outros parecem amar — sibilou ela. — Eles a mimam, embora você não tenha feito nada para merecer. Não espere isso de mim. Já é demais eu permitir que você compartilhe a divindade comigo, apesar de todas as suas traições. Não me peça para celebrar isso.

— Por que me odeia tanto assim? — perguntei.

— Eu jamais gastaria meu ódio com você, camponesa ingrata.

Eu ri, incapaz de evitar. Eu não conseguia imaginar a ideia de me deixar abalar por rancores tão pequenos ao longo de toda a eternidade.

— Camponesa é um insulto estranho... Mesmo quando era mortal, eu era uma princesa. Então por que a senhora não gosta de mim?

Afrodite me encarou com raiva, retorcendo o rosto belo. A pergunta parecia pesar sobre ela, até que a força necessária para conter a verdade foi maior que o medo de colocar aquilo em palavras.

— Ele pôde ficar com você — cuspiu ela, enfim.

Me lembrei de Adônis, que tinha sido amante de Afrodite antes de ser de Perséfone. E de repente entendi. Todas as criaturas se apaixonavam sob sua influência, mas a própria Afrodite jamais fora capaz de experimentar o amor em todas as suas formas. Ninguém ficava com ela por mais de uma estação. Ela atraía homens e deuses como a luz chama mariposas, mas os seres inevitavelmente eram torrados e viravam pó. O amor de verdade significa se importar com alguém tanto quanto a pessoa se importa consigo mesma, e Afrodite sempre se colocava acima de todos os outros.

Talvez divindades pudessem mudar, mas Afrodite precisava tomar tal decisão por si só.

Ela foi embora sem dizer mais nada, decolando na forma de uma pomba. Eros me espiou da porta de casa, tombando a cabeça de curiosidade.

Ergui as mãos em um gesto de impotência. *Fiz o que deu*, quis falar. Mesmo em uma existência divina, ao que parecia, nem tudo era perfeito.

* * *

Deleite cresceu rápido, em um ritmo muito mais acelerado do que o de uma criança mortal. Era inteligente, dotada tanto da obstinação da mãe quanto da persistência do pai.

Conforme crescia, Deleite foi me aproximando de novo do mundo humano que eu tanto negligenciara. Ela sumia, e Eros ou eu a encontrávamos brincando com um grupo de crianças mortais ou roubando lanchinhos de mães indulgentes. Ela parecia saber que tinha laços com o mundo mortal, embora eu jamais tivesse mencionado uma palavra sobre meu passado.

Quando ia buscar minha filha, via como as coisas tinham mudado em poucos anos. As cidades da Grécia estavam dilapidadas, vazias depois da fuga da população. Os grandes mercados que antes eram o orgulho de nosso povo pareciam esparsos agora, com apenas alguns vegetais ou peixes à venda. A falta de homens jovens me deixou perplexa no início, até eu entender que deviam ter sido todos cooptados para lutar nas planícies de Troia. Era o Colapso da Idade do Bronze, como os futuros historiadores chamariam essa época.

As coisas se desenrolaram como eu havia visto em Áulide. O exército grego passou dez anos em guerra com Troia, e o de Agamenon saiu pilhando outras cidades nesse meio-tempo. Queimaram vilarejos inteiros, matando homens e escravizando mulheres. Depois veio a queda de Troia e todas as atrocidades associadas.

Caos por todos os lados.

O que posso fazer por eles?, me perguntei certa vez, olhando a destruição lá embaixo.

A resposta me veio imediatamente, flutuando das profundezas de meu inconsciente.

Tudo o que puder.

Pensei em Medusa, dizendo que a fome e o frio eram muito piores que qualquer monstro. Alguns dos deuses lutaram ao lado dos troianos, e outros ajudaram os gregos. Mas ninguém deu atenção às mulheres idosas e às crianças famintas que ficavam para trás.

Bem, Medusa, pensei enquanto o vento agitava meu cabelo, *vou encontrar uma resposta melhor para você desta vez.*

Dia após dia, construí minha resposta. Eu era apenas a deusa da alma humana, e meus poderes não eram assim tão grandiosos, mas fiz o que pude. Confiei na força divina que fluía por mim, como o vento soprando por um vale arborizado. Aliviei a fome das crianças e as dores dos idosos, e incitei contadores de histórias sentados ao redor das fogueiras para que as narrativas antigas não fossem esquecidas. Acendi faíscas nos encontros íntimos de amantes. Enxuguei a testa daqueles com ferimentos infeccionados que morriam longe de casa, tanto gregos quanto troianos.

Descobri uma habilidade: a de receber as almas no momento da morte, quando emergiam trêmulas e incertas do corpo. Aprendi a acolher e a estimular a preparação para a jornada que tinham pela frente, fazendo-lhes companhia até que Hermes viesse para escoltá-las rumo ao reino de Perséfone. Ouvia as almas dos recém-falecidos chorando suas dores e as confortava tanto quanto fosse possível. Eu conhecia a sensação de morrer — havia morrido duas vezes, afinal de contas.

Acho que, ao fazer tudo isso, me tornei a heroína que nasci para ser.

Templos não foram construídos em minha homenagem, e colégios de sacerdotisas nunca cantaram hinos em meu nome. Tudo bem, por mim. A deusa da alma humana não precisa desse tipo de coisa. Mármore se degrada e templos são demolidos, mas a alma é eterna.

Além disso, eu tinha algo melhor: alegria e uma narrativa. A narrativa de uma garota raptada por um monstro, de um deus que se apaixonou por uma mortal. Nossa história, de Psiquê e Eros, se espalhou por inúmeras nações, ganhando novos detalhes e perdendo alguns antigos. Eros reclama de inexatidões e imprecisões, mas eu não ligo. Que os poetas mortais tomem para si minha história. Que vivam dentro dela quando sua própria história se tornar insuportável.

Eros. O rosto dele é o último que vejo antes de dormir e o primeiro com o qual me deparo ao acordar, e não queria que fosse diferente. Escolhemos um ao outro, atamos nossas vidas juntas como os nós que os marinheiros usam para garantir que as velas não sejam arrancadas.

Suponho que seja isso o que torna nosso conto o mais estranho de todos: um mito com final feliz. Bem, algumas garotas viram deusas, e alguns deuses viram algo além do que já são. Todas as tardes vemos o sol se pôr no oceano, Eros e eu, zelando juntos pelo mundo.

Nota da autora

A história de Psiquê e Eros é estranha. Parte conto de fadas, parte alegoria neoplatônica, parte comédia romântica antiga, a narrativa desafia categorizações simplistas e atravessa facilmente as limitações de gênero. A mais completa forma dela à qual temos acesso hoje é o romance romano *Metamorfoses* (também conhecido como *O asno de ouro*), escrito por Lúcio Apuleio no século II da Era Comum.

No romance, um jovem romano chamado Lucius é transformado em asno por uma bruxa e vive uma série de aventuras antes de ser devolvido à forma humana pela deusa Ísis. A história de Psiquê e Eros é inserida no meio do romance, como uma história dentro de uma história, e aparece depois que Lucius, em forma de asno, é preso por um grupo de bandidos. Eles também capturam uma nobre jovem chamada Charite, que chora de medo porque foi roubada de seu verdadeiro amado e teme que os criminosos a estuprem. Uma idosa que serve aos bandidos como cozinheira sente pena da garota e, para distraí-la, conta a história de Psiquê e Eros. Encantado, Lucius aguça as orelhas e deseja ter mãos humanas para poder escrever a história*.

O livro que você tem em mãos é baseado na versão de Apuleio, embora eu tenha divergido do original em alguns detalhes. Por exemplo, em *O asno de ouro*, há uma profecia que diz que Psiquê se casará com um monstro; em meu romance, o oráculo afirma que ela *dominará* um monstro. Na versão de Apuleio, Afrodite exige que Psiquê colete água do rio Estige como uma de suas tarefas; adaptei essa parte, que virou a tentativa malsucedida de Eros de apagar a maldição da memória.

---

* Mais tarde, Charite é resgatada dos bandidos e devolvida a seu verdadeiro amado — embora a história deles acabe tendo um fim mais macabro, enfatizando a capacidade de Charite de se vingar de forma sanguinária. Para aqueles interessados em ler Lúcio Apuleio em inglês, recomendo a vivaz tradução de 2013 de Sarah Ruden. (N. da T.: Em português, o livro foi publicado em versão bilíngue, com tradução de Ruth Guimarães, pela Editora 34.)

Na versão anterior do mito, Psiquê tem duas irmãs invejosas que conspiram contra ela; escolhi transformar isso nos relacionamentos fraternais que Psiquê tem com suas companheiras, Ifigênia e Atalanta. Sempre odiei essa caracterização pobre e sem graça das irmãs na versão de Apuleio. Se sua irmã fosse capturada por uma lufada de vento e entregue a um esposo que nunca pode ver, você não ficaria nem um pouquinho preocupada?

Em *O asno de ouro*, Eros é o filho impertinente de Afrodite, mas decidi beber da obra do poeta Hesíodo e fazer com que ele fosse uma das divindades primordiais. Baseei seu comportamento em ideias tanto da acadêmica contemporânea Anne Carson quanto do filósofo antigo Empédocles; o último via o universo como algo dividido pelos princípios centrais do Amor e do Conflito — ou seja, Eros e sua irmã gêmea Éris.

Embora a história de Psiquê e Eros seja considerada um mito romano em vez de grego, decidi ambientá-la no ano 1.200 antes da Era Comum na Grécia continental por uma série de razões: o mito de Apuleio é altamente ambíguo em suas próprias ambientações; a história mostra personagens derivados de religiões gregas; e, enfim, porque queria explorar a relevância da Guerra de Troia em nosso *zeitgeist* cultural moderno. Também entrelacei vários outros mitos à história, incluindo os de Atalanta, Perséfone, Medusa e Hécate, para mencionar alguns.

Fãs atentos de mitologia grega encontrarão mudanças em minhas interpretações de certos detalhes. Em termos de personagens secundários, recorri à tradição antiga do dramaturgo Eurípides e fiz Clitemnestra ser uma antiga prisioneira de guerra de Agamenon. Dessa forma, ela não poderia mais ser irmã de Helena, então decidi colocar Penélope em seu lugar. Em outras ocasiões, simplesmente aproveitei da prerrogativa de escritora para inventar coisas. Dei a Agamenon e Menelau um irmão, Alceu, pai de Psiquê. Para nomeá-lo, tomei emprestado o nome de um filho de Perseu e Andrômeda; significa "força", e acho que combina com ele. Também decidi fazer Alceu e seus irmãos serem filhos de Perseu em vez de Atreu, por motivos temáticos e de enredo. Foi mal, Atridas. Foi mal, Deus.

Há certo debate sobre o número preciso de palavras para "amor" em grego antigo; algumas fontes listam até seis ou sete, mas as três que usei no livro são as que menos dividem opiniões. Também acho que são as que mais se atêm ao cerne da coisa.

Essas foram apenas algumas das mudanças que fiz, e detalhar as demais vai além do escopo de uma nota da autora. Mitos não são escritos em pedra. São criaturas orgânicas, que evoluem e são constantemente adaptadas a novas circunstâncias e culturas. Este livro é apenas uma das várias reimaginações do mito de Eros e Psiquê. Mal posso esperar para ouvir outras.

que menos dividem opiniões. Também acho que são as que mais se acerca certeza da coisa.

Essas foram apenas algumas das mudanças que fiz, a detalhar as demais vão além do escopo de uma nota. Há muito. Muitos não são sequer empecilho. São escolhas opostas, que acolhem e são concomitante adaptação à nova caminhos e editora. Este livro é apenas uma das várias reimpressões do intocável e *Parque Mal* posso esperar para seguir outras.

Agradecimentos

Atrás de todo livro há uma vila inteira de apoiadores, e com *Psiquê e Eros* não foi diferente. Seria impossível agradecer a todas as pessoas que se envolveram no desenvolvimento e na publicação deste romance. Vou listar apenas algumas que foram essenciais a esta criação.

Antes de tudo, quero agradecer as minhas incríveis agentes literárias, Hattie Grünewald e Clara Foster. Tanto Hattie quanto Clara têm uma mistura rara de brilhantismo editorial, calor humano e aguçado tino para os negócios. Obrigada por ajudarem a fazer com que este livro — e eu mesma! — chegasse ao que é hoje. Eu gritaria elogios a vocês do topo do Monte Olimpo, se pudesse.

Também quero agradecer a Catherine Drayton e Maria Whelan da Inkwell Literary Management, que foram essenciais para garantir que *Psiquê e Eros* fosse publicado. Obrigada também ao incansável e incrível time de negociação de direitos de tradução da Blair Partnership: Georgie Mellor, Luke Barnard e Clare Mercer, que me fizeram alcançar muito mais do que eu esperava.

Também devo uma enorme gratidão a minhas editoras maravilhosas, Julia Elliott e Charlotte Mursell, que me deram sugestões tão precisas quanto as flechas de Eros (embora muito menos amaldiçoadas) e me instigaram a fazer com que este livro alcançasse sua melhor forma. Vocês me mostraram do que sou verdadeiramente capaz, e mal vejo a hora de passar anos e anos falando sobre edição e trocando fotos de bichinhos e memes com vocês duas.

Estendo minha profunda gratidão às equipes da HarperCollins William Morrow e da Orion Books, que transformaram em realidade o livro que você tem em mãos.

Obrigada à minha preparadora de texto, Amy Vreeland, que caçou incansavelmente todas as ocorrências de usos questionáveis de vírgulas e conseguiu o que nenhum dos meus professores da escola conseguiram: me ensinar a diferença entre "further" e "farther".

Obrigada também a Shannon Snow, cujos comentários me incentivaram a reformular o manuscrito e criar uma história melhor e mais forte. Talvez sejamos todos navios que passam uns pelos outros à noite, mas você deixou uma marca na embarcação que sou.

Sou igualmente grata a Ursula DeYoung, que me ajudou a aperfeiçoar minha carta de apresentação às editoras e me deu uma luz no processo de entender o notavelmente denso processo de publicar um romance.

Quero expressar meu imenso apreço pelas muitas pessoas que leram *Psiquê e Eros* antes que ele estivesse pronto para ir a público e que perseveraram apesar do monte de escrita clichê e mudanças questionáveis de ponto de vista para me oferecer comentários valiosos. Agradeço especialmente a Connor Grenier, Rachel Lesch, Jessie Wright, Norma Heller, Lynn McEnaney e Jenn Marcos.

Há muitas outras pessoas às quais eu gostaria de brindar com uma taça de vinho (ou ambrosia):

A Hannah DiCiccio, cujos elogios ferrenhos a uma versão inicial deste livro me mantiveram seguindo mesmo quando pensei em desistir.

A Matthew Kirshenblatt, o primeiro a me dar a ideia de transformar aquela fanfic antiquada em um livro original.

A Jessica Atanas e Ian Bogart, que me ajudaram a sobreviver à pandemia com graça e humor. Um obrigada também a Larry Bogart, cujo conhecimento tecnológico salvou uma primeira versão deste manuscrito de uma pane no meu computador (assim salvando também minha sanidade).

A Scott Albertine, que ofereceu uma companhia cálida e um olhar crítico durante as longas horas de edição, assim como um maravilhoso par de fones de ouvido que se tornaram parte integral de meu processo de escrita.

A Ben "Books" Schwartz, cujos anos de amizade enriqueceram minha vida, e que respondeu tão gentilmente às minhas mensagens da madrugada sobre publicação. E aos pais dele, Cathleen e Peter Schwartz, por me chamarem para a viagem de barco que me deu a oportunidade de começar a escrever este manuscrito.

A meus pais, Mark e Janine, e meu irmão Nathan, pelo fiel apoio.

A Earl Fontainelle do podcast Secret History of Western Esotericism, que gentilmente me ofereceu de graça um episódio disponível apenas para assinantes sobre Eros e Psiquê, o que o destacou como um dos únicos estudantes de esoterismo munido tanto de brilhantismo acadêmico quanto de profunda gentileza.

Ao Dr. Gerol Petruzella, por ser o melhor professor de grego que alguém poderia querer. Obrigada por sua paciência durante minha constante confusão com declinações.

Quero agradecer ainda às bibliotecas públicas de Brookline, Boston e Cambridge, por oferecer um porto seguro feito de livros, conhecimento e escritores rebeldes.

Um imenso agradecimento à minha leitora beta Effie L. Craighill-Schwartz, por ser uma defensora invencível da minha escrita, embora, ao mesmo tempo, não tivesse medo de me xingar quando eu fazia merda. Não é exagero dizer que este livro não existiria sem você.

Por fim, obrigada a todas as mulheres inconvenientes da mitologia, da história e da ficção, tanto as lembradas quanto as esquecidas. Que vocês sejam estrelas para iluminar nosso caminho na escuridão enquanto construímos um mundo melhor.

Impressão e Acabamento:
BMF GRÁFICA E EDITORA